・ミステリ

N HART

帰らざる故郷

THE UNWILLING

ジョン・ハート

東野さやか訳

TOKYO HAYAKAWA BOOKS

A HAYAKAWA POCKET MYSTERY BOOK

THE UNWILLING
by
JOHN HART

Translated by
SAYAKA HIGASHINO
First published 2021 in Japan by
HAYAKAWA PUBLISHING, INC.
This book is published in Japan by
arrangement with
the original publisher,
ST. MARTIN'S PUBLISHING GROUP
through TUTTLE-MORI AGENCY, INC., TOKYO.

装幀／水戸部 功

敬愛するトミー・ドブソンに

謝辞

小説の始まりとは不思議なものだ。頭を離れないアイデアもあれば、そうでないものもある。数年前、ヒュー・トンプソン・ジュニアについて書かれたものを読んだ。ヴェトナム戦争に従軍したヘリコプターのパイロットであり、ヒラーOH‐23ヘリコプターの乗員とともに、のちにソンミ村虐殺事件として知られる攻撃を中止させるのにひと役かった人物だ。彼をご存じでないなら、ぜひとも調べてみてほしい——あの戦争のなかでも最悪の残虐行為だった出来事の裏にある、ほかに例を見ない英雄的行為を。ヴェトナムで兵役に就くには若すぎたわたしは、この戦争について書くつもりはまったくなかったが、この人物が示した毅然(きぜん)とした勇気——肉体面と倫理面の双方の勇気——は、以来ずっと頭のなかに残っていた。というわけで、まず最初にヒュー・トンプソン・ジュニア、および同じヘリコプターに乗っていたグレン・アンドレオッタとローレンス・コルバーンに感謝の気持ちを捧げたい。彼らは英雄そのものであり、わたしがこれまで生みだしたなかでもたいへんすばらしい登場人物たちの造形にヒントをあたえてくれた。

とは言うものの、本書はヴェトナム戦争を描いた小説ではない。一九七二年のアメリカの一都市を、従軍し戦死した若者たちを、兵役に怯えながら成長していく少年たちを描いた物語だ。また、勇気と犠牲、家族と恋人、目を覆うような暴力行為は戦争の専売特許ではないという非情な現実の物語でもある。このような小説の執筆には数多くの支援が必要であり、力になってくれた家族に感謝の気持ちを伝えたい。妻のケイティ、娘のセイラーとソフィだけでなく、わたしの正気をささえ、人生の喜びをあたえてくれた家族全員に。

本作で七冊めの著作となるが、担当編集者のピーター・ウルヴァートンはいまもわたしを励まし、まっとうな助言をくれる存在である。その右腕としてはたらくハンナ・オグレイディにも感謝しかない。わたしは美しい本が好きなので、制作担当チームであるヴィンセント・スタンリーとケン・シルヴァー、および装幀を担当したオマー・チャパ、すてきなカバーをデザインしてくれたマイク・ストーリングズとヤング・リムにもお礼を言わせてほしい。出版物で恥をかくことがいかに簡単かをよく知る作家のひとりとして、校閲者のサラ・エンシーと校正者のライアン・ジェンキンズにも感謝する――おかげでわたしは人前で胸を張っていられるよ。また、わたしは本を書くことで生計を立てているため、本を読む人たちにこの本の存在を知ってもらうことがとても大事であり、それゆえ、宣伝に奮闘してくれているセント・マーティンズ社のすべてのプロたちに、盛大な感謝の意を伝えたい。マーケティングの神とも言うべきジェフ・ドーズ、ポール・ホッチマン、ジョー・ブロスナン、有能なる広報担当のトレイシー・ゲスト、サラ・ボナミノ、レベッカ・ラング。みなさんの尽力と専門知識がなければ、いまのわたしはなかったことだろう。また、親会社であるマクミラン社の営業部隊にも、同様に感謝している。みなさん、本当にありがとう。

ありがたいことに、わたしはあらゆる作家が夢見るほどの、行き届いた支援を、それも一冊や二冊についてではなく、これまでの作家人生においてずっと受けてきた。本書は同じ出版社から出した七冊めの著作となるが、これだけの長い道のりを目に見えないが大切なもの、たとえば展望、忍耐、信念などなしに進むのはむずかしい。それゆえ、マクミラン社で決定権を持っている人たち――ジョン・サージェント、ドン・ワイズバーグ、サリー・リチャードソン、ジェニファー・エンダーリン、アンディ・マーティン、リサ・センズに感謝する。わたしに有利な決定を多数してくれたことをありがたく思っている。また、エージェント会社のＩＣＭと、きっちりとすばらしい仕事をしてくれた担当エージェントのエスター・ニューバーグにも感謝する。

シャーロット市および、ここをわが街とするみなさんにも短いながらお礼を申しあげたい。物語を動かすため、本のなかの一九七二年当時のシャーロット市は実際よりも大きな街として、また、若干（じゃっかん）、ダークで暴力的に描かれている。それについては申し訳なく思っている。しかし、まあ、フィクションなのでお許しを。また、いい友人で、思いやりのあるところを見せてくれたローラとモーリスのハル夫妻にも感謝する。自分の本の書影をレーシングカーに貼ってもらった作家がほかにいるだろうか？　最後になるが、わたしの本を読み、口コミで感想をひろめてくれたアメリカ国内および海外の読者のみなさんにも感謝したい。みなさんがいなければ、いまのわたしは存在しないだろう。

おれたちは不本意にも無能な輩(やから)に率いられ、不運な者たちを殺し、
感謝もしてくれない連中のために死んでいく――名もなき兵士

帰らざる故郷

登場人物

ウィリアム（ビル）・フレンチ……殺人課の刑事
ジェイソン……………………………フレンチ家の次男。元海兵隊員
ギブソン（ギビー）…………………フレンチ家の末息子
ロバート……………………………フレンチ家の戦死した長男。ジェイソンのふたごの兄
ガブリエル…………………………ビルの妻
チャンス……………………………ギビーの親友
ベッキー・コリンズ…………………ギビーの同級生
ケン・バークロウ……………………刑事。ビルのパートナー
マルティネス………………………殺人課の刑事
デイヴィッド・マーティン…………殺人課の警部。ビルの上司
マルコム・フライ……………………監察医
タイラ・ノリス………………………ジェイソンのガールフレンド
サラ…………………………………タイラのルームメイト
X……………………………………レーンズワース刑務所に収監されている死刑囚
リース………………………………Xの外部協力者。殺し屋
ブルース・ウィルソン………………レーンズワース刑務所の所長
リプリー……………………………レーンズワース刑務所の看守長

1

警官を辞めた連中についてダニエル・リードが知っていることは多々あるが、そのひとつは、辞職、早期傷病退職、あるいはマリファナの吸引を理由に免職されたからといって、必ずしも死ぬわけではないという事実だ。バスターミナルでモップがけの仕事について四年になるが、いまも襟に隠れた火傷の痕がうずいて皮膚が突っ張るたび、汚水の入ったバケツと欠けたタイルから目をあげる。

まず若者たちを観察する。ベンチにだらしなくすわり、酔っ払って騒いでいるが、べつに問題じゃない。次は家族連れとヒッピー連中、さらには老人、妊婦、制服姿の軍人たちと見ていく。ガラス窓の向こうに目をやると、ローリーから来た二時十五分のバスがアイドリング中で、十人ほどがスーツケースを出してもらうのを待っている。マックじいさんが暑さに汗をかきながらスーツケースを出しては一列に並べている。戦争に倦んだ国の南部の小都市で、ダニエルはこんな光景を数え切れないほど見てきた。彼の目は自然と黄色いワンピースの美人に吸い寄せられた。十八歳くらいだろうか、使い古したスーツケースを持ち、ひびが入りかけた革靴を履いている。彼はかれこれ小一時間、何度となく彼女を観察していた。ちょこちょこと壁から次の壁まで歩いていき、くるっと向きを変えて首をかしげる姿を。いま彼女は身じろぎもせず、口をぽかんとあけている。

ダニエルが女性の視線の先に目を向けると、降車場に通じる暗がりに若い男が見えた。骨と皮ばかりにやせたその男は両開きドアの五フィート手前で足をとめ、待合室にいる全員を時間をかけてじっくりとながめた。ダニエルはまず、ヴェトナム帰りかと思った。それも帰還してまだ日が浅い。たたずまいというか、すきのない感じがそんな印象をあたえるのだろう。男が明るいなかに出ると、レッド・ツェッペリンのTシャツ、頬骨、黒い革とターコイズとつや消しのシルバーからなるベルトがはっきりと見えた。色あせたジーンズが古ぼけたブーツの上辺に触れている。ダニエルのそばを通っていった男から、ディーゼルエンジンとウイスキーと煙草の入り混じったにおいがした。「刑事さん」とその男に声をかけられたが、ダニエルはすっかり老いぼれ、麻薬と縁が切れず、いまは警察官でない自分が情けなくて、そっぽを向いた。スイングドアがあいて陽がさっと射しこむまで待ち、それからチケット係に電話を使わせてほしいと頼んだ。係の女性に渡されると、そらで覚えている警察署の番号にかけ、とある刑事につないでほしいと告げた。

「少々お待ちください」

電話の向こうが静寂に包まれ、ダニエルはさっきの若い男が車を縫って道路を渡っていくのに目をこらした。男は最後の車線で駆け足になり、トラックがいきおいよく通りすぎていった。明るい陽射しのなかの彼は、腰つきといい、肩といい、顎（あご）の角度といい、剃刀（かみそり）そのものだ。男は一度振り返り、濃色のサングラスをかけた。

たまげたな、と元警官は心のなかでつぶやいた。

たまげたとしか言いようがない。

フレンチ刑事はパートナーのデスクの電話を取った。「フレンチだ」彼は電話の声に耳を傾けた。「それはないだろう」彼はさらに話を聞いたのち、相手に礼を言って電話を切った。

「どうかしたか？」

フレンチは見慣れたパートナーのしわだらけの顔に目を向けた。ケン・バークロウとコンビを組んで二十年、ふたりのあいだに秘密はほとんどない。その数少ない秘密のひとつを口にした。「ジェイソンが戻ってきた。バスターミナルのリードが知らせてきた」

「リードは薬物依存の廃人だぜ」

「廃人でも、おれの上の息子くらい見分けがつくさ」

バークロウは苦りきったむずかしい顔で椅子に背中を預けた。「ジェイソンはまだ刑務所にいるものとばかり思ってたがな」

「ローリーにある更生保護施設に移って七週間になる」

「出所したのをおれに話そうとは思わなかったわけか」

「女房に連絡しないと」フレンチはダイヤルをまわし、パートナーの顔にいくつもの感情が浮かんでは消えるのを見ていた。悲しみ。憂慮。怒り。「出ない」

「おまえのところに帰るつもりかな？」

「あんなことになったんだ、それはない」

「そうとはかぎらないだろう」

「母親にそんな仕打ちはしないさ。前回のことがある以上は」

「そうは言うが、考えてみろって。ヴェトナム。刑務所。あいつがどんな行動に出るか、わかるわけがない。おまえだってそういう話はさんざん聞いてるだろうが」

フレンチはてのひらで顔をこすり、おもしろくなさそうにため息をついた。

確認されただけで二十九人を殺害……。

そういう話だった。一年めで二十九人。

フレンチはいくつかの番号にかけて問い合わせ、電話を切った。「近所の家にも、仲のいい友だちの家にも女房は行っていない」

「ギビーは？　ジェイソンの向かう先が実家でないな

ら……」

バークロウの言葉は途切れ、フレンチは下の息子のギブソンを思い浮かべた。「ギビーはいま学校だ。問題ない」

「ちがうね。きょうはシニア・スキップ・デーだ」

頭のなかで日付をたしかめると、パートナーの言うとおりだった。シニア・スキップ・デーは徴兵が始まった年からの伝統だ。最終試験前の三回の金曜日、最上級生は学校をサボって街の南にある石切場に出かける。教師も警官も見て見ぬふりをする。ギビーがいるのはそこだ、そこしかない。全員がそこにいる。少年時代と終焉と遠い異国のジャングルでおこなわれている戦争がそうさせるのだ。

「石切場はおれが見てこよう」バークロウが立ちあがった。「そうすりゃ、おまえは奥さんを捜して、ジェイソンが帰ってきたと教えてやれる。ほら、奥さんには時間が必要だろ。心の準備ってものがある」

「おれひとりでなんとかするよ」

「ばか言うな」バークロウはコートを着こみ、銃があるのを確認した。「スーパーマンだって、一度にふたつの場所にはいられないだろうが」

ウィリアム・フレンチは天才にはほど遠いが、それを自覚する程度の頭はある。きまじめで堅実、意志の力で実力以上の地位を手に入れた。結婚についても同じことが言える。出会ったときのガブリエルは高嶺の花で、結婚してもそれは変わっていない。一度、尋ねたことがある。ヴァンダービルト大学で文学を学び、いるだけでまわりをぱっと明るくするような女性が、大学をドロップアウトし、へたをすれば死ぬかもしれない仕事に就いて三年の男の妻に落ち着いたのはどういうわけかと。彼女は彼の頬にキスをし、彼の心臓があるあたりに手を置いてこう言った。「そんな質問は二度としないで」息子を三人もうけ、結婚して三十年たったいまも、彼女が天からの贈り物のような存在で、彼の人生そのものであることに変わりはないが、息子のうちひとりはすでにこの世にいない。

　そして今度は……。

　自宅前に車をとめ、しばしば感じることだが、がらんとした家だとあらためて思った。これもまた、戦争の爪痕だ。フレンチと妻はいちばん上の息子を埋葬し、同じ戦争から帰還したふたごの弟が暴力、ドラッグ、そして刑務所へと落ちていくのを目の当たりにした。その意味で言えば、三人の息子のうちふたりをヴェトナムに殺されたことになる。ロバートは胸に銃弾を受け、弟のほうはじわじわと時間をかけて。ジェイソンは従軍中の経験についてはなにも語らなかったが、バークロウには国防総省勤務の友人がいる。その友人は具体的な情報提供は拒んだものの、戦争にはありきたりのものとありきたりでないものがあり、ジェイソンが戦ったのは後者だというようなことを言っていたそうだ。

「ガブリエル？」

　家のなかが静かなのは喪に服していたころからまったく変わらず、大きな家は魂がところどころ削りとられたようになっていた。寝室の近くまで来ると、水の流れる音が聞こえ、浴室のドアが一インチあいているのを見て足をとめた。

「スイートハート？」

　妻は真っ暗ななかで浴槽に浸かっていたが、タイルに彼女の影が射しているのが見えた。

「電気をつけないで」

　フレンチはスイッチにのばした手を引っこめながら思った。妻はもう知っているのか、なんとなく察したようだ。目が闇に慣れるにつれ、妻の輪郭がいっそうくっきりとした。

　妻は顔も向けずに言った。「あの子のことで帰ってきたの？」

「どういうことだ？」

ガブリエルが首をかしげ、片方の目がきらりと光った。「結婚したてのときからあなたが真っ昼間に帰ってきたことなんかなかったもの。ジェイソンのことで帰ってきたのかと訊いてるの」

フレンチは浮かない顔でため息をついた。「あいつが戻ってきたことを誰に聞いた？」

「マリオンから電話があった。広場で見かけたんですって。髪の毛が長くなってたけど、それでもちゃんとわかったって。顔色が悪かったそうよ。刑務所で二十ポンドはやせたみたいだって」

「おれがなんとかするよ、ガブリエル。約束する」

「ギビーはきっと会いたがるわ。一緒に時間を――」

「そんなことはおれが許さない」

「どうやって阻止するつもり？」

「ガブリエル――」

「あの子は危険よ、ビル。わたしたちの息子のためにならないわ。それがわからないの？　感じないの？」

フレンチはまたため息をつき、浴槽のわきに膝をついた。ガブリエルも、ああなってしまったジェイソンを受け入れようと努力はしたが、ことをややこしくしたのはジェイソンだった。ヘロイン。刑務所。ギビーにあたえた影響。ジェイソンが有罪判決を受ける前、ギビーはひたすら兄にまとわりついて、海兵隊や戦争のことを知りたがり、自分もヴェトナムに行くべきかと尋ねていた。「いいか」フレンチは言った。「この時間に帰ってきたのは、ジェイソンが戻ってきたことをおれの口から直接知らせ、ギブソンには絶対に近寄らせないと約束するためだ」

「わたしをばかだと思ってるのね？　ばかで過保護な女だと」

「そんなことはこれっぽちも思っちゃいない」

「あなたも母親になればわかる」

「ジェイソンだって弟を傷つけるようなまねはしない

さ」

「わざとやることはないでしょうよ。確信犯的なまねはね」

ガブリエルはそこから先は言わなかったが、彼女が抱いている強い恐怖心、あるいは堕落や欺瞞や危険な考えに対する不安がはっきりと伝わってきた。

「ギビーは学校にいないわ」彼女は言った。「知ってる?」

「きょうはスキップ・デーだからな。友だちと石切場にいるはずだ。ケンが捜しにいっている」

「ジェイソンが先に見つけたら大変だわ」

フレンチは妻の目に浮かんだ怯えから視線をそらした。ギビーは彼女の世界のすべてであり、ジェイソンはその世界の破壊者なのだ。「おれも行ってくる。必ず見つけるよ」

「そうしてちょうだい。あの子を家に連れ戻して」

フレンチは立ちあがったが、出ていかなかった。両手をポケットに突っこみ、妻の頭頂部、うっすら見える濡れた肩の丸み、黒々とした湯に映りこんだ妻を見おろした。「遅かれ早かれ、ギブソンは兄貴に会おうとするだろう」

「そのときが来るのを少しでも遅くして」

「二年も塀のなかにいたんだ、ジェイソンだって変わったはずだ。ちゃんと刑期をつとめあげたんだ」

「ギビー以外はどうだっていい。悪いけど、ビル、それがわたしの本心よ」

「せめて話くらいしてやってくれないか?」

「ジェイソンと?」

「そうだ」

「なにを話せというの? ヘロインのこと?」

2

石切場は人によって意味が異なる。ぼくにとっては飛びこみと結びついている。崖のてっぺんから水面までの距離は百三十フィートという話で、水面から見あげると、たしかにそのくらいありそうな気がする。高くそびえる花崗岩、その上にひろがる灰色の空。その単調さゆえに崖は小さく見えるし、仰向けで水面にただよっている連中、あるいは石切場沿いの小さな岸辺から見ている連中がどう思っているか、手に取るようにわかる。

自分にもできる。

酒を飲めば飲むほど、その確信は強くなっていく。ただの水だし、そこに向かってダイブするだけのことじゃないか。それのどこがむずかしい？

そこで上にあがる。

最初の手頃な岩棚の高さは六十フィートで、そこからなら誰だって飛びおりられる。次の手頃な岩棚までのぼる者も少しはいる。高さは八十フィートほど。どういうわけか、すぐ下の岩棚の二倍の高さがあるように見える。そこまでのぼった者は上半身を乗りだし、のぼってくる途中で物理の法則が変わったかのように、下をのぞきこむ。

時速七十マイル以上のスピードで水面に叩きつけられる。

到達までの時間は四秒。

十三階に相当する高さからだと水面は鉄板にしか見えず、誰もが昔聞いた話を思い出す。一九五七年に少年が死んだが、野球選手だった彼は打ちどころが悪く、片方の膝が顎を突き破って骨が四カ所折れ、右側の歯がすべて折れた。ぼくは数え切れないほど見てきた。

顔面蒼白の少年に向かって、ガールフレンドが呼びかけるところを。さっき言ったことは取り消すわ。お願いだからやめて。飛びおり(ジャンプ)たことがあるのはぼくひとりじゃなく、ほかにも何人かいたけれど、頭から飛びこむ(ダイブ)度胸があったのは、ぼくの兄だけだ。

死んだほうの兄。

「なにやってんだ。やる気があるなら、とっくの昔にやってるはずだろ」長いつき合いの友人の声がうしろから飛んでくる。「ほら、ベッキーが見てるぜ」

石切場に目をこらすと、崖から百フィートほど離れたあたりに、タイヤチューブに乗ったベッキー・コリンズの姿があった。小さすぎてほかの女の子たちと区別がつきにくいけれど、白いビキニを着ているのは彼女ひとりだ。顔をのけぞらせている様子から、笑っているようだ。隣の女の子も笑っているらしい。ふたりのまわりにはゴムボートとタイヤチューブがいくつも浮かび、最高学年の半分がそれに乗っている。残りの半分は石切場の奥にいるか、森のなかにいるか、あるいは色つきガラスのように遠くできらきら光っている車のどれかで眠りこんでいる。

「ダイブするのか、しないのか、はっきりしろ」

しばらく目をそらしていると、チャンスの目がきらりと光るのが見えた。彼は体こそ小さいが、誰かれかまわず喧嘩(けんか)を売るし、女の子とみればちょっかいを出す。「彼女が見てるのはきみなんじゃないかな」ぼくは言った。

「その岩からダイブするほどおれはばかじゃないぜ」

ぼくはどういうふうに言われているんだろう。これまで七回ジャンプしたけれど、頭からダイブしたことは一度もなく、下にいる連中もそれを知っている。たしかに、卒業するまでに一度はチャレンジすると宣言したけれど、あれはもう二年も前のことで、あのときのぼくはすごく腹をたてていた。「つまり、ぼくはばかってこと？」

「おまえのことはロックスターだと思ってるよ」

「マッカートニー？　それともジャガー？」

チャンスはいたずらっぽく笑った。「ジャンプするかダイブするかによる」

ぼくは友人から視線をはずし、時速七十マイル以上で着水に失敗するところを想像した。下で掛け声が始まった。

「ダイブ、ダイブ、ダイブ……」

あのとき兄が決めた、高く淡い空を背景にしたスワンダイブは、いまもぼくの夢に登場する。跳ねあがって身を躍らせ、そのまま長い距離を落ちていき――ぼくの肺はすっからかんになる――着水する直前に両手を下にのばす。実際に目撃したのはぼくを含めた三人だけだったけど、噂はすぐにひろまった。

ロバート・フレンチのやつがデヴィルズ・レッジからダイブしたんだとさ……

ねえ、聞いた？

信じられる？

当時、崖からのダイブ（クリフダイビング）の世界記録は、それよりほんの十五フィート高いだけで、成功したのはたしか、アルゼンチン人だった。でも、これは一九六七年のノース・カロライナ州シャーロットの片田舎での話だ。いまから五年前の出来事だけど、あの日、この小都市で兄は神となった。いろんな人がなぜやったのか、どうやったのかなど、ありとあらゆる質問を浴びせてきたが、真実を知っているのはぼくたち四人だけで、そのへんのことも、やはり夢に出てくる。水面を照らしていた光が兄の顔に当たり、目がいっそう生き生きと輝く。ヴェトコンどもに目に物見せてやるぜ。兄貴がそう言ったことは、ぼくたちしか知らない。

ロバートはヴェトナムに行くことになっていた。

「やるよ」ぼくは言った。

「ばかはよせ」

「今度こそやる」

「なら、やれ」

「ベッキー・コリンズが見てるんだろ？」

「一生、おまえに首ったけになるぜ」

ダイブするところを、これまで数え切れないほど思い描いてきた。そのほとんどがこんな感じだ。顔に吹きつける風、炎暑と埃と遠くの雨のにおい。ぼくは両腕を横にひろげてつま先立ちになった。「三つ数えろ」

「待てよ。なんだって？」

「なにも言うな。こっちはただでさえいっぱいいっぱいなんだから」

「おい……」

「なんだよ？」ぼくは崖から目をそらさずに言った。

「おいってば。まじめな話……」

その声に引っかかるものを感じた。疑念か動揺か怯えの響き。「どうしたんだ、チャンス？　もう来ちゃったんだよ。卒業まであと二週間しかない」

「ジャンプにしとけって。足から飛びこめ」

「悪い、なんて言った？」

「自分でもできっこないってわかってんだろ？　ダイブなんか無理だって」チャンスは気まずそうな顔で、てのひらを見せるように両手を返した。「だからさ……なあ、わかるだろ？　いつも同じじゃないか。その話を持ちだす。そこに立つ。でも、実際にはダイブしない」

「でも、けしかけたのはそっちだ。きみがやれって言ったんじゃないか」

「本当に頭から飛びこむほどばかじゃないと思ったからさ。十三階分の高さがあるんだぜ」

「ぼくがびくついてるって言うのか？」

「そうじゃない」

「やれっこないと思ってるのか？」

「やろうがやるまいが、おまえの兄貴が死んだことに変わりはないと思ってる」

ぼくの顔から血の気が引いた。

チャンスはかまわずつづけた。「ロバートはもう死んじまったんだ。おまえが頭から飛びこむところを見られるわけじゃないし、背中を叩いて〝よくやった〟とほめてくれるわけじゃない。おまえが毛嫌いしてるあの墓地に埋まってることに変わりはないんだ。兄貴は死んだ英雄で、おまえは高校に通うガキなんだよ」

チャンスは大まじめで、しかも心配していた――奇妙な言葉の組み合わせだ。やじが崖を這いのぼってきて、はるか下で誰かが叫んだ。**さっさとやれよ、臆病者！** 茶色と白の線でしかないベッキー・コリンズの姿が見えた。目に手をかざしている。やじを飛ばしてはいない。「やったら死ぬと思ってるんだね？」

「そう思ってる」

「ロバートは死ななかった」

「神のみわざだよ、ギビー。そんなことは百万にひとつも起こらない」

ぼくはベッキーから目を離さず、神と運と死んだ兄のことを考えた。海兵隊の説明では兄は心臓を撃たれ、なにも感じることなく死んだということだ。安らかに死んだと言われたけれど、そんな話は信じられない。

「二年前、頭から飛びこむって言ったんだ。下にいる全員に、やってみせると宣言したんだ」

「あの連中にか？」チャンスは水面を指さした。さっきよりも大勢が断崖に向かって叫んでいる。「ビル・マーフィーなんか、ベッキーに面と向かって、おまえを負け犬呼ばわりした野郎だぜ。それも、母ちゃんにフットボールをやめさせられたってだけのことで。おつむの弱い弟のことも相手にするな。七年生を代表しておまえの後頭部に紙つぶてを投げつけるようなやつなんだから。ジェシカ・パーカーとダイアン・フェアウェイはどうかって？ おれがデートに誘ったら、げらげら笑いやがった。言っておくけど、ふたりはおまえにも興味ないってよ。無口だし、無愛想だし、死んだ兄貴にそっくりだってさ。いいか、ギブズ、おまえは下の連中にはなんの借りもないんだ。あそこの野次馬連中は……」チャンスは下を指さした。「頭がすっからかんでほら吹きの見栄っ張りばかりだ。誰もおまえのことなど知らないし、知りたいとも思ってない。まあ、三人くらいはまともかもしれないな。自殺しろと叫んでないのはそいつらだけだ」

身を乗りだすと、スポーツマンタイプとマリファナでハイになっているやつとミラーサングラスをかけたかわいい子たちが見えた。そのほとんどが、ばか笑いしてるか、にやにやしてるか、ぼくに向かってわめいている。

やれ……。

ダイブしろ……。

ダイブしろよ、タマなしのマザコン野郎……。

すでにみんな、よく見える場所を求めて移動してきていた。ゴムボートとすべすべの肌、そこに派手な色合いの帆のようなビキニも混じって、まるでジグソーパズルだ。ぼくはいましばらく耳をすまし、それから空を、ごつごつした岩を、はるか下にひろがるいつもの水面に目をこらした。最後に、友だちとふたり、ほかの連中から離れた場所で浮かんでいるベッキー・コリンズに目を向けた。彼女は口を手で覆った恰好(かっこう)で身じろぎもせず、友だちのほうは胸に手を置いている。

「ひとつ言っていいか？」ぼくは言った。「きみの言うとおりかもしれない」

「マジか？」

「ある程度は」

「ある程度はって、どういう意味だよ？」

不必要なうそをつくのはいやだったから、ぼくは首を横に振り、崖のへりに背を向け、下におりる道を歩きだした。チャンスもついてきたが、まだ不安な気持ちは晴れないようだ。

「ちょっと待てよ。いまのはどういう意味だ？」

ぼくは彼に授けられた決意を打ち明ける気になれず、黙っていた。それは強烈で奇妙で、ぼくはその可能性に酔いしれた。

ひとりのときに、と心のなかでつぶやく。

ダイブするなら、ひとりのときだ……。

チャンスと一緒にこの長い踏み分け道で下に向かうのは、これがはじめてではない。坂道を東に下り、木々のあいだをジグザグに進む。四分の一マイルほど行くとみんなが車をとめている石切場のいちばん奥に出た。ぼくたちは石切場の手前で足をとめ、見おろした。チャンスがぼくを軽く押した。「彼女ならおまえの左のビーチにいるぜ」

「彼女を捜してるんじゃないよ」

「ああ、そうだろうとも」

ベッキーがぼくの姿を認めて手を振った。まわりに男どもが群がっているけれど、大半は野球の選手だ。そのうちのひとりがぼくの視線に気づいて、ビーチということになっているひびわれた花崗岩の岩棚に唾（つば）を吐いた。

チャンスがうながす。「さあ、ビールをもらいにいこうぜ」

水辺に出る通路のほうに歩きだしたところ、マツの木立の暗がりになにか動く気配があった。男がひとり、木の幹にもたれてしゃがんでいた。男は煙草を地面でもみ消しながら顔をあげた。「さっきのあれ、見てたぜ。一瞬、本気でやるつもりかと思った」男は立ちあがり、明るい場所に移動した。黒い髪、デニム、刑務所あがりらしい生白い肌。「やあ、ギビー」

ジェイソンはぼくより五つ年上だけど、体格はあまり変わらない。ぼくと同じ色の髪がシャツの襟にかかっている。とげとげしい感じをべつにすればなにからなにまでそっくりな顔から、同じ色の目がにらんでいる。「出所したんだね」ぼくが言うと兄は肩をすくめた。「ここでなにしてるの？」

「信じちゃくれないかもしれないが、おまえを捜しにきた」

兄は尻ポケットから小瓶を出した。キャップをはずし、ぼくに飲めと勧める。ぼくが首を振ると、兄は肩をすくめ、小瓶を傾けた。

「チャンスは覚えてるよね」ぼくは言った。

「やあ、ちび助」チャンスは小ばかにしたような口調にむっとしたようだったけれど、ジェイソンのほうは気にする様子もなく、危険なにおいのただよう退屈そうな顔で立っている。「どうしてダイブしなかった？」ぼくがばかみたいに肩をすくめると、ジェイソンはそうかというようにうなずいた。「だが、あれは見ものだった、だろ？」

ジェイソンが言ってるのは上の兄がダイブした日のことだ。ロバートは最高にやさしくて、ぼくは大好きだった。「家には顔を出したの？」兄は首を横に振った。

「あれだけのことをやらかしたんだ。顔なんか出せるわけないだろう」

そこで兄はにやりと笑ったが、ぼくはそれを見てようやく、心からなつかしい気持ちになった。口の片側だけをくいっとあげて笑い、その上の目がすばやくウインクするように伏せられる。ジェイソンに気に入られている者にとって、ウインクの意味はこうだ。人生はすばらしい。大丈夫、おれがついてる。そうでない相手にとっては、べつの意味を持つ。高校にいた時分から、大の大人でもこのウインクと薄笑いを見るとあとずさりしたものだ。戦争、死、ヴェトナムで味わった悲惨な体験の数々より前のことだ。いま兄は悠然（ゆうぜん）としているけれど、いつ何時（なんどき）、変わらないともかぎらない。小春日和（びより）。枯らし霜（しも）。ジェイソンのなかにはその両方が同居していて、目にもとまらぬ速さで両者が入れ替わる。

兄はまた煙草に火をつけ、ぼくはそれを見ながら、死んだ兄そっくりなのをうらめしく思った。目の前にいるのがジェイソンじゃなくロバートだったら、笑いながらぼくの体に腕をまわしてくれただろう。息ができないくらい強く抱きしめ、それから押しやって髪をくしゃくしゃにしてこう言うはずだ。驚いたな、すっかり大きくなったじゃないか。ロバートもジェイソン同様、戦争で人が変わっただろうかと、考えることがよくある。死ぬ前には冷酷な人間になっていたんだろうか？　それとも、死んだのはロバートが善人だからで、もうひとりの兄にはないやさしさのせいだっただろうか？

「明日の予定は？」ジェイソンが訊いてきた。

「さあ。適当にぶらぶらすると思うけど」

「だったら、おれとぶらぶらしよう。おまえは車を出せ。女のほうはおれに心あたりがある」ジェイソンはくわえ煙草でほほえむと、口をすぼめて煙を吸いこみ、鼻からたなびかせた。「ロバートと一緒によくやったもんだ。裏通り、冷えたビール、戦争前の人生。どうだ？　昔みたいだろ？」

「女の子って？」ぼくは訊いた。

「まったくこいつときたら」ジェイソンは親指をそらし、チャンスを見た。「どんな女かなど、おまえが気にすることじゃない。おれを信用してないのか？」

「そういうつもりじゃ……」

ぼくが言葉につまると、ジェイソンの顔から笑みが消えた。「おふくろに怒られるとか言うなよ」

「母さんのことは兄さんもよく知ってるだろ」

「いい女ふたりを連れて、ひさしぶりに再会した兄貴と出かけようと誘ってるのに、断るつもりじゃないだろうな。それも、おふくろが怒るからって理由で」

「兄さんはずっといなかったじゃないか。母さんがどうなるか、自分の目で見てないだろ」

「わかるさ。口うるさいんだろ？　非難がましいんだろ?」

「というか、過保護なんだ」

ジェイソンは首を振り、瓶に口をつけてらっぱ飲みした。「ロバートが生きてたら、おれたちが仲良くするのを喜ぶとは思わないのか? 親父だって心の底では思ってるはずだ。おふくろがおれたちを近づけまいとするのはまちがってると。それにしても……おもしろそうだな」兄は煙草を投げ捨て、ぼくが見たことがないほどぎらぎらとした冷たい目をした。「おまえがまだ本物の男になってないなら……」

「うるさいな、ジェイソン」

「本物の男。りっぱな大人」

「黙れってば」

ジェイソンはまたにやりと笑い、崖に目を向けた。

「おまえが本物の男なら、ダイブできたはずだ。昔は気の強いチビだったのにな。覚えてるか? どんな感じがした?」

ぎらぎらした目に挑発されて、ぼくも自分のなかに同じ冷酷さがあるのを感じた。「自分ならあそこからダイブできるみたいな言い方だね」

「いつだってやってやる」

「絶対に無理だって」

「へえ、そうか?」

「ああ、そうさ」

「なら、こうしよう。おれがダイブできたら、明日、おまえとおれとで出かける。それともうひとつ、出かけることをおふくろに話せ。なにもかもだぞ。おれのこと、女のこと――それを全部話したら、おふくろはなんて言うだろうな」

ぼくは崖を見つめながら、母のことを考えた。べつの岩棚。べつの死に方。「兄さんは母さんがなにを怖がっているか、わかってるんだろ?」

「あたりまえだ」ジェイソンは言った。「おふくろはおまえが戦争に行くと思ってる。ロバートもおれも行ったという理由でな。あるいは、おれみたいなのが恰好いいと思うようになるんじゃないか、逮捕されるかドラッグに溺(おぼ)れるかするんじゃないか、さもなければ、女と一発やるんじゃないかと恐れてる。だが、もっとも恐れているのは、おまえが自分の頭で考えるようになることだ。それは許可されてるのか？　自分の意見を持つことは？　自分の人生を生きることは？　そもそも、おまえがここにいるのをおふくろは知ってるのか？」

ぼくは答えなかった。答える必要なんかなかった。

「こうしよう」ジェイソンは距離をつめ、片腕をぼくの肩にまわした。「おれがダイブに成功したら、土曜は一緒に出かける。朝から晩まで一日じゅう。おれたちふたりで」兄は肩にまわした腕に力をこめた。「兄弟なんだから、仲良くしないとな」

兄のぎらぎらした冷酷な目を見つめるうち、ぼくのなかでなにかがねじれていくのを感じた。そもそも兄は本当にぼくのことを知りたいのか、それともぼくの心をもてあそんでいるだけなのか。兄が戦地から帰還したときのことが頭に浮かんだ。確執とうやむやにされた質問、家族の争い、すっかり人が変わってしまった兄。初めて逮捕されたのは何日後だったんだろう。そのあとどのくらいでヘロインに手を出すようになったんだろう。兄の目に浮かんだものから距離をおこうと一歩あとずさると、兄の腕がだらりと落ちた。「ぼくのせいで兄さんが死ぬのはいやだ」

「もう決めたんだよ」

「本気で言ってるんだよ」

「わかってる」

兄はさっきと同じように、薄笑いを浮かべてウィンクしたが、それが死んだほうの兄にそっくりで、ぼくは胸を締めつけられた。ジェイソンが靴を蹴るようにして脱ぎ、シャツを脱ぎ捨てると、戦場で負ったすべての傷があらわになった。弾痕(だんこん)、火傷の痕、ぎざぎざの傷痕。隣でチャンスが小さな体を固くして、目をみはっている。

「すげえ」

「黙れ、チャンス」

ジェイソンはぼくの友人には取り合わなかったけれど、それもいたしかたない。これはぼくたち兄弟の問題だ。「なんでそんなことをするんだよ？」ぼくは訊いた。

「わかってるくせに」

「わかんないよ、本当に」

「ばかを言うな。ちゃんとわかってるはずだ」ジェイソンは煙草のパックをぼくの手に押しつけた。「濡れないように預かっててくれ。終わったら、一服したくなるだろうからな」

「ジェイソン、待って……」それ以上、言葉が出てこない。

兄がくるりと向きを変えて歩きだすと、チャンスが奇妙な小さな声で笑った。「無理だって。ダイブなんかできるもんか」

兄が岩だらけのビーチに出ていくと、みんなが目を向けた。年上の連中のなかには誰だかわかった者もいるはずだ。そのなかのふたりが小突き合いながら内緒話をしたけれど、ジェイソンは右にも左にも目を向けなかった。兄は浅瀬に飛びこみ、そのまま心臓が二十回鼓動するあいだもぐっていた。それから水面に顔を出し、クロールでゆっくりと岸まで泳いでいった。

「無理だよ」チャンスはぼそぼそと言った。「絶対に無理だって」

石切場の反対側に渡ると、ジェイソンは崖に取りついた。それから苦もなくのぼりはじめ、てっぺんにたどり着くころには、兄のことはビーチにいる全員に知れ渡ったようだ。ひそひそささやき合う様子を見ればわかる。

ジェイソン・フレンチ。

ヴェトナム。

刑務所。

何人かの目がぼくの姿をとらえたが、ぼくは気づかないふりをした。ベッキー・コリンズがこっちを見ているけれど、それさえも悪夢の一部としか感じない。

「兄さんは本気だ」その瞬間、ぼくは兄のすぐ隣にいるような感覚に襲われた。ぼくのときと同じ風が岩をなでていく。眼下の水は冷たく、灰色で、無情だ。唯一の違いは、ジェイソンが両腕をひろげたとたん、なんの音もしなくなったことだ。しゃべる者も、大声でやじを飛ばす者もおらず、さらに言うなら、風がやみ、鳥たちですらさえずるのをやめていた。

神様、どうか……。

確信すると同時に祈りの言葉が口をついて出た。兄の呼吸が自分のもののように感じられ、つま先に体重がかかるのがわかる。兄が膝を曲げたのも、実行に移す瞬間も、兄の命が自分のものでなくなった瞬間も感じ取れた。

「おいおい、本気かよ」

兄が飛びあがって、生成り色の空が足と岩のあいだにひろがると、チャンスが思わずつぶやいた。見えない糸に吊りさげられた兄は、上の兄のときとまったく同じに見えた。体の片側が光で照らされ、胸と腕が弓のようにしなる。その一瞬、兄はピンどめされたように動かず、やがて肩の重みで下に引っ張られた。突然、ぼくは十三歳のぼくに逆戻りし、息がつまるのを感じていた。どこか深いところから、あの同じ言葉が聞こえてくる。

いち。

に の……。

ぼくはロバートのときのように数えながら、下の兄が死んでしまうんじゃないかとびくびくしていた。やけに時間がかかっている。頭のなかで〝さん〟と数えたときもまだ、ジェイソンは両腕をひろげたままで、ぼくはぞっとするような確信にとらわれた。

　失敗だ。

　大惨事になる。

　でも、最後の最後で兄は両手を合わせ、それがナイフの先端のように水面を割り、体の通り道を作った。兄は黒々とした水のなかに消え、ふたたびその姿が見えるまで、ぼくはずっと息をとめていた。兄は水から顔を出し、岸に向かって長い腕で水をかいた。チャンスがなにか言ったけど、ごうごうとうなる風のような音のせいで、よく聞こえない。

　血が流れる音が耳のなかで響いているんだろう。あるいは、みんなの歓声かもしれない。

3

　この日はずっと、兄のこと、兄のダイブ、交わした約束のことばかり考えていた。土曜日。兄とぼくとふたりで。その晩の夕食の席で、ぼくはそのことを母に話さなかった。気づまりな沈黙のなかで食事をしているなかで、打ち明けるきっかけを作ろうとするように母が話を振ってくれたにもかかわらず。「ドライブウェイにケンがいたようだけど？」

　母は目の前の料理を見つめたまま訊いた。ぼくは父と目を合わせたけれど、これについてどう思っているのか、なんのヒントも浮かんでいなかった。「ぼくのあとをついてきてくれたんだよ」

　うそではなかったけれど、本当はまだつづきがあった。父のパートナーは石切場でぼくを見つけると、家までついていくと言って譲らなかった。ちゃんと確認すると親父さんに約束したからな、というのがその主張だった。彼はジェイソンのことにも、酒を飲んでいる少年たちのことにも、急に現われた彼の姿にぼくがばつが悪そうな顔をしたことにも、とりたてて触れなかった。いかにも警官らしい感情のこもらない目でジェイソンをながめまわしたのち、いつもの毅然とした目でチャンスをにらみつけた。おまえも帰らなくていいのか？　彼はぼくが家に入るのをドライブウェイのところで見届けたのち、父の車が入ってくるまで待っていた。ふたりの会話は聞こえなかったけれど、父がケンと同じ、いかにも警官らしい目つきでぼくのほうを見やったのが、ドアのところから見えた。

「きょうは学校に行かなかったのね」母が言った。

「石切場にいたんだ」

「スキップ・デーが恒例なのは知っているけど、月曜日からまた学校でしょ。宿題もあるし、レポートも書かなきゃいけないし、卒業試験だってあるじゃない。もうすぐ卒業だからって、さぼっていいことにはならないわ」

「わかってるよ、母さん」

母はひとくち分のサラダをフォークで刺したけれど、それもこのダンスの一部だった。ロバートにもジェイソンにも、戦争のことにもいっさい触れない。質問と質問の合間の沈黙のあいだ、母の心がどこをさまよっているのかぼくにはわからないけれど、おそらくは未来、あるいはいまよりもっと明るい場所だろう。

父もこのダンスをよく心得ていたから、簡単で薄っぺらく、たわいのない会話に終始した。「夏のバイトをどうするか、考えているのか？」

「マリーナで働かないかと誘われてる」

「またか？」

父はがっかりしていたが、ぼくはボートも湖も燃料のにおいも好きだ。父の渋面がいっそうけわしくなったけれど、とくに意見されることはなかった。秋になればぼくは大学に進学する。とりあえず休戦ということだ。父はぎこちなくほほえみ、母はワインに口をつけた。

　でも、そんなダンスもぼくには効果がなかった。

「ジェイソンが出所したのを知ってたんだよね？」

　その質問は爆弾並みの威力を発揮した。母はワインを喉につまらせた。父は言った。「おまえ……」

「教えてほしかったよ」

　怒りがなんの前触れもなく一気にこみあげてきたけれど、原因はわからない。ふたりがぼくの人生をあやつろうとしているから？　兄がダイブしたときに襲われたわだかまりのせい？　それでもいままで感じたことのない怒りということだけははっきりしている。

「誰に聞いたの？」母が尋ねた。

「本人に会った。話もした」

　母はナプキンで口もとを拭いた。「わたしの話をしたのね。そうなんでしょ？」

「その話もしたかもね」

　母は膝の上にナプキンをひろげ、顔をそむけた。

「当然、知ってたんだよね？　そうでしょう？　ふたりとも兄さんが出所したのを知ってたんだ」

「あなたたちを近づけないほうがいいと思ったのよ」

　このときの母のまなざしは、まっすぐでふてぶてしかった。背筋をのばし、落ち着き払った様子ですわっている。「理由も言いましょうか？」

「この前、話してくれたときからなにか変わった？」

「わたしのほうはなにも」

　ぼくは父のほうを向いた。「父さんは？」

「さきにわたしとお父さんがジェイソンと話をするわ。いい？　刑務所にいたし、ずいぶん時間がたったし。あの子がどういうつもりでいるのか、わたしたちで探りを入れる。これからどうするつもりなのか、どうして戻ってきたのか、なにも知らされていないんだもの」

「それがわかったからってなんなの？」

「わたしたちが置かれている状況がわかる」

ぼくはふたりの顔をかわるがわる見つめた。なにも変わっていない。これからも変わることはない。「もう席を立ってもいい？」

母はグラスを手に取った。「またあの子と会う予定はあるの？」

「ない」ぼくはうそをついた。

「電話で話をするの？」

「兄さんのところに電話があるんならね。まだ教えてもらってないけど」

母は兄と同じ、冷酷でぎらぎらした目でぼくの顔をうかがった。「これからもお母さんのいい子でいてくれる？」

「努力する」

「お母さんのことが好き？」

「もちろんだよ」

「怒ってる？」

「もう怒ってない」

ワインをもうひとくち。さっきと同じまなざし。

「お皿を流しに持っていきなさい」

ぼくは自分の皿をキッチンに持っていき、奥の階段で自室にあがった。なかに入ってドアを閉め、自分の部屋ではないみたいに室内を見ようとした。ポスター、古いおもちゃ、プラスチックのトロフィー。父が部屋のドアをノックしたときは九時を過ぎていた。

「どうぞ」

父はドアをあけるなり、部屋の様子に啞然（あぜん）とした。ポスターはすべてはがされ、持ち物の半分は箱に詰めてあった。「どうしたんだ、いったい？」

ぼくは肩をすくめ、箱づめ作業をつづけた。「模様替えしたくなっただけ」

父は箱の中身をひとつひとつのぞきこんだ。「全部捨てるのか？」

「たぶん」

「コミック本もか？」父は半分ほど詰まった箱から本の束を取りだした。「八歳のときから集めていたじゃないか」ぼくは黙っていた。父はコミック本をもとに戻し、ベッドのへりに腰をおろした。「お母さんのことだが……」

「言い訳なんかしなくていい」

「しなくていいと言われても説明させてもらう」

「母さんは、ジェイソンがぼくの人生をだめにするんじゃないかと不安なんだ。そんなの、いまさら驚かないよ」

「永遠にこのままというわけじゃない」

「もう何年もなんだよ、父さん。この五年間、スポーツをしたくても、女の子とデートしたくても、母さんは許してくれなかった。キャンプにもハンティングにも行けない。外出だってめったにさせてもらえないんだよ」

「車は持たせてもらえたじゃないか」

「自分の金で買ったからさ」

「それでも、許してくれたことに変わりはない」

「たしかに、母さんがやったなかで、ただひとつフェアなことだったけど」

「フェアなことなどなにひとつない。ロバートが死んだのも、ジェイソンがあんなふうになったのもフェアなんかじゃない。母さんが心配しすぎるのも、おまえがすべて背負わなくてはならないのもフェアじゃない。とにかくおれの言うことを聞いてくれ。ジェイソンには近づくな。せめて当分のあいだだけでも」

「実の兄さんなんだよ」

「そんなことはわかっているが、ジェイソンにはおまえの知らない面がある」

「どんなこと？　ドラッグをやってること？　戦争で人を殺したこと？」

父は顔をしかめ、床をじっと見つめた。いつになく煮え切らない態度だ。「三日か四日でいい。とにかく、しばらく辛抱してくれ」

「兄さんが出所したこと、ちゃんと教えてほしかった」

「おまえが腹をたててるのはよくわかった。それでも、約束してほしい」

「約束なんかできない」

「母さんのためでも？」

「父さんのためでも」

ぼくは父を見つめ、父も見つめ返した。けっきょく、そのまま父は出ていった。父と息子とやっかいな真実を告げる沈黙のなかにぼくを置いて。ぼくにはジェイソンに背を向けるなんてできない。ロバートを失ったいまは。

父はわかってくれたと思った。容認してくれたような気がした。

フレンチはドアの手前十フィートのところで足をとめ、戦争前の子どもたちがどんなだったかを思い返した。穏やかな笑顔とおっとりした性格のロバート、高飛車で聡明、ときに残酷になることがあるジェイソン。ギビーがロバートを慕っているのは誰の目にもあきらかだったが、本人が思っている以上にジェイソンに似ていた。同じ洞察力と自己認識力を持ち、辛辣な性格も同じだった。もちろん、ギビーは心がとてもひろく、だからこそ、母親の常軌を逸した要求も長年にわたって受け入れてきた。女の子とつき合うのはだめ。スポーツもだめ。

「いいかげんにしろ、ガブリエル」

妻の過保護な性格には合理的判断の入りこむ余地がなかった。ロバートが徴兵されてジェイソンが残されたのは、午前零時を二分過ぎて生まれたからで、つまりふたりはふたごでありながら誕生日が異なっていたのだ。ロバートがヴェトナムに向けて出発した日、ガブリエルは泣きじゃくり、戦死の知らせを受けたときは完全に打ちのめされた。最初に生まれた子で、お気に入りだった。ガブリエルがこの現実を受け入れることはけっしてないだろうが、あの悲惨な夜の闇に響きわたった彼女の叫びが、いまも頭を離れない。

ジェイソンならよかったのに！

ジェイソンならよかったのに！

フレンチは黙らせようと手をつくしたが、妻の叫びは家のどこにいても聞こえたにちがいないと、いまにいたるまでずっと信じている。ジェイソンが志願したのは、あれからどのくらいたってからだったのか。

二日？

三日？

フレンチは深々とため息をつき、ざらざらした顔を両手で覆った。もたれていた壁から背中を起こすと主寝室の前まで行き、なかをのぞいた。ガブリエルはベッドで横向きに寝ていた。フレンチは足を忍ばせてなかに入り、整理簞笥(だんす)から銃と警察バッジを取った。

「出かけるの？」妻がシーツをさらさらいわせながら寝返りを打った。

「起こしてしまったか？　悪い。寝ていてくれ」

「ギビーは寝てる？」

「ちゃんと布団をかけて眠っているよ」

「どこに行くの？」

「呼び出しがあってね。長くかかるかもしれない」

「いま何時？」

「そんな遅い時間じゃない。いいから寝ていてくれ」

フレンチが妻の頰にキスをすると、彼女はまた寝返りを打ち、その際に肩をすくめたのと髪がしだれ落ちるのが見えた。うそをつくのは心苦しかったが、なにをするつもりか告げたら非難されるのはまちがいなく、泣かれるのも目に見えている。眠れない夜を過ごさせてしまうにちがいない。

家を出て車に乗りこむと、二車線道路を進み、シャーロットに通じる州道に乗った。市の警察官でありながら市外で暮らしていることにいつも罪悪感を感じているが、自分はなによりもまず父親であり、市内の生活環境はここ何年も下降線の一途をたどっている。戦争のせいにするのは簡単だが、この変化はそれよりもっと根本的なもののような気がする。誰もが昔にくらべて無頓着になった。ドアに鍵をかけ、外の世界など気にもかけない。隣人同士の信頼は希薄になり、警官は愛されなくなっている。ケント州立大学で州兵がデモの参加者に向けて発砲した銃撃事件やニューヨークとウィルミントンでの人種暴動、アッティカ刑務所の暴動、ウィスコンシン大学の爆破事件などがあって以来、ずっとこんな状況がつづいている。人口五十万の小さな市だが、それでも過去には想像だにしなかった出来事を目にすることが多くなった。抗議運動や暴動だけにとどまらず、ブラジャーを燃やしたり国旗を燃やす行為が横行し、ホームレス、貧困、ドラッグが爆発的に増加してきている。疲れた目には、こういった問題は壊れた家族あるいは絆、さらには都市の崩壊以上に深刻に映るだろう。この国は傷つき、苦しんでいる。分断という言葉を使うのは大げさにすぎるだろうか？

市内に入ると、分譲住宅が並ぶ界隈と商業地域を抜けて、ダウンタウンに入った。二、三十階建てのビルが並び、通りには人が歩いている。レストランもナイトクラブもバーも混んでいた。四車線の大通りでは、どの車もゆっくりと流したのち、ぐるっとまわってまた同じことを繰り返している。フレンチはここを通り抜けることにしか興味はなかったが、それでもサイドボディに〝警官〟と書いてあるも同然の警察車両があると、つい目がいってしまう。

車をさらに進め、一八〇〇年代に建てられ、いまは廃墟となった工場が半マイルほど並ぶ界隈まで来たところで速度をゆるめた。市の再開発実験プロジェクトによって復興がこころみられたものの、待ちのぞまれた賃貸アパートや分譲マンションの住人の大量流入が実現しなかった地域だ。現在、どの建物も住んでいる人はほとんどいない。安宿と、売れない芸術家、コンテナ倉庫がいくつか入居しているだけだ。目指す建物は、もっともさびれたブロックの最後の角にあり、フレンチはなるべく音をたてないようにしながら車を進め、降りるときも同じように注意した。遠くの光のあいだに闇がたまっている。その闇のなかでなにかが動く気配があり、ガラスと煙草らしきものが見え、トラックヤードや崩れかけた玄関に肩を寄せ合う人の姿が見えた。

「ジミー・フォックスを見かけた者はいないか?」トラックヤードで煉瓦（れんが）の壁にもたれて脚を投げだしている男たちに近づき、警察バッジを見せた。全員がバッジに目をやったが、それでも注射器を隠そうともしなかった。「なあ、ジミー・フォックスだよ。おまえら、見かけなかったか?」ジャンキーのひとりが首をめぐらし、ゆっくりとまばたきした。フレンチは十ドル札を差しだした。「最初に答えたやつにこれをやろう」

「刑事さん。そう言えばおれ、見かけた気が……」

「おまえには訊いてない」この男はうそつきでつとに有名だ。「そっちのふたりはどうだ。ジミー・フォックスだよ。べつにやつを逮捕しようってわけじゃない。話がしたいだけだ」フレンチが五ドル札を追加すると、ジャンキー三人は通りの反対側にある古い工場を指さした。「うそだったら戻ってくるからな。金とおまえらのヤクを取りあげてやる」

「うそじゃねえよ。ジミー・フォックスだろ。すぐそこにいるって」

フレンチは札を落とすと、割れたガラスをよけつつ、三軒先のドアを見据えながら道路を渡った。若い女がふたり、ぼんやり立っている。売春婦だ。女たちはフレンチに気づくなり立ち去った。彼は追わなかった。あけ放しのドアを抜けると、マットレス、古いソファ、床に垂れたろうそくの蠟が目に入った。

「やあ……おまわりさん」

そう声をかけてきたジャンキーは、そよ風が吹いただけで飛ばされてしまいそうなほどやせこけていた。ソファにすわっているその男は裸足で上半身裸、おまけになかば酩酊状態だった。

「ジミー・フックスを捜している」

ジャンキーは長く暗い廊下を指さした。

「やつはひとりか？」

「知るかよ、おっさん……」

ジャンキーが下卑た薄笑いを浮かべたのを見て、フレンチは胸のうちでつぶやいた。ひとりじゃないらしいな。廊下を進むと、ほかにも部屋があり、ジャンキーがいた。フレンチはもう慣れっこで、なんとも思わなかったが、内なるバネがいくらか締まったように感じられた。

建物の奥まで行くと、廊下は右に折れ、突き当たりに裸電球が灯るスチールドアが見えた。フレンチはリボルバーに手をかけ、二回ノックした。「警察だ。ジェイムズ・マニング、通称ジミー・フックスに用がある」手入れならば、フレンチのうしろと裏口や外の路地を同僚が固めているはずだ。しかし、マニングは薬物の取引で手入れをされたことがない。ひじょうに頭がよく、抜け目がない。「さっさとあけろ」

ドアを叩きつづけると、ようやくなかから金属がきしむ音とデッドボルトが引っこむ音がした。チェーンの長さだけドアがあき、血色の悪い肌と感情のない黒い目がわずかにのぞいた。

「令状」質問ではなかった。

「ジミーにフレンチ刑事が来た、話があると伝えろ」

男はうしろを振り向いた。「よお、あんたの言ったとおりみたいだ」

「入れてやれ」

ドアが閉まり、チェーンが滑る音がした。ドアがふたたびあくと、革の椅子に腰かけ、両手を頭のうしろで組み、脚をくるぶしのところで交差させたジェイムズ・マニングの姿が見えた。マニングは四十代なかば、地元出身で高校を中退している。一緒にいる連中は肌の色も年齢もまちまちだ。おそらくここからはドラッグも銃も現金も出てこないだろう。この建物内にあるだろうが、ほかの男がほかの部屋で管理しているはずだ。

「フレンチ刑事」マニングは両腕をひろげ、歓迎するふりをした。「今夜はあんたに会えるような気がしてた」

「つまり、あいつが戻ったのを知ってるわけだな」

「あんたの息子は、でっかいさざ波を起こしてくれたからな。だから知ってるに決まってるだろ」

フレンチは部屋のなかに足を踏み入れた。全部で五人。マニングだけが薄笑いを浮かべている。「あいつに売ったのか？」

「質問の意味がわからない」

「あいつがやっているのか情報がほしい」

「ったく、世の中は要求ばっかりだ。おれも要求する。あんたも要求する」

男ふたりがフレンチからは見えない位置に移動した。気配で察したが、そんなことはどうでもいい。「息子の居場所を知ってるのか知らないのかどっちだ？」マニングが両方のてのひらを見せてもう一度薄笑いを浮かべたのを見て、フレンチは胸が悪くなった。こんなことをするべきではなかった。息子の居場所くらい自力で突きとめられたはずなのに。「おまえにはたしか子どもがいたな。娘だったか？」

マニングは薄笑いをやめた。「おれの娘と一緒にするんじゃねえ」

「言ってみただけ……」

「あんたの息子はジャンキーだ。おれの娘はまだ八歳だぜ」

「だが同じ父親として……」

「そんなことには興味はない」

「だったらなにに興味がある？」

「配慮だ」マニングは椅子にすわったまま身を乗りだした。「まずはおれが例を示してやろう。おまえの息子には売ってない。これが配慮ってやつで、いまの情報はタダにしてやる。それと、息子の居場所を教えてやってもいいが、そっちは対価が必要だ」

「見返りか」

「警官としての配慮だ」

　フレンチは気持ちを落ち着かせようと深呼吸した。まわりにいる男たちは、全員が最低ランクのくず野郎だ。全員をしょっぴくか、こっちの手が血で真っ赤になるまで殴るかしてやりたい。「なにも腎臓をよこせと言ってるわけじゃないんだがな」彼は言った。「それ相応の配慮はしよう」

「けっこうけっこう」

「息子はどこにいるんだ、ジミー？　二度は訊かないぞ。おれがこのまま立ち去る場合、配慮の話はなしだ」

　マニングはふたたび椅子に背中をあずけた。三秒が過ぎ、五秒が過ぎた。「チャーリー・スペルマンを知ってるか？」彼はようやく口をひらいた。

「知ってるべきなのか？」

「ケチな売人だ。女とやりまくることしか頭にない。そいつの家がウォーター・ストリートと十番ストリートの角にある。ちっぽけな借家だけどな。あんたの息子はそこに居候(いそうろう)してる」

「いまの情報が正しければ、おまえにひとつ借りだ」

「ああ、そうだよ、刑事さん。それ相応の配慮を頼むぜ」

　フレンチはうしろから浴びせられる嘲笑には耳を貸さず、薄汚い廊下を引き返した。怒りと穢された気分がこみあげ、その感情を抱えたまま、ウォーター・ストリートと十番ストリートの角に向かった。労働者階級が暮らす界隈にある静かな交差点は、庭のついた小さな家が並び、善人と悪人が混在している場所だ。新米の制服警官だったころからよく知っているエリアでもある。通報の大半は家庭内暴力か器物損壊、あるいは公衆の前での酩酊。凶悪犯罪はほとんどなく、殺人事件はほぼゼロだ。交差点近くの家々にじっくり目をこらしながら無線機を操作し、チャーリー・スペルマン名義の車のメーカーと型式を通信係に問い合わせた。たいして時間はかからなかった。

「登録によれば、一九六九年型のマーヴェリックでナンバーはLMR-719。名義は一九五〇年九月二十一日生まれのチャールズ・スペルマン」

「助かった。了解」

　ブロックの西側、五軒先の狭いドライブウェイに目指すマーヴェリックが見つかった。タイヤはどれも溝がなくなっている。下塗りが浮いているせいでボディの色がくすんで見える。懐中電灯で車内を照らすと床にごみが散乱していたが、違法なものは見当たらなかった。家に近づいていくと、カーテンの向こうでなにか動くのが見え、音楽と笑い声が聞こえた。ノックすると、きれいな若い女がドアをあけてくれた。ベルボトムジーンズにチューブトップという恰好で、青いアイシャドーが光を受けて輝いている。酔ってはいるものの、愛想はいい。鼻筋に小さなそばかすが散っていた。

「いらっしゃい。どうぞ入って。お酒はキッチンにあるわ。チャーリーはどこかそのへんにいるはずよ」

　女はくるりと向きを変え、ドアをあけっぱなしにしていなくなり、フレンチはなかに入った。最初に足を踏み入れた部屋は十人ほどの客でいっぱいで、廊下や隣の部屋にも大勢の人がいた。青い煙が立ちこめている。その一部はマリファナだ。奥に進む途中、何人かが不快そうな顔を向けてきたが、フレンチは見て見ぬふりをした。ほかの連中はみな恍惚感で意識が朦朧としている。階段でひと組の男女がことにおよんでいた。隅に目をやると、レコードプレーヤーから流れる「ブラウン・アイド・ガール」に合わせ、若い女が何人か踊っていた。

狭い廊下に入ると横向きになり、端整な顔立ちの青年と二十代の女性グループのわきをすり抜けた。「ジェイソン・フレンチはいるか？」最初に目が合った女に尋ねたが、相手は首を横に振った。廊下の突き当たりまで来るとキッチンをのぞいた。氷を張ったたらいにビール樽がふたつ置かれ、ふたつのカウンターいっぱいに栓を抜いたボトルが並んでいた。こっちの男たちはやや年かさで、口ひげやもみあげを生やしていた。

「誰かジェイソン・フレンチを見かけなかったか？」

誰も答えず、フレンチはもっとも場違いで落ち着きのなさそうな男を選んだ。「あんたはどうだ？ ジェイソン・フレンチを知ってるか？」

若い男は友人たちに目をやった。「えっと、二階にいます。けど、誰か訪ねてくるとは思ってないんじゃないかな」

「どの部屋だ？」

「えっと……」

「それ以上しゃべるな、ばか。ジェイソンが許可しないかぎり話すんじゃない」

そこで、よくある反応だが、男たちが結束した。一部の連中にとって、ジェイソンは神のような存在感を放っている。死んだ兄の仇を討とうと軍に入り、三回出征して敵を倒した。負傷し、不遜な態度を身につけ、服役し、罪を償った。ジェイソンはそのオーラをいまもまとっているが、フレンチはいいかげんうんざりしていた。上着のすそをめくり、警察バッジとホルスターにおさめた拳銃を見せつける。「どの部屋かと訊いたんだが」三十年の警察勤めで、こういうやり方がすっかり板についた。がつんと一発くらわせることもある。そうすることで、バッジや銃以上の自信を感じることができる。「さっさと答えたらどうだ。簡単な質問だろ。知らないのか、え？　誰も？　そうか。ならけっこう。だったら上にあがって捜させてもらうよ。おまえらのうちひとりでも階段、廊下、どこだろうとおれの近くに寄ろうものなら、ただじゃおかないからな。わかったか？」

フレンチは五つ数え、階段のほうを向いた。誰もついてこなかった。二階は踊り場と閉じたドアが四つあった。最初のドアは浴室で、誰もいなかった。ふたつめは寝室で、錠がおりていた。「ジェイソン？」なかでごそごそ物音がし、つづいてかすかな声が聞こえた。くそっ、勘弁してくれ……。

「あけろ、ジェイソン。話がある」

「取りこみ中だ」

「取りこんでないときなどないじゃないか」

「とっととうせろよ、まったく」

「そうか、そういうことなら……」

片手でドアノブをつかみ、肩でドアを押したところ、錠が壊れた。粗悪な金属。粗悪なドア。室内は、電気スタンドがひとつ灯っているだけだった。スタンドの赤い傘が光をやわらげ、若い女の肌に影を作っている。女はジェイソンの尻にまたがって、ゆっくりとリズミカルに腰を動かしている。両手を首のうしろにまわし、長く黒っぽい髪の内側にもぐりこませていた。ドアがあいたのに気づいていないのかもしれない。気にしていないのかもしれない。「タイラ、ベイビー。ちょっと休憩な」ジェイソンは顎をあげ、女の尻を軽く叩いた。「おれたちだけにしてくれ」

女はベッドを滑りおり、恥ずかしがる様子も見せず、決まり悪そうな顔もせずに身支度を始めた。フレンチは目をそむけたが、女はわざとゆっくり室内をまわり、脱いだ服を拾い集めた。ようやく服を着終えると、ジェイソンの口に長いキスをし、フレンチの横をすり抜けた。「豚野郎」という言葉を残して。

「うれしいね」フレンチは言い返した。「礼を言うよ」

女はフレンチに向かって中指を立て、そのまま出ていった。フレンチがベッドに目を戻すと、ジェイソンが腰から下を上掛けで覆い、戦場で受けた傷が赤みを帯びた光に照らされぎらぎら光っていた。煙草のパックに手をのばし、一本振り出して火をつける。「刑務所から出たばかりなんだぜ、親父。五分くらい待てないのかよ」

「出所して連れこんだのは、いまの娘が最初じゃなかろう」

ジェイソンは片手を頭のうしろにまわし、父親の顔に煙を吹きかけた。「用件は？」

「こっちに帰ってくるとは言ってなかったな」

「親父もおふくろも知りたくないだろうと思ったんでね」怒り。よそよそしさ。また煙を吹きかけてくる。

「で、邪魔をしにきた理由は？　明日の話を聞いたからか？」

「明日なにがあるんだ？」

「兄弟で兄弟らしいことをするだけさ。てっきり、やめさせにきたんだと思ったよ。なにしろギビーはお気に入りの息子だし、おふくろは頭がお花畑ときてるしな」

「悪意のある言い方をするな」

「だって事実じゃないか、だろ？　お花畑。ナルシスト。突風に飛ばされる灰」

ジェイソンは指でつまんだ灰をまく仕種をした。

「ラリってるのか？」フレンチは訊いた。「あいかわらずやってるのか？」

「ジョージ・ディッケル（テネシー州カスケイド・ホロウにある蒸留所で製造されるテネシー・ウイスキー）もやってるうちに入るのか？」

ボトルを傾けたジェイソンの顔にはありとあらゆる種類の怒りが浮かんでいた。無断侵入、追及、ここ何年かの自分の人生。

「ギビーをひいきしているわけじゃない。まだ若いからだ」

「ロバートが徴兵されたときと同じ年齢だ」

「それとこれとはべつだ」

「べつなもんか。だいたいにして親父はそれが生んだ悲劇を、内輪のジョークみたいな話を知ってるじゃないか」またウイスキーを口に運ぶ。「ギビーは昔っから、おれたち兄弟のなかでいちばんタフだったんだぜ。十三歳でもおれたちと対等にやれた。ハイキングもモトクロスもハンティングも殴り合いも。ガキのくせして肝っ玉がすわってた。それがいまはどうだ？」ジェイソンは煙草を突きつけた。「親父たちのせいであんなふうになっちまった。不憫でならないよ」

「それはあんまりな言い方だぞ」

ジェイソンは急にうんざりしたのか、ため息をついた。「なんの用だよ、親父？　おれに消えてほしいのか、街を出てほしいのか、それともたったひとりの弟に近づくなと言いにきたのか？　だったらそう言ってさっさと帰れ。だからってどうなるもんでもないが、少なくとも互いの気持ちはわかる」

フレンチはどう言えばいいのか頭をしぼったが、ひとことで答えるのは無理だった。目の前の息子にも愛情を感じているが、理解しているとは言いがたい。

「明日出かけるのか？　兄弟らしいことをしに？」

「ギビーが親父たちに言うはずだったんだけどな」

フレンチはうなずいた。そうする以外、どうしようもなかった。「何事もなく帰してくれよ、いいな？　ばかなことや危険なこと、警察の世話になるようなことはごめんだからな」

「了解したよ、刑事さん」

ジェイソンはまたウイスキーを口に運び、フレンチはとたんに激しい衝動に駆られた。息子のなかから怒りを叩きだしてやりたかった。立ちあがらせ、お気に入りだとか過去のいきさつだとか愛だとかに対する疑問が消えるまできつく抱きしめてやりたかった。こう言ってやりたかった。おまえがおれの息子であることに変わりはないし、おまえがこれまでやってきたことも、いまのおまえがどんな人間かも、さらに言えば、おまえがおれを憎んでいてもそんなことはどうだっていい、と。心が満たされ、陽がのぼり、腕が痛くなるまで息子を抱きしめていたかった。けれどもけっきょく、もう一度うなずくだけで、その場をあとにした。

4

父が帰ってきたとき、ぼくは起きていたし、父が音をたてないようにするのがとてもへたなのを長年の経験から知っている。いつも遅くまで仕事をし、長時間、事件に取り組んでいるのだから、家の床板がゆるんでいる箇所くらい、すべて把握していてもおかしくないのに。でも、そうじゃなかった。廊下のきしむ音が聞こえ、ぼくの部屋の外でずっとたたずんでいるらしく、氷がからからいう音がした。ぼくがもっと小さかったころは、父はわざわざぼくを起こして話をすることがあった。そういうのは事件が進展しなかったり、なんの関係もない人が怪我(けが)をしたり死んだりしたような、ついていない日が多かった。事件そのものについてくわしく話したりはしなかったけど、あたりさわりのない話をして、わが子がちゃんとベッドにいるのをたしかめたくなる気持ちは、十二、三歳のぼくでさえ理解できた。ロバートが戦地におもむいてからはそういう夜が頻繁になり、兄が遺体となって帰ってきたとたん、ぱたりとなくなった。そしていま、父は廊下で氷の音をからからいわせている。

父が立ち去ると、ぼくはまたジェイソンと崖のことを考えはじめた。

一瞬のためらいもなかった。

目を向けもしなかった。

電気スタンドをつけ、ロバートの写真でいっぱいの靴箱をあけた。子ども時代のものもあれば、本人がヴェトナムから送ってきたものもある。きょうみたいな夜はたいてい、この写真をながめる。怯えたような顔をしている写真も数枚あるけれど、それ以外はほとんどぼうっとした顔で写っている。もちろん、誰もがそんな見方をするわけじゃない。ほかの人の目には、いい顔しているとか、うっすらほほえんでいるように見えるかもしれない。でも、ぼくはたいていの人よりもロバートを知っている。ジェイソンよりもよく知っている。ロバートからはがむしゃらに勉強し、がむしゃらに遊ぶことを、自分の居場所を見つけることを教わった。それなのに、一年過ぎるごとに、兄を思い出すのがむずかしくなっている。だから、いままで以上に頻繁に写真を見るようにしている。目を閉じると浮かんでくる。ジャングルのなかで左に目をやるロバート、あるいは、ほかの兵士とともに焼け野原を前にして立つロバート。デヴィルズ・レッジからダイブした日のことすら、記憶がぼやけてきている。見えるのはなぜかジェイソンで、惹きつけられるような魅力を感じてしまう。あっちの兄はぼくになにを求めているのか。なぜ故郷に帰ってきたのか。明日のことでアドバイスを求めたら、ロバートはきっとこう言うだろう。

堂々としていろ、ギビー。だが、賢く立ちまわれ。
言ってること、わかるか？
おれの存在を感じるか？

　ぼくは長いこと闇に目をこらしたのち、ジーンズを穿き、母さんのバッグから煙草を一本もらって、玄関から外に出た。星が青白く輝き、空気がひんやりしている。煙草に火をつけ、心のなかが戦争状態になるのを感じた。ロバートかジェイソンのようになれ。いい息子になれ。あるいは悪い息子に。ウイスキーをくすねようかと思ったけれど、やめておいた。

　すぐに飲んでしまいそうだったから。

　それに、うそをつかなくてはならないから。

　同じ玄関先で、それは起こった——朝の九時、こっそり出ていこうとしたら、父がすぐうしろに立っていた。

「ギビー、ギビー。ちょっと待て」

　警官らしい表情を浮かべまいとしていたけれど、疑いの目で見ないようにするのは父にとって容易なことではなかった。「なんなの、父さん？」

　父はジーンズにTシャツ姿で、裸足だった。あのあとぼくはずっと、父と顔を合わせないようにしていた。

「どこに行くんだ？」

「ちょっと出かけてくる」半分はうそだ。

「また石切場か？」

「決めてない」

「チャンスも一緒か？」

「うん、そうかも」

　父は顔をしかめ、ドライブウェイにとまっているぼくの車に目を向けた。マスタングのコンバーチブルで、そこそこ古い。中古で買ったのだ。何カ所かへこんでいて、大きなエンジンを搭載している。

「実はな」父は言った。「ゆうべ、ジェイソンと話をした」

まずい……。

「ふうん」

「あいつからきょうのことを聞いた」警官特有の鋭い目を向けられると思ったけれど、そんなことはなかった。父は寛大で、物わかりがよさそうな顔をしているうえ……うまく言えないけれど……いつもより若く見えた。「母さんに知らせる必要はない。そういうことでいいな？　おまえとおれだけの秘密にしておく」

ぼくは罠じゃないかと勘ぐったけれど、それらしきものは見受けられなかった。

「ずっと考えていたんだ。おまえの兄さんで残っているのはあいつだけだ。いいか悪いかはべつとして、その事実は変えられない」

「でも、母さんには秘密なんだね？」

「ぼろを出すなよ」父は言った。「わかるな？」

一度うなずくと、そこにまた現われた。

ロバート兄さんの亡霊が。

ぼくが車を歩道に寄せてとめたとき、ジェイソンは二日酔いだった。すわって側溝に垂らしたブーツの足を交差させ、ビール瓶を額にあてていた。

「遅い」

ぼくはエンジンを切っただけで、降りなかった。幌をたたんであるから、陽射しが照りつけてくる。ジェイソンはビールを喉に流しこんでから立ちあがった。うしろに見える家は小さく、そこらじゅうにごみが散らばっているし、兄が着ているものは田舎の道路みたいに黒ずんでくたびれていた。それでも、ジェイソンはなにがあっても大丈夫そうだったし、皮肉っぽい笑みを浮かべていたし、全体的にすらりとして、バネのある体をしていた。彼はビールを飲み干すと瓶を投げ捨て、後部座席にクーラーボックスを積みこんだ。

「朝めしは食ったのか？」ぼくは首を横に振り、兄はドアをあけた。「そうか。だったらおごってやる」兄

は店の名前を言い、街の反対側にある、ソウルフード
と韓国料理を出すダイナーに行く道を案内した。「そ
このチキンとクイックブレッドがな」兄は言った。
「想像を絶するほどうまいんだ」
たしかに兄の言うとおりだった。想像を絶するうま
さだった。
「うまいだろ、な？」濃い色のサングラスをはずして
現われた目は、意外にも澄んでいた。
「ここにはよく来るの？」ぼくは訊いた。
兄はカウンターの奥にいるコックを、ひげに白いも
のが交じった引き締まった体つきの黒人を示した。
「ナサニエル・ワシントン。新兵訓練であいつの息子
と一緒だった。ダーゼルって名前だ」
「その人は……えっと。戦争で？」
「ん？　死んだかって？」例の皮肉めいた笑み。「ダ
ウンタウンでタクシーの運転手をしてるよ。いいやつ
だ。派兵される前、ここを教えてくれたんだ。韓国料
理はあまり口に合わないが、ほかのはどれも……」
兄はフライドチキンとコラードグリーン、背脂(せあぶら)や豚
すね肉のにおいを胸いっぱい吸いこむ仕種をした。ボ
ックス席に寝そべるようにすわっていて、すっかりく
つろいでいるようだ。落ち着いたまなざし。屈託のな
い笑顔。ぼくたちは朝食を食べおえ、車中で食べるサ
ンドイッチを注文した。「女の子はどうしたの？」
「女の子？」
「うん、たしか言ったよね――」
「ああ、女の子ね。うーん、正確に言うと大人の女だ
けどな。おまえ、もう経験はすませたのか？」
ぼくは気恥ずかしくてそっぽを向いた。女の子は愛
くるしさと残酷さにくるまれた謎の存在だ。女の子を
見ると、ぼくはいつも全身がすくんでしまう。
「心配するなって」兄は言った。「ふたりとも気立て
のいい女だ。きっと気に入る」
そう言ったきり、兄は窓ガラスの向こうにひろがる

風景をぼんやりながめた。通りの向かいの路地に落ちる影が濃くなり、強い陽射しが歩行者に、ホームレスに、クロームのフェンダーがついた大型車に照りつける。ぼくの目は兄の自信満々な姿に、ぴくりとも動かないその様子に、煙草を持つ姿に吸い寄せられた。

「どうした?」

見ているのを兄に気づかれたものの、ぼくはすぐに答えられなかった。ぼくたち兄弟はよく似ていると言われるけれど、ぼくからすれば兄は異次元の人間だ。

「何人殺したの?」

こんな早朝には似つかわしくない質問だった。兄は腹をたてるでもなく、大目に見るでもなく、ぼくをしげしげと見つめた。

「その話はまたいずれな」

僕は落胆を隠しきれなかった。セックス。死。経験。それらが一人前の男である兄と、そうでもない存在であるぼくとの差だ。

「なるほど」兄は言った。「そういうことか。みんなが噂してるんだな。おれたちは家族だから……」

「最初の一年で二十九人を殺したって聞いた」

兄は首を横に振り、煙草を揉み消した。二十九人以上ということだろうか? それとも、もっと少ないのか?

「酒を買わないとな」年寄りの店主がサンドイッチの入った袋をテーブルまで持ってくると、兄は腰をあげた。「ありがとな、ナサニエル」ジェイソンはろくに数えもせずに札を押しやると、肩でドアを押しあけ、ぼくを引き連れて炎暑のなかに出た。「もう酒を飲んでもいいんだろ?」

「ぼくは運転しないといけないから」

「いや、おれがする」兄はボンネットをまわりこみ、運転席に乗りこんだ。ぼくは少し待ってから、けっきょく乗った。「栓抜きはクーラーボックスに入ってる」

あたりを見まわした。警官の姿はない。誰も気にしていないようだ。氷をひっかきまわして、ミケロブの瓶を探りあてると、二本出して栓を抜き、一本を兄に渡した。ジェイソンは一気に三分の一を飲むと、四車線道路にそろそろと出て東に向かった。ぼくは瓶を脚のあいだにはさみ、まわりに車がいないときに、おずおずと口に運んだ。

「いい車だ」兄は言った。

「そう?」

「ロバートとおれは歩くしかなかった」

不満を言っているのかとうかがったけれど、その気配はなかった。芝刈りやボートの給油の仕事をして購入資金をためたんだと言ってもよかったけれど、せっかくの雰囲気に水を差したくなかった。兄はハンドルの溝に指をかけ、口笛を吹きながらゆるやかに加速した。数秒後、時速四十五マイル制限のところ、六十マイルにまで達し、兄は刑務所を出所したばかりの男みたいににやにやしていた。さらに東に進んだのち北に針路を取って市街地を迂回(うかい)すると、きらきら光るガラスと木立があって路上駐車が禁止されている豪勢な地域に出た。

「きょうの女たちだけどな……」兄は歩道に車を寄せた。「尻込みするんじゃないぞ」

「まさか。なにを……?」

「おふたりさん!」

若い女性ふたりが近くのコンドミニアムから出てくると、ジェイソンは車から身を乗りだした。タオル地と薄いシャツとすべすべの肌がぼんやり見えた。ふたりはくすくす笑いながら玄関ステップをおりてきて、歩道にいるジェイソンに駆け寄り、それぞれつま先立ちになって彼の頬にキスをした。背の低いほうが車のなかをのぞきこんだ。「この子がそう? あんたが言ってたよりかわいいじゃない。ねえ、見て、サラ。言ったとおりでしょ」

ふたりとも目をこらした。ふたりともノーブラでよく陽に焼けていた。ブロンドのほうは額の真ん中へんにターコイズのついたヘッドバンドをしていた。黒っぽい髪で背の低いほうがしているのには羽根飾りがついていた。

「さあて」ジェイソンは言った。「おまえらはうしろに乗れ。弟はおれの隣だ」

「ええー……」

「あとで交代させるから。さあ、乗った乗った」

兄が車を示すと、ふたりの女性はわれ先にと乗りこんだ。背の高いブロンドのほうが先に口をひらいた。穏やかで落ち着いた声だった。「わたしはサラ。で、こっちがタイラ」ぼくはできるだけきちんと挨拶(あいさつ)をしたけれど、香水と脚とちらりとのぞいた胸のふくらみに、すっかり舞いあがってしまった。

「あら、やだ。この子、顔が真っ赤。かわいい」タイラがシートごしに身を乗りだし、ぼくはうなじに息がかかるのを感じた。「なんて名前？」

「ギビー」

「歳はいくつ、ギビー？」

「そいつは十八だ」ジェイソンが横から口を出した。

「先週、誕生日だった」

「あらまあ。かわいい」タイラがけらけら笑いながらぼくの肩をつかんできたけれど、ぼくの目はサラの目をとらえていた。彼女は身じろぎひとつせず、緑色の交じった青い目でぼくをじっと見つめていた。「会えてすっごくうれしい、ギビー。これ、あんたの車？」

ぼくがしどろもどろに答えると、タイラが身を乗りだしてきたので、またもさっきの白い柔肌(やわはだ)がちらりとのぞいた。「あんたに合ってるね。この形」

そう言うと彼女はシートにもたれ、横を向いた。ぼくはどぎまぎし、頭のなかが真っ白になった。ジェイソンがまたも、訳知り顔のにやにや笑いを浮かべていた。

「さて、みんな」彼は大型エンジンをかけた。「パーティの準備はいいか？」

パーティは車のなかで始まり、この州最大の湖の南岸にひろがる未開発の森をくねくね走って砂利道に出るまでの一時間で盛りあがった。陽が横から射しこみ、森の向こうの湖面が光っている。うっすらとした埃を巻きあげながら、ジェイソンはよく知った地域やボートの進水路や公園よりも先へと車を進めた。女の子たちはすでに二本めのワインの栓を抜き、おしゃべりに興じ、あれこれ質問をしてきたけれど、ジェイソンはぼくに答えさせようとした。自分はほとんどの質問に答えず、にやりと笑うか、ビール瓶を傾けるか、〝そういうおかしな話を誰か知らないか？〟などと言ってばかりだった。

実を言えば、おかしな話のネタならあった。いつ兄に話を振られてもいいように、なにをどう言うか準備していた。兄の自信がビールのせいかもしれないし、兄の自信が伝染したのかもしれない。とにかく、女の子たちに受けた。貝殻の内側のようなピンク色の唇と、濡れてきらめく歯のタイラは大声で笑った。サラの反応はひかえめだったけれど、うれしいものだった。ぼくの肩に手を置いて顔を近づけると、そっとなまめかしくほほえんだのだ。しばらくこのままでいてほしかった。流れるような髪。手のぬくもり。

「ところで、どこに連れていってくれるの？」

タイラが声を張りあげて尋ねたが、ジェイソンはなんとも答えなかった。三叉路（さんさろ）で右に折れ、草ぼうぼう（お）の道を大きく揺れながら進み、野生の花が生い茂る草地の手前でとまった。その向こうには何マイルも先まで湖がひろがっている。車がとまると、タイラは立ちあがってサングラスをはずした。「わあ、きれい」

みんなで車を降りた。尋常でない静けさがあたりを支配している。「こんな場所、どうやって見つけたの？」ぼくは訊いた。

「おれが見つけたんじゃない。ロバートだ」

ぼくは草地に足を踏み入れた。あたり一面、無数の色と無数の色調の花が敷き詰められたように咲いている。風がそよぐたび、水辺にあたっている光が宝石のようにきらめく。「どうしていままで連れてきてくれなかったの？」ぼくは訊いた。

ジェイソンはぼくの隣に立ち、新しいビールをぼくの手に押しつけた。「おれも知らなかったんだ」

「そんなの変だよ」

「ロバートも連れてきてくれなかったんだよ。戦争に行くまでは」

「どういうこと？」

「派兵される直前、あいつが家に顔を出したことがあるだろ。覚えてるか？」

「もちろん」

「最後の夕食の前、ここに来たんだ。おれたちふたりで。太陽が沈みかけていた。寒かったな。ロバートは十六のときにこの場所を見つけたと言って、おれにも教えておきたかったんだとさ。万が一ってこともあるからって。あとは、ほとんど口をきかなかった。おれたちはビールを飲みながら、太陽が沈むのをずっと見ていた。おそらく、怖かったんだと思う」

「ロバートはなんで秘密にしてたのかな」

「おれたちはふたごだ。つまり、なんでもかんでも一緒だった。おれたちが望もうと望むまいとな。誕生日会。着るもの。ガールフレンドでさえ、どっちがどっちのかわからなくなる始末だ。ロバートはここを自分だけの場所にしておきたかったんだろう。それを責められるか？」

この場所の美しさと静けさを思えば、もっともな問いだ。ここの所有者は誰なんだろうという疑問が頭をよぎったけれど、それも一瞬のことだった。ぼくはロバートに思いをはせた。この場所にひとりで、あるいは特別な女性とふたりでいる兄の姿が容易にまぶたに浮かぶ。ぼくではなくジェイソンを連れてきたのはショックだったけれど、ふたりはふたごなのだ。ときどき、その事実を忘れてしまう。

女の子たちの存在もすっかり忘れていた。

「ひと泳ぎしない？」いつの間にか、タイラがぼくたちの横に立っていた。ジェイソンの腕に手を置いている。「ねえ、どう、大きなぼく？」

彼女は大声で笑いながらトップスを脱いだ。つづいてショートパンツも脱ぎ、咲き乱れる花のなかを生まれたままの姿で駆けていった。日焼けした裸の女の子を見るのは初めてだった。そもそも、女の子の裸を見ること自体、初めてだった。

「持ってろ」

ジェイソンはぼくにビールを押しつけ、ぶらぶらと草地に入っていった。兄がゆっくり近づいていくと、タイラは大はしゃぎした。振り返って、わざとらしく恥じらってみせ、胸を手で隠しながら腰まで水に浸かった。ジェイソンは着ているものを威厳たっぷりにゆっくりと脱いだ。戦争で受けた傷が生々しく、刑務所帰りらしく生白い肌をしているけれど、筋肉質で自信にあふれ、どっしりしている。ジェイソンに嫉妬（しっと）するなんてありえないとずっと思っていたけれど、いまこの瞬間、ぼくは嫉妬していた。

「あのふたり、しばらく前からつき合ってるのよ」いつの間にかサラが横に来ていた。その目はジェイソンを見ていたけれど、同時にタイラにも注がれていた。ふたりはもっと水深があるところで一緒になると、一度、長いキスをし、それから岸から遠ざかって、大声で笑いながら水をかけ合った。「わたしたちは泳がなくていいわよね」サラは言った。「ねえ、来て。日陰を見つけたの」

胸をなでおろすべきか、がっかりすべきかわからなかった。サラはさりげなくぼくの手を取ると、シダレヤナギの下の、花がない場所まで連れていった。その昔、誰かが置いていったのだろう、木の部分が色あせてつるつるになったアディロンダックチェアがあった。サラはぼくをすわらせると、両方の脚にそれぞれ手を置いて顔を近づけ、軽くキスをした。

「そろそろ次の段階に進みましょ」体を引いた彼女は、唇をうっすらひらき、目だけでほほえんでいた。彼女はぼくの隣の椅子にすわったけれど、指先はぼくの脚に置かれたままだった。わたしのものよ、と言われているみたいでぼくはまんざらでもなかった。「ギビー・フレンチのことを話して」

「なにが知りたいの?」

「女の子とつき合ったことは?」

ぼくは正直に答えたけれど、それはそういう日だったからだ。「ううん。とくに」

「でも、ガールフレンドくらいはいたんでしょ?」

「真剣な相手はひとりもいないよ」

「そう。それを聞いてうれしいわ」ワインを口に運ぶサラの横顔は完璧だった。

「きみはどうなの?」ぼくは訊いた。

「男の友だちはいる。深いつき合いの人はいない」彼女はブルーグリーンの瞳をぼくに向けた。「驚いた?」

ぼくは首を横に振って――本心じゃない――あけすけな物言いをする彼女に合わせようとした。「歳はいくつなの?」

「二十七」

「どんなことをするのが好き?」

「上々のスタートね」

サラはぼくの脚を何度もさすったけれど、どこか上の空だった。目がゆっくり閉じられ、唇にはうっすらと笑みが浮かんでいる。ぼくは彼女の脚を、薄手のシャツを、そして小さいけれど完璧な形をした胸をこっそりうかがった。なにをすればいいのか、なにを言えばいいのかわからなかったけれど、そういうことはすべてサラが知っていた。

「呼吸をして、ギビー・フレンチ。きょうはとてもいい日和だわ」

たしかにいい日和だった。ぼくたちはいろんな話をした。ビールを飲んだり、笑ったり、一度、会話が途切れた隙をねらって、サラがまたキスをしてきた。最初のよりも長くて、特別で、本格的なキスだった。そのあと、ぼくたちはジェイソンとタイラが泳ぐのをながめていたけれど、ふたりが湖からあがり、花に埋もれてなにやら始めたときには目をそらした。それからしばらく気づまりな雰囲気になると、サラはそれがいやだったらしい。ぼくが期待していたとおり、堂に入った動きで立ちあがると、ぼくの膝にまたがり、あたたかなてのひらでぼくの顔をはさむようにしてキスをした。大人の女の人のキスで、学校の女の子としたキスとは全然ちがっていた。もたつきもせず、決まり悪そうにすることもなく、迷うこともなかった。彼女は自分の髪で周囲を遮断しぼくたちふたりだけの世界を作り、その世界では彼女がルールだった。強く体を押しつけてきたかと思うと、さっと体を引き、思わせぶりにじらしつづけた。ぼくの手を自分のシャツのなかへと導き、そこに自分の手を重ねた。

「仲良くやってるな」

兄がすぐ近くまで来ていた。サラは体を離したけれど、急ぐそぶりは見せなかった。彼女はぼくの手をぎゅっと握ってから、手を引っこめた。「いい子ね」彼女は言った。「気に入った」

「だろ?」

サラはぼくの膝の上で体の向きを変え、ぼくの胸にもたれかかった。岸辺に目をやると、タイラが服を着ているところだった。彼女はぼくらの視線に気づいて手を振った。「泳ぎは楽しかった?」ぼくは訊いた。

ジェイソンが肩ごしに呼びかけた。「タイラ、ベイビー？　泳ぎは楽しかったか？」

「最高！」

彼女は満足そうな笑みを浮かべ、花をかきわけながら近づいた。ジェイソンは彼女をきつく抱き寄せ、片方の眉をあげた。「みんな、腹は減ってないか？」


数時間後、黄色い陽射しが木立にあふれ、まぶしいほどの青い空がひろがるなか、ぼくたちは車に戻った。ジェイソンの運転で固い舗装路と森の外の世界に戻ったけれど、どういうルートを通っているのかぼくにはさっぱりわからなかった。まずは北、つづいて東、そしてふたたび北を目指した。林と農地、ひもに通したビーズのような、古びた舗装路と小さな町がえんえんとつづくこのあたりには、これまで来たことがなかった。うしろの席にぼくと乗ったサラも、同じように無言ながら満足そうな顔で外の景色に見入っていたけれど、その目はローズ色のレンズの奥に隠れて読み取れなかった。彼女は片手を自分の喉に、もう片方の手をぼくの脚の上に置いていた。前の席では、タイラがひとりでぺちゃくちゃしゃべっていた。

「どこに向かってんの？」

ジェイソンは幅のひろい肩をすくめた。「とくにあてはない」

「もっとスピードを出せる？」

車のスピードをあげると、アスファルトに積もった埃が吹き飛ばされ、へりから飛び散った。「こんなものでいいか？」

「いまここでキスしてくれるんなら」

兄は言われたとおり、片目で前を見ながらキスをした。唇が離れたとたん、タイラはけたたましく笑いながら、両腕をフロントガラスより高くあげ、吹きつける熱風にさらした。「もっとスピードを出して！」ジェイソンがアクセルを踏みこむと、車の速度はさらに増した。「そう！　その調子！」スピードでテンションがあがったらしい。彼女は革のシートの上で二度跳ね、ワインを飲み干し、後方に投げ捨てた。瓶はうしろの道路に落ちて、照明弾のように粉々に砕けた。ぼくがサラに目を向けると、彼女はやせた肩をすくめた。

「タイラはああいう人なの」

そのあとは少し気まずい空気になった。ぼくはタイラのことなんかどうでもよかったけれど、無頓着な態度を取ったサラへの評価が少しさがった。

「お酒が足んない！」

ごうごうと吹きつける風に負けじとタイラが大声で言い、ジェイソンは彼女とハイタッチをした。二十分後、車はダウンタウンの細い通り沿いでとまり、まだらのアスファルトに面した崩れかけた〈ＡＢＣストア〉に乗り入れた。兄は一度、このコンビニエンスストアで買い物をしたことがあるらしい。

「一分で買ってくる」

「ここはなんていう町？」ぼくは訊いた。

二車線道路と点灯信号と低層の建物しかない埃っぽい町だった。自転車に乗った少年、年寄りが何人か、それと飼料屋の前にトラクターが一台とまっている。

「それを訊いてどうする？」ジェイソンは言った。

女の子たちはそんなことに興味がないようだった。ジェイソンが店のなかに消えていくときも、ふたりはシートをはさんでおしゃべりをつづけ、ぼくは兄のうしろ姿をウインドウごしに見送った。とまっていたトラクターが動きはじめ、わき道に出て、やがて見えなくなった。花粉と松脂と熱くなったアスファルトのにおいが立ちこめている。サラが髪を耳にかけたので、喉が脈打ち、頬が赤らんでいるのが見えた。

「ねえ、ギビーってば。あんたに話してんだけど」

ぼくはサラの頬から目をあげた。二本の指で煙草をはさんだタイラがシートごしに身を乗りだした。フィルターに口紅の跡がついている。バージニア・スリム。

メンソール。「ごめん。なんて言ったの？」

タイラはシートの上で膝立ちになり、シートからさらに身を乗りだした。「あんたの兄さんの噂って本当？」

「タイラ、それって失礼……」

「黙っててよ、サラ。あたしはギビーに話してんの」

サラはもう一度、話題を変えようと試みたけれど、タイラの目には貪欲な光が宿っていた。タイラはあぐらをシートの背に押しつけ、さらに顔を近づけてきた。

「人をたくさん殺したって聞いたけど」

「そうなの？」ぼくは訊いた。

「戦場でってことよ。刑務所でもやってるかもしれないって」

「ぼくは本当に知らないんだ」

「でも、兄弟なんでしょ」

「タイラってば……」

「わくわくするじゃない、サラ。あの傷。噂。あんただってそう思ってるくせに」

「わくわくするわけないじゃない。本当の話なら、悲しいことよ。本当の話じゃないなら、あんたがばかなだけ」

「へえ、自分だって彼とやりたいくせして」

サラはサングラスをはずし、目を見せた。「ごめんね、ギビー。この人、酔うと偏屈になるの」彼女はタイラを振り返った。「偏屈でまともじゃなくなるの」

「まともじゃないのはあんたのほう」

「いいかげんにしてよ、タイラ」

「わかった。もういい」

タイラは前を向いてシートに身を沈めると、ラジオに手をのばして、つまみをまわしはじめた。ジョン・デンバーやホリーズがかかっている局を飛ばし、エリック・クラプトンが流れている局に落ち着き、音量をあげた。タイラがジェイソンに抱いている感情は、べつに驚くようなものではなかった。これまでにもいろいろな形で似たようなものをぼく自身も見てきている。興味。嫌悪感。ジェイソンは自分が人にあたえる影響をちゃんと認識していたけれど、まったくと言っていいほど頓着していなかった。色の濃いサングラスをはずさず、ひたすら沈黙を守っていた。

車に戻った兄は、ぴりぴりした雰囲気を察した。「どうかしたのか?」

兄が運転席に乗りこむと、タイラは腕を組んで、首を横に振った。サラが取りなそうとした。「あなたがいないとパーティが盛りあがらなくて。それだけよ」

「そうか。もう戻ったから安心しろ」兄は紙袋のなかをあさった。「ワインはなかったから、これを買ってきた」そう言ってサラにウォッカのパイント瓶を渡し、同じものをタイラにも渡した。

サラは友だちの肩にそっと手を触れた。「もうさっきの話は終わりでいいよね」

タイラはひとくちウォッカを飲んでからジェイソンに声をかけた。「ドライブしようよ、ねえ」

ジェイソンはその要望を受け入れて縁石からバックし、小さな町をゆっくりと流した。通りすぎるぼくたちの車を子どもたちがじっと見つめてくる。年寄りも。前を走る車は一台もなく、空は雲ひとつなくすっきり晴れているけれど、車内の雰囲気はいつの間にか変化していた。タイラは不機嫌な顔でウォッカを口に運んでいた。ジェイソンの膝に手を置き、誰も理解できない、あるいは気にもとめないことに挑戦するようにサラを見た。

「飲む?」サラがボトルをよこしたけれど、ぼくは生のままのウォッカは苦手だった。「本当にいらないの?」彼女が念を押す。

「うん、いいんだ」

彼女はボトルを取り返すと少しだけ口に含み、強い熱風に手をひらひらとたなびかせた。そのあとは、誰もろくにしゃべらなかった。ラジオの音だけが流れていた。太陽が強く照りつけていた。ぼくはのどかな風景をながめながら、なにもないところにぽつんと生えると木は大きく成長するんだな、などと考えていた。四時をまわるころ、車は交差点で右折し、田園風景のさらに奥へと向かった。ジェイソンが初めてウォッカに口をつけ、マツ林、かげろう、砂の路肩を示した。

「このあたりは砂丘のはじにあたる。あと一時間ほど走ったら、西に引き返すからな。おまえら、楽しんでるか？」

意外にも、ぼくは楽しんでいた。それはある程度、サラの存在があったからだ。彼女の手はふたたびぼくの脚に置かれていたけれど、ジェイソンはまったくの無関心だったし、ひそかに怒りの炎をたぎらせているタイラの存在を無視するのはたやすかった。ぼくはきょうという日が第二ラウンドに入り、またみんなで楽しくやれるような気がしていた。

誤解だった。


最初の兆候はタイラがウォッカをまたも大量にあおり、ジェイソンがこう諭したときだ。「飲むペースを落とせ」

けれども彼女は耳を貸さず、またもごくりと飲んでラジオの音量をあげた。

「あのさ」ぼくは声をかけた。「それ、新品のスピーカーなんだけど」

タイラはさらに音量をあげた。ジェイソンは横目で彼女の様子をうかがってからぼくに言った。「あいつがぶっ壊しでもしたら、おれが新しいのを買ってやる」

「そのとおり」タイラは大声で言い、風上に顔を向けた。

それから車は南に向かった。最初のうちはほかの車は走っていなかったけれど、やがてピックアップトラックを追い越し、古いセダンを追い越した。どっちの車もはるか後方に遠ざかっていき、ぼくたちの車は時速七十マイルを維持して走りつづけた。小高い丘の頂(いただき)に達したとき、一、二マイル前方にバスが見えた。坂を下っていくと、遠くのアスファルトからかげろうが立ちのぼっていた。揺らめくかげろうの先を走るバスは本物のようにも、蜃気楼(しんきろう)のようにも見え、道路から浮いている白い物体は、ジェイソンが速度を時速七十五マイル、さらに八十マイルとあげるにつれ、しだいにはっきりとした形を取った。ぼくたちの車がすぐうしろにつくと、バスが大きくうねり、ぼくはスピードがぐんぐんあがるのを感じた。

「くそ」

差が縮まったところでジェイソンがアクセルから足を離した。ぼくたちの車は後退し、バスとの距離は五十ヤード、さらに百ヤードまでひろがった。「どうかした?」ぼくは訊いた。

「なんでもない」兄は言った。「条件反射だ」

ぼくは兄からバスへと視線を移し、そういうことかと理解した。少なくともある程度までは。バスの後部に縦に長い黒い文字が車幅いっぱいに書かれていた。

レーンズワース刑務所
囚人護送車

それからウインドウに目をやる。スチール製の枠に金網が張ってある。囚人の姿も見えた。

「大丈夫?」ぼくは訊いた。

「ああ。どうってことはない」

刑務所の文字に兄が動揺するのを知ったのは、それが初めてだった。裁判では、有罪の評決が出たときでさえ、兄は落ち着きはらっていた。時のたつのがとまったようなその瞬間、兄はぼくのほうを見てから、刑務官に手錠をかけてもらうために両手を差しだした。一度だけ、刑務所に面会に行ったが、そのときも兄は堂々としていた。**おまえは面会に来るには若すぎる。二年後に会おう。**ジェイソンはほかの家族とは対照的だというのが、子どものときからの暗黙の了解だったのに、いまになってこんなにも人間くさいところを見せられるとは、どうにも釈然としなかった。

「ねえ、どうしたの？　がんがん行こうよ」

タイラは短気で酔っ払いでスピード狂だ。彼女は音楽に合わせ、踊るように体を動かしていた。ジェイソンは顔をしかめたが、アクセルを踏みこんで距離をつめ、それでバスの様子がよくわかった。定員の半分ほど、おそらく十五人の囚人が乗っているようだった。バスと同じ、白と黒の縞の服を着ている。ぼくたちの車はたっぷり一分間、バスのうしろにぴったりくっついて走ったけれど、ジェイソンが汗をかいているのに気づいたのはぼくひとりだけだった。音楽に聴き入っていたタイラが、突然、叫んだ。

「わあ、見て見て！　囚人がいるよ！」

親友がしくじるのを内心ほくそえみながらのぞき見しているような、無神経で残酷な言い方だった。口が過ぎる言い方かもしれないけれど、こんなきれいな女の人にこんな醜い一面を見せられるのは不愉快だった。

バスの後部から、男ふたりが汚れたウインドウごしにぼくたちをにらんだ。タイラは手を叩いてにやりとすると、シートにすわったままぴょんぴょん跳ねた。

「バスの横につけてよ！」ジェイソンは右手でハンドルをしっかり握り、言われるまま従った。「そうそう、その調子。ぴったり並んで」兄は左車線に移り、タイラはシートにすわったまま体の向きを変え、バスがぼくたちの車の横にすっと現われるのをじっと見ていた。道路にはぼくたちしかいなかった——ぼくたちの車とバス、揺らめくかげろう、遠くまでつづく平坦な土地。

「スピードを出しすぎちゃだめだからね」タイラが言った。「うん、そのくらい」

「なにがおもしろいんだか」

ジェイソンがぽつりとつぶやいたが、タイラは聞いていなかった。バスの男たちが、金網をつかむようにしてこっちを見ている。タイラは膝立ちになって左手をフロントガラスの上辺にかけ、手を振って男たちをからかいはじめた。胸を突き出し、投げキッスをした。

「タイラ……」

ジェイソンがさっきと同じ、途方にくれたような声を出した。右を向くのはとても耐えられないとばかりに、目は前方の道路に据えたままだ。きのう見たときよりもさらに顔色が悪かった。

「ジェイソン、いいから追い越しちゃえよ」ぼくは身を乗りだした。

タイラが兄の肩をつかんだ。「絶対に抜いちゃだめだからね」

兄は数秒ほどためらったけれど、それだけだった。タイラがシャツをめくって素肌をさらし、大声で笑った。大ぶりで白い乳房だったけれど、ぼくが目を向けていたのは囚人のほうだった。タイラの意図が連中を喜ばせることにあったのなら失敗だった。ぼくの目に映る顔はどれも、怒りか苦々しさか悲しみをたたえていた。ひとりだけにやにや笑っている男がいたけれど、二度と見たくない笑い方だった。

「タイラ、もうやめなよ」ぼくはなんとかしてもらいたくてサラのほうを向いたけれど、彼女は視線をそらし、何度も小さく首を振るばかりだ。バスのほうでは男たちが立ちあがりはじめ、七、八人が反対側から駆け寄ってきて、やはり金網をつかんだ。

タイラが言った。「よく見てて」

彼女は乳房を露出させたまま、自分の下半身をさわり、腰をくねらせた。ひとりの囚人が金網を叩き、ほかの者もつづいた。後方では、看守が突き飛ばしたり、怒鳴ったりしながら通路を行き来している。囚人たちはいまやほぼ全員が立ちあがって騒いでいた。看守が囚人たちをひとり、またひとりとウインドウから引き離した。三人めの囚人が抵抗し、バスが車線をはみ出した。ぼくたちの車は道路のきわまで押しやられ、タイヤが砂利にはまって車体が震動したが、すぐに体勢を立て直した。「いい加減にしろよ、タイラ！」ぼくは怒鳴ったけど、興奮状態の彼女は聞く耳を持たなかった。看守がもうひとり現われ、警棒を振りあげては振りおろした。車内は暴動状態に、揉み合い状態になった。ウインドウに血が飛び散った。「ジェイソン、さっさと追い越せって！」

ようやくぼくの声が届いたようだ。ジェイソンは急いでなにかをすることはなかったけれど、アクセルから足を離し、車を惰性で走らせた。遠ざかるバスの後部に人の動きが見えた——囚人のひとり、さっきにやにや笑っていた男だ。そいつはタイラをじっと見つめ、それからウインドウをぺろりとなめた。タイラは見ていなかった。彼女はシートに身を沈め、シャツをもとどおりにした。「楽しかったあ」車はさらに速度をゆるめ、それにともない風切り音も小さくなった。誰も自分の感想に反応してくれないので、タイラは意外そうな顔であたりを見まわした。「どうしたの？ ねえ。あいつら、見たでしょ？」

ジェイソンが車を道路際に寄せてとめた。「さっきのあれはまずかったな、タイラ」

「なに言ってんのよ」

「まずかったし、とんでもない間違いだったし、残酷だった」

「ばかみたい。なに子どもみたいなこと言ってんの？」

「ちょっとひとりにしてくれ」

ジェイソンは車を降りると、道路伝いに三十フィートほど歩いて立ちどまり、ポケットに手を突っこんで地平線と、ガラスを照らす日没間近のやわらかな陽射しに目をこらした。

「ふたりともここで待ってて」

ぼくはいつになくえらそうにそう言い残し、兄がいる場所まで埃っぽい道を歩いた。兄はぼくの足音に気づいて振り返ったけれど、すぐに目を閉じて太陽に顔を向けた。「すまなかった」

「大丈夫？」

「さあ。どうかな」

思っていたのとちがう答えだった——正直すぎるし、またしても、あまりに人間くさい。「最低だよ。兄さんが刑務所に入ってたのはタイラも知ってるくせに」

「ど忘れしたのかもな」

「気配りするつもりもなかったんだよ」

ジェイソンはどうでもいいというように肩をすくめた。はるか遠くでバスがもう一度きらりと光り、やがて見えなくなった。道路は静まり返っていた。兄はまだいつも以上に顔色が悪いままだ。

「どうしたのか話してくれる？」

「じわじわ出血してるみたいなものなんだ。言えるのはそれだけだ」

どういう意味かよくわからなかった。刑務所のことだろうと見当をつけた。あそこでの経験のことだろう

と。兄はぼくの肩に手を置き、無理してほほえんだ。

「きょうは楽しかったか？」

「タイラのあれをべつにすればね。もちろん」

「タイラのあれか。そうだな」兄は車に目を向け、ぼくたちふたりは同じ光景を見ることになった。いらだちに顔を紅潮させたタイラ。うしろの座席にすわるサラ。「あれをなんとかしないといけないいな」

「運転を代わろうか？」

「いや、いい」

「で、家に帰るんだよね？」

「あたりまえだ。それ以外にないじゃないか。だが、帰りはおまえが助手席に乗れ」

タイラは渋った。誰も相手にしなかった。けっきょく、ふてくされた子どもみたいにうしろの席にすわり、正体がなくなるほど飲み、車から降ろそうとするジェイソンの手をひっぱたいた。「サラ？」ジェイソンは言った。

「タイラ。うちに着いたよ。降りよう」

タイラは目をしょぼしょぼさせながらコンドミニアムを、木立を、きれいなガラスに映る夕陽を見つめた。

「ひとりで降りられる」

彼女はうしろを振り返ることなくドアまでたどり着き、よろける足どりで家のなかに消えた。つかの間、ぼくはサラとふたりきりになったけれど、彼女のほうも、盛りあがった気分が失せていたようだ。彼女はぼくにキスをして言った。「じゃあ、また」そして、タイラと同じ階段をのぼっていった。

その晩、ぼくは楽しかったことだけに意識を向けようとした。草地、サラの唇の味。テープをかけるみたいに、この日のことを何度も頭のなかで再生したけれど、テープは何度となく中断された。バスのなかで男たちが殴打される光景が見えた。警棒が上下し、赤ペンキのような血が飛び散る。それが何度も何度も繰り返された。半裸で男たちをからかうタイラ。なぜか固まったように動かなかったジェイソン。バスに乗っていた男たち全員を、彼らの欲情と怒りの表情を見たのに、夢のなかでは輪が縮んでいき、どんどん小さくなっていった。ひとりの顔が、ひとりの男の姿が見えた。その男はバスの後部に立って、濡れた目でにらんでいた。目を覚ましたとき思い出したのはその男のことだった。

汚れた窓をなめる姿。

ぞっとするほど残忍なほほえみ。

5

バスのなかが落ち着きを取り戻すまでには長い時間がかかったが、それも当然の話だ。看守は殴ることに快感を覚える。囚人たちは暴動を起こすことに快感を覚える。ひとりの看守が倒された。警棒が振りおろされ、床一面に血が飛び散る。囚人のなかでひとりだけ、巻きこまれなかった者がいる。その男はいつも巻きこまれない。巻きこまれないようにしているからでもあるが、年齢も理由のひとつだ。神が創造したこの大地で七十三年ものつらい歳月を過ごした結果、すっかりしなびてやせ衰えてしまった彼のことなど、囚人仲間のほとんどは気にもかけず、存在自体に気づいていない者もいる。五十二年。男はそれだけの長きにわたって塀のなかで暮らしてきた。はるか昔、一九二〇年にふたごの姉妹を強姦(ごうかん)したうえ殺害した罪で半世紀。目を閉じれば、いまも事件当日のことがまざまざとよみがえる。赤土の道を歩くやせぎすの少女ふたり。殺伐(さつばつ)とした風景。ふたりが髪に挿していた野の花。

だが、もうそれは昔の話で……。

老いた男は車内の暴動を見物しながら、ウィンドゥに背中を向けたまま、頭のなかで状況を分析した。看守が四人に運転手がひとり。自分をのぞいて囚人は十七人。囚人は全員が鎖でつながれているが、鎖は武器にもなりうる。ねらい目——看守になって四年のジャスティン・ヤングブラッド。三人に取り押さえられた彼は鎖をくわえさせられ、悲鳴をあげるたびに歯がぽきぽき折れる。

老いた四人は心のなかでつぶやく。六十対四十で看守の勝ち。

しかし、現在、バスは安定走行しており、運転手は冷静に無線機を口もとに持っていき、相手に聞こえるよう声を張りあげている。「ハイウェイ二十三号線！　十字路から六マイル西！　至急、応援を頼む！」

金網の仕切りのおかげで、運転手には危害がおよんでいなかった。こちら側には鍵がついていない。

となると、八十対二十か。

見なくても音でわかる。脛骨。顔。膝頭。

それが警棒の威力。

最後の囚人が血まみれになって降伏すると、老いた囚人はさっきの車に視線を戻したが、もういなくなっていた。だが、連中の顔も仕種のひとつひとつも覚えている。百まで生きても、若い女ふたりのことは忘れない。若い男のことも。それがこの老人の強みだ。人の顔も受けた傷も怒りの理由もけっして忘れない。あの娘が肌を見せながら挑発してきたときのことも。この先、生かされているあいだずっと、あの濃い色の髪をした女の夢を見るだろう。おぞましい空想。残虐な夢。

しかし、肝心なのは運転していた男であり、老いた囚人はいまわの際にいるように、その男を頭に描いた。汗、極端に青白い肌、ハンドルを握る手、ほとんど動いていなかったこと。老人は男がレーンズワースで服役していたのを覚えていた。レーンズワース刑務所には、この一件を伝えれば、たんまり金を払ってくれる人物がいる。その人物は状況を事細かに知りたがるだろう。太陽の位置はどうだったか。道路状況、風、道路わきの雑草。若い女のことや、年下の男のことも訊いてくるだろうが、それらはあくまで運転していた男を映す鏡としてだ。老いた囚人はすべてを伝える。連中の服装、ふるまい、髪の色、肌の色合い。バストのサイズ。年下の男はまだ少年だったが、レーンズワースの囚人はその少年のこともくわしく知りたがるだろう。だが、それもすべて、運転していた男に返ってくる。どんな感じだった？　見た目の印象は？　話を終える前に、車についても話す。いちばん大事な情報だ。老いた囚人はそこでいつもの手を使う。金と特別なはからいを要求するが、最後にはすべて差し出す。車のナンバーも簡単に手に入った。

XRQ－741

ナンバープレートにそうあった。

6

翌日はぼんやりと過ぎていった。ぼくは芝を刈り、根覆いをし、父と軽口を叩き合った。父はジェイソンと出かけた日のことは訊いてこなかったものの、ときどき、ぼくたちのあいだになにか見えるみたいにぼくのほうをじっと見ていることがあった。月曜日はいつもと変わらぬ学校の日で、誰もがジェイソンのことやダイブのこと、裏話的なものを聞きたがった。ぼくは片っ端から無視した。でも、その手はチャンスには通じなかった。

「おまえの兄貴は死にたがってるのか？」

ぼくたちは校庭にいた。袋に入れたランチ。近くには女の子が何人か集まっている。「なに言ってるんだ、チャンス?」

「だってあのダイブを見たろ。投げやりっていうか、死んでもいいいと思ってるみたいだったぜ。戦争に行くと頭がおかしくなるって言うだろ。いわゆる心の闇ってやつだ」

ぼくはサンドイッチにかぶりつき、ゆっくり口を動かした。「そんなことはないと思うけど」

「けど、たったの四秒だぜ。めちゃくちゃ時間をかけるのが普通だろ。あっちこっちうろうろしたあげく、ようやくザブン！　てっきりそうするもんだと思ってた。本当に」

相手がチャンスでも、ジェイソンの話はしたくなかった。「その話はやめよう。兄さんはダイブした。ぼくはしなかった。それだけのことだ」

「おいおい、落ち着けって」

「落ち着いてるよ」

「いとこがゆうべ、〈キャリッジ・ルーム〉でおまえの兄貴を見かけたと言ってたぜ。おっかない連中と殴り合いの喧嘩をしてたってさ」

「おっかない連中って?」

「バイク乗りらしい」

「うそ言え」

チャンスはコークをらっぱ飲みした。「ヘルズエンジェルスじゃないかな。喧嘩かなにかがあって、怪我したやつもいるってさ」

「父さんはなにも言ってなかったけど」

「バイク乗りなんだぜ。警察に駆けこんだりするもんか」

信じる気にはなれなかった。チャンスの話はいつもあやしげなものばかりだ。シャーロット・ブッカーがパーティで裸になった。マイク・アスロウはバディの母親と寝てる。こいつの頭はそんなことでいっぱいだ。

「おおっと、緊急事態発生」彼はぼくのわき腹をそっと小突いた。「ベッキー・コリンズ発見。三時の方向」

ベッキーがカフェテリアを抜けて体育館に通じる屋根つき廊下から現われた。デニムのスカートに、膝まである白い合成皮革のブーツを合わせている。彼女は校庭を突っ切り、ぼくたちのほうにまっすぐやってきた。彼女が足をとめると、ぼくは思わず目を伏せた。軽く曲げた片膝と、左のブーツのファスナーをとめている安全ピンが見えた。

「ギビー」と声をかけてきた。「チャンス」

彼女は胸のところで教科書を抱えていた。微積分。ヨーロッパ史。彼女はとても頭がいいが、つい忘れてしまう。髪の毛、脚、矢車草（やぐるまそう）の色をした瞳に目を奪われてしまうからだ。

「やあ、ベッキー」

顔をあげると、彼女は顔をしかめていた。「石切場で待ってたのに」彼女は言った。「お兄さんがダイブしたあと。どうして声をかけてくれなかったの？」

怖じ気（おじけ）づいてダイブするのをやめたから……。

きみがほかの男と一緒だったから……。

ぼくは口ごもりながら言い訳したけど、彼女は納得しなかった。隣では、チャンスが笑いそうになるのを手の甲で必死に押さえている。

「学校でもずっと知らん顔してるし」

「えっと……」

「デートに誘ってくれる気はあるの？」

「えっと……え？」

どうやら、口ごもるのがぼくのあたらしい言葉になったようだ。彼女は足をコツコツ鳴らし、単刀直入に言った。「ずっとうやむやにされてきたけど、いまの学年ももうすぐ終わり。あたしをデートに誘う気があるのかないのかはっきりして」

チャンスにちらりと目をやったものの、なんの助けにもなってくれない。ベッキーはチアリーダーの一員で、学園祭の女王だ。プリンストン大学に進学するらしいと噂されているが、本人はそれを否定している。

「それ、本気？」ぼくは訊いた。「ぼくとデートしたいの？」

「目の前にあたしがいるでしょ。こうして話してるじゃないの」

ぼくは助けを求めてチャンスに目を向けた。なにもしてもらえなかった。「ぼくとデートしてくれる？」

「ほうら、ちっともむずかしくないでしょ？」ベッキーは満足そうにほほえむと、紙切れを一枚、ぼくに差しだした。「デイナ・ホワイトの家で仕度して待ってる。それが住所。土曜日の七時ね」

「えっと……」

「じゃ、そのときに」

彼女はすばやく向きを変えた。ぼくは手のなかの紙切れをじっと見つめた。「いまのはなんだったんだろう？」

チャンスがげらげら笑った。「やるべきことを指南されたんだよ」

「そうらしい」

「ったく、意気地のない野郎だ」

「うん。でも、ベッキー・コリンズとデートできるんだよ」

いつの間にか、ぼくもにやにや笑っていた。

「それがどういうことかわかるよな？」チャンスは紙切れを指さした。「デイナ・ホワイトの家に迎えにこいって言われたんだろ？　ベッキーは住んでるところをおまえに見られたくないんだ」

「なに言ってんだよ」

「彼女の親を見たことはあるか？　親の車を見たことは？」

「彼女はバス通学だ」

「それには理由があるってことさ」

「おまえ、頭がどうかしてるぞ」

「本当だって。証拠を見せてやる」

放課後、ぼくらは決行した。ぼくは気が乗らなかったけれど、なにか思いついたときのチャンスはブルドッグみたいに頑固だ。彼の道案内で郡でもいちばん遠いところまで来たが、同じ学区とは思えないほどちがっていた。ぼくがあらためて二の足を踏んだとき、チャンスは黙って運転しろと言った。おまえが信じようとしないからしつこく誘ったんだとチャンスは言うが、彼は彼なりに嫉妬と不安を抱えていたのだ。

「この通りだ。そこを曲がれ」

チャンスが言ったのは、マフラー修理の専門店と雑草だらけの土地にはさまれた狭い道路だった。ぼくは曲がって車をとめた。両脇にあるのは小さな家とトレーラーハウス、それに土の地面。何軒かの家は羽目板がところどころはがれ、ある家などは断熱材が舌のように地面まで垂れていた。ベッキーの大胆さと、ぼくがデートに誘ったときに浮かべた満足そうな笑みを思い出した。

「なんでいつまでもとまってるんだよ？」チャンスが訊いた。

「もう充分見た」

「あと三ブロック。それでだいたいわかる」三ブロック進むと、さらにわびしい風景が待っていた。焼失した家の残骸、窓に板が打ちつけられた家。「おい、もっと先まで行けって。これを見るために来たんだぜ」

「悪いけど、やめておく」ぼくは首を横に振ると、狭い通りでUターンし、引き返した。チャンスは首をのばして後方の風景を見やり、それからシートに深々と身を沈めて腕を組んだ。四車線道路に出たところでぼくはようやく口をひらいた。「きみの言うことはよくわかった。たしかに悲惨な地域だった。彼女は貧しい家の出だ」

「なあ、さっさと帰ろう。変に分析なんかするな」

「ぼくに腹をたててるのか？」

「自分がなにに片足を突っこんでるのか、ちゃんとわかってもらいたいだけだ」

「彼女が貧しくてもぼくは気にしない」

「気にしたほうがいい」

「どうして？」

「車をとめろ」

「え？　なんで？」

「いいから車をとめろ。おれのほうを見るんだ」

ぼくは道路わきに車を寄せ、砂利と赤土の混じったひろい場所にとめた。マメの木の陰にぐらぐらするテーブルがひとつ置かれ、その隣には収穫された農産物を週末に販売する旨が書かれた手書きの看板が立っていた。トウモロコシ、桃、ニンジン、古いトラックに乗った年配の夫婦を想像した。「ベッキー・コリンズが貧乏だからって、それがどうしてぼくに関係ある？」

「あの女がおまえに不誠実だってことだからさ。もう一度同じことをやるようなら、理由を問いただしたほうがいい」

「ばかばかしい」

「たとえば、デートを五回、あるいは十回重ねたとする。それでもあの女はおまえを両親に紹介しようとはしないいぜ。絶対に。自宅に迎えにこさせもしないし、送り届けさせもしない。それから彼女には大きなスイッチがあるから、うっかり押さないように気をつけろ。たとえば、服とか靴とかだ。いいものを身につけてたら、まちがいなく借り物だから、ほめるときは慎重にな。安易に高級レストランになんか誘うなよ。誕生日やクリスマスのプレゼントも同じだ。高すぎるのはだめだからな。彼女のほうは同じようにできない……」

「ちょっと待って」ぼくは片手をあげた。「もしかして、彼女の力になろうとしてる？」

「あたりまえだろ、このにぶちん野郎。彼女はいい子だ。そしておまえはおれの親友だ」

ぼくは言葉を失い、しばらく呆然としながら、チャンスが生まれてこのかた、はまりこんでいる貧困について思いをはせた。彼の父親はとうの昔に家を出ていた。母親は三つの仕事を掛け持ちしているが、そのなかでいちばんまともなのが、地元のドラッグストアのレジ係だ。住んでいる家も、いまさっき訪れた通りにあるのとどっこいどっこいで、あそこに住んだ経験がある友だちは彼しかいない。

あとにも先にも。

「チャンス、悪かった。きみを信頼するべきだったよ」

「とにかく、しくじるんじゃないぞ。いいな？」

ふたたび車を出すと、チャンスの着古した服と、一足だけ持っているくたびれたスニーカーが頭に浮かんだ。彼はいつも、わざとそういう恰好をしているように振る舞っている。それがあまりにたくみで、ぼくは長いこと演技なのを忘れていた。チャンスはいつもランチを茶色い袋に入れて持ってくる。学校では牛乳すら買おうとしない。「うちに寄ってく？」ぼくは訊いた。

「おふくろさんがいるのに？　遠慮しとく」

そのひとことはふた通りの意味に取れる。ぼくの父は警官として給料をもらっているけれど、母は裕福な家の出で、それがわが家にはっきりと表われている。いい家。上等な服。クリスマスの飾りつけもしゃれている。チャンスは緑色をした形のいい木を求めて、地元の森を探しまわる。見つけた木を自宅まで運んで立てるのを、ぼくはいつも手伝っている。「ほかのことをしようか？　ピンボールはどう？　イネス・ストリートの〈ガルフ〉のスタンドに新しいマシンが入ったらしいよ」

「いや、いい。家に送ってくれ」

いまはそういう時代だ。貧困について語るとどうしても現実を直視させられる。卒業、将来、ヴェトナム。卒業まであと十二日となり、徴兵が目の前に迫ってきている。それを裏づけるように、五マイルほど先でこんな看板の前を通りすぎた。

選抜徴兵の登録はお済みですか？
法律で定められています！

登録するには名前と住所、どのような任務を望むかを記入する必要がある。この制度で徴兵されたのはぼくの兄だけにかぎらない。ぼくやチャンスの友だちにも、派兵されて戦死した者がいる。「書類にサインするのはどんな感じだった？」

ぼくは話の接ぎ穂として訊いただけだったが、チャンスは顔をそらした。「まだサインしてない」

ぼくは口をひらきかけたものの、すぐに閉じた。男は十八になると、三十日以内にサインしないといけない。ぼくはまだ猶予があるけれど、チャンスの誕生日はぼくより三カ月早かった。「本当に？」

「ふざけた法律だからな」

「でも、法律にはちがいないよ」

「ふざけた戦争なんかしやがって」

そのときふと、ぼくたちはここ何カ月もヴェトナムを話題にしたことがなかったなと思い、それはチャンスが話したがらなかったからだと、いまさらながら気がついた。ぼくのほうから持ち出したとき、彼は笑ってごまかした。ぼくが食いさがると、彼は話をはぐらかした。ぼくは自分の悩みでいっぱいいっぱいだったから、それについて深刻に考えなかった。でも、ぼくの親友はたったいま、この三カ月で垣間見せた以上のことを、短いふたつのセンテンスで表現した。

ふざけた法律……。

ふざけた戦争……。

ぼくはもっと問い詰めたかったけど、チャンスの顔を見たとたん、その話は勘弁してくれと思っているのがよくわかった。どちらも口をきかないまま、車は彼の家の前でとまった。粗末な真四角の家で、煙突のまわりが雨漏りするのだろう、屋根にブルーシートが張ってある。「寄ってもいい？」ぼくは訊いた。

「キッチンを片づけておくって母さんに約束したんだ」

「よかったらぼくも手伝うよ」

「いいって、大丈夫だ」チャンスは車を降りてドアを閉めた。「さっきのベッキー・コリンズの件、忘れるなよ。本人が口にしないからって、不満の種は確実にある。それもどでかいやつが」

「心にとめておく」

「また明日な」

「学校で会おう」

彼が家のなかに入っていくのを見送ったけれど、ぼくはそのあともしばらく通りから動かなかった。まさかと思うが、親友は徴兵登録をためらっているんだろうか？　そんなことはないだろう。良心的兵役拒否ってやつ？　戦争に抗議する声は街のそこかしこでも、ニュースでも聞こえてくるけど、そういうことをするのはヒッピーか臆病者か大都市の連中にかぎられている。

チャンスみたいなやつが法律を守らなかったらどうなるんだろう？

ぼくの親友を捜しに、人が派遣されてきたりするだろうか？

チャンスと同じで、ぼくも家に帰る気になれなかった。だから、車を市境の方角に向けた。このあいだ、ジェイソンを迎えにいった家は正確には覚えていないけれど、ウォーター・ストリートと十番ストリートの交差点だというのは記憶していた。着いてみると、前庭で男がふたり、フットボールを投げ合っていた。ふたりとも年かさで髪が長く、火のついた煙草をくわえ、袖をカットしたTシャツを着ていた。ぼくは車をとめて、ひびの入った歩道を歩き、片方がぼくに気づくまで待った。「やあ。兄さんを捜してるんだけど」

「誰のことだ？」

「ジェイソン」

「奥の部屋にいる」

ぼくは礼を言い、フットボールの球がぶつからないよう首をすくめた。なかに入り、金属がぶつかり合うがちゃんがちゃんという音をたどり、あけはなしたドアの前で足をとめた。上半身裸に色あせたジーンズという恰好のジェイソンが部屋のなかにいた。兄は重そうなバーに分厚いプレートがついたバーベルをあげたりおろしたりしていた。兄はぼくに気づいて、顎をあげた。

「どうした、ギビー？　なにか用か？」

「へえ、すごいことやってるんだね。最後までやっていいよ」

兄はセットの残りに取り組んだ。腕の血管が浮きでて、贅肉（ぜいにく）はどこにもついていない。いちばん目についたのはあざだった。顔の左側、それにあばらにもこぶしサイズのものが七、八ヵ所についている。兄はバーベルをおろし、かけてあったシャツを取ってはおった。

「なんの用だ？」

ぼくは兄のあばらを指さした。「喧嘩したって聞いた」

「ん？　これのことか？」

「相手はバイク乗りなんだってね」

「何人かはそうだったかもな。誰に聞いた？」ジェイソンは発泡スチロールのクーラーボックスの蓋をあけて、バドワイザーはどこかと手探りした。「チャンスのやつか。あいつのいとこを見かけたよ。イタチみたいな顔のケチな野郎だ」

「かなり激しくやり合ったって話だけど」

「そうか？」

兄はぼくにビールをよこした。ぼくはそれをあけた。

「原因はなんだったの？」

「喧嘩の?」兄は肩をすくめた。「タイラのことなんだろうな」

「なんで?」

「あいつはどうしようもない男好きでね。しかも、よからぬことを考えてる」その説明はどことなくうそくさい、あるいははぐらかされている感じがした。「まあ、そんなことはどうでもいい」兄は言った。「あいつとは手を切った。おまえのほうは、サラと会ってるのか?」

顔が一気に赤くなって、ぼくはまごついた。サラは女神で、思春期の少年にとって夢のような存在だ。

「あの日以来、一度も」

「会ってやれ。あれはタイラとちがっていい女だ」

「どうかな。そうかもしれない」

「で、なんの用だ?」

兄はマシンのレールにもたれた。犯罪者の顔に警官の目がついているのが奇妙だ。ぼくはまともな答えをひねり出そうとした。家に帰りたくなくてとか、サラのことでちょっととか。でも本当は、兄弟だからだった。「退屈だから、かな」

「いっぺん、刑務所暮らしを経験してみろ」

兄は中身を飲み干し、缶をつぶした。ぼくはこの前とこれだけ印象が異なる理由を突きとめようとした。いまの兄は冷淡で気が短い。腕をぽりぽりかくのを見てぼくは思った。うそだろ、またやってるの?

「それでさ。ふたりでちょっと……どうかな?」ぼくは外に出る廊下を親指で示した。

「うーん、そうだな。きょうはやめておくよ。週末ならいい」

「映画でも観ようよ。バスケのゴールごっこでもいい」

「その話はあとにしような」

兄はレールにもたれるのをやめ、ぼくはもう一度、あざと傷だらけの体に目を向けた。そのとき、猛スピードのエンジン音が聞こえ、つづいてゴムがこすれる甲高い音が響きわたり、なにかがものすごいいきおいで五軒先の角を曲がってきた。エンジン音がさらに大きくなり、金属同士が何度も何度もこすれ合う。庭のほうで声があがった。おいおい、なんだよ？　気をつけろ！　気をつけろってば！　つづいて、近くでなにかがぶつかる大きな音がしたと思うと、あたりが急にしんとなった。数秒後、廊下の反対側から声が聞こえた。

「おーい、ジェイソン！　ちょっと出てきてくれ！」ぼくは兄のあとを追って家を飛びだした。いましがたの声の持ち主が言った。「見ろ、あんたの女だ」

ジェイソンは土の地面に出ていったけれど、大破した車の手前で足をとめた。メルセデスのツーシーターが斜めに庭に突っこみ、前後のフェンダーの塗装がはげ、前面が木にめりこんでいた。タイラはドアから体を半分だけ外に出し、地面に手をついていた。エンジンがカチカチいい、割れたウインカーがオレンジ色に光っている。

「タイラ、おい、大丈夫か？」

ジェイソンは車のそばまで行き、手を貸して立ちあがらせた。タイラは白いスカートと濃い青緑色のタンクトップ姿だった。膝がすりむけ、生え際から血がしたたっている。よろけたところをジェイソンに支えられ、その拍子に頭が彼の顎の下におさまった。タイラはまともに立つこともできなかった。ジェイソンにもたれかかり、首に長くゆっくりとしたキスをした。

「前科者のくせして気安くさわんないで」そう言って彼を押しやり、つかまれていた腕を振り払ったが、そこでまたもよろけた。マスカラがにじんで目の下が黒ずんでいた。ろれつがまわっていない。「さわんないで。あたしがほしいものをくれないんなら」

「タイラ。頼む。少し落ち着いてくれ」

「別れるなんて許さない。あんたなんか……」

「タイラ……」

「なんのおもしろみもなくて、なまっちろくて、文無(もん)しの、悪人顔のくせして」

「いいかげんにしろ。いいからすわれ」

「さわらないでって言ったでしょうが！」

タイラはジェイソンに殴りかかったけれど、ジェイソンのほうはテレビの『ワイド・ワールド・オブ・スポーツ』に出てくるボクサーのような軽い身のこなしでよけた。まわりに目をやると、通りにもよその家の庭にもやじ馬が出ていた。兆候は交差点のあたりから現われていたらしい。縁石に沿ってとまっているどの車にも、ぶつけられた跡がある。ぼくはうしろから兄に近づいた。「ぼくにできることはある？」

「あいつはハイになってるだけだ」

それがマリファナをやっているという意味なのか、もっと強い薬物をやっているという意味なのかはわからなかった。タイラの目はうつろでぼんやりとし、顔は赤らみ、スカートの左側がずりあがっていた。彼女はやじ馬に気づくと言った。「なに見てんのよ？」

ジェイソンがもう一度、呼びかけた。「タイラ？」

「あんたたち、こいつがどんな男か知ってる？　どんなひどいことをするやつか知ってる？」タイラは指を振りながら、よろける足で近づいた。「この男は人の夢を奪うのよ！　女をもてあそんだあげく、夢を奪うの！」

「わかったよ、タイラ。もうよせ」

「あんたたち、どう思う？」

彼女がまたも指を振ると、ぼくのうしろから声があがった。「へたこいたな、兄さん」

タイラはなかば振り向いたものの、思いなおしてジェイソンだけに注意を向けた。「なんであんなことをしたの？　だから……」彼の肩をつかんだとたん、憎しみは完全に消えていた。「だから、あんたとあたしのことよ。ねえ」そう言いながら兄の胸を指でなぞった。ジェイソンはあとずさりしたが、タイラは彼の口を、顎をじっと見つめながらあとを追った。「あれは本気じゃなかったんでしょ？　そうよね？　そうだと言って。前みたいに抱いてくれると言ってよ」タイラはジェイソンにキスしたけれど、ジェイソンはキスを返さなかった。彼女は自分の腰を彼の腰にぴったりつけ、両手を躍らせた。「どうしたの、ベイビー？　あたしたちほど相性がぴったりのカップルなんかいないのよ」タイラはジェイソンの髪に指をからませたけれど、兄はその手首をつかみ、彼女の目に浮かんだ困惑と傷心を見るまいとして顔をそむけた。「もう二度とあんなことは言わないで、ベイビー。お願い……」

「おれたちは終わった。そう言っただろう」

「そんなのうそ」

「もう一度はっきり言う」ジェイソンは彼女の手首から手を離し、両手をあげたままで告げた。「もうおれたちは終わったんだ。ふたりの関係はおしまいなんだよ」

「なんで？　あんたがそう言うから？」

「そうだ」

「あんたって……」タイラの声が怒りに震えた。「あんたって――最低のくそ野郎だわ」怒りに満ちた目でにらみながら、ジェイソンに向かって歩を進めた。やじ馬がそれに合わせてあとずさる。「だったらきっちり落とし前をつけてもらうからね」

「落とし前？」

「謝罪よ。まったくえらそうに」

「そうか。悪かった」

「そんなんじゃ全然だめ。ここにいるみんなにわかるように言わなきゃ。こうなったいきさつをちゃんと説明して。あんたがどんな男か、みんなに話すの！」

そのときぼくは、ジェイソンがやさしさを見せるものと、タイラを落ち着かせるためにあらゆる手をつくすものと思った。なんでもいい、とにかく思いつくかぎりの言葉をかけてやるものと思っていた。でも、ジェイソンはそういうタイプじゃなかった。ガラスに当たる太陽の光のように、瞳に冷酷な光がよぎるのが見えた。タイラもそれに気づいたらしい。言葉にならない怒りの声をあげながら、爪を立てて彼に飛びかかった。このときもジェイソンはひらりと身をかわしたけれど、彼女はよろける足で追いかけ、彼の顔めがけてこぶしを振りまわした。けれどもジェイソンは逃げまわるだけの男じゃなかった。タイラの手首をつかんでそのまま向きを変えさせ、そして押しやった。タイラは木の根に足をとられ、地面に倒れこんだ。

「この人でなし」彼女は涙を流しながら小さな声でなじった。「くそったれ」

ジェイソンは仲間に向きなおった。「タクシーを呼んでやってくれないか?」

「同情なんかしないで」タイラはひとりで立ちあがると、目をこすった。マスカラがにじんで目のまわりが真っ黒だ。「同情するつもりなんかないくせに」

「タクシーが来るまで待ってろ」ジェイソンは言った。

「うるさい」

タイラはよろよろと庭を突っ切り、大破したメルセデスに倒れこむようにして乗りこんだ。ぼくは声をかけた。「タイラ、ばかなまねをしちゃだめだ」でも、彼女はすでにキーをまわしていた。「ジェイソン、なんとかしてやってよ」エンジンがかかっても、兄はあいかわらず非情な目でにらむばかりだった。タイラはジェイソンに向かって中指を立てた。タイヤが芝生と土を蹴散らし、またほかの車に突っこんだ。「ジェイソン、ねえ、なんとかして……」

「わかったよ。しょうがない」

彼は庭を突っ切っていった。タイラはギアを乱暴に操作している。「ギビーの言うとおりだ、タイラ。キーをよこせ」

あと十フィートというところで、タイラが床からなにか拾うように身をかがめ、体を起こしたときには手に銃を握っていた。「来ないで」銃は小型で銀色をしていた。ジェイソンは銃など存在しないようにふるまった。「引き金を引くわよ。うそじゃないんだから」

彼女はジェイソンの胸に銃を向けたけれど、伝い落ちる涙がにじんだマスカラに筋をつけ、口角のところにたまっていた。やじ馬が身をすくめて逃げまどう。ジェイソンだけが落ち着きはらっていた。「車のキーと銃をおれによこせ」

「あたしを愛してないくせに。そんなこと言う権利なんか、あんたにないわ」

「おまえを助けようとしてるんだよ、タイラ」

「近寄らないで」タイラはクラッチペダルを踏み、シフトレバーを操作した。車ががくんと揺れ、金属がこすれる不快な音が響いた。彼女は無理やりべつのギアに入れた。車は金属同士がこすれる耳ざわりな音をたてて、がくんと大きくひと揺れした。またべつの位置にギアを乱暴に入れる。車は少し前進してとまった。その間ずっと、ジェイソンは小さくてつやつやの銃を向けられ、動けずにいた。「簡単なことじゃない」タイラは言った。「うん、とひとこと言えばすんだんだよ」

「かもな」

「追いかけてこないでよ」

「そんなことは夢にも思ってない」

その答えがまずかった。火に油を注いだようなものだった。タイラはすさまじい形相で、熱く燃えあがる感情を必死に押さえこんでいた。怒り。望み。欲望。緊張した空気がひろがるなか、タイラは横のシートに拳銃を放り、車を発進させた。彼女は一度だけ振り返ると――このときも深く傷ついた目をしていた――兄に向かって中指を立て、猛スピードで走り去った。

7

ぼくはジェイソンとタイラの一件は誰にも話さなかったけれど、ひと晩じゅう、それに目が覚めてからもずっとそのことばかり考えていた。女性があそこまで感情をむき出しにするところも、それを前にした男があも冷ややかに対処するところも、生まれて初めて見た。タイラが精神的に不安定なのは疑問の余地がないものの、たった二度の短い出会いのなかで、彼女が身も心もすべてをさらけ出したのを見て、ぼくは自分を情けなく思い、自分の人生が期待と沈黙と積もり積もった欲求不満でできているとわかってむしゃくしゃしていた。

ロバートならどう言うだろう。

そしてジェイソンはいま、どうしているんだろう。

放課後、ウォーター・ストリートと十番ストリートの交差点の家まで車で行ってみたけれど、そこにいた誰に訊いてもタイラとの悶着があった日から、ジェイソンを見かけていないとのことだった。どこに行ったのかも、いつ戻ってくるのかもわからないらしい。

「タイラは?」ぼくは訊いてみた。

「あの頭のいかれたあばずれか?」

彼女を見かけた人もいなかったので、ぼくはソファにすわっている連中を残し、勘を頼りにサラとタイラが暮らしているコンドミニアムに向かった。サラに会いたいのか、会いたくないのか自分でもわからなかったけれど、なんらかの形で姿を見せてくれたらいいとは考えていた。だけど、通りに車をとめても何事も起こらなかった。ドアが閉まっていたし、窓にはなんの影も映っていない。ぼくはタイラが見せたような感情がかき立てられるところを、ひとりの人間があれほどの欲望と怒りを生み出すにはどんな資質が必要なのかを想像しようとした。無理だった。想像することすらできなかった。がっくりしながらあれこれ考えをめぐらせるうち、ベッキー・コリンズのことと、彼女が手に押しつけてきた紙切れのことを思い出した。

土曜の夜。

七時。

家に帰るときは車の幌をあけ、ラジオの音量をあげた。夕食の席では、話を振られたときだけ口をひらき、マナーを守り、皿に盛られたものを残さず食べた。重苦しいほどの静寂が空気を支配するなか、ベッキーと土曜の夜のことを考えた。キスしてもらえるなんて思っていないけど、それはそれでかまわない。おしゃべりして、お互いを知ることができればそれでいい。

時間はあると思っていた。

そうじゃなかった。

トラブルは最初ほのめかしという形で訪れ、発端は父だった。夕食のあと父はぼくを呼びとめて自分の書斎――ファイルや箱や本で雑然としている狭苦しい部屋――に引っ張っていった。一面の壁は家族写真で覆われ、べつの一面はメダルと表彰状で埋めつくされている。「この話は母さんの耳に入れたくない」父はそう言うとドアを閉め、ためらう様子を見せた。激怒、当惑、あるいは落胆する父は見たことがあるけれど、いまのような妙に口が重い父はまったくの別人だった。父は目を合わせようとせず、両手の指をより合わせていた。「兄さんとは会っているのか？」父はようやく訊いた。

「ここ何日か見てないけど」

「電話もないのか？　連絡を取り合ってないのか？」

「なにかあったの？」

父は窓に歩み寄り、道路沿いに街灯が点々と並ぶだけの夜の闇に目をこらした。しばらくそうして無言で立っていたけれど、ようやく決心したように振り返った。「すわって」ぼくらは隣り合った椅子に腰をおろした。父が顔を近づけてきた。「ジェイソンが困ったことになっているようだ。現時点では単なる噂でしかないが、なにしろ警官のあいだでの噂だ。その違いはわかるか？」

「ううん」

「そうか。まあ、そうだろう。説明がむずかしいな。おまえの兄さんの名前が浮上したんだよ……つまり……最近の捜査の過程で」

「ドラッグがらみ？」

「なぜ、そんなことを訊く？」

「前のことがあるから、かな」

「あいつはドラッグをやっているのか？」

「知らないよ」

「やっているようなら、おれに話してくれるな？」父は秘密のドアを捜すみたいにぼくの顔をながめまわした。「あいつの居場所はどうだ？　知っているなら、教えてくれないか？」

「どういうことか教えてよ」

「話すわけにはいかないんだ」

「そうは言うけど、父さんが引っ張りこんだんじゃないか」

「あいつを見かけたか尋ねるためだ。おまえに警告するためだ。ジェイソンはもうおしまいかもしれん。だがおまえはちがう」

「ジェイソンはおしまいなんかじゃない」

「べつに、あいつを見捨てろとか、会うのをやめろと言ってるわけじゃない。あいつがまずいことになってるなら、力になってやりたいんだよ。連絡があったら、そう伝えてくれ」

「親子の縁を切らなければ、自分の口から伝えられたじゃないか」

「複雑な事情があるんだ。この話は前にもしたろう」

「兄さんは大丈夫なの？　逮捕とかされずにすむ、って意味だけど」

「おれが助けてやれればな」父は言った。「手遅れにならないうちに見つけられれば」

　父はぼくの肩に手を置き、うなずきながらそう言った。ぼくも父も、世界が終わろうとしていることに気づいていなかった。

8

　ギビーの自宅に迫りつつあるのと同じ闇が、四十五マイル東にあるレーンズワース州立刑務農場の上にひろがる空を暗く染めていた。街灯、行き交う車、あらゆる種類の文明の影響を受けていないこちらの夜空のほうが、むしろ黒々としている。一八七一年に開設されたこの刑務所は壁の厚さが三フィートもあり、窓は石にあけた切れ込みに鉄格子をはめた程度のものでしかない。長さ四マイルもの私道のはずれに建ち、殺風景な農村地帯の一画を占めている。かれこれ四十年以上、刑務農場としては使われていないが、水路の跡や休耕田、あらたに植林された林などに、設立当初の意図がうかがえる。敷地の大半がふたたび自然に占拠される前、収容者は寒さに苦しみ、暑さにやられて死んでいった。戸外で作業する囚人はとうの昔にいなくなったが、刑務所の建物はあいかわらず一万八千エーカーもの低地と低木林にまたがるように建っている。千人を収容できるよう設計されたが、いまはその倍の人数が収容されている。中程度の犯罪者で潜在的危険人物に分類されている囚人も若干いるが、大半は州でもかなりの凶悪犯だ。殺人犯。ドラッグの売人。連続強姦犯。

死刑囚監房の下の地下二階には、ほかが寒いときには暖かく、ほかが暑いときには涼しい監房が並んでいる。そのうちのひとつで、殺人犯がベッドわきに立っていたが、ベッドはその男のものではなく、そもそもその男の監房でもない。監房の主のことは好きではないが、レーンズワースでは好きかどうかなど問題ではなかった。

同じ監房の片隅に立っているのは囚人X――あるいは単にX――として知られる男だ。本当の名前ではないが、まわりの者はみなそう呼ぶ。アクセルという名を縮めたか、十人を殺害し、死体の一部を食べたのがその理由だと考えられている。あるいは、彼は浮気をした妻を殺したが、その前に相手の男性器を切り落とし、目にXの文字を刻みつけたからだと主張する者もいる。Xは塀のなかの生活があまりに長く、いまでは呼び名の由来を気にする者などほとんどいない。Xは鉄骨とコンクリートと石と同じで、この刑務所の一部になっていた。

「もう少し上に。左手を」Xが実際にやってみせながら指示を出し、ベッドわきの男はそのとおりにした。上半身裸で刑務所支給のジーンズ姿の男は、こぶしに握った両手を高くあげた恰好で立っていた。「それでいい。申し分ない」

ベッドわきの男はXよりもわずか二インチ背が高いだけだが、がっちりとした骨太で、体重は四十ポンドうわまわっていた。ジョージア州の山奥で生まれ育った彼は年端もいかないうちに家出をし、長じて人のものを盗み、人を殺し、アトランタの街角で金めあてに素手でストリートファイトをするようになった。塀のなかの住人になって五週間足らずだが、どの看守も同じことを言う。あいつは負けて血を吐いても、何度も勝負を挑んでくる。やばいくらいに執拗で、手加減というものを知らないファイターだと。

「動くな」Xが言った。「動いているぞ」Xは才能あふれる絵描きではないが、へたでもない。筆を何度か動かしてから言った。「変なポーズなのはわかっている」

「見世物みたいだ、というのが本音だね」

若い男は強がった口をきくが、その目にはまぎれもなく不安の色が浮かんでいる。いろいろ話を聞いているのだろう。実際、いまこうして、死刑囚監房の下の地下二階で自分の肖像画を描いてもらっている。Xは若い男が不安に感じている様子を見て楽しんでいたが、それを顔には出さなかった。顔に出すと弱みになる。Xはあらゆる形の弱さを軽蔑していた。最後のひと筆を入れ、若い男に見えるよう絵の向きを変えた。暴力とそれがおよぼす影響を極度に抽象化した作品だった。息も絶え絶えの姿、青あざ、血。「このあとなにがひかえているかわかっているね?」

「話は聞いてるけど」

「けっこう」

Xは絵筆を置いて、シャツを脱ぎ、筋肉がくっきり浮き出た引き締まった上半身をあらわにした。四十九歳だが、たるんだところはどこにも見当たらない。

「あんたなんか怖いと思っちゃいない」若い男は言った。「噂はしょせん、噂にすぎない」

Xはほほえんだが、気持ちのいい笑みではなかった。彼はあとずさりしてひらいた扉をくぐり、監房から狭い通路に出た。通路の両側には同じような監房が六つ並んでいるが、そのどれにも囚人の姿はなかった。通路の天井は高さ二十フィートもあり、照明器具はさびが浮いて、古い水染みでコンクリートと石の部分が変色していた。金属のドアの近くに看守がひとりすわっていたが、じっと見つめるようなばかなまねはしていない。

若い男はXを追って監房を出ると尋ねた。「どうしておれなんだ？」

「おまえが殺したのは四人だったか、それとも五人だったかな？」

「六人。素手で」

「それで理由としては充分ではないか？」

「おれはおもしろ半分でファイトはしない」

「だったら、なんのためだ？」

「金だよ。じゃなかったら、殺しを頼まれたとき」

「きょうの場合は？」

「看守はあんたの意のままだって聞いた。あんたが手なずけてるってことも」

「報復を恐れているのか」

「うん、まあな。そこらの囚人を殴るのとはわけが……」

若い男は最後まで言わず、そこでXはポケットから札束を出し、何枚か数えて床に落とした。「ファイト一回で千ドル。このあとの十分間に対し、一分につき百ドルだ」

若い男は犬が肉に向けるようなまなざしで札を見つめた。「この金はもらうけどさ、おっさん、あんたじゃ十分ももたないぜ」

彼はかがんで札を拾い、立ちあがったときには顎を引き、大きなこぶしをかまえていた。ファイトなんて冗談で、変わり者の中年親父じゃパンチもろくに届くもんかと思いながら。べつの人生ならば、この若い男が思っているとおりだったかもしれないが、実際のXは世の中で互角に渡り合える者などほとんどいないレベルの力と敏捷さをそなえている。彼はまず右目を始末し――強烈なジャブを四発見舞った――つづいて口と鼻を血まみれにし、左のあばら骨を一本折った。

ここまでを最初の九秒でやってのけた。

Xは相手のパンチをかわし、顔への攻撃に戻った。左二発に右一発、つづいてまわし蹴りを見舞い、自分よりも大きな男の膝の腱を切断した。Xはまたも相手をひょいとかわしたが、まだ息はあがっていなかった。そのとき若い男の目に恐怖が、理解が浮かんだ。

あれは本当だったのか？

あの噂は……。

Xは恐怖が花のようにひらいていくのを見てほほえんだ。それを見て男は吐き気をもよおした。「あんたは金を払うからファイトの相手をしろと言った。本気でファイトしろと」

今度のパンチはこれまでよりも強烈で、Xも出血した。そもそも、この男を選んだのはそのためだ。

六件の殺し。

この戦闘能力。

Xはたっぷり十分間もたせたが、勝負は互角とはとても言えなかった。Xは負傷し、男はつぶされた。十分が経過したときにはまっすぐに立てず、片目はつぶれ、使い物にならなくなった手は持ちあげることすらできなかった。男がもう一度看守に目をやったのを見て、Xは初めて本物の嫌悪感を覚えた。「助けを求めても無駄だ」

「やるんならさっさとやれよ」

男の顔は血にまみれ、片目は一生、見えるようにはならないだろうし、右肩を脱臼していた。それでも、まだ怒りは失せていなかった。まだやれるだろう。だが、それになんの意味が？

「看守。もう終わった」

看守は目をあげなかったが、長年の経験から、するべきことを心得ていた。男を起こして外に出したが、その間もXのほうを一度も見なかった。

看守と男がいなくなると、Xはべつの監房に入り、手と顔についた血を洗い流し、切れたところに絆創膏(ばんそうこう)を貼った。

またも退屈になり、Xはつづき部屋として使っているふたつの監房――一方はワイン用、もう一方はアトリエだ――のなかを足の向くまま歩いた。もちろん、彼が金持ちなのは誰もが知っている。その昔は、いつも新聞の紙面を飾っていた。ジェット機に豪邸、モデルにコールガールにセレブな恋人。当然のことながら、逮捕後は論調が変わった。一族の財産の概略、著名な友人と政界とのかかわりの長いリスト。いったいどのくらい金を持っているのかと、ひとりの囚人が訊いてきたことがある。少し痛めつけて口を割らせるつもりだったらしい。そのくらいちょろいと思ったのだろう。なにしろ刑務所に入りたての金持ちだ。けれどもXはほかの金持ちとはちがっていたから、その囚人に向かって長々とほほえみながら、心のなかでカウントダウンした。わずか三秒で男の喉から食道を引っ張りだし、刑務所のトイレに流してやった。以来、質問を受けることは極端に少なくなった。

「やれやれ……」

自分だけの空間があり、気晴らしもできる。この特権を享受(きょうじゅ)するため、刑務所長には毎年かかさず法外な金を払うのにくわえ、二度と所長の妻に集団で性的暴行をくわえるようなまねはさせないとまじめくさって誓いもした。

日曜の朝だけは。

子どもたちが見ている前では。

その夜、Xの日常が破られる出来事があった。「すみません。あの……?」大柄の看守がすまなそうに声をかけてきた。

「なんだ?」

「面会を希望する者がおりまして。フランシス・ウィラメットという囚人です。お邪魔ではないかと思いましたが、このところ繰り返し言ってきておりまして、とてもしつこいんです。それで……われわれは……決を採りました。看守のなかで、ですが」

Xは煙草に火をつけて椅子にもたれた。彼を担当している看守は全部で六人いるが、ほかの看守もしっかり手なずけてある。「そのウィラメット氏はどういう用件だと？」

「ジェイソン・フレンチの件だそうです。それで……その……われわれは取り次ぐほうに賛成したわけです」

「ならば、ウィラメット氏を連れてきてもらうほうがよさそうだ」

看守は監房を退出し、急ぎ足で立ち去った。階段のほうから足音が聞こえると、同じ看守がこう言うのが聞こえた。「三番めの監房だ。行っていいぞ」

「本当にいいんですか？　まさか……？」

「おまえが来るのを待っている。大丈夫だ」

姿を現わしたウィラメットの顔は、しわの一本一本にさきほどと同じ疑念が刻まれているようだった。Xは一度、この老人と会ったことがある。あのとき老人はチェスが趣味だと言ったが、三手で恥をさらすことになった。そのたった一度の勝負からの歳月で、老人はかなり体重が落ち、皮膚がたるんでいた。片手を監房のドアにかけつつ、立っていられないといわんばかりに鉄格子にしっかりつかまっている。Xは老人の落ちくぼんだ目と茶色い歯に目をとめた。「ジェイソン・フレンチを見たと言っているそうだな」

「ええ、三日前に。路上で……と言うのも、刑務所のバスに乗っていたときですんで」

「その話を信じろと？」

「やつの特徴、乗っていた車、同乗してた連中、それに、レーンズワースのバスだと気づいた瞬間、やつが凍りついたようになったことも、くわしく説明してさしあげます。写真のように記憶しておりますのでね。お尋ねになりたいことがあればなんなりと」

「おまえの話が全部本当だとして、なぜわたしが耳を傾けなくてはならない？」

知恵のまわる老人は、満足の気持ちをおくびにも出さなかったが、きらりと光った目が強欲さを表わしていた。「それはお互い、わかっていることと思いますが」

Xは身じろぎひとつせず、長いことにらんでいた。世間に流布(るふ)しているさまざまな噂——彼が誰を殺したとか、なぜそんなことをしたのか、あるいは死刑囚監房の下の地下二階でなにがおこなわれているのか——など一度も気にしたことがない。真であろうが偽であろうが、それらの噂はどうでもいいことだからだ。Xはそんなものには頓着していなかった。しかし、ずうずうしくもXの望み、あるいは欲望、あるいは好みについてなにか知ろうとするこころみは……。

老人はXの目が変化したのを察した。「ちょっと、そう決めつけないでくださいよ。批判してるわけじゃないんですから」老人は指をひろげ、傷の残るてのひらを見せた。「誰だっておかしな趣味はあります。あんたにも、おれにも。ただおれはもう、駆け引きをするにはいささか歳を取りすぎてるってだけです。なにしろ塀のなかで五十二年も暮らしてきたんですから。あんただってわかるでしょうに」

Xは老人の顔をまじまじと見つめた。唇。濡れた瞳。

「つまり、ジェイソン・フレンチの情報を教えてくれるというんだな。引き換えにどうしろと？」

老人はひとつ息をつき、対価を口にした、金。エロ本。運動場で見かけた女っぽい囚人と過ごす二日間。

Xはそんなものかというように首を振った。「見かけたときの状況をくわしく話せ。無駄に言葉を飾らなくていい」

「捜しだす方法も教えられます」

Xは胸が大きく高鳴るのを感じ、目をしばたたいた。

「話せ」

「車種、ナンバーはわかってます。それさえあれば、あとは簡単でしょう。外の者にやらせれば、居所を突きとめられます」

Xは胸の高鳴りを隠そうとしたが、老いた囚人はそれを指摘するほどばかではなかった。破顔してこう言った。「もうひとつ情報があります」老人は椅子を引き、わが物顔で腰をおろした。「車には女も乗ってたんですよ。濃い色の髪をした……」


ウィラメットが話を終えて引きあげると、Xは無人の廊下を行ったり来たりしながら、いましがた交わした取引のメリットとデメリットを検討した。同乗していたという濃い色の髪の女などどうでもいい。C監房棟にいるという女のような四人のことも——ウィラメットは勝手に楽しめばいい。だが、以前、Xはジェイソンにあることを保証——正確に言うなら約束——した。ほとんどの連中はXにとってどうでもいい存在だが、ジェイソンはほとんどの連中には入らない。それゆえ、検討はほぼ消耗戦と化した。

丸一時間、行ったり来たりを繰り返した。

あらためて、天井の染みをじっと見つめる。

それでもついには、ウィラメットから提案があった時点でわかっていたことを完全に理解した。検討する余地などない。

「看守！」彼はいてもたってもいられず、声を張りあげた。「リースを呼べ。それもいますぐ」


リースの自宅はシャーロットの市街地をはさんだ反対側にある。彼が到着するまでには時間がかかった。ようやく到着すると、同じ看守が先に立って廊下を案内した。「上訴担当の弁護士さんが来ました」

Ｘには上訴担当の弁護士などいない——生きて刑務所を出ることはないのだから——が、ささやかな作り話をするのも悪くない。「上で待っていろ」

看守はまわれ右をして立ち去った。そのうしろからリースがいつものごとく現われた。肩幅が狭くやせていて、かすかに生えた顎ひげのせいで四十五にも六十五にも見える。口角に深いしわが刻まれ、肌が粉を吹いているせいで、Ｘは子ども時代に会ったひいじいさんを思い出してしまう。年寄りじみているのはそこまでだ。リースの残忍さと巧妙さはＸが思いつくすべての悪人を上まわっている。この十七年でＸから稼いだ金で豪邸を手に入れ、十以上もの年金を積み立てることができた。ふたりのあいだに友情のたぐいはいっさいないが、リースがこちらの意図どおりに働いてくれることがＸにはわかっている。塀の外でＸの手足となって動く始末屋のなかでも、リースがもっとも信頼できる。それでも、Ｘはいらだちを隠せなかった。「遅れるとはおまえらしくないな」

「連絡が入ったとき、外出してましてね。メッセージをもらってすぐに引きあげてきたんですが」

「いま、何時だ？」

「午前三時。申し訳ない。本当はもっと早く着けたはずなんですが」

「いやいい。ついいらいらしてしまってな」Ｘはうなずいて弁解を受け入れた。「わたしが知っておくべき問題はあるか？」

「すべすべしたガラスのように、すべてとどこおりなくいっています」リースは想像上の窓ガラスに手を滑らせた。みかじめ料、脅し、仮釈放された人物の車を燃やし、口を閉じているのを忘れるなと伝えることなどを指してのことだ。「で、きょうはいったいなんの用なんです？」

Ｘはウィラメットから聞いた話をリースに伝えた。刑務所のバス、車、同乗者。

「ジェイソン・フレンチなのはたしかなんですね？」

「ウィラメットの話には説得力があった」

「やつを見つければいいんですか？」

「ジェイソンを見つけるのは出発点にすぎない」Xはそのあとの希望を説明した。具体的なことを伝えると、リースはしばらく頭のなかでシミュレーションした。

「ウィラメットって野郎はなんでその女に執着してるんですかね」

「なぜだと思う？」

「濃い色の髪をしているから？」

「若い。美人」

「おれに連絡してくれて礼を言いますよ」

「おまえ以外には思いつかなかった」本当だ。リースには予測どおりの行動をさせる、ある執着心がある。その執着心をたきつけてやれば、金を見せる以上に頼もしい仕事ぶりを発揮してくれる。

「いつごろまでにやればいいでしょう？」リースが訊いた。

「できるだけはやく」

リースは完全に仕事モードになり、ペンとメモ用紙を出した。「車のナンバーを確認させてください」

Xはあらためてナンバーを告げた。「六六年型のマスタング。色は栗色でホワイトウォールタイヤを履いている。前後のフェンダーにいくらかさびが浮いている」

リースはナンバーを走り書きした。「女の特徴をすべて教えてください」

Xはウィラメットから聞いた濃い色の髪をした女の特徴を伝えた。顔立ち。肌の色。背丈と体格。「そいつの予想だと歳は二十七だそうだ」

「ブロンドのほうは？」

「濃い色の髪のほうだけでいい」

リースは腕時計に目をやり、顔をしかめた。「あと数時間で陽がのぼりますね。二日ほどください」

「きょうだ」Xは言った。「きょうのうちに頼む」

リースが問題の車を突きとめるのは簡単だった――Xの財産を自由に使えるのだから、当然すぎるほど当然だ――が、持ち主は若い女ではなかった。所有していたのはハンサムな少年だったが、それもべつに意外ではなかった。少年はジェイソン・フレンチにそっくりだった。あちこち尾行するうち、胸がむかむかしてきた。髪、日焼けした肌、がっしりとした腕。リースがジェイソンやその弟のような連中を憎んでいたのは思い違いでもなんでもない。ああいう連中には世間のほうからすり寄っていくのに、リースは自分でほしいものをつかみとらなくてはならなかった。ハイスクール時代、彼はありとあらゆる屈辱的な言葉を浴びせられた。

おい、そこのちび……。

よう、鉛筆ペニス……。

鉛筆ペニスと呼ばれたのは本当に堪（こた）えた。

体育の授業、共同のシャワー室……。

とくに、ひとりの女子がリースを情け容赦なくからかった。ジェシカ・ブルース。彼女が最初だった。その記憶はあまりに好ましく、次々とほかの記憶もよみがえってくる。

ジェシカ……。

アリソン……。

マクドナルドで働いていた、アジア系の娘……。

リースが電話番号を訊いたら、目をぐるりとまわしたレジ係……。

思い出していると時間のたつのを忘れるが、少年にたどり着いてもリースの仕事は容易にならなかった。少年は学校に行き、ほかの生徒とぶらぶらした。菓子を買い、ピンボールに興じ、身長五フィート三インチ、白い胸と濃い色の髪をした、二十七歳前後の女とは関係のない、ごく普通のことをしていた。興味深い瞬間が訪れたのは日暮れどき、少年が車で市街地に向かい、よく手入れされた通りに建つ高級コンドミニアムの前でとまったときだった。見ていると少年はドアの前まで行き、しばらくぐずぐずしていたが、呼び鈴を鳴らすことなくその場をあとにした。この出来事を無視してはいけない気がしたが、自宅に戻る少年を尾行したのち、ひとりで戻ってくるまでは確信が持てなかった。コンドミニアムのどこにも十代の少年と関係ありそうなものはうかがえなかった。高級すぎる。洗練されすぎている。なかはカーテンが引かれていたが、リースは近隣の住民が仕事から戻り、街灯が灯るなか待った。三時間にわたり、車と歩行者とコンドミニアムを見張った。

煙草を吸った。

待つのは慣れている。

日付が変わるころ、一台のバンが到着し、長身で肩幅のひろいヒッピーの男が反対側の道に降り、長髪を払いながら助手席側のドアに近づいた。リースは習慣からその男を痛い目にあわせてやりたかったが、肝心なのは、ヒッピー男があけたドアから転がるように降りた女のほうだった。女はよろけ、大声で笑った。ヒッピー男が彼女をつかまえてバンに押しつけ、キスをしながら片手で胸をまさぐり、もう片方の手をスカートのなかにもぐりこませた。女は男を押しやったが、本気ではなかった。男がまたキスをし、ふたたび体をまさぐり、女を抱えるようにして玄関ステップをあがった。おぼつかない手で鍵を挿しこむかたわら、互いにまさぐり合ううち、なんとかドアがあいてふたりはなかに入った。リースは渋い顔をしたが、それでも満足だった。

女は身長五フィート三インチ、髪の色は濃く、どこからどう見ても二十七歳だった。

おまけにたいへんな美人だ。

予想外のもうけものだった。

タクシーで移動したことと、べつのダンスフロアとべつのうそつきの記憶がよみがえる。しばらくしてやっと、あいつを思い出した。

「そうだ、あいつ……」

彼女はそう呼んでいた。ちゃんとした名前はあって、たしかアレックスだかウィンストンだかブラッドだか、とにかくよくある名前だった。名を名乗って、飲み物をおごってくれた男に彼女は言った。ありがと、デュード。背が高く――それは記憶にある――イエスキリストのような髪型で、シルクのシャツをまとい、胸は熊の毛皮のラグを敷いたみたいだったっけ。テキーラを四杯飲んだタイラは、そのラグに指を這わせて言った。デュード……。その後、ダンスがあり、キスがあり、ダッシュボードに毛足の長いシャギーマットを敷いたバンから街灯のぼんやりした光が見えた。デュードのバン。自分でそう言ったのを覚えてる。いかにもデュードって感じのバンだね。男がジミ・ヘンドリッ

9

タイラはすっかり寝過ごし、雨の音で目を覚ますと、両手で頭をはさむように押さえた。薄暗いなかにカーテンが灰色の四角を描き、冷たい雨が顔にぱらぱらと降りかかるところを想像した。そのくらいではどうにもならなかった。タイラは体を小さく丸め、夜の記憶の断片をつなぎ合わせようとした。サラと言い合った。そのあとはどうしたんだっけ？〈ティキ・ラウンジ〉のハッピーアワー？ そんな気がする。そのあと、同じブロックにある〈シェーキーズ〉でピザ、ダウンタウンのクラブのレディース・ナイト。無人のダンスフロア、すごくセクシーなバーテンダー、隣のスツールの年配男がちょっかいを出してきたことは覚えてる。

クスの曲のボリュームをあげたときも、同じことを言ったし、男がマリファナに火をつけたときも、〈ディリー・クイーン〉に入ろうとハンドルを切ったら脱輪してしまったときも。昨夜はその単語が彼女の言語になっていた。笑いながら言ったり、小声で言ったり、ダウンタウンに向かって運転する男の髪に自分の指をからませたときには二回、淫らな声で口にした。デュード、デュード……。

そのデュードはもうおらず、タイラはべつに残念とも思っていない。ベッドを出てカーテンをあけ、灰色の雨と灰色の空をながめた。すでに一杯やりたくなっていた。

やめておこう、と心に言い聞かせる。きょうはだめ。

床に積みあげた服を手に取って、忍び足で部屋を出た。お気に入りのダイナーはほんの二ブロックしか離れてないのに、何マイルも離れているように感じた。コーヒー、卵、チーズグリッツを腹におさめても、まだ人間に戻れていない気がした。けれども雨足は弱くなっていた。太陽が顔を出そうとしていた。

それでも、サラと対峙するのはまだ無理。

映画でも観ようか。さらに六ブロックも移動しなくてはならなかったけど、なんとか早朝の回に間に合い、ポスターの前で迷った。

『ゴッドファーザー』

『脱出』

二番めの映画にしたのは、バート・レイノルズがかっこよく見えたからだ。映画が終わると、お菓子とコークを買い、もうひとつの映画も観た。映画館のなかはひんやりしていた。暗かった。それから、地元のビストロで二杯飲んでようやく、サラと対峙する気持ちがわいてきた。いくらなんでもあれはないじゃない！　あたしは人生を楽しもうとしてるだけなのに。

ほぼドラッグなしで……。

いちおうお酒だってひかえめにしてたし……。

駐車中の車にぶつけたことを警察に通報しようかとさえ思ったのに。何台あったんだっけ？　五台？　六台？　おそろしい。へたしたら五十台ぶつけたっておかしくなかった。誰かをひき殺してたかもしれなかった。

ああ、もう……。

カウンターにお金を無造作に置いた。

サラが腹をたてるのも無理ないな。

ようやく心の準備ができたと自分に言い聞かせ、タイラはコンドミニアムを目指したものの、なかに入る勇気がなくて自宅のあるブロックを四、五回ぐるぐるまわる結果となった。ようやく足をとめ、サラの部屋の窓明かりを見あげたときには、もう陽が暮れていた。ブラインドがおりているけれど、サラがいるのはまちがいない。

「よし」タイラは言った。「今度こそ」

タイラはどうにかがんばって、サラのドアに近づいた。「サラ？　スイートハート。なかにいるのはわかってるのよ」

「ほっといてよ、タイラ」

タイラはたっぷり一分間、もっと強くノックした。最後にはドアをこぶしで殴った。「ねえ、サラ。謝りたいんだってば。ドアをあけて。ねえ、早く」彼女は叩くのをやめ、ドアの表面に指を大きくひろげた。

「なんで話を聞いてくれないの？」

誰もがタイラの気持ちを理解してくれるわけではないけれど、サラはタイラがこれまでの人生でおかした失敗をはかる基準だ。たちの悪い交際相手、不首尾(ふしゅび)に終わった仕事。こんなふうに無視されたのは、これまでで一度だけ、タイラがドラッグを常用するだけでなく、売人として生計を立てようとしたときだった。あのときの口論というか、ののしり合いはいまも覚えてる。

あんたの親は金持ちなんでしょ。お金がほしけりゃ頼めばいいじゃない！

でも、あのとき負っていた借金をどう説明すればよかったんだろう？　借金した相手がどんな連中かを。タイラの父は事業をやっている。教会の役員もつとめている。娘が大学を中退したというだけでも好ましいこととは到底言えず……。

「頭をさげればいいの、サラ？　それが望み？　だったら頭なんかいくらでもさげる。本当よ」

「あんたが頭なんかさげるもんですか。気位が高くて頑固で身勝手なくせして」

不意に嗚咽が漏れ、口を覆ってこらえようとしたとき、デッドボルト錠がまわり、ドアが薄くあいてその奥にサラの顔が現われた。

「人をひき殺したかもしれないのよ」

「わかってる、スイートハート。本当だってば」

サラがドアを大きくあけた。彼女はパジャマの上から古いガウンをはおっていた。「酔ってないんでしょうね？」

「もちろん。ワインを二杯飲んだだけ……」タイラは親指と人差し指を一インチ離してみせた。笑顔を見せてほしかった。ほんのちょっとでいい。笑顔は赦しを意味する。赦してもらえれば、たったひとりの友人を失わずにすむ。

「これまでもさんざんばかなまねをしてきたんだよ、タイラ……」

「うん、わかってる」

「去年のバイク乗りの男。小切手詐欺。ヘロイン……」

「どれも昔のことだよ、本当に」タイラは片手をあげ、胸のところで十字を切った。サラは態度をやわらげたものの、疲れた顔をしていた。タイラも同じだった。

「あたしってば、本当に悪いルームメイトだね。むやみやたらとお金を使うし、ばか騒ぎするし、あんたに迷惑をかけるし」

「悪いってわけじゃないよ」サラは言った。「人を見る目がなくて、加減ってものを知らなくて、他人への気遣いがないだけ」

「償いをさせて」

「どんな？」

「ドーナツをおごる。〈クリスピー・クリーム〉の」

「そうねえ、〈クリスピー・クリーム〉なら……」

ようやく笑顔が見られ、タイラはうれしくなって手を叩いた。「じゃ、決まり！　ねえ、こうしよう。ふたりで夜更かしして、テレビを観るの。観るのはあんたの好きなものでいい」

「でも、お酒はなしだからね」

「神にかけて誓う」タイラはまた胸の前で十字を切った。「二十分後でいい？　シャワーを浴びたいの。なんだか気持ち悪くて」

「わたしはお茶を淹れるわね」

タイラは自室に急ぎ、ちょっぴり泣きそうな気持ちになった。シャワーを浴びて、ベルボトムジーンズを穿き、ノーブラでTシャツを身につけた。キッチンに行くと、サラが親しみをこめてぎゅっと抱きしめてきた。「あんたが嫌いで言ってるんじゃないのはわかって。あんたはただ、選択をまちがっただけ」

「それも、もうきょうで終わり。信じてもらえないかもしれないけど、あらたなスタートを切るよ」涙がひと粒、こぼれ落ちた。タイラはそれをこらえようともしなかった。「ドーナツを買ったら、すぐ戻ってくるからね」

「一ダースよ」サラが言った。

「わかった、一ダース買ってくる」

「あんたの分はべつだからね」

サラが投げキスをし、タイラは何日ぶりかで足取りも軽く家をあとにした。暗いなか、思わず大声で笑いだした。「あんたの分はべつだからね、だってさ……

……」

キーを手探りしながらドライブウェイに出た。自分のメルセデスは損傷がひどすぎて乗る気になれず、サラのビートルの運転席にすわった。淡いクリーム色のボディに、合成皮革の赤いシートがついたフォルクスワーゲンの小型車。ドアをロックしてエンジンをかけた。ライトのスイッチを入れるとマリファナ煙草が目に入った。半分、もしかしたら三分の一程度しかなく、サラが何日か何週間か前に灰皿でもみ消したのだろう、先端が黒ずんでいた。タイラはやましさを覚えつつ、ウインドウから外をうかがった。

ドーナツだけって約束……。

その決意は店まで行って戻る途中までつづいた。ひびが入ったのは赤信号でとまったときだった。きっといい気分になれる、と心のなかでつぶやいた。

ハイになって……。

ドーナツを食べて……。

信号が青に変わったが、ほかの車はなく、タイラはクラッチに足をのせたまま、ぼんやり考えつづけた。たかがマリファナ煙草一本だよ。それも、まるまる一本ですらないんだし……。

信号がふたたび変わったところで、タイラはそれに火をつけた。

「はああ……最高」

煙が渦（うず）を巻きながら立ちのぼり、タイラは頭をのけぞらせた。もうひと吸いし、ウインドウをおろして走りだし、六ブロック走ったところで吸い終わると、ガムと目薬を買おうとガソリンスタンドに立ち寄った。店員は品をレジに打ちこんだけれど、やけに時間をかけながら、タイラの顔と胸をじろじろ見ていた。「ほかになにか？」

「キャメルのレギュラーをひとつ」

「以上でいいですか？」

タイラは店員に金を払ってピースサインをすると、店員が見ているのを、劣情（れつじょう）を感じているのをおもしろがりながら腰でドアを押しあけた。そこからはごきげんな気分で運転した。ジェイソン・フレンチ――くそ野郎――のことも仕事も両親のこともどうでもよかった。道は混んできたが、好きな音楽が流れ、生暖かい空気が顔をなでていく。家の近くまで戻るころには、ハンドルを叩き、ラジオに合わせて歌っていた。あと一ブロックというところで速度をゆるめた。気分がハイで最高にいい気分だったから、車がとまっていることにも、なかに男たちが乗っていることにも気づかなかった。ドライブウェイに乗り入れると、フォルクスワーゲンを降りて、リハーサルを始めた。

ハイになってるかって？　そんなわけないって……。やだ、サラってば。変な言いがかりをつけないでよ……。

「すみません、お嬢さん？」男の声がして集中が乱された。カーキのズボン、ボタンダウンのシャツに蝶ネクタイという恰好の男が、すまなそうな顔でドライブウェイのわきに立っていた。「お邪魔して申し訳ない」タイラは男の様子に、心のなかでつぶやいた。歳はいってるけどいい感じ。どうせ、結婚してるんだろうけど。

「はい？」

男はドライブウェイに足を踏みだした。「この写真を見てもらえませんか？」

「どういうことかしら」

「すぐすみますから」

おかしなことになったけど、さっき吸ったマリファナはかなり強いものだった。タイラは心のなかでつぶやいた。ま、いっか……。男が見せた写真は小さかったが、街灯が近くにあって、充分に明るかった。

「これ、ジェイソン・フレンチだよね」口がこわばり、一瞬にしていぶかしそうにゆがんだ。「あいつに言われて来たの？　あの人でなし野郎に伝えてよ。チャンスをふいにしたのはそっちだって。あんたみたいなろくでなしはマスでもかいてろってね。あたしがそう言ってたって伝えといて」

「で、あなたは……？」

「タイラよ。知らないふりなんかしなくていいから」

小柄な男は彼女の怒りなど眼中にないようにひとつうなずき、写真をポケットにしまった。「さきほどブロンドの女性があなたのコンドミニアムに入っていくのを見かけました。ルームメイトの方ですか？」

タイラは男の質問と頭がぼうっとしているのとでわけがわからず、眉をしかめた。「話がよくわからないんだけど。いったい……？」

「身長五フィート七インチ。華奢（きゃしゃ）な体つき」

タイラはうなずきかけたものの、年配の男の雰囲気（ふんいき）におかしなものを感じた。マリファナのせいではない。男は着ているものとちぐはぐな目をしているし——わざとらしい感じがする——しかも、それほど歳を取っているわけではなく、目もとと口角にしわがあるだけだ。「もう家に入るわ。友だちが待ってるから」

「サラさんのことですね。魅力的な人だ。本当に、誰が見ても……魅力的だ」

「どうして彼女の名前を知ってるの？」

男が肩をすくめ、タイラは急に不安になってあとずさった。「寄らないで」

「近づくつもりはありませんよ」

「ねえ、大きな声を出すわよ」

男は小さな歯を見せ、右手を振った。「うしろをごらんなさい」

振り返ると男がもうひとりいた。顔が大きく、髪がぼさぼさの巨漢だ。男のうしろの通りに人の姿はなく、男もそれを承知していた。にやついた顔。ぎらぎらした目。タイラは心のなかでつぶやいた。なにかの間違いよ。誤解だわ。

小柄なほうの男が同情するようにうなずいた。「抵抗しないほうが身のためです」

タイラはサラの部屋の窓に目を向けた。こんな近いのに。走って逃げたかったが、足が重くて動かない。夢のなかにいるみたいだ。でも、これは夢なんかじゃない。大男が声をかけた。「おい、ねえさん」そしてすばやく、ものすごい力で殴りつけた。タイラはコンクリートに倒れ、なかのものが壊れたんじゃないかと思うほど、頭に強烈な痛みが走った。這って逃げようとしたが、男は彼女をつかまえて持ちあげ、サラの車の後部座席の床に押しこんだ。その時点でもタイラの目にはあの窓が見えていた。サラの寝室の窓。壁がピンクで通りをへだてた公園が見わたせる部屋。手をのばしたとき、外で声がした。「おれについてこいよ。スピードを出すんじゃないぞ。それとほら、こいつが必要だろ」

大男が車体を揺らしながら乗りこんでロックし、シートにすわったまま体の向きを変え、ポラロイドカメラを向けた。「じっとしてろ」フラッシュが光り、ウイーンという音がした。タイラは高くて届かない窓に手をのばしながら、ルームメイトの名を呼んだ。「しゃべるな。しゃべられると腹がたつ」

大男は小型車のエンジンをかけ、ヘッドライトをつけた。タイラはもう一度、サラの名を呼んだ。大声で叫ぼうとしたが、大男がまた体の向きを変え、彼女の喉をつかんだ。抵抗しようとしたものの、男の腕っぷしは強く、タイラの指は弱々しかった。相手の腕を軽くかすっただけで終わった。闇がちらりと顔を出す。

彼女は口をあけたが、空気が入ってこなかった。

ふたたび闇が訪れた。

闇はそのまま居すわった。

10

その少年は悪い子ではなかった。彼を知る者に訊けば、一様に同じ答えが返ってくる。好奇心旺盛だが注意力が散漫、野球の試合に出ているのを忘れ、ライトのポジションを放棄してザリガニを採りに小川に行ってしまうタイプだ。ちなみに、いまのたとえは実際にあったことだ。七年生だった昨年に。たしかに、学校の関係者が見たことがないほど巨大なザリガニが採れた——生物の教師もそれについて異論はなかった——けれど、ライトのベースライン際にまっすぐあがった凡フライで二点を取られ、チームが試合に負けたことに変わりはなかった。試合後、監督が少年と話をし、チームというのは機械のようなもので、全選手に役割があるのだということを穏やかに根気よく説明した。ほかのメンバーが怒るのも無理はないのだと。勝つことは大事で、チームワークも同様だ。話が終わると少年はうなずいた。それにつづき、真摯(しんし)な謝罪の言葉を口にし、こんなことは二度としないと約束した。監督はいつものようにやさしくほほえむと、少年を母親のもとへと向かわせながら、多くの者と同じことを考えていた。

いい子だ。

あまり賢くはないが。

この日の朝、大型の黄色いバスが到着して扉をひらいたとき、少年はいつもの乗り場にいなかった。七時十五分に家を出たが、右ではなく左に曲がった。道をまちがえたわけではない——左と右の区別はつく——けれど、年上の男の子たちから、廃墟となった建設現場の掘り返された泥の一角で矢尻が見つかったという話を聞きつけたのだ。少年は矢尻が好きだった——男の子はたいていそうだ——けれど、この子の場合はもっと深い意味がある。祖父がチェロキー・ネーションの東部の一族、すなわち一八三八年の強制移住を逃れた一族の血を引く、純然たるチェロキーなのだ。祖父はもうこの世にいないが、その教えはちゃんと覚えている。

民族の誇り。

土地の誇り。

矢尻と槍の穂先は大切に保存されるべきものであり、コミック本や野球カードみたいにトレードしていいものではない。しかも少年はそれらを見つけるのがうまかった。たとえば、野球場が建設されたとき。あるいは川の水位がさがった、あのとき。矢尻や槍の穂先がたいらに置かれていることはめったにない——そこが重要だ。不慣れな連中は、前日にわざと置いたみたいな、よくある形ばかりを探す。少年はそんなばかではない。彼が探すのは鋭利なへり、先のとがったもの、地面から顔を出した小さなかけらだ。耕した畑や新興住宅地などではとくに、大雨が降ったあとが探すのに適している。この建築現場がどの程度古いものなのか、なぜ廃墟となったのかはわからないし、どうでもよかった。

少年は沿道をそれ、住宅地が終わって四車線道路がずっと遠くまでのびている場所まで近道で行った。目的の建設現場は反対側を二マイルほど行ったところにあった。未完成の七階建てのビルは、骨組とエレベーターの昇降路、軽量コンクリートブロックでできた吹き抜け階段からなっていた。年上の子たちが言っていたその場所は、ビルの裏、丘が削られてたいらに均されたところだった。少年は目当ての場所にたどり着いたが、金網塀が道路と並行に設置されているところで足をとめた。車が猛スピードで通り過ぎていくが、少年の存在に気づく者も、気にかける者も、速度をゆるめる者もいなかった。半開きのゲートからもぐりこみ、赤土のへりに目を光らせながら工事用道路をたどった。少年は下隅に刻み目のある矢尻がいちばん好きだが、基部に刻み目があるのも軸がついているのも同じくらい好きだった。木の葉形のものも、単純な三角形のものでも、見れば心臓がどきどきしてくる。一度、石刀を見つけたこともあるし、自分の手と同じくらいの長さがあるクローヴィス尖頭器も見つけた。

斧頭。砥石。削器。

なんでもよかった。

　そういうわけで、少年はずっと目を下に向けていたため、建物そのものは見ておらず、存在だけを感じていた。前方にそびえる巨大な黒い構造物。自分の足がその影を踏んでようやく存在に気づき、コーキングガンとソーダの缶、散らばった鋲に目が行った。ひんやりしたコンクリートを踏みしめ、蜘蛛の巣のように張り巡らされた梁とケーブルの隙間から上をあおぎ見た。砂をじゃりじゃり踏みしめ、コンクリートやさびた鉄骨に両手をつきながら、さらに奥へと移動した。吹き抜け階段をぐるっとまわったとき、まっさきに目に入ったのは血痕だった。

　つづいて、女の人が見えた。


　フレンチ刑事は自宅で電話を受けた。「ケン」彼は言った。「おはよう、いい朝だな」

「そうでもないぞ」パチパチというノイズが交じった。「ハイウェイ十六号線のはずれに、放置されたままの建設現場があるのは知ってるな？　開発業者が去年、破産した物件だ」

「たしか、ホテルになる予定だったんじゃないか？」

「ああ、そういうことになっていた」

「そこがどうかしたのか？」

「来てくれ」

「なぜだ？」

「死体。女。ひどいありさまだ」

「ちょ、ちょっと待ってくれ。くそ」フレンチは受話器を耳と肩ではさんだ。卵を料理しているところで、焦げはじめていた。「これでよし、と。ケン、悪かった。どういうことか説明してくれ」

バークロウは少年の話から始めた。

フレンチはゲートで警察バッジを見せ、かつての建設現場に車を乗り入れた。黒っぽいものが見え、近づいていくと小柄な少年が膝を引き寄せ、二度と上を向くものかというように顎を胸の骨に強く押しつけているのだとわかった。フレンチは車を降りると、建物を見あげ、それから少年に視線を戻して、スニーカー、Tシャツ、穴のあいたジーンズを見てとった。

「大丈夫か、坊主」少年は顔もあげず、口もひらかなかった。「おじさんは警察官なんだ、わかるね？　きみの面倒を見るために来た」やはりなんの反応もなく、目にもなにも浮かんでいない。三十ヤード向こうでバークロウが建物から離れて手を振った。フレンチは少年に言った。「ここで待っててくれ。おじさんはすぐ戻る」パートナーと顔を合わせたとたん、怒りを隠しきれなくなった。「誰か大人をつけてやらなきゃだめだろうが。親でも、警官でも、誰でもいい」

「まだそれはできない」

「なんでだ？」バークロウが顔をそむけたのを見て、フレンチはその意味するところを察した。「そんなにむごたらしいのか？」

「もう朝めしは食ったか？　そのくらいのレベルだよ」

「まいったな。で、あの子が通報してきたのか？」

「よろけるように道路に出て、あやうく車にひかれそうになったそうだ。運転してたのは年配の女性だ。孫がいるくらいの年齢のな。その女性があの子を歩道まで連れていき、パトロールカーをとめた。まだ新人で、たしかドブソンって名前だったかな。ゲートのところにいるのはそいつだ」

「きょうは学校がある日だろ？　下校時間にはまだ早い。あの子はいくつだ？　十二歳か？」

「そのくらいかもな。もっと下かもしれん」

「こんなところでなにをしてたんだ？」

「本当になにも話してくれないんだよ」

「名前もわからないのか？」

「いまのところ」

　フレンチはあたりを見まわした。雑草と地面、風で飛んできたごみ。「やけに静かなところだな、ケン」

「先に現場を見てほしい。なにはともあれ」

　フレンチは胃に穴があいたような重い気分に襲われ、思わず顔をしかめた。バークロウの意見はなによりも優先されるが、ルールが存在するにはそれなりの理由がある。本来ならば現場にはほかの人員もいるはずだ。刑事、鑑識、指揮命令系統にある者たち。ケンがこういう行動を取るのはいままで一度しかなく、そのときの犯行現場は非常に陰惨で、ふたりはその大半を書類に残さず、遺族にすら伝えなかった。「わかったよ、相棒。とりあえずここはおまえに従う。ちょっとあの子に断ってくる」

　フレンチは少年がすわっている場所に向かった。立っていても、少年の汗のにおいが鼻先にただよってくる。皮膚のしわに入りこんだ埃が見える。「どうだ、坊主？」フレンチは少年の隣にかがんだ。「おじさんに名前を教えてくれないかな？」

反応なし。

　黙りこくっている。

「まあ、いい。ならおじさんの名前も内緒にしておくぞ。なにがあったかはどうだ？　その話ならしてくれるかい？　じゃなかったら、ここにいた理由でもいい」

　あいかわらず反応がない。

　バークロウがこっちを見て、首を横に振っている。

「おじさんの車に乗らないか？　エアコンがついてる。警察官用なんだ。ものすごくかっこいいぞ」

　少年は肩をすくめた。

　一歩前進。

　フレンチは少年を立たせ、車に乗せた。無線機、予備の手錠、ダッシュボードに固定したショットガンを見せてやる。「いいかい、坊主。おじさんはあのなかに入らなきゃならないんだが……」少年は怯えた顔で首を振った。「きみはここにいるんだから危険なことはない。本当だ。あそこで……」彼は建物を身振りで示した。「きみが見たものも、あそこにあるものも――いまからはおじさんの問題だ。わかるね？　きみはかかわらなくていい。これからもずっと」少年は顔をそむけ、泣きだすまいとした。「ここで待っててくれよな」フレンチは少年の膝を軽く叩いた。「戻ったら、ちょっと話をしよう」

　少年に見送られながら車をあとにすると、バークロウが建物のところで待っていた。フレンチは彼を追って、薄暗いなかに足を踏み入れた。

「ゲロを踏むなよ」

　フレンチはまたぎこした。「あの子のか？」

「おれのだ」

　そのひとことがすべてを語っていた。バークロウは殺人事件の捜査を二十年もやっている。朝鮮戦争に従軍した経験もある。彼は建物のさらに奥へと歩を進め、エレベーター昇降路の手前で左に曲がった。「そこが目的の場所だ。北の吹き抜け階段」

　吹き抜け階段は七階までできていた。その奥には赤土と低木林が遠くの並木のところまでひろがっている。最後の角を曲がると、床に血の跡が見えた。赤黒く、ほぼ乾いている。上に目を向けると鉄骨の梁にかけた鎖から女性がぶらさがっていた。フレンチの目はまず、ずたずたに切られた手首を、つづいて濁った目をとらえた。そのあとは、スポンジのようにすべてを見て取った。被害者はいたぶられ、切り刻まれていた。フレンチは落ち着きを保とうとしたが、バークロウの言うとおりだ。

おぞましい光景だった。

フレンチはいったんその場を離れなくてはならなかった。ようやく気持ちが落ち着いたところで現場に戻り、遺体を徹底的に調べあげた。血痕や切除痕、臓器や骨、まだら色の肉片も臆することなく。

バークロウは距離をおいて見ていた。「あの子の気持ちが想像できるか？　こんなものを目にしたなんてな」

フレンチは遺体のまわりを一周した。口をふさいで声が出せないよう、被害者の頭部には銀色のテープが巻かれていた。体のあちこちが切開され、切除されていた。つま先は床に軽く触れる状態で、血のなかに引きずった跡が何本もついていた。「白人女性。二十代半ばから後半」フレンチは形式的な手順を踏めば少しは気が楽になるかと思ったが、それは空振りに終わった。「信じられんよ、ケン。こんなのは見たことがない。いままで見てきたものとは全然ちがう」

「おまえを待ってるあいだに傷の数を数えてみたんだけどな。九十七まで数えたところでやめた。そこのそれを……数えようとして……」バークロウは乳房が切り取られた生々しい痕を指さした。「あれをされたとき、彼女はまだ生きてたと思うか？」

「ありうるな」

フレンチはゴム手袋をはめ、血で凝固した髪を顔からどけた。片目が大きく腫れてつぶれ、鼻の穴は血で真っ黒だ。頬骨、腫れていないほうの目と調べていく。どことなく見覚えのある顔だった。

「大丈夫か、ビル？」

「いや……」

「どうした？」

「ただ、ちょっと、その……」フレンチは急にこみあげてきた吐き気を隠そうと、かぶりを振った。指を差したが、バークロウが見ているかどうかはわからなかった。「テープをかんだ跡がある。結婚指輪はしていない。それ以外にもアクセサリーは身につけていない。被害者の衣類は見つかっているのか？」

「まだだ」

フレンチは遺体からあとずさった。ショックどころではない。愕然としていた。「確認してもらえるか？」

「ビル、なんだか具合が悪そうだぞ」

「被害者の衣類を捜してくれ、いいな？　おれはもうしばらくここにいる」

「まあ、いいけど。おまえがそう言うんなら」

バークロウが暗がりに消えると、フレンチは警官としての人生のなかでもっとも苦しい呼吸をした。十まで数えたのち、被害女性の頭をもう一度上向けた。

この顔は見たことがある。彼女には会っている。

一週間前、この女性は彼の息子とセックスしていた。

二十分後、現場は警官、鑑識職員、監察医たちでひしめいた。彼らに指示を出すフレンチは完全に落ち着きはらっているように見えた。しかし、胸の奥では、必死に自分と闘っていた。

タイラ。

それがこの女性の名前だ。

「被害者の身元はわかったのか？」

フレンチは照りつける太陽のもと、振り返った。足音は聞こえなかった。「警部、申し訳ありません。いまなんと？」

「名前はもう判明したのか？　住所は？　財布は見つかったか？　運転免許は？」

デイヴィッド・マーティンが近づいた。殺人課警部である彼は有能で公平無私、しかも頭が切れる。フレンチはこの上司をおおむね気に入っている。だが、いまはちがう。「いいえ、警部。身元はわかっていません」

「発見者の少年のほうは？」

警部は五十代前半、涼しげな目をした細身の男だ。フレンチは警部の背後に目をやった。少年はまだフレンチの車のなかにいる。「完全に口を閉ざしてます。少ししたらもう一度こころみます」

警部はうなずいたが、すでに心はべつのところへ行っているようだ。「マスコミが大騒ぎするぞ。わかっているだろうな」

「わかっております」

「箝口令を徹底する。きみとバークロウ、監察医とわたし」警部はほかの刑事を指さした。「マルティネス。スミス。遺体を見たのはそれだけだな？」

「少年も……」

「もちろん、少年もだ」

「それとドブソンもだと思います。おれが到着したとき、顔色が悪かったので」

「たしかに、第一対応者だからな。まずいな。隠し通せるかわからん」

フレンチは頭で建物を示した。「それにカメラマン、指紋採取係もいますし、少年の親も忘れるわけにはいきません。突きとめたあとの問題ではありますが」

「少し時間がいるな。とりあえず、きみの部下にはきみから話してくれ。できるだけのことを頼む」

「承知しました、警部」

「まったくなんてことだ、ビル……」警部は冷静さを失い、顔の汗をぬぐった。「ひとりの父親として、きみはどう対処する？」

「黙禱を捧げ、自分の息子でなかったことを神に感謝します」

「わたしには娘がいる」

「たしかふたごでしたね」

「あんなのを見たことはあるか?」答えを求めての発言ではないとわかったので、フレンチは黙っていた。

「わたしがこの仕事を何年やっているか知っているだろう? 長くやりすぎたのかもしれん」

「大丈夫ですよ」

「だが、きみが引き受けてくれるんだろう? まかせていいんだな?」

「もちろんです」

「ありがたい。頼んだぞ」警部は気を取り直し、ジャケットのボタンをとめた。「用があれば、わたしは高校にいる。そのあと署に戻る」

「高校?」

「娘たちを抱きしめてやりたくなってね」

「いいですね」

「おっと、それからビル……」

「なんでしょう?」

「被害者の身元がわかったら連絡をくれ。彼女にも家族や友人がいる。心配している人がどこかにいるはずだ」

「わかり次第連絡します」フレンチは警部がうなずき、車に乗りこむのをじっと見守った。胸のなかでは、せめぎ合いが激化していた。

彼女の名前はタイラ……。

おれの息子と一緒にいた……。

フレンチが車に戻ると、少年の顔色はよくなっていた。「しばらく一緒に乗ってもいいかな?」フレンチは運転席に乗りこんだ。「待たせて悪かった。あっちでいろいろあったもんでね」

「ずっと見てたよ」

「ああ、やっと口をきいてくれたな」フレンチは少年があいかわらずひどくげっそりした様子なのを見て、明るい口調を崩さずに言った。「さっきおじさんが言ったことを覚えてるか? ここにいればきみは安全だ。

悪いやつらはもういない」

「はい、おまわりさん」

「きみの名前は？」

「サミュエル」

「家はこの近くなのか、サミュエル？」

少年は住所を告げた。フレンチも知っている界隈だった。

「本当は学校に行ってなきゃいけないんだけど……」

「それは心配しなくていい。まずいことにはならないから。おじさんの名前はビルっていうんだ」

少年が小さな手を差しだしてきて、ふたりは握手をした。このくらいの歳だったギビーによく似ている。厚みのない肩、同じようにきまじめな目。「ご両親はきみがここにいるのを知っているのかな？」少年は首を横に振った。「ご両親の名前を教えてもらえる？」

「お母さんしかいないけど」

「じゃあ、お母さんの名前を」

「ケイト」

「ケイトか。わかった。ありがとう、サミュエル。けさ、ここに来たのはどうしてだい？」

「年上の子から、矢尻が見つかるかもしれないと教わって」

「見つかった？」

少年は目に涙を浮かべながら首を横に振った。「そのかわりにあれを……」

「言わなくていいんだよ、サミュエル」

「あれを……あれを……」

「いいんだよ、坊主。さあ、深呼吸して」フレンチはほっそりした肩をぎゅっと握った。「吸って、吐いて。そうそう、その調子」

少年は泣きやむと、いたって単純な事情を説明した。見つけたかったのとはちがうものを見つけてしまったのだと。少年が説明を終えると、フレンチは彼を子どものいる女性警官と同じ車に乗せた。ぴったりの組み合わせだった。少年の目がそう語っていた。

その後、遺体をおろした。

その作業にはボルトカッターと丈夫な胃をした男三人が必要だった。遺体が遺体袋におさめられ、バンに乗せられると、フレンチは監察医をべつの吹き抜け階段のそばの薄暗い場所へと呼び寄せた。マルコム・フライはコーヒー色の肌と髪に白いものが交じった小柄な男だった。仕事のできる男だ。フレンチとはかれこれ十年のつき合いになる。「で、どこまでわかった?」フレンチは訊いた。

フライはラテックスの手袋をはずしながら、第一発見者の少年と同じ、悲しみに沈んだ目をした。「どこから話せばいい?」

「死因はどうだ?」

監察医はかぶりを振り、ハンカチでメタルフレームの眼鏡のレンズを拭いた。「特定の傷が死因になったとは考えにくい。ざっと見ただけだが、ショック、外傷の蓄積、大量の失血あたりだな」

「その間ずっと生きていた?」

「おそらく」

「むごい」

「被害者の呼吸をとめず、意識を失わせないことを意図した、正確な仕事ぶりだ。内臓に損傷はなく、動脈も切断されていない。犯人は訓練を積んでいる」

「外科の?」

「そこまでのレベルではないものの、訓練を受けているのはたしかだな。救急隊員かもしれん。衛生兵。医学校の中退者」

「先生の見立てでは、時間はどのくらい?」

「被害者をおとなしくさせ、吊したあとの時間か?」

監察医はうんざりしたように肩をすくめた。「舌をかみ切りたくなるほど長かっただろう」

監察医が眼鏡をかけ直すと、フレンチはその顔をじっくりと見た。「大丈夫かい、ドクター？」

「わたしは南部の黒人なんだよ、刑事。完璧なリンチ殺人が嫌いなわけがないじゃないか」苦々しさがにじみ出ていた。それも当然だ。

「あんたの担当になったのは気の毒だった。なんなら、べつの監察医を手配するが」

「いや、いい」彼はフレンチの提案をしりぞけるように手を振った。「いま言ったことは忘れてくれ」

「忘れたよ」

「ほかになにか訊きたいことは？」

「時間について、もっと具体的なことが知りたい。いつ発生したのか。被害者はどのくらい生きていたのか。捜査の初期段階では、大ざっぱな推測でも役に立つ」

「拉致されたのがいつかはわからないが、長時間にわたって苦しんだのは確実だ。あれだけの傷を負わせるには何時間とかかったはずだ。秩序立っているうえに、慎重でもある。と同時に、その奥には異常性もうかがえる」

「というと？」

「犯人は楽しんでいたと思われる。やみくもにおこなわれた犯行とは思えない」

フレンチは目を閉じたが、それで剝がれた皮膚や露出した臓器がなかったことにはならなかった。この犯行にテーマがあるとすれば、残酷さを表現することにおいて、人は無限の創造性を発揮できるということだ。「ほかになにかわかったことは？」

「あとは解剖しないとなんとも言えん。解剖と言えば……」監察医は遺体を乗せたバンを示した。

「ちょっと待っててくれ、先生」

バークロウが向かってくるのが見えた。彼はふたりの前まで来ると監察医に会釈したが、フレンチに言った。「隅々まで捜索したよ。被害者の衣服も私物も見当たらなかった。使えそうな足跡もタイヤ痕もなかったが、正面の鎖が切断されていた。どうやら犯人は幹線道路経由で来たようだ」

「ずいぶんと大胆なやつだな」

「夜の闇。少ない交通量。こんなものが見つかった」

バークロウは透明なビニールの証拠品袋を振ってみせた。

「それはまさか……？」

バークロウが証拠品袋を渡した。ホイルと白い紙からなるくしゃくしゃの包みが入っていた。「それと同じような空の包みが、あとふたつ見つかっている」

「最近のものらしいな」

「真新しいと言っていいくらいだ」

「くそ、どこまでいかれてるんだ、こいつは……」

「まったくだ。おれも同感だよ」

フレンチはその場を離れ、この世界に唯一残った清らかなものであるかのように、空を見あげた。問いかけるような顔の監察医に、バークロウが説明した。

「ポラロイド・フィルムだ。犯人は写真を撮っていたらしい」

まだ早かったが、フレンチは犯行現場をあとにした。とどまろうと努力はしたが、どうしても集中できず、指揮を執るのも無理だった。

「引きあげるとはどういう意味だ？　どこに行く？」

「話せないんだ、ケン」

「まだやることが残ってるんだぞ。制服組は聞き込みにまわってる。被害者の身元すらわかってないじゃないか。おまえ、いったいどうしちまったんだ？」

フレンチは首を振り、歩きつづけた。息子のことは考えまいとしてきたが、それでジェイソンがいなくなるわけではない。きっと納得のいく説明があるはずだ。

どうか、神よ……。

「ビル、おれから逃げるな。話を聞け」

バークロウは二歩うしろから、車のところまでフレンチを追った。フレンチは車のキーを出した。「捜索のほう、最後まで頼んだぞ、ケン。全員に箝口令を敷いておいてくれ。あとで署で会おう」

「署だと？　次に行くのは監察医のオフィスだろうが。いまごろはもう、被害者は解剖台の上だ」

「そうか、ならそっちで会おう」

「ビル。いったいどうしちまったんだ？」

「どいてくれ、ケン」

「説明を聞くまではだめだ」

「本気で言ってるんだ。そこをどけ」フレンチはパートナーの胸にてのひらを置き、相手がうしろによろけるほど強く押した。謝りたかったが、いまの彼は罪悪感の川で溺れかけているも同然だった。

彼女の名はタイラ……。

フレンチはキーをまわしてエンジンをかけ、アクセルを踏みこんだ。泥と砂利が巻きあがる。バックミラーに映るパートナーの姿を見たとたん、心の痛みを覚えたが、それすらも罪悪感の川に流されてしまった。


いずれ彼女の名前は判明する。

次に判明するのはジェイソンの名前だ。

頑丈な警察車両は未舗装の道路を猛然と走ったが、四車線道路の渋滞につかまった。市バス。トラクター。車間があいたところで石切場のほうにハンドルを切り、アクセルを踏んだ。ジェイソンも大事だが、まずはギビーだ。

きょうは金曜日。

シニア・スキップ・デーだ。

石ころだらけのビーチを見おろす原っぱにギビーはいた。チャンスとふたり、車のボンネットにすわっていた。ふたりはおかしそうに笑い、酒を飲み、胸がしめつけられるほど若かった。

チャンスが先にフレンチに気づいた。「やばい」彼はビールを背中に隠した。

「チャンス、ちょっと息子に話があるんだ」フレンチはギビーの腕をつかみ、原っぱのほうに連れていった。

「兄さんを見かけなかったか？」

ギビーは眉をあげた。「なんでそんなことを訊くの？」

「見かけたのか、見かけてないのか、どっちだ？」

「だったら、見かけてない」

「あいつには近づくな」

「その話ならこのあいだも――」

「いや、あのときとはわけがちがう。とにかく、兄さんには近づくな。説明してる時間はない。とにかく言われたとおりにしろ。なんなら、今夜はチャンスと一緒に過ごしてもいい。家で遊ぼうが、映画に出かけようが、パーティに行こうが、おれはなにも言わん。兄さんと会うのは、ほんの一瞬でもだめだ」

「そんなこと言われたら、怖くなるよ」

「そうか。よかった。そうでなきゃ困る。だが、ひとつ訊いておきたい。とても大事なことだ。こないだの土曜日、ドライブに出かけたろう？　田舎のほうに行ったという話だったな。おまえとジェイソンと女の子ふたりで」フレンチは大きく息を吸い、心のなかで祈りの言葉をとなえた。「名前はなんだった？」

「女の子たちの？」

「そうだ。教えてくれないか？」

「タイラとサラ」

「タイラは髪の色が濃かったか？　背の高さは五フィート二インチか三インチくらいか？」

「サラはブロンドで背が高かった。それがいったいどうしたの？　なんでジェイソンに近寄っちゃいけないの？　父さん、どこに行くの？　父さん……」

息子の声がなおも聞こえてくるが、フレンチはすでに水のなかに、川の底深くに没し、耳がまともに聞こえず、溺れかけていた。

主よ、どうかわれわれをお助けください、と心のなかで祈った。

ギビーもあの女性を知っていました。

11

ぼくは歩き去る父を見送ったのち、チャンスのもとに戻った。彼は新しいビールを渡しながら訊いてきた。

「なんの用だって？」

ぼくは彼の隣で車にもたれた。太陽にあぶられた金属のボディがそうとう熱くなっていた。「ジェイソンを捜してるって」

「教えてやらなかったのか？」

ぼくはうなずいた。「あれこれしつこく訊くからさ」

でも、それは理由の一部でしかない。父はあいかわらずぼくを子ども扱いしていた。それがいやだったのだ。ビールをちびちび飲みながら、ぼくは川面をぼんやり見つめた。二十人くらいがいかだで岸から百ヤードほどのところまで漕ぎだしていた。その先に、ひとりぽつんとタイヤチューブに乗っかって、両膝を曲げ、顔を天に仰向けている者がいた。「一分だけいいかな？」

「ああ、もちろん」

「ここで待ってて」

ぼくは水際まで行き、シャツを脱いで浅瀬に飛びこんだ。いかだの近くまで来ると、みんながぼくの名前を呼んできた。

よう、ギビー、よう……。

あと二十ヤードというところでジェイソンはぼくに気づいたけれど、ほとんど動かなかった。顔だけをぼくのほうに向けた。両手をゆったり動かし、水面に円を描いている。「ギビーのお出ましか」

ぼくは兄が乗っているタイヤチューブのへりにつかまり、憂いのある笑顔と日に焼けた刑務所帰りの肌に目をやった。ビニールのリングが、半分になった六缶パックからぶらさがっている。「父さんが兄さんを捜してる」

ジェイソンは数インチ頭をあげた。片目をあけて岸を見やり、肩をすくめたけれど、本当は肩をすくめたわけじゃなかった。タイヤチューブに頭を戻すときにそう見えただけだ。「女の子たちのことを訊かれた」

「どの女のことだ？」ジェイソンは目を閉じ、缶ビールを胸の上で抱えた。

「ほとんどはタイラのことだったけど、サラのことも。警察の捜査みたいだ」

「タイラのやつが、またどこかの車を壊したんだろうよ」

「兄さんには近づくなって言われた」

「そう言われてどう思った？」ジェイソンはほほえんだが、いまのジョークで話は終わりだと言わんばかりに、目は閉じたままだった。

「なんか気味が悪かった。おっかない顔をしてたし」

「それもおれには関係ない」

それでもぼくは、会話の一部始終を再現した。ぼくの肩に置かれた父の手。そこにぎゅっと力をこめてきたこと。そのあと、羽毛のように小さく体を震わせたこと。「兄さんは怖いと思うことはないの？」

「なにを？」

「なんでも」

「ないな」

「一度も？」

「まあ、それが戦争ってものなんだろう。大勢から殺されかけたら、ささいなことなどどうでもよくなる。おまわり。過去。死ぬことだってどうでもいい」

「刑務所は？」

そんな質問をするのはずるいとわかっていたけれど、それを言うならささいなことなど怖くないという兄の言葉だって同じだ。ぼくの人生はささいなことでできている。ジェイソンはわかってくれたと思うけど、それでも怒らせてしまったことに変わりはない。

「刑務所はまたべつだ」

兄は話を終わらせようとしたけれど、ぼくは末っ子としてみんなから守られていることにも、兄弟のなかでただひとり戦争経験がないことにも、まだ子どもで、高い崖からダイブしたこともない状態にもうんざりだった。「刑務所に入るのは怖いんだろ？」ぼくは言った。「なにかひとつくらい怖いものがあるはずだよ」

「どうしてだ？　自分がそうだからか？」

「そういうことを言ってるんじゃないよ」

「だが、うるさい、黙ってろと言われるとわかっていながら、面と向かって刑務所の話を持ちだしたじゃないか」

「ドライブに出かけたあの日、兄さんがそういう顔をするのを見たんだ」

「なにを見たかもわかってないくせに」

「ちゃんと見たよ、兄さんの顔を」

そう言ったときのぼくの声は大きすぎて、もし誰かに問われたら、こんなことをよりによって、きょうという日になぜ問題にしたのかうまく説明できなかったにちがいない。父が怯えているのに兄が落ち着きはらっているからかもしれないし、崖がぼくらを見おろすように高くそびえていたからかもしれない。戦争と卒業のことを考えていたせいかもしれないし、チャンスが徴兵を忌避しようとしているせいかもしれなかった。いずれにせよ、兄がTシャツを着るのと同じくらいさりげなくまとっている鎧(よろい)の奥にあるものを、自分の目で見ておきたかった。ジェイソンはぼくのそんな欲求を知ってか知らずか、まるで意に介していない様子だった。目はあいかわらずけわしく、口もあいかわらず真一文字(まいちもんじ)に結んだままだ。「あっちに行け」兄は言った。「とっととうせろ」

石切場に息子を残して立ち去ったフレンチは、心のしこりを残してきたこともわかっていた。だが、ほかになにができたというのか？　タイラの死にジェイソンが関与していないとしても——主よ、どうか息子が無関係でありますように——捜査と無縁でいられるわけはなく、本人の誤った選択から生じる疑惑にさらされることはまちがいない。息子は人殺しでジャンキーの前科者だ。推測で他人を罪人扱いする誘惑に、どれだけの人が抵抗できるだろう？　フレンチは幻想などほとんど抱いていなかった。

おや、ジェイソン・フレンチを知らないのか？

戦争のことも？

ドラッグのことも？

なんでも、やつは百人も殺したとか……。

シャーロットは大きな市だが、大都会というほどではない。誰もがよその家の事情を知っている、あるいは知っていると思い、あるいは知る権利があると思っている。ギビーもまた、同罪と見なされてしまうだろう。ガブリエルも。

しかし、それは序の口だ。

「まったくなんてことだ。ギビーまであの女性を知っていたとは」

大切な息子……。

末っ子……。

殺人事件が起こると必ず、無辜（むこ）の人間まで巻き添えをくう。フレンチはそういう例をさんざん見てきた。刑務所。破壊された人生。疑惑ひとつで世間は容易に傾く。「ばか野郎、ジェイソン。少しは考えたらどうなんだ？　まともな判断ひとつできないのか、おまえってやつは」

酷な言い方かもしれないが、上の息子がいまどうやって一日を過ごしているのか見当もつかない。あいかわらず薬物をやっているのか？　だとしたら、どこで、そして誰から手に入れているのだろう。あいつは暴力を振るっているのか？　罪をおかしているのか？　どこで金を調達しているのか？　どうやって暮らしているのか？　警察内で漏れ聞こえてくる話によれば、ジェイソンはやばいことに関与しているらしい。おそらく銃関係。あるいはギャング。唯一確実なのは、数分は数時間に、数時間は数日、数日が生活パターンになるということだ。それが、彼がこれまで取り組んできたあらゆる事件の奥にひそむ数学だ。小さな決断。誤った一歩。そこから先は一直線。

フレンチは数秒おきに――いらだちと不安がつのるつらい数秒間だった――その感情を抑えこんだ。手持ちの時間は数時間。

それでは足りない……。

最初にウォーター・ストリートと十番ストリートの角の家に向かうと、男がふたり、ソファでチキンウィングをむしゃむしゃやりながらビールを飲んでいた。両人ともここ数日、ジェイソンを見かけていないと言う。「あいつはここの家賃をいまも払っているのか？」

「二カ月分を現金で前払いしてる」

「だが、寝に帰ってはいないんだな？」

「金は金だからね。やつがどこで寝ようがおれの知ったことじゃない」

「立ちまわり先に心あたりはないか？」

「やつには大勢女がいるからな」

「女たちの名前、人数、住まいは？」

「おれたちよりたくさんいるってことしかわからんよ」

男たちはコーヒーテーブルに足を載せ、フレンチは室内をくまなく見まわした。油脂と煙草とこぼれたビールのにおいがただよっている。テレビではモハメド・アリが対戦相手を汚い言葉で挑発していた。「タイラという名の女のところだろうか？」

「タイラ・ノリスか……」片方の男が首を振った。

「あいつがあの女に近寄るとは思えないね……」

「あんな騒ぎのあとじゃな」

フレンチはふたりを交互に見ながら、割って入るタイミングをはかった。「どういう意味だ？」

「とんだ見ものだったってことさ」

男ふたりは首を振り、ビールを飲んでモハメド・アリに見入った。具体的なことを聞きだすのに一分かかったが、いったん話しはじめると、ふたりは嬉々(きき)として語った。メルセデスがめちゃくちゃになってタイラが這いつくばったこと。彼女がわめきちらしながら拳銃を抜いたこと。スカートの一方がずりあがっていたこと。フレンチは片手をあげ、ペースを落とさせた。

「最後のところをもう一度頼む」

「彼女はこう言ったんだよ。あんたの息子は女をもてあそんだあげく、夢を奪うようなやつだと……」

「そっくりそのままの言葉だぜ……」

「そうわめきながら、通りを行き来して……」

「だけど、それでもあいつとよりを戻そうと必死で……」

「そうそう。そりゃもう……必死だった」

「あの女は頭がどうかしてる(クレイジー)が、めっちゃ色っぽい(クレイジー)よな」

「おれなら、生きがいい(ライブリー)と言うところだけど……」

「壁のコンセントがパチパチ(ライブリー)いうみたいな……」

ふたりはハイタッチし、げらげら笑った。

「ジェイソンはそれにどう耐えていたんだ？」

「なあ、親父さん、ジェイソンは薄情なやつでね。たしかにあの女と寝たけど、それだけだ。おれも一度、面と向かって言ってやったよ。おまえってやつは本当にひどい男だって。血も涙もない野郎だってね」

「舞い落ちる雪と同じか」

「そうそう、冷たいけど静かだもんな。言えてる」

「ほかになにか話してもらえることはないか？　彼女はほかになにか言ってなかったか？　なにかしなかっ

たか？」

ふたりとも首を横に振った。「いや、なにも。そのあとも何台かにぶつけて、走り去った。それ以来、一度も見てない」

フレンチはふたりがうそをついている兆候はないかと探したが、なにも見つからなかった。「ほかのやつにも訊かれたら、おれに答えたとおりの話をするんだぞ。ジェイソンは常に冷静だったとな」

「真実は真実でしかないもんな」

「息子の部屋を見せてもらうよ」

ふたり組はビールとテレビ鑑賞に戻り、フレンチは階段をのぼった。ジェイソンの部屋にあったのは衣類とコンドーム、それから抽斗(ひきだし)の奥から三八口径スペシャルが出てきたので、それをポケットに入れた。それらをべつにすれば、いくらかなりとも個人的なものは見あたらなかった。乱れたベッド、レオン・ユリスという作家が書いた『鬨(とき)の声』という題の小説。外に出ると、タイラがメルセデスをぶつけたらしき木のそばに膝をついた。なかにいた男たちの言葉を疑う理由はないが、信用する理由もない。樹皮がえぐれているのを見て、フレンチは安堵(あんど)した。ちぎれた芝生、ガラスの破片、砕けたプラスチックを見たときも同様だった。たしかにタイラはここに来た。息子と口論になり、銃で脅した。

赤いプラスチックの破片が陽射しを受けてきらりと光った。

息子が麻薬をやっていたとしても……。

戦争で人が変わってしまったのだとしても……。

しかし、フレンチにはもう息子のことがわからなかった。麻薬、刑務所、街のダークサイドでの暮らし……。

これではまだ足りない。フレンチはスラム街、情報屋、無免許のバー、常習者のたまり場に安宿と、片っ端からあたった。息子がひょっこり現われるんじゃないかと期待して揺さぶりをかけた。

そううまくはいかなかった。

日が暮れるころには、さすがに無線に出ないわけにはいかなくなった。車に乗りこむと同時に耳障りな声が聞こえた。「デイヴィッド218、応答願います」

フレンチはマイクを調節した。「こちらデイヴィッド218」

「バークロウ刑事からすでに四回連絡が入ってます」

「ちょっと待ってくれ」フレンチはマイクをおろし、最後にもう一度、息子たちのことを考えた。

ほかになにかできることは？

ギビーに害はおよばない——それは確認済みだ。

しかしジェイソンは……。

フレンチは倉庫とバイク乗りと短いスカートの女が居並ぶさびれた通りに目を走らせた。ここで七カ所めだが、結果はほかと同じ。誰もがジェイソンを知っていると言ったが、見かけたという者はおらず、誰も積極的に話してくれなかった。

「デイヴィッド218。バークロウ刑事におれは定時報告に向かうと伝えてくれ。十二分後に到着予定だと」

12

ジェイソンは父が車で走り去るのを上階の窓から見送った。車の屋根、リアウインドウ、テールランプが見えた。父の車が見えなくなると、煙草に火をつけて振り返った。「親父はなんだって？」

大柄なバイク乗りが階段をのぼりきったところに立っていた。山のように盛りあがった筋肉、ジーンズ、色あせたタトゥー。「あんたに用があったみたいだ」

「理由を言ってたか？」

「言わなかったし、おれも訊かなかった」

ジェイソンは窓のそばを離れ、疵だらけの木のテーブルについた。足もとの床は古く、うしろの窓はガラスが汚れ、金属フレームの塗装がはげかけている。この部屋はもともとオフィスとして使われていたもので、四〇年代から五〇年代にかけて電話帳を作っていた工場が見おろせるようになっている。現在の所有者は強面のバイク乗り集団で、ニュージャージー、メリーランド、ペンシルヴェニアから南下してきた連中だ。〈ペイガンズ・モーターサイクル・クラブ〉。彼らは工場を改造し、奥に車庫、二階に宿泊用の部屋がある専用の場所にした。クラブにはメンバーと現金と知名度があった。

「おまえの親父はやっかいの種になりそうか？」

そう訊いたバイク乗りの名前はダリウス・シムズ。クラブがメリーランド州プリンス・ジョージズ郡にあった初期のころからかかわってきた支部長だ。腕を組んでいるせいで、上腕二頭筋の青いタトゥーが盛りあがって見える。Ａｒｇｏの文字のタトゥーは連中がデニムにつけるワッペンと同じく、よく見られるものだ。

ジェイソンは言った。「いや。それはないだろう」

「その言葉が本当であるかぎり、取引は有効だ。部屋。特権。だが、ここに集まってる連中は警官がなんらかの理由で、不意に訪ねてくるのを嫌う」

「こんなことは二度とないようにする」

「そう頼むぜ」

バイク乗りが足音も荒く階段をおりていくと、ジェイソンはかつて工場だった階を見おろせる大きな室内窓に歩み寄った。いまは両側にバーがしつらえられ、中央にはボックス席とテーブルが並んでいる。人はそう多くなく、バイク乗りが二十人ほどと、その倍の数の女がいる程度だ。ハーレーダビッドソンの一九四六年型フラットヘッドが天井から鎖で吊りさがっている。全体的に薄暗い。灰色の煙ですべてがかすんで見える。

「ねえ、ベイビー。つづきをやるの、やらないの?」

ジェイソンは横長のローソファに寝そべった女の存在を忘れかけていた。「おまえ、なんて名前だったっけ?」

「エンジェル」

「いまいくつなんだ、エンジェル?」

「二十五」

「十九かと思ってた」

「二十五。十九。どっちでもよくない?」

ジェイソンは部屋の反対側にいる女をとっくりとながめた。短いスカートにかかとの高いブーツ。赤毛がいかしている。「悪いな、スイートハート、きょうはやめておく」

「やめておくってなにを? 友だちはみんなちがうことを言ってるよ。ジェイソン・フレンチはいつもヤクを持ってるし、ロックスターみたいなセックスをするって聞いたけど」

ジェイソンは女が子どもだましの手品みたいにこしらえた笑顔から目をそむけた。

「ねえ、いいでしょ、ハンサムさん」女が足を床におろすと、色白の長い太ももがさらにあらわになった。

「女の子を助けるつもりがないの？」

「やるよ」ジェイソンはテーブルにボトルを置いた。

「これで酔っぱらってろ」

「ジョニー・ウォーカー？」

「ジョニー・ウォーカーの青ラベルだ」

「話がちがう」

「どうちがうんだ？　そっちが勝手におれのドアをノックして、なかに入ってきただけじゃないか」

「商売しないんなら、なんでクラブはあんたをここに置いてるわけ？」

ジェイソンは肩をすくめた。「それはおれとクラブの問題だ」

シャドウをまぶたにたっぷり塗った、尻軽で若すぎる女がまた迫った。「あたしなんか、かわいくないって思ってるのね」

「きれいだと思ってるさ」

女は頬をややふくらませ、少しむっとした顔で立ちあがった。「最初からなかに入れてくれなきゃよかったのに」

「そうすべきだったな。たしかに」

「あんたってホント、最低」

ジェイソンはあやうくにやりとしそうになった。

「そんなふうに言われたことは一度もないが、たしかに、最低な男だと自分でも思うよ」

「友だちにどう言えばいいのよ？」

下のクラブをうかがうと、彼女の友だちらしききれいな娘が四、五人、カウンターにたむろしていた。くたびれたような顔をしているが、どの娘も十九歳より上には見えない。「おまえも友だちも、よそで遊べ」

夕食は昨夜となんの変わりもなかった。父はいなかった。母はぼくがジェイソンに会っていないかたしかめようと、しつこいくらいに質問してきた。夕食後は自室に戻り、戦争と共産主義と北の刑務所の暴動について読んだ。退屈で孤独な夜だった。呼び鈴が鳴ったことで、それが一変した。

「ギビー」母が階段下から呼びかけた。「あなたにお客さん」

ぼくは素足にジーンズでおりていった。母があいたドアの手前で待っていた。「手短になさいよ」そう言って渋い顔でいなくなった。

「サラ」ぼくは外に出てドアを閉めた。「どうしてここへ?」

「いきなり訪ねてきてごめん。午後ずっと電話したんだけど」

「母さんだな」ぼくは謝らなくていいんだと言うように手を振った。「電話に出たり、出なかったりなんだ。なかに入る?」

「できれば外で話したい」

「うん、わかった」ぼくは彼女を追ってポーチをおり、夜空の下に出た。サラはカットオフジーンズにサンダル、上は首のうしろで結んで肩胛骨（けんこうこつ）があらわになる白いブラウスという恰好だった。「どうやってここがわかったの?」

「電話帳のフレンチの項にあるのは三軒だけで、いちかばちか来てみた」

「そうしてくれてよかった」ぼくたちはアプローチに立っていた。背後の照明に蛾（が）が集まっている。サラはすてきだったけれどか弱そうで、胸の下で両腕をきつく組んでいる様子に、ぼくは寒いのかもしれないと気になった。「ジャケットを貸そうか?」

「ううん、いい。どうってことないから。あの……ちょっとドライブしない?」

彼女がそれとなく示した窓のほうを見ると、なかにいる母がガラスごしにぼくたちを見張っていた。渋い顔がさらに渋くなっている。母は腕時計を指で叩いた。

「うん、かまわないよ。そうしよう」

ドライブウェイに向かって歩いていくと、タイラのメルセデスが目に入った。へこみと疵がそのまま残っている。ぼくはたじろいだが、サラがそれを察した。

「これも訪ねてきた理由のひとつ」

「この車が？」

「この車。タイラ」

ぼくは家を振り返った。母があけたドアのところに立っていた。「行こう」ぼくは言った。サラが運転席に乗りこみ、ぼくは反対側に乗った。母がポーチ、それからアプローチへと場所を変えた。「早く出よう」

サラがドライブウェイをバックしはじめると、ぼくは母が走って追いかけてくるんじゃないかと覚悟した。そういうことにはならなかった。道路に出ると車体が小さく震えたが、走りはじめるとすぐに安定した。幌はたたんであった。サラは風に髪をなびかせ、苦笑しながら横目でぼくをちらりと見た。「お母さんはいつもあんなふうなの？」

「だいたいそうだね」

「あんなのましなほうよ」サラはやせた肩を片方だけあげた。「わたしなんか、母親と口もきいてないもの」

「全然？」

「八年くらい」

それを聞いてなんと言葉をかけていいのかわからず、そびえるビルと上のほうまで灯っている街明かりを見ながら、黙って車に揺られていた。サラは髪をいじったり、下唇をかんだりしている。赤信号でとまったとき、彼女はようやく口をひらいた。顔に、反対車線の車のヘッドライトがあたっていた。「ジェイソンを見かけた？」彼女は訊いた。

「用事はタイラのことだと思ってた」

「ふたりは一緒にいるんじゃないかと思って」

「兄さんならきょう会ったよ。ひとりだった」

「タイラのことでなにか言ってなかった？」

「ううん、とくに」

サラは目にかかった髪を払い、信号が変わると、それまでよりもスピードを出して走りはじめた。小さな車はカーブを曲がるたびに傾いた。一マイルほど行くと、見覚えのある通りに出た。「きみの家がある通りだね」サラはうなずいたけれど、なんだか泣いているようだった。ぼくはどんな言葉をかけていいのかも、なにをしてあげればいいのかも、どうすれば力になれるのかもわからなかった。彼女はりっぱな大人で、いまのぼくは靴すら履いていない。車がドライブウェイに乗り入れたところでぼくは訊いた。「サラ、いったいなにがあったの?」

「タイラがどこにもいないの」

サラはエンジンを切り、ぼくはコンドミニアムに、あふれんばかりの明かりに目を向けた。「いつから?」

「ゆうべから」

「ほかの男のところにいるのかもしれないよ。どこかのパーティに行ってるとか」

「今回にかぎってそれはない」

「そんなのわからないじゃないか」

ぼくの意見は筋が通っていると思ったのに、サラはタイラと言い合いになったことや自分の車がなくなっていること、それにドーナツが入った箱がドライブウェイに放置されていたことなどを説明した。「あれを置きっぱなしで行くなんて考えられない。あんなふうに、踏みつけるなんてありえない」

「警察には通報した?」

「二十四時間待たなきゃだめって言われた。ひょっとしてあなたのお父さんなら……?」

「父さんはいま勤務中なんだ。どこにいるかもわからない。署に連絡するくらいはできるけど」サラは期待の色をあらわにしたけれど、ぼくはそんな気にはなれなかった。遅くまで仕事をしているときの父とは、まず連絡が取れない。「二十四時間が経過するまでどのくらいあるの?」

「あと数時間かな」

「なんだ。だったらそう悪い状況じゃないよ」

「一緒に家に入ってくれる?」

「えっと……」

「正直言うと、少し怖いの」


フレンチが病院に到着すると、バークロウが救急救命室の入り口の外で待っていた。「悪かったな、ケン。待たせてしまって」

「連絡をよこさないなんて、おまえらしくないぞ」

「無線の調子が悪かったみたいだ。ドクターのほうの準備はできてるのか?」

「そのドクターから、おまえを連れてこいと言われたんだよ」

ふたりは救急救命室のドアを抜け、待合室に入った。エレベーター乗り場を迂回し、フレンチは先に立って階段で下に向かった。バークロウがすぐうしろからついてくる。下までおりると、キーパッドを操作し、監察医のオフィスとして使われている廊下に入った。

「無線の調子が悪かっただと?」

「その話はしたくないんだ、ケン」

「だが、あとで聞かせてもらうからな」

「ああ、必ず」

ふたりはいくつものオフィス、実験室、遺体安置用冷蔵庫群の前を通りすぎた。いちばん奥が解剖室で、真ん中の外科用の流しを取り囲むように部屋が並び、見学用の窓がしつらえられていた。多忙をきわめる場所だが、いまは静かだ。

「あそこにいるのがおれたちの被害者だ」

明るいなかで見るとさらにひどい状態だった。死の原因となった無数の傷、Y字切開、大きくあいた穴。臓器の大半は取りだされたあとだったが、監察医はまだ手を突っこんでいた。「おふたりさん、入ってくれ」監察医は両手をあげ、所在なげに宙に浮かせていた。「これまでに判明したことを説明しよう」監察医は順を追って手際よく、正確に説明した。時間がかかった。「異なる刃物が異なるタイミングで使われたようだ」

「複数の刃物」フレンチは言った。「つまり、加害者は複数いると？」

「断言はできないが、可能性はある。力まかせに切りつけられたとおぼしき傷もあれば、そんなでもない傷もあるのでね」

「なにかパターンのようなものは？」

「より慎重につけられた傷がより大きな苦痛をあたえている」

「というと？」

「そのような傷を負わせた犯人は大きな神経のありか、すなわちひじょうに過敏な場所がどこかを承知している。そうとう時間をかけたと思われる。ほら、寸分の狂いもないだろう？　ここと か、ここと か」

「乳房の切除は？」

「小ぶりの刃物を使い、細心の注意を払っておこなわれたと思われる」

バークロウが言った。「なんて野郎だ」

「先をつづけてくれ」フレンチは言った。

監察医は冷静な口調を保ってつづけた。「タトゥーあるいは生まれつきのあざはない。マニキュアとペディキュアは塗ったばかりのようだ」ドクターはそう言って、彼女の手と足を示した。「高額な歯科治療を受けている。肉体労働に従事していた形跡はほとんどない。この女性には資産があったと思われる。ルームメイトが到着すればもっといろいろわかるだろう」

フレンチはうなずいたが、いまの発言の重みに気がついた。「待て。いまなんと言った？」

「ルームメイトが到着したらと言ったんだ。タイラのルームメイトがな」

タイラ……。

もう被害者の名前がわかったのか。

「そのことでおまえに連絡を取ろうとしたんだ」バークロウが言った。「犯行現場から西に六ブロック行ったところの大型ごみ容器から彼女の服と私物が見つかった。被害者の名前はタイラ・ノリス。二十七歳。地元在住……」

「地元在住？　待て。住所もわかったのか？」

「マルティネスとスミスがいま向かっている」

「われわれも向かわなくては」

「まだ話しておくことがあるんだがね」

「あとで聞くよ、ドクター」フレンチはパートナーを引っ張るようにしてドアに向かった。「いますぐ出かけるぞ」

監察医がまだなにか言っていたが、ほとんどフレンチの耳に届かなかった。彼は急ぎ足で階段をのぼり、ロビーを突っ切り、両開きドアを抜けて生暖かい空気のなかに出た。「おれの車に乗れ」

「なぜ？」

「話があるからだ」

「ああ、そうらしいな」

「住所は？」

バークロウはタイラの住所を告げた。「マイヤーズ・パークをはさんだ反対側だ」

「その通りならわかる」

フレンチは運転席に乗りこみ、発進させた――駐車場、二車線道路、マイヤーズ・パークの反対側に行く最短ルートである幹線道路。バークロウは窓外を流れる街の景色をながめていたが、心のうちは誰の目にもあきらかだった。警官である彼にとって、忍耐力は妥協を許さない生来の性格とともに大きな強みだ。友人の身勝手な行動には耐えられるが、ほかの警官が同じことをしたら、まず耐えられない。最優先すべきは被害者だ。傷害を負った者には事件の解決を。死者には正義を。フレンチは速度計に目をやったが減速はしなかった。制限速度の二倍のスピードで突き進んだ。走行車線も追い越し車線も。屋根の真っ赤な回転灯をつけ、片手だけのハンドルさばきで次々と車をかわしていった。

ようやく口をひらいたバークロウは落ち着き払った声を保った。「話すなら、おそらくいまがいいタイミングなんじゃないのか？」

「実際以上にまずい話に聞こえると思う」

「それでも……」

バークロウが真剣な表情で見つめてくる。説明するのは生やさしいことではない。あたりまえだ。「被害者に会ったことがある」フレンチは切りだした。「見たのはつい最近だ。会ったんだ。先週、彼女がジェイソンといるところに出くわした。ふたりは……その、なんだ……わかるよな」

「セックスに励んでいた？」

「だから、まずい話に聞こえると言っただろ」

バークロウはこれまで数え切れないほどやってきたようにサイドウインドウの外に目をこらした。肩にも顎にも、あきらかに力が入っている。目の下の皮膚すら張りつめている。「知った顔なのは、あの場でわかったのか？」

「少し時間はかかったけどな」

「だから、あんなに急いでいなくなったのか」

「ジェイソンを捜すためだ。少しでも先んじたくてな」フレンチは道路から目を離し、思い切って友人に目を向けた。「よけいにまずいことになっただけだった」

「そんなうまくいくわけがないだろうが」

「ギビーも彼女を知っていた」

バークロウは殴られでもしたみたいに、いきおいよく顔を振り向けた。彼はギビーを息子のように思っている。一緒に釣りを楽しみ、日曜日にはフットボールの試合を見る。ギビーに相談を求められれば、必ず応じる。ギビーが生まれたときも、車の運転を覚えたときもその場にいた。「始めから話してくれ」彼は言った。「なにか省いたりしたら、叩きのめしてやるからな」

フレンチはうなだれ、バークロウの要求に応えた。「ウォーター・ストリートと十番ストリートの角に貸家がある。そこの二階に寝室が……」

サラのコンドミニアムに入ると、ぼくはワインを注ぎ、彼女は震える両手でグラスを受け取った。趣味のいい大人の雰囲気の部屋で、彼女は白いソファに腰をおろした。「いい家に住んでるんだね」

「ここはタイラの家。実家がお金持ちなの」

見ればわかる、とぼくは思った。高級な革製品。本物のアート作品。

サラはキャンドルに火をつけ、ワインを口に運んだ。

「キスしてくれる？」彼女は訊いた。

「本気で言ってるの？」

「いまだけよ。いまだけ」

彼女の誘い方は奇妙だったけれど、大人の女性のことなどなにも知らないぼくにとって、すべてが奇妙だった。趣味のいい家具も、ぼくが隣にすわったとたん言い寄ってきたことも。彼女はぼくの手からグラスを奪うと、ぼくを押し倒し、毛布のように折り重なった。最初はしっかり体を密着させていたけれど、やがてキスをしてきた。彼女の唇の感触は雨のように軽かった。肌に触れる指もソフトだった。それがぼくの顔を、胸をなでていく。やがて彼女は体を起こし、ふたりともシャツを脱いだものの、主導権はまだ彼女が握っていた。まだ気持ちが高ぶっているはずなのに、彼女はそれをぐるぐるに巻いて、心の奥深くに隠していた。小刻みに震える背中のくぼみ、途切れ途切れの息。キスをするうち、ぐるぐるに巻かれたものがしだいにゆるんでいき、それが彼女の息づかいにも表われた。呼吸が速く熱くなり、肌からも熱が伝わってきた。ぼくの顔に触れた手からも、押しつけられた脚からも。影の射す目で見つめられながら押し倒され、ぼくは彼女が口実を、この先の段階に進んで忘れるための理由がほしいのだと察した。要するにぼくは彼女にとって道具だったわけだけど、べつにそれは気にならなかった。この熱はぼくのものでもあったし、ぼくも同じように急いていた。目を閉じると、ぼくたちふたりが感じている熱が部屋に漏れだしたのか、視界が赤く染まった。血のように真っ赤な光がちかちかし、サラの肌はぼくの手が触れたところが汗ばんできた。彼女が声を漏らした。「ああ……」ぼくは、よし、と心のなかでつぶやいた。

でも、彼女はそういう意味で言ったんじゃなかった。

「ああ、なんてこと、うそでしょ……」

彼女が体の向きを変えたので、ぼくは目をあけた。

赤い光は目の錯覚じゃなかった。

ドライブウェイには警官の姿。

窓に駆け寄ったサラの姿が、ほんの数秒だけ、未知の世界から来た生命体のように見えた。巨大な影に、肌を照らす真っ赤な光。大都会を舞台にした、ぼくなんかよりもりっぱな誰かが主演する映画のワンシーンのようだった。ぼくはおどおどすることしかできなかった。シャツを身につけた。彼女のシャツを捜す。枕の下にあったそれを彼女のところまで持っていく。

「ほら、これを着て」

カーテンは半透明だった。彼女は二本の指で一部をつまんだ。「どうして警察がここに?」

「いいから。とにかく服を着なよ」

外を見ると、車のライトの前を男たちが横切っていた。ぼくはシャツを頭からかぶせるように着せ、ひもを結ぶのを手伝った。

「タイラだわ。そうに決まってる」

「そんなの、まだわからないよ」でも、本当はわかっていた。警官たちの名前はマルティネスとスミス。ふたりとも殺人課の所属だ。父と一緒に仕事をしている。

「わたしをひとりにしないで、お願い」

ぼくは彼女の肩を抱いた。彼女は怯えていた。ふたりとも怯えていた。「怖がらないで」ぼくは言った。「まずは用件を聞くしかないよ」

ドアをあけると、マルティネスとスミスはすでに玄関ステップの最上段にいた。ぼくを見て驚いたふたりの表情は、こういう状況でなければ滑稽に見えたことだろう。

「ギビー？　うそだろ」スミスが先に口をひらき、視線をサラの顔からぼくの顔へ、それから彼女の肩にまわしたぼくの腕へと移動させた。やさしい目と小さな手をした小柄な警官だ。

隣に立つマルティネスはもっと冷酷で手荒で辛辣そうに見える。「ここでなにをしてる？」

「なにも」

子どもじみた反応だったけれど、マルティネスはものすごく不機嫌なときの父と同じだった。警官の目と不信の念。ぼくはスミスにちらりと視線を向けてから、咳払いをした。「ふたりべつべつに話を聞かせてもらいたい。ギビー、おまえはおれと来い」

「タイラのことなの？」ぼくは訊いた。

「タイラのことでなにか知ってるのか？」

「行方がわからないってことだけ」

「つまり、彼女を知ってるんだな？　直接の知り合いか？」

「そうだよ。もちろん」

「どうやって知り合った？」

スミスが声をかける。「マルティネス……」

けれどもマルティネスはパートナーの声にこめられた警告の響きを無視した。「どうやって知り合ったかと訊いているんだ」

「いいかげんにしろよ。相手はビルの息子だぞ」

「いいかげんにしろとはなんだ？　おまえだって彼女を見たじゃないか。おれと一緒に」

　どういう意味かはわからなかったけど、まず最初に、やっぱりタイラのことだと思い、それから、いい話じゃなさそうだと思った。マルティネスはそうとうカッカきていて、耳から湯気が出ているとしか思えない。

「質問がある」彼は言った。「警官としての質問で、ひじょうに重要な質問だ。この場でただちに答えてもらいたい。ここにいる小さなお友だちもだ」

　マルティネスはそう言って、サラの目の前に指を突きつけたが、そのとき、シャツの袖口に血がついているのが見えた。彼はぼくの視線をたどって、同じものを目にした。「ええい、ちくしょう……」

　拭き取ろうとするマルティネスにかわって、スミスが主導権を握り、穏やかな声で語りかけた。「とまどってるんだよな。わかるよ。それに心配なんだろう。当然だ。だが、まずはいくつか質問しなきゃならない。そういう決まりなのは知っているだろう？」

　わかってる。でも、そんなのはぼくの知ったことじゃない。「タイラがどうしたのか教えて」

「それはできないんだ……」

「ギビー、なにがどうなってるの？」

　ぼくはサラを引き寄せ、肩をぎゅっとつかんだ。

「父さんが来るのを待とう」

「親父さんは来ない」マルティネスが言った。「来たとしたってなにも変わりゃしないしな。おれが言ったとおりにしてもらうしかないんだよ。この場でただちに答えろ」

　スミスが両のてのひらを見せながら言った。「そうしてもらえると、われわれとしても助かるんだがな……」

「そういうこった」マルティネスが言った。

「タイラの身になにがあったか教えてくれるまでは答

えない」

「しつこいぞ、このガキ。おまえは質問する側じゃないし、親父がここに来ることはないと言ってるだろうが」

けれども一台の車が通りを猛スピードでやってきた。屋根に赤いライトを載せ、エンジンがオーバーヒートしかけている。ぼくは父の車だとすぐにわかった。マルティネスもわかったらしい。彼があとずさりして、小声でつぶやくのがぼくの耳にも届いた。いまいましいくそったれめ……。

車は急ブレーキをかけてとまり、両側のドアが大きくあいた。「なにも言うな、ギビー。ひとことも言うんじゃない」

「なにしに来たんだ、ビル?」

「その話はあとだ、マルティネス。息子と話をしなきゃならない」

「それはおれたちも同じだ」

「だから、あとにしてくれと言ってるだろうが!」

「あんたのガキはおれたちの被害者を知ってるんだぞ」マルティネスは不快なほど父に体を寄せて詰め寄った。「それも直接にだ」マルティネスは〝直接〟という言葉を強調した。「被害者を個人的に知っていたんだ」

「その話はあとでもできる。ギビー、車に乗れ」

「でもサラが……」

「車に乗れと言ったんだ」

「タイラになにがあったの?」ぼくは問いつめるように言った。全員が無視した。

「いまは話せない」父は言った。

「じゃあ、いつならいいの?」

「ギビー、くそみたいなことを言ってないでさっさと車に乗れ」

父の目は怒りに燃えていたが、そんなことよりも汚い言葉を発したことのほうにぼくは度肝を抜かれた。

バークロウのほうは穏やかだった。「さあ、行くんだ、坊主。友だちには明日会える。彼女がひどい目にあうことはないよ」

父はマルティネスから目を離すことなく言った。

「ケン、頼まれてくれるか」

バークロウはぼくの腕をつかむと、引っ張るようにして玄関ステップをおりた。

マルティネスの声がした。「いずれはあんたの息子からも話を聞かせてもらうぞ」

「それはわかってるが、今夜は遠慮してくれ。ケン、頼んだぞ」

ぼくは大柄な刑事に車まで引きずられ、後部座席に乗せられ、車内に閉じこめられた。ぼくはサラの姿を求め、玄関ポーチを見やった。

彼女は顔を両手で覆っていた。

泣いていた。

13

レーンズワース刑務所でXは焦れていらいらしていた。ベッドに大の字になったものの、すぐに起きあがり、また大の字に寝そべった。リースがようやく姿を現わし、その顔をひと目見ただけでXは任務をまっとうしたのを悟った。「では、うまくいったんだな?」

「うまくいきすぎて、お代をいただくのが申し訳ないくらいです。あの若い女を……堪能いたしました」

Xは相手の薄ら笑いをまねした。「仕事を楽しむのは罪ではない。通常の形での通常の料金を期待してくれていい」

「ありがとうございます」

「当然、例のものは持ってきたんだろうな?」

リースはポラロイド写真でぱんぱんになった封筒を出して渡した。「ご指示のとおりにしました」

Xは封筒をあけ、なかの写真を出した。「時系列になっているんだろうね？」

「女のコンドミニアム前のドライブウェイから始めております」

Xは時間をかけて写真を見ていった。車に乗った女、鎖につながれた姿、息絶えた姿。「どのくらいかかった？」

「鎖で吊してから五時間」

「その間ずっと意識はあったのか？」

「それなりに苦労しましたが」

Xは完全に信用していた。好きなことならばリースは全身全霊を傾ける。もう一度写真の束に目を通す。Xは数枚の写真を抜いてリースに渡した。「これをどうするか、わかっているな？」

「指紋を消し、追跡不能にしたうえで実行します」

「できるだけ早く頼む」

「住所はわかっています」

Xは残りの写真を封筒に戻し、リースに差しだした。「C監房棟にフランシス・ウィラメットという囚人がいる。これはそいつにやってくれ。慎重に頼むぞ」

もちろん、リースならそうしてくれる。彼は看守のことも手続きのことも熟知している。「ほかになにか、わたしのほうでやることはありますか？」

「ジェイソンも見てきたんだろうな、もちろん」

「見てきました」

「けっこう」Xは腰かけ、リースにもうひとつの椅子を示した。「見たことを報告しろ。ひとつ残らず」

14

バークロウはぼくを家に連れ帰ると、夜遅くまでキッチンのテーブルでビールをちびちびやりながら、ぼくからの質問を適当にはぐらかしていた。「そいつは親父さんに訊いてもらわないとな」

「父さんはどこ？」

「いろいろやることがあるんだよ」

「いつ帰ってくるの？」

「帰れるときになれば帰ってくる」

「タイラになにがあったか教えてよ」

「それはもう忘れろ、坊主。いいな？」

ようやくドライブウェイに光が射すと、バークロウはぼくにここで待っていろと告げ、父を出迎えるため外に出た。ぼくはじっとしていなかった。おとなしく待ってなんかいられない。忍び足で玄関に近づくと、バークロウが父と言い合っていた。父の胸を一度ならず二度も小突いた。彼がこんな無礼なまねをするのを見るのは初めてだったけれど、それに対して父は頼みこむような感じで、小声で必死になにか訴えていた。バークロウが、まだ怒りに赤くした顔できびすを返すと、父は鞭（むち）で打たれた犬のようにあとを追った。

「ケン。おれたちは友だちじゃないか……」

　そこから先は聞こえなくなったけれど、このときのふたりはとても友だち同士には見えなかった。たっぷり五分間言い合い、終わり方もさんざんだった。バークロウは父を威圧しようとしだいに声を荒らげた。

「そんなことはどうでもいい。現場でおれに話すべきだったと言ってるんだ。逆の立場ならおれだってそうするなんて言うなよな。おれは絶対そんなことはしない。それもこれだけの事件では」

「いまはそう言うだろうけどな――」

「そんなことはない。絶対にだ」

「子どものいないおまえにはわからないだろうよ」

バークロウがきびすを返し、話のつづきが聞こえなくなった。ぼくはもっとよく聞こえるようにとポーチをおりたけれど、父はろくに見てもいないのに気づいたらしい。そこから一歩も動くなというように指を一本立てた。父はバークロウにまたなにか言ったが、相手は言った。「嫌だね。なんと言われても断る」

「あと一日だけでいいんだ。十二時間でも……」

けれどもバークロウは話を切りあげた。車に乗り、乱暴にドアを閉め、ドライブウェイにタイヤ痕を残して走り去った。父は長いこと、彼が去ったほうをじっと見ていたが、やがて憔悴（しょうすい）しきった様子でぼくのところにやってきた。「聞いていたのか？」

「少しだけ。全部じゃない」

「聞いたことは忘れろ」

「ぼくのことを話してたの？　〝おまえの息子〟って言うのが聞こえたよ。マルティネスも思わせぶりだったし」

「おまえのことじゃない。マルティネスのことは心配するな」

「そんなの無理だよ」

父は一度うなずいたけれど、目がうつろだった。

「ジェイソンと話さなくては」

「そういうことだったの？」

「あいつに訊けば、おれが必要としている情報がわかるかもしれん」

「タイラのこと？」

「その話はできないんだよ」

「マルティネスとスミスは殺人課の刑事だよね」

「ギビー……」

「彼女は死んだの？」

「言っただろうが、ギビー。その話はできないんだ！」

いきなりどやしつけられ、ぼくは思わずあとずさった。父の目の表情。顔のしわ。父が生活のために人を捕まえているという事実をつい忘れてしまうけれど、いま、それを目の前に突きつけられた思いがした。まるで父がぼくをかみつぶして、ぺっと吐き出し、なんの味もしないなと思うんじゃないかという気がした。

ぼくは反射的にうしろにさがり、いやな間があいた。父の両手があがったものの、すぐに木の葉のように落ちてしまった。ぼくのほうから言うことはなにもなく、それは父も同じだった。車に向かう父は脚を少し引きずっていた。ぼくは父の車のテールランプが見えなくなるまで見送ったのち、石切場で紙切れを受け取ったのを思い出し、ポケットに入れていた手を出した。

電話番号が書いてあった。

このあたりの番号だ。

家のなかは不気味なほど静かで、ぼくはひとり、キッチンに行って、壁にかかっている受話器を取った。コードは長く、食料貯蔵室までのびたので、ぼくはそこに閉じこもって番号をダイヤルした。電話線の向こうで呼び出し音が九回鳴り、相手が出た。けたたましい笑い声と大音量の音楽が耳に飛びこんだ。

ぼくは兄にかわってほしいと告げた。

さんざん待たされたのち、兄が電話口に出た。


ジェイソンから教わった場所を見つけるには四十分かかり、このときも、もっと大きな街の不穏な夜を描いた映画のワンシーンにいるように錯覚した。脇道を次から次へと通り抜けた。ようやく目指す建物が見つかったが、バイクと女性たちと音でそれとわかった。

クローム仕上げのパーツと露出しすぎの肌……。

ジェイソンが言っていたとおりだ。

駐車スペースを見つけ、何台ものバイクが縁石に向けて斜めにとまっている場所まで徒歩で二ブロック戻った。ぼくはこの場にまったくそぐわず、誰もがそう思っていた。バイク乗りたちはじろじろ見るか、道をふさぐか、ぼくの顔に煙草の煙を吹きかけた。ドアの近くに大勢がたむろしていて、割りこもうとしたぼくを女たちが押し戻し、ぼくの体にさわってはげらげら笑った。

あーら、ぼく……。

まあ、かわいい坊やだこと……。

ひとりがぼくの肩にしがみついて、両脚をからめてきた。

「ちょっと」ぼくが言うと、その人はまたおかしそうに笑った。

ドアの前でバイク乗りにとめられた。マトンチョップひげ。白いものの交じった長い髪。「メンバーと女以外入れるわけにはいかない」男は言った。

「ジェイソン・フレンチを捜してるんだけど」男の表情は変わらなかった。瓶ビールが上下した。「向こうがぼくを待ってるんだ。うそじゃない」

「そうか、うそじゃないのなら……」

最後の言葉を言うとき、男の声が大きくなり、唇がゆがんだ。やっかいなことに、なかに入りたいぼくに対し、男は入ってみろと挑発してきた。ひやりとした一瞬ののち、ジェイソンがうしろから現われ、男の肩に手を置いた。「そうカッカするなって、ダリウス。おれの客だ。入れ、ギビー」

ぼくはジェイソンのあとについて暗い部屋に入り、それからここでも人混みを抜けて奥の壁の金属製の階段の前まで行った。上にあがると、ジェイソンの案内で煉瓦壁、まばらな家具、はるか昔からここに置かれているような巨大な金庫がある真四角の部屋に入った。ジェイソンがぼくの表情に気がついた。「ディボールド社の現金保管庫だ。一九〇五年の製造だと思う」

ぼくはスチール製の扉や大きな蝶番(ちょうつがい)に手を滑らせた。「何トンもありそうだね」

「少なくとも三、四トンはあるな。この重さに耐えられるよう、床には鉄骨が入ってる。下の貯蔵室から見えるぜ」

「なんのためのものなの？」

「もともとの用途か？　給料を入れてたんだろう。あるいは記録を保管してたか」

ぼくはテーブルにつき、ジェイソンは壁にもたれて腕を組んだ。「いまはなにが入ってるの？」

「なんで、おれが中身を知ってると思うんだ？」

「この街には百万もの部屋があるのに、あえてここにいるから。それに、さっき、もともとの用途って言っただろ。つまり、いま、その金庫はほかの用途で使われてるってことだ」ぼくは肩をすくめた。「言葉は大事だよ」

ジェイソンはおかしなものでも見るような目をぼくに向けた。質問には答えず、ショットグラスにウイスキーを注いだ。「頭のいいやつだな、ギビー。それを祝して乾杯だ」

兄からウイスキーを渡された。喉が灼けるような刺激とともに食道をおりていく。

「で、ここへ来たのはどういうわけだ？」兄は尋ねた。

「タイラが死んだんじゃないかと思って」

「ばかばかしい」

「まじめに言ってるんだよ」

兄が納得しないので、ぼくはタイラが行方不明になっていること、マルティネスとスミスがコンドミニアムを訪ねてきたことを説明した。そこから、父とバークロウの話になり、ふたりが同じように訪ねてきて、ぼくを車に無理やり乗せ、そのあと、ぼくには聞かせたくないらしいことで言い合っていたことを説明した。

「四人とも殺人課なんだ。なにかあるに決まってる。だから、タイラが死んだんじゃないかと思うんだ」

無防備な瞬間の兄の顔が見られると思った。けれども、兄は片方の眉をあげ、もう一杯ウイスキーを注いただけだった。「どれもタイラが死んだ証拠にはならない。いくらでも解釈のしようがある」

「そうかもしれないけど。ふたりは猛烈に言い合ってたし、父さんはすごく怯えてるように見えた。それに父さんも兄さんのことを捜してる。それで、少しでも早く知らせておきたくて」

「だからここまで来たっていうのか?」ジェイソンは渋い顔で、口をつけていないウイスキーをおろした。

「いったいどういうわけで、そんな話をできるだけ早くおれに知らせなきゃならないと考えたんだ?」

「だからそれは……警察がここに来るかもしれないと思ったから」

「電話ですむことじゃないか」

「だって兄さんだから。直接伝えたかったんだ」

ジェイソンが目を細め、渋い顔がますます渋くなった。唐突に立ちあがり、通りの左右をうかがった。

「家にいてくれたほうがよかったよ、ギビー」彼はブラインドを閉め、階段を確認した。「あいつら。まさかこの場所を……」

「怒ったの?」

「自分にな」兄はクロゼットからダッフルバッグを出し、着るものを詰めていった。「ここは危険だ。おまえはいちゃいけない」

「自分の身くらい守れる」

「いや、それは無理だ」

「そんなこと言わないでよ」

「いいか、ギビー。おまえはおれを知ってるつもりだろうが、そんなことはない。おれの人生にかかわりたいと思うのは悪いことじゃない。おれだっておまえの人生にかかわりたいさ。だが、ちょっとでもそんなことをしようものなら、おれはおまえの足を引っ張るだけだ。目に浮かぶようだよ。いや、すでにそうなっちまったかもな。タイラ。警察。くそ、まずい。おまえがいるのに、いま手入れなんかされたら……」兄は例の澄んだ冷酷な目でぼくをにらみつけた。「チャンスでも、ほかの連中でも、石切場にいたあのかわいい子でもいい、とにかくそいつらとつるんでいるほうがいい。それがおまえの人生なんだ。そこから引っ張りだすべきじゃなかった」兄はダッフルバッグをベッドに放った。「そもそもおれが帰ってきたのがいけなかったんだ」

「ぼくが力になるよ。どんなことでも……」

「いいかげんにしろ、ギビー。少しはおれの話を聞け！」

兄が猛然と部屋の隅に向かったので、ぼくもあとを追った。「なにをしてるの？」

「おれなりの最善の方法でわからせてやる」兄は片手を金庫にかけ、もう片方の手でダイヤル錠をまわした。「おまえは言葉が大事だというが、たしかにそうかもしれない。だがな、行動のほうがもっと大事なんだよ」ドアが大きくあき、ジェイソンがわきにのくと、黒っぽい金属が見えた。「さあ、これでわかったか？」

わかった。わかりたくなかった。

兄はライフルを一挺出し、アクションを解除してからぼくに投げてよこした。「そいつはM16A1ライフルといって、フルオートマチックで完全に違法なものだ。それが三十挺ある」兄はべつの銃を指さした。「そっちのはCAR-15」また指を差す。「トンプソン・サブマシンガンは入手がかなりむずかしい。あれはAK-47といってソヴィエト製のいい銃だ。コルト1911は言うまでもなく……」

「そんなにまくしたてないでよ。ちっとも頭に入ってこない」

兄は金庫から肩掛けかばんを出し、ファスナーをあけて、なかの現金を見せた。何千ドル。あるいは何万ドルか。「これがおれのやってることだ。おれはこういう人間なんだ」兄はぼくの手からライフルを取りあげ、ほかのと一緒にした。「おれはいい人間じゃない。おまえはここにいちゃいけないんだ」

その晩はロバートの夢を見た。兄が鬱蒼としたジャングルから現われると、胸にあいた穴、砕けた骨、深紅色の染みがぼくの目に飛びこんだ。ぼくが小声で名前を呼ぶと、兄は顔をあげたが、目があるべき場所には黒々とした闇があるだけだった。兄はなにか言おうとしたけれど、舌もなくなっていた。足もとに倒れた兄を見て、ぼくは夢の常として、寄り添わなくてはとわかっていたから、そのようにした。兄が放つ体臭も、目玉のない眼窩も、夜の音も芝生も星降る空も目に入らなかった。兄を思うことに全身全霊を傾けたけれど、なんの意味もなかった。兄は息を引き取り、それとともに兄へのぼくの思いも消えた。

夢から覚めると、目に涙がたまっていた。しんとしたなかで服に着替え、ひんやりした空気と涙ぐんだような灰色の光のなかに忍び足で出ていった。車に乗りこみ、兄がふたりいるのに、どっちのこともあまりよく知らないなんて、不自然なんじゃないかと考えた。ロバートが死んだとき、ぼくはまだ幼かったから、男同士の腹を割ったつき合いをしていなかった。ジェイソンも謎の存在で、これからもそれは変わらない。その結果残ったのは、他人行儀な父と理解不能の母だけ。もうにっちもさっちも行かなくなったぼくは車で石切場に向かい、崖のへりまでのぼると、そこに立って赤い太陽がのぼり、夜がしだいにあけていくのをながめていた。

やるべきときが訪れたと思った。国がどう説明しようとも、ロバートは激しい戦闘の末に死んだに決まっている。こうして崖の上に立っていると、ジェイソンを入隊へと駆り立てたのと同じ感情がわいてきた。父が一度、この戦争は愚かな理由のための愚かな戦争だと言ったことがあるけれど、あのときの父は酔っていたし、あれ以来、そういう発言は一度もしていない。だからぼくは、戦って敵を倒すことで報復したジェイソンの行動は正しかったと思っている。

石切場に目をこらす。世界にあいた穴には夜の闇があふれんばかりにたまっている。足もとに目をやれば、朝焼けで岩が赤く染まっているのが見えるものの、よほどの大男でないと届かないほど距離がある。その先は黒々としていて水がまったくないように見えるし、落ちたら永遠に落下しつづけるかもしれない。シャッと靴を脱ぎながら、ロバートの完璧なダイブを思い出した。あのとき兄はいったん空中にとどまったのち落下し、ぼくの隣に顔を出して愉快そうに笑った。ヴェトコンどもに目に物見せてやるぜ。ロバートはそう言ったけど、逆に殺されてしまった。同じようにダイブを成功させながら、ぼくとかかわろうとしないジェイソンのことも頭に浮かんだ。ぼくは長いこと深淵（しんえん）をのぞきこんでいた。

「いいからダイブしろ」ぼくはそうつぶやいたものの、実行には移さなかった。

ぼくは兄たちとはちがう。

怖かったのだ。

その日、部屋にいるとチャンスが入ってきた。「おい、どうしたんだよ？」

ぼくは読んでいた本から顔をあげた。「なにかあったっけ？」

「バッティングセンター。決まってるだろうが」

「いけね」ぼくは本を閉じて、ベッドをおりた。「悪い、チャンス。すっかり忘れてた」

「ったくもう……」彼は手を振り、表情をやわらげた。「まあいいって、気にするな」

でも気にしないなんて無理だ。チャンスは大の野球好きだ。そんなにうまいわけじゃないが、土曜日にバッティングセンターに行くのはなかば習慣と化している。

「具合でも悪いのか？　二日酔いか？」彼は目を輝かせながら訊いてきた。ぼくは首を横に振った。「だったらちょっと散歩でもしようぜ。例のふたごがいるかもしれないし」

チャンスが言っているのは、ちょっと先に住んでいるハリソン家の姉妹のことだ。十七歳。おそろしくかわいい。「父さんを待ってるんだ。テレビでも観ない？」

「しょうがないな。つき合ってやるよ」

ぼくたちは床に寝そべって、『スター・トレック』の再放送を観た。一度、ぼくは下におりて父が帰ってきたかどうかたしかめた。「ビールを持ってこいよ」とチャンスは言ったけど、たぶん冗談だ。夕方近くになり、けっきょくぼくたちは出かけたものの、ハリソン姉妹の姿はどこにもなかった。

「時間なら充分あるぜ」チャンスが言った。

「え？」

「さっきから、腕時計を何度も見てるからさ」

ぼくはうしろめたい気持ちで自分の手首に目をやった。時間を見ていたことには気づいてなかったけれど、それを言うなら庭の外に出たのも覚えていなかった。

「父さんに会いたいだけだよ」

「おれにはお見通しだけどな」チャンスの顔にいつものにやにや笑いが浮かび、ぼくは消毒薬と木が燃えるにおいのする電柱のそばで足をとめた。「ベッキー・コリンズだろ」チャンスは言った。

「彼女がどうかした？」

「図星だろ、え？」

「いや、本当にわからない。なんなんだよ？」

チャンスは信じられないという顔でぼくを正面から見つめた。「ベッキー・コリンズとデートする約束を忘れたのか？」

「きょうだっけ？」

「七時にディナ・ホワイトの家」チャンスは空に火がついたかのように顔を上に向けた。「忘れてたのか？　つまり……頭から消えてたってことかよ？」

「そうらしい」

「でも、相手はベッキー・コリンズなんだぜ」チャンスは目を閉じて繰り返した。

最高にいかした……ベッキー……コリンズ……。

しばらくこの調子がつづくのはわかっていたから、ぼくは縁石に腰をおろして終わるのを待った。チャンスが面食らうのも無理はない。ぼくはずっと前からベッキーに夢中だった。誰もがベッキーに夢中だ。頭がよくてかわいくて、ほかの女の子とは全然ちがう。自信があって、地に足がついている感じがする。

「どういうことか話すつもりはないのかよ？」チャンスはようやく気がすんだらしく、ぼくを上から見おろした。「おまえはきょう一日、家のなかにこもってた。バッティングセンターに行くのを忘れ、学校で最高にいかしてる女の子とのデートを忘れた。いったいどうしちまったんだ？」

「うん、家族のことでちょっと。その話は本当にしたくないんだ」

「彼女にキスしたいか？」チャンスの目をとらえると、おもしろがっているのがわかった。「さあ、行こうぜ、シンデレラ・ボーイ」そう言って、ぼくを引っ張って立ちあがらせた。「舞踏会に行く準備を手伝ってやる」


シャワーを浴びているあいだ、ぼくはジェイソンのことも見せられた銃のことも兄が刑務所に逆戻りする可能性も考えないようにしていた。かわりに考えていたのはタイラのことで、やっぱり彼女は死んでいるんじゃないかと思っていた。血の気のない肌と金属製の解剖台が目に浮かび、この市を取り締まっている全警官がいらいらしながら煙草をくゆらせ、市内を車で巡回する様子を思い描いた。

寝室では、チャンスが着るものをベッドの上に用意してくれていた。「本気かよ」ぼくは言った。

「はあ？　おれじゃおまえがことにおよぶ手伝いをできないっていうのか？」

「ベッキーとそういうことにはならないよ」

「いまのところはな」

「チャンス……」

「冗談だって。ほら、さっさと着ろ」彼はシャツをよこすと、身につけるぼくの隣であれこれ指図した。「いいか、ベッキーは貧しいけど教養がある。つまり、頭がよくて野心家で、おまえのいつものくだらない話になんか興味がないってことだ」

「ぼくだってきみと同じくらいベッキー・コリンズのことはわかってる」

「いいや、わかっちゃいないね。だからよく聞け」チャンスはぼくの靴を一足一足見ながら、肩ごしに語りかけた。「彼女はチアリーダーだが、スポーツには興味がないし、ラテン・クラブも高校生向けの起業家プログラムも生徒会も同様だ。彼女がそういう活動をやってるからって、それを話題にするのは避けたほうがいい。彼女は奨学金をねらってるから、そういう活動はまわりからの評価をよくするためでしかないはずだ。彼女にとってなにが大事かをよく見極めないとな。思いこみで動くんじゃないぞ」ぼくが横目で見ると、チャンスは肩をすくめた。「こう言うしかないじゃないか、え？　おれは五年生のときから、心のなかで彼女をストーキングしてきたんだぜ。ほら、これを履け」

ぼくは渡された靴を履き、鏡で確認した。「ディスコで踊ろうぜ、ベイビー」

「その科白は使うなよ、絶対に」チャンスは腕時計に目をやった。「そろそろ時間だ。コンドームは持ったのか？」ぼくが啞然とした顔をすると、彼は大笑いした。「まったく、おまえってやつは本当にわかりやすいな。落ち着け。肩の力を抜けって」ぼくはそうしようとこころみたけれど、どうにも落ち着かなかった。

「彼女だって普通の女の子だ。口に出して言ってみろ」

「彼女だって普通の女の子だ」

「おまえみたいなやつとつき合えて、彼女は本当に運がいい。それも言ってみな」

　車での移動中はほとんどこんな会話がつづいた。ぼくはチャンスの自転車を後部座席に乗せ、彼をはるばる自宅まで送っていった。彼はジョークを飛ばし、あれこれしゃべりまくった。彼の家がある通りに着くころには、タイラのことも、兄のことも、ずっとベッキー・コリンズに熱をあげていたこともぼくの頭から消えていた。幌はたたんであった。ふたりともげらげら笑いっぱなしだった。

「準備はいいな？」チャンスは自転車を地面におろすと、車のほうに身を乗りだした。「金は持ったか？　どこに連れていくかちゃんと決めてあるのか？」

「うん。大丈夫」

「大人の男らしくふるまえよ、いいな？　戦争かニクソンかブレジネフの話をしろ」

　ぼくは笑った。「やなこった」

「だったらインフレの話だ。景気後退の話でもいい」

「もうアドバイスは終わり？」

「とにかく、さっさと下着を脱がせるんだぞ」チャンスはウインクしてにやりと笑い、家のなかに入っていった。

　チャンスのやつめ。

　まるでぼくの頭のなかに入りこんでたみたいだ。

　車を出すと、運転しながら時間をチェックした。あまり早く着きたくなかった。遅くなるのも嫌だった。デイナ・ホワイトの家の前の歩道に立ち、最後にもう一度腕時計を確認し、髪をなでつけ、胸のうちでリハーサルをした。

やあ、ベッキー。今夜はずいぶんきれいだ……。

ドアに向かって歩く途中、花を持ってくればよかったと後悔した。ちゃんとしたデートをするのはこれが初めてだから……。

花だよ。ちくしょう。

玄関ステップの最下段で足がとまった。

やあ、ベッキー……。

そうやってぐずぐずしていると、ドアがあいてベッキーが現われた。薄くあけたドアから顔がのぞき、Tシャツとジーンズが見えた。

「ギビー、うそでしょ」ベッキーの声は小さく、かみつくような響きがあった。「来ちゃだめじゃない。そのくらいわかるでしょうに」

「え？　どういうこと……」ぼくはわけがわからず、かぶりを振った。ベッキーが顔をそむけ、顎のラインとはねた髪の毛があらわになった。彼女は向きなおり、手の動きで伝えた。「わきにまわって。あっちよ」

なにを言っているのかと訊く暇もなくドアが閉まった。ぼくは茂みに沿って進み、門、裏庭、あいた窓へと移動した。ベッキーがいて、そのうしろにディナ・ホワイトの姿もあった。庭の木立をくぐり抜けると、顔の高さに窓敷居があった。「来ちゃだめってどういう意味？」

「大きな声を出さないで、お願い」

静かにと手振りで伝える彼女にディナが詰め寄った。

「ベッキー、まずいんじゃない？」

「あなたが騒がなければ大丈夫」

「あたしたち、パパに殺されちゃうよ――」

「いったいどうしたっていうんだよ？」ぼくは口をはさんだ。

ベッキーがディナの顔からぼくの顔へと視線を移した。葛藤（かっとう）しているのがはっきりとわかる顔だ。「ああ、もうしょうがない。なかに入って」

「ベッキー、だめだってば」

「黙っててよ、ディナ。あなたが決めることじゃないんだから。ギビー、人に見られないうちに早く入って」

なにがどうなっているのかさっぱりわからなかったけれど、ぼくは急いで窓を乗り越えた。顔を真っ赤にしたベッキーと、その隣におもしろくなさそうにむすっとしているディナの姿があった。「親に知られたら、あんたに無理強いされたって言うからね」

「口を閉じててよ、ディナ。本当に」ベッキーはぼくの顔をしげしげとながめたのち、両手をぼくの肩に置き、目をのぞきこんできた。山のてっぺんに立っているような感じだ。「本当に知らないの?」

「なんのこと?」

「まいったわね。だったらしょうがない。ディナ、廊下の様子を見てきて」

「嫌よ」

「どうせやることになるんだから、ぐずぐずしないで」

ディナは部屋を突っ切りながら言った。「冗談じゃない。冗談じゃないわよ、もう」そう言いつつ、ドアを薄くあけて廊下を確認した。テレビの音や、大人が声をひそめて会話するのが聞こえてきた。ディナはドアを閉めた。

ベッキーは言った。「鍵をかけて」それからぼくの手を取り、ディナのベッドのはじへと誘導した。「口で説明するのはむずかしいから、あたしから言うのはやめておく。とにかくすわって。いい? ほら、早くすわって……」

彼女はベッドから立ちあがらせまいとするように、ぼくのほうに両のてのひらを向け、それから小さなテレビのスイッチを入れ、アンテナを調節した。映像がくっきりすると、レポーターの姿が見え、つづいて兄の顔が映しだされた。ベッキーはぼくの隣にすわっていたけれど、言葉を発したのはディナ・ホワイトだった。「殺人事件よ」彼女は言った。「あんたのお兄さんが殺人容疑で手配されたの」

15

自宅に着くころには、夜の闇と速度以外、運転中のことはなにも覚えていなかった。「母さん。父さん」玄関ホールから呼びかけたけれど、ふたりとも気づかなかった。母がわめいていた。割れたガラスがそこらじゅうに散らばっていた。

「あの子の仕業よ！　そういう子だったのよ！」

「ガブリエル、頼むから……」

「なんで教えてくれなかったの？　言ってくれなかったの？」

「知らなかったからだ……」

「ニュースに出てるのよ、ウィリアム！　わたしの息子が！　ニュースに出てるの！」

「ガブリエル、とにかく……」

「帰ってきたと思ったら、ギビーまで道連れにして！　おかげでギビーの身もあぶないじゃないの！」

「ギビーは一緒じゃない。ギビーのことは心配いらないよ」

「だったらどこにいるの？　わたしの大事な……」

母は膝からくずおれ、父がその隣にしゃがんだ。そこで初めてぼくに気づくと、入ってはいけないと身振りで示した。ぼくは外に出て車のそばで待った。窓ごしに父が母を立たせて寝室に連れていくのが見えた。母は二度つまずいた。父は倒れないように支えてやった。父が外に出てきたので、ふたりでドライブウェイが終わるところまで移動した。父は話したくなさそうな顔をしていたので、ぼくが会話の口火を切った。

「ジェイソンのことは本当？」

「あいつに対する逮捕状が出ているのは事実だ」

「じゃあ、タイラは死んだんだね？」

「殺された。それ以上のことは教えられない。だが、おまえもマルティネスから事情を聞かれることになるだろう。彼女を知っていたからな。おまえなりの考えがあるかもしれんということだ」

「マルティネス？　どうして父さんじゃないの？」

「身内だからだよ。捜査にくわわることすら無理だ」

「父さん、そんなのないよ……」

父は首を横に振って、ぼくの言い分を切り捨てた。

「ほかに、先に話しておきたいことはあるか？　おれに知らせておきたいことは？　おまえはタイラを知っていた。彼女がジェイソンとつき合っていたことを知っていた」

「ほとんど知らないも同然だよ。湖畔で一日過ごしたのはたしかだけど。それだけだから」

「ジェイソンを見つけなくちゃならん」父はてのひらで顔をなでたけれど、心ここにあらずの様子だった。

「あいつを連行しなくちゃいかん」

連行する……ぼくは耳を疑った。「なんでそんなことを言うんだよ！」

「あいつを死なせないためだ、ギビー。あいつの身を守るために連行するんだよ。タイラの死に方は……悲惨なものだった。あれを冷静に受けとめている警官はひとりもいない。みんな頭に血がのぼっている」

「ジェイソンはタイラを殺してなんかいない」

「だが、ふたりは性的関係にあった。大勢がいるところで言い争い、それが暴力にまで発展した。タイラが銃を抜いて……」

「知ってる。ぼくもその場にいたから」

父は愕然として動けなかった。たっぷり三秒間。

「本当じゃないよな？」

「本当だよ、ぼくもその場にいたんだ。タイラは酔っ払ってて、完全にぶっとんでた」

「彼女はおまえのことも脅したのか？」

「なんでそんな質問をするの？」

「動機だ。警官がまず捜すのがそれだ」

「さっきからずっと、自分は警官じゃないみたいな言い方をしてるね」

「ジェイソンの居場所を知っているのか、いないのか、どっちだ？」

「知らない」

「うそをついているとしか思えないな」

「うそなんかついてない」ぼくは言ったけど、実際にはついていた。ジェイソンは金庫にたくさんの銃と現金を持っている。警察がそれを見つけたら、いったいどうなるんだろう？

刑務所行きだ、とぼくは心のなかでつぶやいた。

確実に。

父は脅したりせがんだりしてきたけれど、ぼくから言うことはもうなにもなかった。父はぼくのだんまりに憤慨しながら引きあげた。ぼくは三十数えたのち、車をドライブウェイの出口まで移動させた。

市境まで十分。

そこから兄のところまで二十分。

タイラのことを思い出しながら、車を飛ばした。死んで解剖台に横たわる姿じゃなく、湖畔での彼女を、恥ずかしげもなく肌をさらし、おかしそうに笑っていた彼女を。

うしろからついてくるヘッドライドには気がつかなかった。

気にしてもいなかった。

ペイガンズの会員制クラブに到着すると、車を縁石に寄せてとめ、ドアまで小走りした。門番はいなかった。人の姿がなく、音楽も聞こえてこない。なかは静かで、二階で言い争う声が、荒らげた声と金属がぶつかり合う音が下まで届くほどだった。階段を途中までのぼると、ジェイソンとわかる声が言った。「おまえの話はちゃんと聞こえてるよ、ダリウス。だが、しょうがないだろう。おれが出ていく以上、これもすべて持っていくしかない」

ぼそぼそという反論の声。

ぼくはさらに階段をのぼった。

「断る」ふたたびジェイソン。「それは話がちがう」

「銃も現金も持っていくことは……」

階段をのぼりきり、思い切ってドアの隙間からなかをのぞいた。ベッドに銃が積みあがり、金庫のなかにもまだ残っている。現金をかきだしているジェイソンを、三人のバイク乗りが取り囲んでいる。そのうちのふたりはジーンズに拳銃を差していた。しゃべっているのはいちばん年上らしき男で、たしか、ダリウスという名前だったと思う。前にも見たことがある。マトンチョップひげ。白いものの交じった髪。「べつに無理難題を言ってるわけじゃないだろう、ジェイソン。警察がおまえを捜してる。好ましいことじゃないが、よくあることだ。すぐに出ていくのはかまわん。おれたちはひとこともしゃべらない。だが、銃は置いていくんだ。その金も」

「分け前はもうやっただろう」ジェイソンは煉瓦のような札束をいくつかベッドに落とすと、残りの金を出そうとダッフルバッグのほうを向いた。「銃はおれのものだ。現金もな」

「いまさらそんなものが必要なのか？　警官がここに踏みこむまで、あとどのくらいあると思ってる？　口止め料でも補償金でも、好きなように呼んでくれていいが、とにかくそいつは置いていけ」ダリウスはバイク乗りのひとりに合図した。「やれ、ショーン」命令された男は現金に手をのばしたが、ジェイソンにすばやく力いっぱい殴りつけられ、ばったりと倒れた。ダリウスがベルトに差した銃を抜こうとしたが、ジェイソンが目にもとまらぬ動きを見せた。相手の手首をつかんでひねりあげ、さらにうしろにまわして拳銃を取りあげると、一発めをダリウスの足に、二発めを膝に撃ちこんだ。ダリウスが悲鳴をあげながら倒れると、ジェイソンは最後に残ったバイク乗りの顔に銃を突きつけた。「ギビー、下に誰かいるか？」

ぼくは無言で自分の胸を指さした。気づかれていたとは思わなかった。

「ギビー？　ほかに誰かいるのか？」

「ううん。誰もいない」

「下におりろ。ドアに鍵をかけろ」

「えっと……」

「さっさとしろ。いいところを見逃してほしくない」

いまのはロバートの口癖だ。宿題をやれ、いいところを見逃してほしくない。ぼくは転げるように部屋を出ると、ドアに鍵をかけ、駆け足で二階に戻った。

「ちゃんとやったか？」ジェイソンが訊いた。

「言われたとおり鍵をかけた」

ジェイソンは銃で合図した。「膝をつけ」

三人めのバイク乗りは膝をついたが、のろのろとした動作だった。「なあ、ジェイソン……」

ジェイソンはバイク乗りのベルトから拳銃を奪い、ベッドに放り投げた。そのとき、下からドンドンという大きな音が聞こえた。ドアを叩く音だ。「ギビー、ちょっと頼む」兄は窓のほうに頭を傾け、ぼくは窓から下をのぞきこんだ。

「うそだろ。父さんだ」

ジェイソンはバイク乗りを示した。「おい、おまえ。キーをよこせ」

「なんのキーだ？」

「裏にとまってるバンのキーだ。前ポケットに入ってるだろう。そいつをそこのガキに投げろ」

ぼくはキーをキャッチした。床で血まみれになっているダリウスが口をひらいた。「必ず見つけだして殺してやるからな、フレンチ……」

「黙れ、ダリウス。三発めを頭にぶちこむぞ」

「なら、いますぐやれ。ペイガンズは決して忘れないし、赦さない。いつかおまえを見つけだし、絶対に殺してやる」

「ああ、そうなるかもな」ジェイソンは膝をついているバイク乗りを拳銃で殴って昏倒させた。「だが、そうはならないかもしれないぜ」

ダリウスは言った。「くそったれめが。覚えてろ……」

ジェイソンは相手にしなかった。「ギビー、残りの銃を集めてベッドに置け」ぼくは言われたとおりにした。「よし。四隅を持て」ぼくはまだぼうっとしながら、毛布を指さした。「いろいろ頼んですまない。ギビー、おれの顔を見ろ」ジェイソンは両方の眉をあげ、一度だけうなずいた。「親父がここに来たということは、ほかの警官もこっちに向かってるってことだ。わかるな？　銃声。倒れた男たち。それを見れば親父は通報する」それを裏づけるように、下のドアを叩く音が大きくなった。「おれにあるのはこれだけだ。いまベッドの上にあるものだけがすべてだ」

「くそ、この野郎……」ダリウスがうめく。

「そこを持て。いいか？」

兄は拳銃をベルトに差し、ぼくも手伝って銃と現金をベッドから引きずりおろした。死人ふたりでもこれより軽いだろう。

「階段をおりるぞ。裏から出る」

ぼくたちは銃と現金を引きずるようにして階段をおりると、狭い廊下経由で路地に通じているコンクリートのステップに出た。最後の段でぼくはよろけ、ライフルが一挺、音をたてて落ちた。

ジェイソンが言った。「放っておけ。とにかくバンまで行くぞ」

バンにたどり着いてから先は、すべてが非現実的だった。ぐっしょり濡れた路地、銃と現金を積みこむときにただようガンオイルと油脂のにおい。五十ドル札の分厚い束がひとつほどけ、ジェイソンは落ち葉をかき寄せるみたいにして集めた。「聞こえるか？」遠くでサイレンの音がし、やがてほかもつづいた。ジェイソンはバンのドアを閉め、ぼくの両方の肩に手を置いてロバートがいつもやっていたみたいにぼくを落ち着かせようとした。「決断の時だ、ギビー」

「決断？」

「おれと一緒に来い」

ぼくは路地の端から端まで見渡した。「距離をおけって前は言ったよね」

「あのときはあのときで、いまは状況が変わった。おれはもうここには戻ってこられない。永遠にな」

「どこに行くの？」

「北に身を寄せる場所がある。金はそのためのものだ。十エーカー以上ある岩だらけの海岸、釣り船、ゆったりできる場所。きれいなところだぞ。本当だ」

「北のどのへん？」

「おまえも来るなら教える。そう確信できればな」

「でも、あんなにたくさんの銃は……」

「あくまで逃亡資金さ。土地代を払い、釣り船の金を払う」兄の手が鋼鉄のように感じる。「さあ、時間がないぞ、ギビー」

返事を迷ったのは、ジェイソンがロバートに似ていたからだったけど、似ているのは骨格と肌と目の色にかぎられていた。ぼくが口をひらくより先に兄が決断をくだした。「そうか、わかった。おれたちの仲はこれっきりってことだな」兄はぼくの肩をつかんでいた手を離した。一歩あとずさる。「おまえにも人生があるもんな。こんなことは訊くべきじゃなかった」

「そうじゃないんだ」ぼくは言った。

「そういうことだし、それでいい。体に気をつけろよ。それから親父に伝えてくれ。おれはあいつを殺してないと」

「ジェイソン、待って……」

でも兄は待たなかった。バンに飛び乗り、エンジンをかけ、一度も振り返ることなく路地を走り去った。

ジェイソンは右に折れて路地を飛びだすと、すぐに左に曲がった。車が尻を振ったのがわかる。アクセルを思いきり踏みこみ、飛びすさるビルを見ながら、警官の姿がないか確認し、もう一度右に曲がった。さらにスピードをあげると、二ブロック西の交差点でライトバーが点滅していた。前方でいくつもの警告灯が闇を切り裂いているのが見え、駐車中の車に左の塗装をはがされながら路地に入った。次の通りでは電信柱をひっかけ、ハンドルを戻しすぎたせいでタイヤが鳴った。三車線道路の真ん中を走ったが、速度計の針は時速六十五マイルを超え、じきに八十マイルにまで達した。四ブロック後方から二台の警察車両が通りに入ってくるのが見え、ジェイソンはブレーキを強く踏みこんで右折し、ヘッドライトを消した。そのまま一ブロック走り、さらに右折したところでまいたと思ったが、三台めがロックするほどブレーキを強く踏みこんだのだろう、交差点の先で赤いライトが明るく灯った。無線機などなくても、警察が交信中なのがわかる。

　近くに三台。

　まだまだやってくる。

　ライトを消したままの状態で、道路に描かれた破線がかすむくらいまでスピードをあげた。時速九十五マイルに達したとき、エンジンが悲鳴をあげた。一マイル進んだところでようやくまいたと思った――後方にも前方にも追っ手の姿はなかった。さらに二ブロック進んだところで時速四十マイルにまで落とし、ライトをつけ、ほかの車と変わらない運転で坂を下り、それからのぼりに転じた。丘をのぼりきると、まぶしい光が射しこむと同時に、ヘリコプターが爆音とともに頭上に現われ、彼の目を照らそうと向きを変えるところだった。ジェイソンの車と同じ速度を保ち、こっちが右折すると、相手も機体を傾ける。ほんの一瞬、彼のバンが先んじたものの、すでに八方ふさがりなのはわかっていた。四カ所で曲がり、ひとつ丘を越えるころには、全方向から車が現われた。六台だったのが十二台に増えていた。二本の道路が交差し、背の高い街灯の白い光が煌々と灯っている場所で、ジェイソンの逃亡劇は終わった。彼はアクセルから足を一インチ離し、銃を抜いた警官たちが次々と車を降りてくるのをながめていた。

　刑務所には戻れない……。

　戻るくらいならいまここで死んだほうがましだ……。戦争から戻ってこのかた、その考えは旧友も同然だった……ホワイトノイズ……きのう、明日、なにもかも……ホワイトノイズ……。そのとき、父の姿が見えた。ほかの警官が引きとめようとしているが、父も必死に抵抗していた。「早まるな！　ジェイソン！　よせ！」

　ジェイソンは手のなかの銃を見おろした。

ＭＡＣ‐10。

フル装塡してある。

「死ぬんじゃない！　誰も死ななくていいんだ！」

そんなことはどうでもいいじゃないか。おれはあまりに多くの人を殺してしまった……。

「弟のことを考えろ！　ギビーのことを考えるんだ！」

考えたくなどなかったが、考えてしまった。タイヤチューブにつかまっていた弟の姿が目に浮かんだ。あのとき、ギビーはなにかを求めていたのに、ジェイソンは無愛想で、不機嫌で、なにもしてやらなかった。

とっととうせろ……。

ジェイソンが目にしたのは、傷つき、欲求を抱えた弟の姿だった。

「ちっ、しょうがない」

ジェイソンは銃を下に置き、両手を見せた。

父はジェイソンをちゃんとわかっていたようだ。

16

ぼくが逮捕の件を知ったのは夜中の三時だった。

「父さん？」音の正体がわかってソファから体を起こすより先に、その言葉が口を突いて出た。ぶうんという音とがちゃがちゃいう音、ガレージの扉があがってさがる音。起きあがって奥の廊下に出ると、父がちょうど家に入ってくるところだった。

「あとでな、ギビー」

父はてのひらを向けてきたけど、ぼくはあとを追ってキッチンに向かった。「ジェイソンはどこ？」

「もう遅い時間だ、坊主」

「ぼくのあとをつけたんだろ。ぼくを利用したんだ」

父はようやく足をとめた。「おまえがうそをついたからだ。ああするよりほかになかったんだ」

「そんなばかなことってないよ」父がため息を漏らした。ぼくの嫌いな仕種だ。「兄さんを逮捕したの？」

「母さんと話をするのが先だ」ぼくはきっと文句を言われると覚悟しながら、行く手をふさいだ。でも、父はこう言った。「おまえには悪いことをしたと思ってるよ。心から」

それでぼくは確信した。


何時間かたって陽がのぼるころ、父が家を出ていく物音が聞こえた。そのあともぼくはベッドに寝転んだまま、日曜の朝の礼拝と、それがどんなものだったかを思い出していた。子どものころは家族で参列していたけれど、ロバートが死んだときにその習慣は終わりとなり、以来、ぼくたち一家は笑顔も休暇旅行も日曜の礼拝もない奇妙で中途半端な生活におちいっていた。きょうになってそのことが妙に心に引っかかったので、ぼくはシャワーを浴び、めったに剃(そ)らないひげも剃った。いつになく念入りに服を選び、ひとりで教会に向かい、早朝礼拝が始まった数分後に到着した。後方の会衆席にこっそりすわったところ、なにもかもが記憶にあるとおりだった。ダークウッドの床、信徒たち、オルガンの音色、ステンドガラス。賛美歌集をひらいたものの、合唱には参加しなかった。そのあと聖書の朗読があり、その内容にはうなずけることが多かったけれど、つづいて司祭が演壇に立って、戦争と犠牲、すべての人の救済について語った。兄のひとりが死に、もうひとりが逮捕されたぼくとしては、司祭の言葉はあまりに空疎で思わず帰りたくなった。実際、立ちあがったのだけど、そのとき、ぼくの四列前、通路をはさんだ反対側にベッキー・コリンズがディナ・ホワイトの一家とすわっているのが目に入った。髪をアップにしているのを見たのは初めてで、やわらかなおくれ毛がのぞく色白のうなじが、とてもはかなそうに見えた。じっと見つめられているのを感じたのだろう、彼女は振り返ってぼくに気づき、顔を赤らめた。ディナの父親も振り返った。彼はしばらくぼくをにらんでいたが、やがて立ちあがり、家族の前を体をはすにして抜け、通路まで移動した。大柄で恰幅（かっぷく）もよく無骨な手をした彼は、フレイトライナー社の工場で現場主任をつとめており、他人になにをやるか、どうやるかをあれこれ指示する立場にいる。

「ギビー」彼はぼくの隣にするりとすわった。

「ホワイトさん」

「どうだ、調子は？」

口調はやさしく気遣うようで、つけているヘアトニックとアフターシェーブローションのにおいがぼくの鼻先をかすめた。彼とは前にも一度会ったことがある。去年の金曜の夜、ホーム戦のフットボールのハーフタイムに、売店でディナをわきに従えている姿を見かけたのだ。あのときの彼は感じがよかったし、いまだって穏やかな目をしている。ぼくは訊かれた質問にうなずいたけれど、ちゃんとは答えなかった。みんなが見ている。全員ではないけれど、そこそこの数だ。

「いいかね」彼は言った。「お兄さんの件は知っている」ぼくがさえぎると思ったのか、彼は片手をあげた。「無実だとか濡れ衣（ぎぬ）だとか、そういう話はしなくていい——そういうまっとうなことを言うだろうとわかってる——が、いま、わたしはベッキーが安心して暮らせるようにする責任がある。わが家の客だからね。つまり、父親がわりとして、彼女の利益を考えて行動しなくてはならないんだよ。わかってくれるかい？」

「あの、サー——」

「サーはつけなくてけっこう。昨夜、きみが娘の部屋に忍びこんだのも知っている。そのことだけで判断をくだすようなまねはしない。きみなりに正当な理由があってのことだろうからね。しかし、ああいう行動からきみがどんな人間かがわかるのも否定できない」首がかっと熱くなり、喉が急にからからになった。「ここでいちばん言いたいことはこうだ。きょうはベッキーと話をさせるわけにはいかない。教会のなかだろうと、礼拝が終わったあとだろうと、彼女を実の父親のもとに返すまではひかえてほしい。わかったかね？」彼はぐっと顔を近づけ、腕を会衆席の背もたれにかけた。「きみを非難しているわけではないんだよ。今回の殺人事件についても、お兄さんの行動についてもね。だが、どういうことかはっきりしないいまは、非常にむずかしい状況だ。協力してくれるね？　きょう、この場では正しい行動をしてもらいたい」

彼はぼくの肩をぎゅっとつかむと、ぼくがいる会衆席を離れ、家族がいる席に戻った。ベッキーが振り返ったけれど、ぼくは顔が燃えるように熱くて、とても目を合わせられなかった。だからというわけじゃないが、前にすわっている女性のスプレーで固めた髪と花柄のワンピースに目をこらした。教会にいる全員がディナの父親の話を聞いただろうし、彼がぼくに恥をかかせたのは一目瞭然（いちもくりょうぜん）だっただろう。礼拝が終わらないうちに席を立たなかったのはひとえに自尊心ゆえだった。終わったあともぼくは席を立たず、誰が会釈するか話しかけてくるか、あるいはにらみつけてくるかを観察した。ぼくが気にかけているのはベッキーだけだったから、彼女が出口に向かう流れに入ったのを見て立ちあがり、通路わきに場所を確保した。ディナの父親がうしろから見張っていたので、彼女は目をまっすぐ前に向け、ひとことも声をかけてこなかったけれど、そのかわり、通りすぎるときに教会の会報をぼくの手に押しつけた。ぼくは教会から人がいなくなるまで待ち、それからベッキーの愛らしい手書き文字で書かれた素っ気ないメッセージに目を落とした。

五時。
石切場。

そのあとの時間は一生分にも感じられた。チャンスと落ち合って、〈セブン‐イレブン〉でピンボールをして遊び、縁石にすわって二十五セントで売っているサンドイッチを食べた。

「おまえはなににした?」

「ピメント・チーズ。きみは?」

「卵サラダ」

その日は一日、そんな会話に終始した。深いつき合いができないわけじゃないけれど、チャンスはぼくらの友情というものをよくわかっていた。彼が落ちこんだら、ぼくがやるべきなのは冷静にそばについていることだ。立場が逆でも同じだ。

「冷たい飲み物が飲みたいな」チャンスは包み紙をごみ箱に投げ入れると、ふたたび店に入り、六缶パックを小脇に抱えて出てきた。顔をあげると陽射しが目に入ってきて、彼からひと缶渡された。「これで少しは元気を出せ」

「知ってるみたいだね?」

「ジェイソンが女を殺したって話だろ? ああ、誰もかれもがその話をしてる」

「それだけじゃないんだ」ぼくは銃と現金のこと、ジェイソンがバイク乗りの足の甲と脚を撃ったことをチャンスに話した。「ダリウスなんとかって名前のやつ。ぼくもその場にいたんだ。この目で見た」

「マジに撃ったのか?」

「たぶん。兄さんはそれからすぐに逮捕された。ぼくも一緒にいたようなものだ」

「よし、ちょっと待て。話を少し前に戻そう」

チャンスはくわしい状況を聞きたがり、ぼくはことこまかに話した。「兄さんは逃亡して新しい生活を始めようとしたんだ。一緒に行こうと誘われた」

「もちろん、断ったんだよな。頼むから、断ったと言ってくれ」

ぼくはすぐには答えなかった。何台もの車が通りを行き来している。「きょう、教会でベッキーを見かけたよ」

無理に話題を変えたけれど、チャンスはちゃんと合わせてくれた。「色っぽかったか？」

「サンドレスを着てた。とても色っぽかった」

「最高にいかしたベッキー・コリンズ……」

「夕方、会いたいんだって」

「心臓がどきどきしてきちまったぞ」

雰囲気を明るくしようとして言ってくれたのはわかっていたけど、ぼくはなんだか恥ずかしくなって、ベッキーの話なんか持ちださなければよかったと後悔した。「あのさ、そろそろ帰るよ」

「おれ、なにか気にさわるようなことを言ったか？」

ぼくは立ちあがって、首を横に振った。「そうじゃないんだ。楽しかった」

「そうか、わかった……」チャンスも浮かない顔で立ちあがった。「今回の、兄貴の件とかいろいろショックなのはわかるけどさ、映画とかモールとか出かけて、心配事を忘れるのもいいんじゃないか？」

「じっくり考えたいんだ」

「行くまえに一杯やるか？」チャンスはもうひと缶、ビールを差しだした。ぼくはそれに応じ、まだあけてなかった缶を返した。「わかった、しょうがない。でも、あとで電話しろよな。ベッキーとどうなったか報告するんだぞ」

ぼくはそうすると答えたけれど、たぶん電話はしないだろう。教会でなにかが変わった。きっかけは、ぼくの顔を最初に見た瞬間、彼女の顔に赤みが差したからかもしれないし、あるいは白くすべすべしたうなじと、そこにまつ毛のようにかかるおくれ毛があまりにはかなく見えたからかもしれない。とにかく、ぼくたちのあいだでなにかが変わったのはたしかだった。言うなれば、ぼくはまた、呼吸ができないほど世界のはるか高みにのぼってしまったように感じていた。

運転しながら頭をすっきりさせようとしたけれど、すっきりするどころではなかった。思考があてどもなくさまよい、ぼくも漫然と車を走らせ、自宅の前も、警察署も、学校の前も素通りした。石切場に着いたときには、どんよりとした空が波立つ黒々とした川面にまで迫っているように見えた。原っぱには車が一台とまっているだけで、ぼくはその隣にとめ、石だらけの岸におりていった。ブルージーンズにボタンのついたシャツという恰好のベッキーがいた。髪が風に浮いて、旗のようにたなびいている。化粧はしておらず、靴を履いていなかった。教会での彼女よりもきれいだった。ぼくに気がつくと、彼女は両手をポケットに突っこみ、そのせいでジーンズが腰の低い位置までずりさがった。

「変な感じ」彼女は言った。「友だちの姿が見えないと」

ぼくはうまい科白を返せなかった。「メッセージを受け取ったよ」

ベッキーはほつれ毛を耳にかけ、恥ずかしそうにほほえんだ。「ディナのパパのことはごめんね」

「いいんだ、ホワイトさんのことは」

「人の噂になると思ったみたい。助けてくれようとしただけなの」

「きみはとてもきれいだった」ぼくは言った。

「あれはディナの服なの」

「服のことを言ったんじゃないよ」

笑みが戻り、彼女は先に立って岸沿いに進んだ。しばらくぼくたちは無言だった。彼女は石切場の崩れたへりを素足でゆっくりと進み、やがてマツが密生している場所にたどり着いた。ぼくたちは散り敷いた針葉の上に腰をおろし、学校のことやチャンスのこと、それに将来のことを語り合った。ベッキーはヴェトナムについてのぼくの考えを尋ね、ぼくは正しい答えを出そうと必死で頭をひねった。戦争は悲惨だ。でも、同じ歳の連中がいまも戦い、死んでいる。

「あなたも徴兵されるのかな?」

「されないと思う」

彼女は膝を胸のところまで引き寄せ、あの矢車草のような青い目でぼくを見つめた。「志願するつもり?」

真っ向からそう訊かれたことはそれまで一度もなかった。おそらく、そこまでぼくを理解できた人はいなかったからだろう。「なんでそんなことを訊くの?」

「お兄さんがヴェトナムで亡くなったんでしょ。仲がよかったって聞いてる」

たやすく反応できる話題ではなく、ぼくたちは向こう岸に目をこらした。彼女の肩がぼくの肩にもたれかかった。「ジェイソンのことは訊かないんだね」

「その話をしたい?」

「そうでもない」

「だったらしないでおく」

彼女がぼくの手に触れ、ぼくたちは話題を変えた。

チャンスが言っていたことはひとつだけ正しかった。ベッキーはプリンストン大学に合格したものの、入学はしないらしい。「お金がかかりすぎるから」と彼女は言ったけれど、その表情に恨みがましいところは微塵もなかった。「ねえ、ほかにも見せたいところがあるの」彼女はぼくを連れて水辺沿いをさらに進んでいき、指のような形の岩まで来ると、岩が水に浸かっているあたりまで這うようにしておりた。下におりると、川面から吹きつけるひんやりした風をよけようと腕を組んだ。「プリンストンのことは二カ月前に両親から知らされた。奨学金をもらっても無理だって」

「それはがっくりくるね。残念だ」

「それが人生よ。でもね、おかげで自分の力でなんとかできることと、できないことの違いがわかった。ここに連れてきたのはそれが理由」

「どういうことかわからないな」

「そう?」さっきと同じひんやりした風が吹きつけ、髪が顔にかかる。彼女はぼくがうろたえているのを見てほほえんだ。「キスして、ギビー」

「本気?」

「二年生のときからあなたとキスしたいって思ってた」

「でも、そんなこと言ってくれなかったじゃないか……全然、知らなかった」

「でも、いまはもうわかったでしょ」ベッキーが進み出たので、ぼくは彼女にキスをした。最初は軽く、やがてあまり軽いとは言えないキスにまで発展した。彼女の手がぼくの肩を探りあて、ぼくの手は彼女の腰のくびれを探りあてた。そのタイミングで彼女は体を離したけれど、その目はさらに青みと深みを増し、満足そうだった。「いまのがあたしのファーストキス」彼女は言った。「生まれて初めてのキス」

17

警察署でジェイソンは、留置場から取り調べ室に移され、また留置場に戻された。一日じゅう、同じことがつづいたが、質問の大半はタイラのことで占められていた。しゃべってはいけないことくらいはわかっていたから、ジェイソンは黙っていた。だいいち、担当警官が不愉快で卑劣だった。

スミス。

マルティネス。

その日の遅く、ふたりがジェイソンをひとり残して出ていったので、彼はマジックミラーをにらみながらタイラのことを考えた。彼女は死んでいるとしか考えられないが、おまわりたちは用心深くてなにひとつ教えようとせず、質問を繰り返すばかりだ。どうやって知り合った？　最後に彼女を見たのはいつだ？　なぜ喧嘩した？　タイラが持っていた銃はどうなった？　それ以外にもいろいろと訊いてきたが、ジェイソンは早い段階で、ふたりの声を閉め出す方法を会得していた。

やがて、知らない男がひとりで入ってきた。スーツ姿で結婚指輪をしている。「わたしの名前はデイヴィッド・マーティン。殺人課の警部をやっている」男は腰をおろし、テーブルの上で指を組んだ。「録音装置は切ってある。いまはわたしときみのふたりだけだ」

ジェイソンは相手を死んだような目でにらんだ。

「弁護士の同席を要求しなかったそうだね。きみの親父さんへの敬意として、必ずつけるべきだと、強く言っておこう」警部は身を乗りだした。平凡な顔立ちだが真剣そのものだ。「沈黙は有効な弁護手段ではない。弁護士を立てなさい」

「弁護士は嫌いでね」

「必要にならないかぎり、誰もがそう言う」

ジェイソンがすわり直すと、手をテーブルのアイボルトにつないでいる鎖ががちゃがちゃ鳴った。「この前は弁護士に説得されて司法取引に応じてしまった。そんなことはすべきじゃなかった」

「悪質なヘロイン所持で二十七カ月なら、誰がどう見ても悪くない判決ではないかな」

「売ってたんならそうだろう。おれは売ってなかった」

「そうだとしても……」

「レーンズワース刑務所に入ったことはあるか？」ジェイソンは訊いた。「入ったことがあるなら、そんなもっともらしいことは言えないと思うぜ」

「ならけっこう」警部はマジックミラーをノックした。「ここから先は録音する」

「タイラ・ノリスのことなら、なにも言うことはない」

「なら、この話をしよう」警部はバンとなかから見つかった品の写真を取りだした。「九万ドルの現金と、ちょっとした戦争ができそうなほどの武器」

「おれはもう戦争はこりごりだ」

「この街も同じ気持ちだ」

ジェイソンは相手の顔を観察した。まともそうで、頭もかなりよさそうだ。「マジックミラーの向こうには親父もいるのか？」

「親父さんが力になることはない」

「タイラの身になにがあったんだ？」

警部は椅子の背にもたれ、しばらく考えていた。

「なにを知りたいんだね？」

「どんなふうに死んだのか、なぜおれが殺害したと思われているのか」

警部はドラムを叩くように指を動かしてから、肩をすくめた。「何日か前、きみはチャールズ・スペルマンから部屋を借りた」

「ああ、ウォーター・ストリート一〇一九番地。べつに秘密でもなんでもない」

「きみの部屋は北西側の二階だ」

「そのとおり」

「いま現在も賃借人として登録されている」

「いったいなにが言いたい？」

マーティン警部はなにも言わなかった。そのかわりに、三つの証拠品袋をテーブルに並べた。それぞれにポラロイド写真が入っている。警部が三枚を扇形にひろげたとたん、ジェイソンの顔から血の気が引いた。たいていの人よりも血と死を目にしてきた彼ではあるが、これは次元の異なる世界のまったくべつの人生だった。「これがタイラか？」

「そうだ」

ジェイソンは必死に想像をめぐらしたが、この体つきはたしかに彼女だ。髪。とろんとした目。「おれはタイラを傷つけようと思ったことなんかない。こんなやり方なんてありえない」

「そうは言うが……」警部はテーブルで指を組み、顔をぐっと近づけた。「ウォーター・ストリートの家をけさ捜索したところ、きみの部屋からこれらの写真が見つかった。正確に言うなら、きみの枕の下からだ」

「おれはタイラ・ノリスを殺してない」

「こういうものも見つかった」警部は四つめの証拠品袋を出した。なかに入っているのは手術用メスで、鏡のように鋭く、赤黒い染みがついていた。「刃に付着しているのはタイラの血だ。つまり……凶器。写真」警部は胸を痛めながらも確信の表情を浮かべ、今度は椅子の背にもたれた。「情状酌量（しゃくりょう）の余地があるのなら、戦争での出来事とか、とにかくわたしに話しておきたいことがあれば……」

ジェイソンは写真に手をのばそうとしたが、鎖が短すぎた。

「なにもないのか？」警部は訊いた。

「ない」ジェイソンはまともにしゃべることができなかった。「なにもない」

「残念だ」警部は証拠品袋を集めて立ちあがった。「タイラ・ノリスが、彼女の家族が、そしてきみの家族が気の毒でならない。これはひどい事件で、本当にむごたらしい。それはそれとして、それでもきみは親父さんの息子だ。なにか言っておきたいことがあるのなら、なんでも言いなさい。親父さんに向けてでもいいし、情状酌量を求めてでもいい。わたしはいつでも耳を傾ける」


ベッキーにさよならを言うのは簡単じゃなかった。ぼくたちは車のそばでぐずぐずしていた。彼女はぼくにぴったり寄り添っている。「どうして高校二年だったの？」ぼくは訊いた。「なんでそのときだったの？どうしてぼくだったわけ？」

「本当に心あたりがないの？」

ぼくはうなずいた。

「最初の数学の授業のとき」ベッキーは瞳を輝かせて話しはじめた。「ジーグラー先生があたしを黒板の前まで呼び寄せて、問題を解かせたことがあったでしょ。覚えてる？」

「ぼくが覚えてるのは、夏休みのあいだにきみがすごく変わったことだけだ」

「うん、あなたをはじめ、学校の全男子がそうだった。脚とかおっぱいとかじろじろ見てたよね。でも、数学の授業の初日、あたしの顔を見たのはあなただけだった。あたしの顔を見てうなずき、ほほえんでくれた」

「ぼくはべつに聖人なんかじゃないよ」ベッキーが顔を赤らめ、つま先を草むらに突き立てた。「ただ、あのときのきみは自信にあふれて見えた。とても落ち着いていた」

「実際はそんなこと全然なかったんだけどね。ほかの男の子たちにああいう目で見られたことがなかったから。黒板の前に立っても、まともにものが考えられない状態だった。どうやって問題を解いたのか、いまだにわからない。ずっと自分に問いかけてたのよ。なんでこんな短いスカートに、こんなぴちぴちのシャツなんか着てきちゃったんだろうって」

「それが、ぼくにキスしたいと思った理由？」

「それだけじゃない。端で見てると、あなたはとても悲惨な毎日を送ってるように見えた。お兄さんたちと戦争のこと、お母さんの噂。そういう重荷を背負ってる姿がすてきに思えた」ベッキーはほっそりした肩をすくめ、ほほえんだ。「それにあのときのジーンズ姿も」

「これ？」ぼくは訊いた。

「あのときのジーンズよ」彼女は体をぴったりと寄せた。「どのジーンズでもすてきだけど」

車で自宅に向かいながら、ぼくはベッキーが言った言葉、彼女が草むらに突き立てたつま先、いとおしむような小さなほほえみを思い返していた。サラとの関係は終わりにしなくてはいけない。絶対に。きっとつらいことだろう。彼女はタイラを失ったばかりだ。心痛の種を増やすようなまねはしたくない。

でも、彼女は気にもとめないかもしれない。

ぼくはささやかな気晴らしの相手でしかないのかもしれない。

自宅に戻ると、キッチンは火の気がなくがらんとし、母がソファでウォッカを飲んでいた。ここしばらく見なかった光景だ。「やあ、母さん。電話しなくてごめん」

「べつにいいのよ」

「なにか食べた？」

母はグラスをかかげ、すぐにおろした。「ここにすわって」自分の横のクッションを叩いた。「きょうはどうだった？」

「悪くはなかったよ。つまり、ああいうことがあったわりには、だけど。父さんは？」

「書斎で弁護士を探してるけど、日曜の夜だからうまく見つかるかはお父さん次第でしょうね」

母の目をのぞきこんだ。とろんとしている。瓶のなかのウォッカが四インチ減っていた。

「きょうはどうだった？」母がまた訊いた。

「母さん、ぼくを見て」母は言われた通りにしたけれど、やけに動作がゆっくりだった。薬を飲んだのだろう。あるいはもっと前からウォッカを飲んでいたか。

「なにをしてるの？」

母は首を横に振ったけれど、ぼくには答えがわかっていた。

身をひそめているんだ、とぼくは思った。

ぼくと同じように。

父の書斎の前まで行くと、ドアは閉まっていたが、電話で話す声が聞こえた。「料金はいくらかかってもいい。息子の初出廷が明日の午前中なんだよ。あんたにいてもらわなきゃ困る」

ぼくはうしろめたく思ったけれど、いまの状況では盗み聞きくらい、たいした罪じゃない。電話が終わったので、ぼくはドアをノックした。

「入っていいぞ」

父は無精ひげが生え、くたびれきった様子だったが、顔に赤みが差していて、さっきの声から聞き取れた焦燥感をうかがわせる。「弁護士探しだ」父は言った。

「見つかった？」

「そう思う」

「腕のいい人？」

「ばか高いやつだ。いままでどこに行ってた？」

「女の子とちょっと」ぼくはデスクをはさんで向かい合わせにすわったが、そんなことをしたのは生まれてからたったの一度だけだ。殺人事件が多すぎてね、とそのときの父は言った。書類やら写真やら検死の報告書を示しながらだった。「弁護士さんは力になってくれそう？」

「弁護士のことなど、誰にわかる？」

「兄さんは犯人じゃないよ」ぼくは言った。

デスクの反対側で父がさらに深く椅子に沈みこんだ。

「たしかなのか？」

「うん」

「誓えるほどたしかなのか？　自分の命を賭けられるか？　母さんの命を賭けられるのか？」

「なんでそこまで言うの？」

「見通しが悪いからだよ、坊主。とんでもなく悪い」

ぼくは自室に行ったが、父の姿がいつまでも目に焼きついていた。

無力感。

無念さをたたえた目。

父がどんなことをつかんだのか、なんとしても突きとめたいが、方法はひとつしか思いつかなかった。遅い時間だったけれど、それであきらめる気にはなれなかった。父は書斎にいる。母は酒に溺れている。

車のキーを手に玄関を出た。

両親は気づかなかったし、気にもしていなかった。


ケン・バークロウの自宅に行くのには時間がかかった。彼は市境を越えた先にある、こぎれいな通りに建つ小さな家に住んでいた。

「ギビー。どうしたんだ、いったい？」

玄関に出てきた彼は、ぼくを見て驚いていた。

「入ってもいい？」

彼はわきにのいてぼくを通し、父と同じ、警官の目で通りをうかがった。「かなり遅い時間だぞ。大丈夫なのか？」

大丈夫だと思っていた。でもいまは、そこまで確信は持てなかった。

「すわりな、坊主。倒れられちゃ困る」彼はぼくをソファにすわらせ、グラスを持って戻ってきた。「それを飲め」

「なんなの、これ？」

「ばか高いウイスキーだ」彼はぼくの向かいにすわった。ジーンズにローファーを合わせる大男。「で……

……」

彼はそれだけ言って口をつぐみ、気がつけばぼくは、不思議なくらい迷っていた。ここを訪ねてきたのは兄についての答えがほしいからで、必要とあらばケンを悪者にするつもりでいた。なのに、かつての家族の光景が次々に浮かんできた。いまと対比するのがつらすぎて、べつの話題を持ちだした。「彼女ができたみたいなんだ」

「そんな話をしに、わざわざ訪ねてきたのか？」

ぼくは首を振り、ウイスキーをじっと見つめた。

「父さんは兄さんがやったと思ってる」

「実際そうかもしれんぞ」

ぼくは顔をあげた。ケンは真剣そのものだった。

「警官ってどうしてそうなの？」

「ガキどもはどうしてそうなんだ？　おまえの兄貴はバイク乗りの脚に二発撃ちこんだ。おまえも見たよな。それにやつは違法な銃器の取引をしていた。殺人がそんなに非現実的か？」

「なんの罪もない女性の殺害だよ」

「こういう話は親父さんとしろ」

「父さんはなんにも話してくれないんだ」

「ならば辛抱するしかない」

「辛抱ってどうすればいいわけ？　ジェイソンは血のつながった兄さんなんだよ」

ケンはさらに顔をしかめ、やがて立ちあがって額入り写真が並んでいる場所に行った。そのうちのいくつかにはぼくも写っている。父もだ。ケンは長いこと物思いに沈んだように立っていたが、やがて棚にあった写真立てをひとつ手に取った。「おれが朝鮮戦争を戦ったのは知ってたか？」

「知ってた。知ってる」ぼくの父もだ。

「陸軍第八軍の第二歩兵師団、第九歩兵連隊所属。いちばん端にいるのがおれだ」彼は写真立てを差し出した。二列に並んだ若い男たちがカメラのほうを向いていた。ケンは歯を見せて笑っていた。全員がそうだった。「そいつは派兵前日に撮った写真だ。当時おれは二十四歳で結婚したばかりで、偵察軍曹だった。ほかの連中はほとんどが、おまえと同じくらいの歳だった」

写真のなかのケンは大柄で引き締まった体をしており、ひげをきれいに剃り、笑顔からは威勢がよくて物怖じしない性格が伝わってくる。

ぼくの考えを読んだのか、ケンは言った。「怖いという気持ちはあまりなかったな」

彼は写真立てを取り返すと、遠くを見るような目でながめた。「その年の七月には、おれたちは洛東江(らくとうこう)に到着していた。釜山(プサン)の市街地からそう遠くない場所だ。聞いたことはあるか?」ぼくが首を横に振ると、ケンは肩をすくめた。「戦争もちがうし、時代もちがうからな。でもおれたちにとっては、これ以上ないほど現実の地だったんだよ。北朝鮮軍が三十八度線を越え、おれたちは川沿いに敷いた守備陣地まで押し戻された。戦闘は何週間も休みなしで、昼も夜もつづいた。想像を絶するひどさだったね。八月までには死傷者がかなりの数におよび、ありとあらゆるものが不足した。人員、食糧、弾薬までも。おれは前線観測員で北朝鮮軍の動きを監視する任務をになっていたから、かなり前のほうで張っていた。たいていは丘のてっぺんで、身を守るものがないことが多かった。川をはさんだおれたちの側は起伏に富んでいたし、わが軍の布陣は敵の急襲や組織的攻撃に対処するには薄すぎた。やがて、どのたこつぼ壕も死んだか死にかけている人間が入っている結果になった。ライフルによる攻撃。迫撃砲。ときには白兵戦にもなった。部隊から取り残され、おれと部下だけで丘のてっぺんに孤立したことも数え切れないほどあった。何千人もの北朝鮮軍兵士が、おれたち全員を殺そうとする人間の波となって川を渡ってくるのを目にしたこともある。

なにが言いたいのかといぶかってることだろうな。いまから話す。おれたちの歩兵連隊には前線観測員、つまりおれと同じ任務のやつが九人いた。十月になるころには、生き残ったのはおれひとりだった。あとで聞いた話によれば、戦争全体のなかでもっとも大量の血が流れた時期だったらしく、ほかに類を見ないほどだったそうだ。五千人のアメリカ兵が死に、千二百人が負傷し、さらに千人が行方不明となった。それだけじゃない、四万人もの韓国人も死んだ。

当時、おれは大半の男が一生のうちに目にするよりもずっと多くの英雄的行為を目にしたが、ひどい状況も目にしてきた。仲間が怖じ気づいたり、残酷になったりするところをな。当初三十六人いた仲間のうち、生還できたのはわずか四人。そのうちのひとりは一年後、みずから命を絶った。ケンタッキー出身のチャーリー・グリーン伍長だ。ジェイムズ・ラップは銀行強盗をはたらき、八年という長い刑期をつとめ、出所した当日に車を盗んで電信柱に突っこんだ。わざとぶつけたという者もいれば、自殺だったと言う者もいた。本当のところはわからない。三人めの生還者はカリフォルニア出身のアレックス・チョピンだった。いいやつだったよ。少々風変わりではあったが、戦闘では力を発揮していた。戦後、しばらくロサンゼルスで苦しい生活を送っていたが、そののち、フンボルト郡の未開拓地域にあるコミューンに入り、その後の消息は不明だ。そして四人めであるおれは……」ケンは遠くを見るような目をして、腰をおろした。「女房を失った。おれなりに苦しんだ」

「この話には要点があるって言ったよね」

「人は変わる。それが要点だ。とりわけ、戦争を経験すると変わる」

「本当に兄さんが彼女を殺したと思う？」

「ありうると思っている」

ぼくはグラスをおろして立ちあがった。喉がからからに渇いていた。

「すわれ、ギビー」

「もう話は終わったんじゃないの？」

「おまえは事実ってものがわかってない。今度の事件にしても、自分の兄貴にしても、戦争が人間にあたえる影響にしても」

「だったら教えてよ」

「言っただろう、坊主。それはおれの役目じゃない」

「兄さんがそんなに変わったはずがないよ」

「戦争と刑務所とドラッグ」ケンはぼくが手をつけなかったグラスに手をのばし、中身を自分のグラスに注いで椅子の背にもたれた。「ちょっと考えればわかることだ」

それからずっとあと、ぼくは自室で何時間も起きていた。眠ったら、川と泥と相手を殺害すべく押し寄せる小柄な敵兵の夢を見てしまいそうだった。風が吹きすさぶ丘に立つケンを頭に思い描いた。若くして戦い、自分の一部をなくしてしまった父の友人。彼は兄と同じで、戦争というものを知っている。本人にはその気がなかったのだろうけど、ぼくは戦争というものが少しわかった気がした。

ぼくの知っていたジェイソン。

変貌してしまったらしい、いまのジェイソン。

なにを信じていいのかわからず、何度も寝返りを打ち、うとうとするたびにはっとして目を覚ました。それでもようやく眠りに落ちたけれど、夢に出てきたのは戦争でも痛みでも刑務所でもなく、陽射しを浴びてほほえむベッキー・コリンズだった。その目は矢車草のように真っ青だった。

信じるのよ、と彼女は言った。人生はすばらしいんだから。

汗びっしょりになって目を覚まし、ぼくは彼女の言うとおりならいいのにと思った。

18

フレンチ刑事は早い時間に起きて、太陽が木々の上に顔を出す前に家を出た。夜はほとんど息子と殺人事件と死んだ娘の濁った目のことばかり考えていた。ジェイソンにとって状況は不利に思える。なぶり殺しにされたタイラの写真、息子の整理簞笥の裏にテープでとめてあった血のついたメス。

だが、疑問は残る。

自分が育てた息子の記憶も。

彼はマーティン警部に捜査から締め出され、その情報は末端にまでひろがっている。反発する度胸があったのはバークロウだけだったが、彼から教えられた情報だけでは足りなかった。フレンチは凶器も写真も見ていない。目撃者についても、科学捜査の結果についても、検死の詳細についても知らされていない。がまんするしかないと諭され、気持ちが折れかけたフレンチは納得したのだった。

だが、それは昨夜のことだ。

法執行機関に所属する者のご多分に漏れず、監察医は早起きで、フレンチが車をとめてエンジンを切ったときにはまだ在宅していた。少しぐずぐずしたのは、殺人事件の捜査には境界線というものがあるからだ――あるはずだ。気まずい思いをわきにのけ、朝の陽射しのなかに降り立った。若い男がジョギングで走り去り、自転車に乗った少年が新聞を投げこんでいる。フレンチは、監察医の庭に新聞が落ちるの待って拾いあげた。《ニューヨーク・タイムズ》なのはいい兆候だ。

地元紙ではない。

フレンチの息子の名は出ていないだろう。

ポーチにあがって、ノックしようと片手をあげたが、そうする前にドアがあいた。「フレンチ刑事。ここでいったいなにを?」

「新聞を届けに」フレンチは快活な口調で言ったつもりだったが、マルコム・フライは笑顔を返さなかった。

「悪いな、マル。朝早いのは重々承知している」

「きみと事件の話をするわけにはいかない」

気が進まないのもよくわかる。警部の命令に逆らえば、いかなる監察医であろうと、まずい立場に置かれるのはまちがいない。それもジェイソンの事件のような政治的な危険をはらんでいるものとなればなおさらだ。しかもマルコム・フライは監察医という範疇(はんちゅう)にはおさまりきらない。彼はこの市で唯一の黒人監察医であり、これは公立学校での人種差別撤廃がつい最近なされた郡においては並大抵の偉業ではない。その結果、マルコムは公民権運動において重要な役割をになっている。彼は目立つ存在であり、失うものが多すぎるのだ。

「おれの息子なんだよ、マルコム。ほかに頼れる心当たりがないんだ」

重苦しい時間が流れた。どちらの男も相手を友人とは思っていないが、長い年月のあいだに何十件という事件を通し、ふたりのあいだには常に尊敬の念というものが存在してきた。監察医は顔をしかめたが、やがて表情をやわらげた。「いまもコーヒー党だったな?」

「午前中だけは」

「ならばコーヒーを飲もう。入りたまえ」監察医は先に立ってこぎれいなキッチンに入った。「先にふたつ、言っておく」マルコムはコーヒーを注いだ。「誰かに問いただされた場合、きみはここに来なかったことにする。第二に、検死関係のファイルはオフィスにある。ここにあったとしてもきみに見せるつもりはない。その一線だけは絶対に越えられない」

「おいおい、ちょっとふたりで世間話をするだけじゃないか」

「ならけっこう」

フレンチは訊きたいことが千もあったが、そのうちのひとつが真っ先に頭に浮かんだ。「ジェイソンの寝室で見つかったメスは見たんだろう？　タイラの傷と一致したのか？」

「慎重につけられたほうの傷とは一致している」

「メスならばどれでも一致するんじゃないのか？」

「タイラ・ノリスには二種類の刃物が使われたことを忘れないでほしい。ひとつはひじょうに薄くてとてつもなく鋭利な刃物。あれだけの切れ味を出すには高純度鋼でなくてはならない。メスはそのような目的に合うよう、特別に設計されている。ひとつひとつを見分けることは……」彼の表情はこう言っていた――おそらく無理だろう。

「見つかったメスについていた血についてはどうなんだ？」

「タイラのものと一致した」

「刃物が二種類ということは、もうひとり犯人がいたことになるのか？」

「もう一本刃物があったという意味だ。包丁のような、ごく平凡なものだろう。鋭いが手術で使うような代物ではない。そこから先は、憶測の領域になる」

「現場で先生は、傷のなかには高度な技術、または知識をうかがわせるものがあると言ったね。衛生兵ではないかと、先生は考えた。医学校の中退者かもしれないと」

「そうだ。しかしそれも、あの場で思いついただけにすぎない」

「おれの息子を容疑者からはずすほどではないと？」

「申し訳ないが、そういうことだ。わたしが現場であのような印象を持ったのは、本や戦場で学んだことや解剖用に盗まれた死体を調べた経験によるものかもしれないな。技術や訓練のレベルを特定することはできない。いずれにせよ犯人は忍耐強く、手が震えるようなこともなく、解剖学全般に通じていると思われる」

フレンチは窓の向こうに目をこらした。外はさっきよりも明るくなっていた。高い青空に短くなりつつある影。「最初から説明を頼む。なにからなにまで」

監察医は客観的な描写に終始した。具体的だった。

「最終的に、被害者は失血と無数の瀰漫（びまん）性外傷で死んだ。殺害にいたるまでには時間がかかったろう」

「どのくらいだ？」

「何時間も。そうとう苦しんだと思われる」

フレンチは窓のところに行き、外をのぞいた。「先生は心理学の知識もあるんだったよな？」

「医学校に進む前は臨床心理学者だった」

「たしか法心理学だったとか」

「たしかに警察と仕事をしていた。マイアミ・デイド郡。ロサンゼルス」

フレンチは鼻梁（びりょう）をつまんだ。いまから警官という殻を脱ぐつもりだが、その殻を手放すのはむずかしい。

「どういうふうにそうなったんだろうか、マルコム。どうすればそういうことができるようになるんだ？」

「今回のような残忍な犯行のことを言っているのか？」

「サイコパスのことだ」

「おいおい刑事、きみもわたしと同じくらい、その質問の答えはよく知っているはずだ」監察医は淡いピンク色のてのひらを見せた。「この世には、われわれには理解しがたい殺人者というものが存在する。裁判がおこなわれて有罪判決が出ても、長年にわたって研究がおこなわれても、それは変わらない。臨床の現場でこんな言い方はしないが、こういう連中は邪悪に生まれついているんだよ。きみもわたしも、そういう連中の名前が頭に入っている。事件についても読んで知っている。いつか、生まれながらのサイコパスの程度について理解できる日が来るかもしれないが、現時点ではなにもわかっていないのだ」

「邪悪に生まれついたのではない者はどうだろう?」

監察医は肩を軽くすくめた。「人生においてなにかのきっかけでどうかなってしまう場合はある。子ども時代のトラウマ、虐待」

「子ども時代と無関係なら?」

「その場合、暴力的ななにかがきっかけだろう。ひじょうに大きなものだ」

「戦争とか?」

「その人物と戦争による」

「悲惨な戦争。おれの息子」

「ああ、そういうことか」監察医はコーヒーに口をつけた。「ジェイソンはどのくらい派遣されていたんだ?」

「三年に少し欠ける程度だ」

「負傷の経験は?」

「火傷、被弾、刃物で刺されたこともある」

「お返しに敵を殺したことは?」

「少なくとも二十九人。そのくらいで人間が変わり、ああいうことができるようになるものだろうか?」

「ああいう殺し方ができるかと訊いているんだな?」

監察医は椅子の背にもたれ、さっきと同じ、ピンク色のてのひらを見せた。

答えなどないのかもしれない。

答えなど必要としていないのかもしれない。


裁判所があくのは九時で、ぼくは早めに着いて通りをはさんだ反対側から見ていた。父は裏のセキュリティゲートを使うだろうけれど、危険をおかすわけにはいかなかった。

見つかったらとめられるに決まっている。

電柱にもたれ、なかに入っていく人たちをグループ分けしていく。弁護士は簡単にわかる。みんなブリーフケースとファイルを持ち、依頼人とおぼしき人たちと一緒だからだ。裁判所のことはひととおり知っているから、その依頼人たちが人殺しやレイプ犯でないのはわかる――そういう連中はもっとあと、手枷と足枷につながれ、監視つきでやってくる。気になるのは記者たちの存在だ。ずらりと並んだ報道トラックのわきに立っているあの連中は、兄を取材しにきたに決まっている。タイラの死の詳細はいまもあまりあきらかにされていないが、それ以外はけっこうな騒ぎになっていた。バイク乗りたち。銃。警官の息子。

「うへえ、ずいぶん大勢来てるじゃないか」

声がしたほうを振り返ると、チャンスがぼくの右肩の近くに立っていた。「なんでいつもこっそり忍び寄るんだよ?」

「おまえが隙だらけだからだよ」チャンスは街灯の反対側にもたれ、人混みを頭で示した。「夜遅くに見かけたくないか、隣の家で動きまわっていてほしくない連中ばかりだぜ。ほら、見てみろ」チャンスはごった返す人々を指さした。「おっと、おれたちが知ってる連中だ」

最後の一団を指してのことだった。ぼくがずっと気づかないふりをつづけてきた面々――母親たち、父親たち、ぼくたち一家を知っている人たち。「励まそうと思って来てくれたんだよ」

「一秒だってそんなことを信じるな。ショーが見たくて来てるに決まってるだろ。ほら、あいつを見ろ。口をあけて笑ってる。でぶのろくでなしが冗談を言ったからさ」

大柄な男が体をゆさゆさ揺すっているのが見えた。六年生のときのフットボールの監督だった人だ。

「ドアがあくぞ。行こう」

ぼくはチャンスに引っ張られるようにして通りを渡り、人混みのあとから両開きドアをくぐって長い廊下を歩いた。法廷は全部で八つあった。ほぼ全員が六号法廷を目指している。父の姿を捜したけれど、見当たらなかった。

「お、そこがよさそうだ」チャンスは最前列近くの混んだ長椅子を指さした。通路側に席を取り、以前ジェイソンが罪状認否をおこない、却下されたのと同じ法廷だろうかと気になった。たぶんそうだろう。同じ感じがする。

数分後、武器を持った廷吏が裁判官を法廷に案内し、席につくのを待ってから、傍聴席に向かって指示した。

「全員起立」誰もが立ちあがり、やがて腰をおろす様子に、ぼくは教会と同じだななどと考えていた。同じように衣擦れの音とざわめく声がし、部屋いっぱいの罪深い者たちが目をこらしている。

「おはようございます」裁判官は玉座にすわる王のごとく席におさまった。「本日は数多くの案件が予定されていますので、できるかぎり迅速に進めたいと思います。廷吏！」裁判官が身振りで指示すると、もうひとりの廷吏がドアの錠をあけ、武器を持った男たちが、この日もっとも重大な罪状と対峙する予定の囚人たちを引き立ててきた。オレンジ色のつなぎ服姿で、手錠をはめられた連中が一列になってぞろぞろと現われた。最後に入ってきたジェイソンだけが、手枷も足枷もされていた。

「あそこに親父さんがいるぜ」

チャンスに小突かれて見ると、左隅の手すりの向こうに父の姿があり、年上の男の人と話していた。あれが弁護士だろう。

「書記官、最初の案件を読みあげてください」

裁判官の左にすわっていた女性が一覧表から読みあげた。「事件番号七十二、CR一四〇二、州対ジェイソン・フレンチ」

廷吏が兄を被告人席まで連れていき、弁護士が父の隣から移動して兄と合流した。「おはようございます。裁判長。弁護人をつとめるアレグザンダー・フィッチです」

「ミスタ・フィッチ、わたしの法廷へようこそ」裁判長は検察側の席に目を受けた。「州側は先に進める準備ができていますか?」

若い女性が立ちあがったが、彼女が答えるより先に、近くの長椅子から小柄な男性が立ちあがった。「州側の代理人、ブライアン・グラッドウェルです、裁判長」

男性が検察席に移動すると裁判長は怪訝そうに顔をくもらせた。「当法廷はあなたを歓迎しないというわけではありませんが、罪状認否手続き程度の形式的なものに、地区検事みずからお出ましいただくことはめったにないかと」

「理由があってのことです、裁判長」

「お好きになさってください。では書記官、お願いします」

書記官が罪状を読みあげた。いくつか聞き逃したものの、重大な罪名ははっきり聞き取れた。第二級殺人未遂、武器の密売、逮捕を逃れる目的での逃走、過剰暴行、傷害目的での暴行……。

書記官の読みあげはまだつづいたけれど、ぼくは地区検事に視線を注いでいた。首の脇に細かいしわが刻まれているのが見えるが、最初に気になったのはそれじゃなかった。

検事は汗をかいていた。

顔色が悪かった。

読みあげが終わると、裁判長はジェイソンの弁護士に向かって尋ねた。「ミスタ・フィッチ、あなたの依頼人の主張は?」

「無罪です、裁判長」

「双方の希望をうかがいます」

「審問の日程を、法廷の都合がつく範囲でできるだけ早い時期にしていただければけっこうです。あげられた容疑への反論を可能なかぎり早い時期におこないたく思います」

「検察側は？」

「われわれとしてはさらなる容疑も視野に入れております、裁判長。できるだけ時間をいただけると幸いです」

裁判長は指先で机をこつこつ叩いた。タイラ・ノリスの事件を知っているのだ。誰だって知っている。

「今後、どのような容疑を追加するつもりなのですか？」

「誘拐。第一級殺人。現在、捜査が進行中です」

ぼくたちのまわりの傍聴人がざわめき、羽がこすれ合うような音があがった。裁判長は予定表を確認し、十四日後の日程を提案した。「どちらにとっても妥当な線ではないでしょうか」

「最後にもうひとつあります、裁判長」

「検事？」

検事は咳払いし、つかの間、法廷内にいる誰かをちらりとうかがった。「ええとですね、裁判長……」彼はもう一度咳払いをし、テーブルの上の書類をがさごそといじった。「州側といたしましては、被告人をレーンズワース刑務所に収監するよう要求します」

裁判長はあきらかに納得のいかない顔をした。「その根拠は？」

「ええと、その、安全の確保のためであります、裁判長。地元の拘置所の担当者と相談いたしまして」

「わたしの経験では、検事、安全確保命令というのは被告人が健康をいちじるしく害しているか、虚弱体質であり、職員も資金も豊富な州の施設のような医療設備でなければ収容が不可能な場合に出すものです。ミスタ・フレンチは体調が悪く、地元の拘置所で二週間過ごすのは無理ということですか？」

「いえ、そうではありません、裁判長。わたしが言いたいのは、彼はひじょうに危険な人物だということです」

またも法廷内がざわついた。裁判長は静かになるまで待った。「もう少し説明をお願いします」

「裁判長、被告人はヴェトナムに三期従軍しており、その間に、殺害の高度な技術を身につけております。実際、ここにいる者の多くはそれにまつわる話を——」

「噂です、裁判長」ジェイソンの弁護士がさえぎった。「あくまで噂にすぎず、的はずれであります」

「そうだとしても——」検事は声を張りあげた。「——被告人は数々の勲章を受けた上官に襲いかかったことで、不名誉除隊処分を受けています。四人がかりで被告人を押さえつけたものの、その際に三人が重傷を負い、そのうちのふたりは集中治療室送りにまでなっています。そのような被害を引き起こすのは危険人物である証拠であり、地元当局は、そのような人物の勾留という大役を引き受けるのは躊躇すると思われます。拘置所は満員状態です。職員も本被告人のような暴力的で、なにをするかわからない人物に対処できるほどの訓練を積んでおりません」

「裁判長——」

「手紙を受け取っております、裁判長。レーンズワース刑務所の所長から、ミスタ・フレンチの勾留にともなう危険について証言する内容です。州立刑務所においても——設備も経験豊富な職員がそろっておりますが——本被告人は未解決の殺人事件二件および複数の殴打事件に関与したと疑われており——」

「あくまで疑いであります、裁判長。いずれの事件も裁判にはかけられず、有罪判決も受けておりません」

「裁判長、よろしければこの手紙を提出したく思います」

「その必要はありませんよ、検事。そちらの要求は異例ですが、あくまで検事局の裁量の範囲内です。被告人を州立刑務所に勾留しておきたいのなら、そこに移送することとしましょう。書記官、いまの指示を記録し、次の案件を読みあげてください」

一時間が経過したころ、彼らはジェイソンを連れにやってきた。その間、彼は監房でひとりだった。

「五番をあけろ」

ドアがあくと、ジェイソンは目をしばたたいたが、その場を動かなかった。

「出ろ。行くぞ。迎えの者の到着だ」ジェイソンは心臓が五拍打つのを待ってから、日曜の昼寝から目覚めたみたいに起きあがった。看守がうしろにさがり、ほかの四人が入ってきてジェイソンを手枷足枷で拘束した。「よしよし。抵抗するなよ」四人に取り囲まれ、ジェイソンは転ばずに歩ける程度ののろのろとした歩みで進みはじめた。ひとつの廊下からべつの廊下に入った。駐車場に一台のバスがとまっている。**レーンズワース刑務所四人護送車**。「そこでとまれ」

バスの向こうに公道に出るコンクリートのスロープが見える。遠くを行き交う車の音が聞こえ、空気に排気ガスの味が混じっている。バスのドアがあき、制服姿の看守がひとり降りてきた。名札にリプリーとある。ジェイソンはその男を知っていた。「書類は？」男が手を差し出すと、地元の警官がクリップボードを渡した。リプリーはすばやく署名してクリップボードを返した。「なにか申し送り事項はあるかい？」

「借りてきた猫みたいにおとなしいよ」

「ここからはわれわれが預かる」

リプリーがバスからふたりの看守を呼び寄せた。ジョーダンとクドラヴェッツ。ジェイソンはこのふたりも知っていた。彼はステップをあがらされ、長椅子にすわらされた。リプリーもバスに乗りこむと、席のあいだを縫うようにして進み、ジェイソンがすわっているところまでやってきた。リプリーは五十代なかば、大柄で腕っぷしが強く、生白い肌をしている。

ジェイソンは彼と目を合わせて言った。「リプリー看守長」

「フレンチ被告人。なにがどうなっているのか、その理由も含めて理解しているか？」

ジェイソンは一度だけうなずいた。わかっている。

「おまえに同情していると言ったら信じるか？」

ジェイソンは看守のまじろぎもせぬ目をじっと見つめた。リプリー看守長は悪い人間ではなく、所長と同じで罠にかかっただけだ。「信じるよ」ジェイソンは答えた。

「道中は長い」リプリーは言った。「それはたしかだ」

彼はバスの前部に戻り、スチールの網戸に錠をおろし、ジョーダンとクドラヴェッツの向かい側にすわった。運転手がエンジンをかけ、バスは車の流れに乗った。ジェイソンはするすると流れていく街の景色を、ビジネスマンと高層ビル群、建設作業員、きれいな女たちをじっと見つめた。ヒッピーの集団が街角を埋めつくし、戦争反対を叫んでいる。ジェイソンは連中が流れていく様子にも見入った。戦闘を経験したことのない男たちと、顔を怒りにゆがめ、髪に花を挿した女たち。一瞬カッとなったが、とらわれの身のジェイソンには本気で腹をたてる気力もなかった。

そのかわり、タイラのことを考えた。

Xのことを考えた。

街が完全に遠ざかると、ほどなく野原がひろがり、林が迫ってきた。バスは何度も曲がってさらに東に向かって進んでいたが、やがて道路は狭くなり、くねくねしはじめた。路面の状態が悪くなり、運転手がギアをシフトダウンさせたが、古いバスはそれでもがたごとと大きく揺れた。

刑務所が近い。

鬱蒼とした雑木林と細い切り通しの向こうに、濁った水をたたえたどぶ川の向こうに、その姿が見えた。近いどころじゃない、と彼は心のなかでつぶやいた。もうここは刑務所だ。

そう思ったタイミングでバスが速度をゆるめ、巨大な石があるところで曲がった。はるか昔に彫られた文字が、悲しくも冷酷な現実を告げる。

レーンズワース刑務所　一八七一年
われを過ぎようとする者はすべての希望を捨てよ

ここに服役する以前、ジェイソンはダンテなど読んだことがなかったが、いまは節をまるごと引用できる。「憂(うれ)いの国に行こうとする者はわれをくぐれ。いつ果てるともない呵責(かしゃく)にあおうとする者はわれをくぐれ」

リプリーが振り返り、金網に指を引っかけた。「いまのはなんだ？」

「ダンテの〝地獄編〟だ」ジェイソンは答えた。

「『神曲』の。地獄の門の一節だ」

「さっぱりわからん」

「そこの看板が気に入らないだけだ」

リプリーは理解できなかったか、訊き返すほどのことでもないと思ったようだ。「四マイル」と言ったが、ジェイソンはそれも知っていた。

玄関までの距離は四マイル。

敷地面積一万八千エーカー。

刑務所の建物は殺風景な場所の中央にぽつんとある高台にあり、黒ずんだ石壁が目に入ったとたん、ジェイソンはかつてと同じ、背筋の寒くなるような感覚に襲われた。リプリーが「お帰り」と告げたが、ジェイソンの耳に届いたのはもっと穏やかな声で、ダンテ・アリギエーリがはるか昔にしたためた言葉だった。

われの前に創られしものはなく、ただ永遠のみがある。
われは永遠につづくものである。

声の主はX。

たしかに、ジェイソンは帰ってきた。

19

ジェイソンの罪状認否手続きが終わると、ぼくたちはバスが裁判所から出ていくのをぼくの車で待った。チャンスは乗り気じゃなかった。「なんでこんなことをしなきゃいけないのか、もう一度説明してくれよ」

さっきも彼は同じ科白を言ったけど、いまのぼくにとってリアルなものはほとんどない。ベッキー、兄、大人の男と戦争に関する問題。

「石切場にでも行こうぜ」

「うるさいな」ぼくは言った。「あのバスだ」

一台のバスが現われ、ぼくらの前を通りすぎていき――この前のと同じ白い塗装に黒い文字――なかに兄が乗っているのが見えた。どこに連れていかれるのかわかっているのに、どうしてあとをついていかなくてはいけないのか、うまく説明できない。でも、自分の目で刑務所を見て、現実のものとして感じたかった。

充分距離を取りながらも、市街地を過ぎて郊外に入っていくバスをしっかり視界にとらえながら運転した。一時間かかって、レーンズワース刑務所が兄を待ち受けている人里離れたさびしい土地に到着すると、ぼくは州道の路肩に車をとめ、バスが土埃をあげながら緑褐色の田畑をかき分けるように消えていくのをじっと見送った。

「おれたちもなかに入るのか？」チャンスが訊いた。

「ここまででいい」

「やっと正気に戻ったか」

あけたウインドウからチャンスが唾を吐き、ぼくは怒りがこみあげてくるのを感じた。「いままでに何度、ぼくはきみのそばについてやった？　きみの親父さんが家を出ていったとき。おふくろさんが病気になったとき。ほかにも百回はつき添ったけど、ぼくはいちいち文句なんか言わなかった、そうだろ？　病院に駆けつけたし、一ヵ月間、きみがぼくの部屋で暮らしたこともあったよな」

「なあ……」

「たかだか二分じゃないか」

　チャンスは謝らなかったけど、こいつは本当に大事なことについては強がってみせる。そのひとつは母親。もうひとつはぼく。舞いあがった土埃がおさまったところで、ぼくはＵターンしてその場を離れた。

「気が済んだか？」チャンスは訊いた。

「どうしたかったのか、自分でもわからない」

「あのさ、兄貴の仕業でないなら、すぐに出られるって。銃の件は無理だろうけど、あっちについては……」

　ぼくは反応できず、そのあとの車中はずっとそんな感じだった。市街地に入り、ショッピングモールでチャンスをおろした。理由はいたって単純だ。「学校をさぼるんなら、少しくらい楽しまないとな。おまえは誘っても無理なんだろ？」

「きょうはやめておく」

「おまえさえよければ一緒に行くぜ」

「いいって、もう行ってくれ。また今度な」

　ぼくは歩道にチャンスを残し、サラのコンドミニアムに向かった。ドアをノックしても返事はなかったけれど、二階のカーテンが小さく揺れたのが見えた。

「サラ、いるんだろ？」もう一度ノックした。「サラ！」

　ドアをあけた彼女は顔がむくみ、血の気がなかった。

「なにしに来たの？」

「自分でもよくわからない。きみの様子をたしかめたかったのかも」

「そう、じゃあ、もうたしかめたわよね」

　彼女はドアに寄りかかって閉めようとしたけれど、

ぼくはそうなる前に押さえた。「サラ、待って」

「あなたたちと出かけなきゃよかった」ふたたび顔を出した彼女は、唇をとがらせていた。「あなたとあなたのお兄さんと。出かけてなければ、タイラはいまも生きてたのに」

「そんなのわからないよ」

「あの子がどんなふうに死んだか知ってる?」

「知ってるわけがないじゃないか」

「あの子のご両親は知ってる。警察から聞いた話を、わたしにもしてくれた」

「サラ、ねえ聞いて――」

「彼女は切り刻まれたの。鎖で吊されて、いたぶられて、切り刻まれたの。犯人は何時間もかけたそうよ」

「言葉が見つからないよ」本当に見つからなかった。

「あなたのお兄さんはけだものだわ。もう二度とここに来ないで」

彼女はドアを叩きつけるように閉めた。ぼくはサラに聞かされたタイラの最期(さいご)を頭に思い描くまいとした。

ぼくのせい? そう自問した。

悪いのはぼくだとしたら?

サラの家のドアに背を向けたとき、通りの向かいにとまった車に男が乗っているのに気がついた。とくになんとも思わなかったけれど、道路に出たときに、見た目ほど歳を取っていないらしいのがわかった。どこかで見た記憶があった。たるんだ肌、歩いているぼくをじっと観察する様子。ぼくが車に乗ったあとも、男はぼくを見ているようだった。なんでもないさ、とぼくは自分に言い聞かせた。ぞっとする黒い車に乗った、ぞっとするじいさんにすぎない、と。

四ブロック走ったところで思い出した。

法廷の傍聴人席でも見かけたのだ。三列うしろの席から検事をにらんでいた。ぼくはアクセルペダルから足を離し、そのときの様子を頭のなかで再生した。席についている裁判長、検事は汗びっしょりになって、しどろもどろで裁判長に訴え、傍聴人席を怯えた目で見ていた。さっきの車に乗っていた年配の男は、たしかにあの場にいた。

レーンズワース……

検事はレーンズワースへの移送を主張した。

あのときの男がサラが住む通りに現われたのは、偶然ではありえない。

ぼくはUターンした。そこからは猛スピードだった。心臓の鼓動も運転も。サラの家がある通りに出ると、さらに速度をあげた。

いてくれ！　とひたすら念じた。

しかし、男の姿はなかった。

サラの家のドアを激しく叩いた。あの男のことを知らせなくては。すでに知っているかもしれないけど。

「サラ！　あけて！」まる二分間、ドアを叩きつづけた。答えがほしかった。話がしたかった。

けれども、サラのほうにその気はないようだった。

帰り道、ぼくはずっと考えていた。サラの怒りと、彼女が住む通りに現われた男のことを。

自宅に戻ると、きれいに着飾って完璧に化粧をした母がキッチンにいた。鼻歌を歌いながら床を掃(は)いたり、コンロにかけた鍋の中身を混ぜたり、腰をかがめてクッキーのトレイをオーブンから出したりしていた。

「母さん？」

母はぼくに気づくとにっこり笑った。「ギブソン、おかえり！　きょうはいいお天気ね！」

ジェイソンのことも、裁判のことも、本当ならぼくは学校に行っているはずだという指摘も口にしなかった。母が頬にキスしてきたとき、香水の香りが鼻孔(びこう)をくすぐった。「いったい全体どういうこと？」

「あら、母親が家族のために料理したらおかしいかしら？」母はさっきと同じ笑みと、さっきと同じまばゆいまなざしを向けてきた。「おひるを食べに帰ってきたの？　いま、お夕食の準備をしているところだけど、急いでなにか作ってあげるわ」

ぼくは即答できなかった。どう見てもこれは、架空の世界だ。陽射しとエプロン、目がくらみそうなほどまばゆい笑み。

「天気予報では夕方には気温も一段落するそうだから、お食事はパティオでしましょう。あなたのお父さんはそうするのが大好きだもの」母はソースにスプーンをくぐらせて味見した。「パプリカ」とひとこと言った。そのとき、母がわれを忘れるほど有頂天になっているのだと気がついた。さらに悪いことに、ぼくにはその理由もわかった。

悪い息子は刑務所にいる。

まともなほうの息子に危害はおよばないと考えているのだ。

ぼくは落ち着かなくて家にいられず、市街地まで戻り、どこよりもよく知っている駐車場にたどり着いた。赤煉瓦造りの小さなビルがあり、窓は一点の曇りもなく、なかに貼られたポスター同様、真新しかった。

海兵隊が男を強くする

採用係が窓からぼくの様子をうかがい、なかに入るよう手を振ってうながした。いままでにも十回以上、同じことをされたけれど、きょうは車を降りて、おまけに建物のなかに足を踏み入れた。採用係は中肉中背の中年で、リノリウムの床に足を肩幅にひらいて立っていた。腕のない袖が胸のところでピンどめしてあり、その横の名札にはJ・マコーミックと記されていた。

「きみのことは前にも見かけたよ」彼は言った。「少なくとも十回は」彼はデスクを示し、ぼくたちは向かい合う形ですわった。彼の目の色は黒く、まなざしは落ち着いていた。腕のない袖のそばにメダルがいくつもさがっている。「この腕のことが気になるようだね。たいていの人はそうだ。敵の銃剣だよ。動脈を切られた」

「ヴェトナムでですか？」ぼくは訊いた。

「一九六八年のケサンの戦いだ」

「それでその……？」ぼくは言いよどみ、胸についている名誉戦傷章（パープル・ハート）を指した。

「それで入ってきたのかい？　メダルの意味が知りたかったのかな？」

「メダルが気になったわけじゃありません」

「男の子ならみんな気になるものだけどね」

「ぼくは子どもじゃありません」

「車にすわっていたときは子どもみたいだったぞ」

そっけなく返された。ぼくは首と顔がかっと熱くなって、そんな自分に腹がたった。「ぼくを新規採用するのが仕事なんじゃないですか？」

「うちは海兵隊だよ。陸軍じゃない」


ぼくたちのあいだの空気が嵐の先触れのように感じ、ぼくは腰を浮かしかけた。

「最初に、なぜなかに入ってきたのかを教えてほしい。なぜきょうにかぎって？　どうして気が変わったんだい？」

鋭い質問だった。ぼくは答えを持ち合わせていなかった。「ぼくの兄たちは戦争に行きました」さんざん考えた末にそう言った。「ぼくはもうすぐ高校を卒業します」

「お兄さんたちも海兵隊だったのかな？」

「父もです。父は朝鮮戦争、兄たちはヴェトナムです。上の兄は六七年にカムロで戦死しました」

「どこの所属だった？」

「第三海兵師団第一大隊」

「お兄さんのことは残念だったな。優秀な海兵隊員だったんだろう」

「ロバート・フレンチ上等兵。それが兄です」

採用係はしばらくしてからまばたきした。「フレンチと言ったね？」

「はい、ロバート・フレンチ。高校卒業後に徴兵されました。その兄が死んだのち、もうひとりの兄が志願したんです」

採用係はあいかわらずぼくをひたと見すえたまま、身を乗りだした。「もうひとりのお兄さんというのはジェイソン・フレンチかな？　ここメクレンバーグ郡出身のジェイソン・フレンチ一等軍曹？」彼はデスクに新聞を滑らせ、見出しを指で示した。「このジェイソン・フレンチ？」

殺人と裁判所と勾留という文字が並ぶ見出しの下に、兄の写真があった。「兄はあの女の人を殺してませんん」

「信じるよ」

「ほかの人は誰も信じてくれませんけど」

「民間人のことなどどうでもいい。きみのお兄さんがどんな男だったか、彼らにはわからないし、わかるわけがないんだから」

「わかるって、具体的になにをですか？」

採用係は口を真一文字に結び、さらに身を乗りだした。「お兄さんにメッセージを伝えてほしい。第二十六海兵師団第二大隊のジョン・マコーミック中尉からだと言ってくれ。わたしのことなどお兄さんは知らないだろうが、それはどうでもいい。彼のヴェトナムでの行動を知る海兵隊所属の全戦闘員の気持ちだと伝えてほしい」

「まだ話がよくわからないのですが」

「いいんだ、きみが知るべきことではない」

雰囲気が変わった、嵐の前触れではなく、そのあとの静けさが訪れた。「なんと伝えればいいんですか？」

「これだけだ」

採用係は気持ちを落ち着け、黒い目を輝かせながら、がらんとした部屋で椅子を引いた。まばたきして涙らしきものを払い、わけがわからず言葉もなく呆然と見ているぼくの前でぴんと背筋をのばし、残ったほうの腕で海兵隊員だった兄に敬礼した。

20

収容担当の職員はほかの囚人と同じようにジェイソンの手続きを進めた。写真撮影と指紋採取をおこない、鎖をはずし、郡支給の衣類を脱がせた。裸での検査はおざなりで、ジェイソンは不平ひとつ漏らさずに耐えた。においは前と変わらず、色も音も同じだった。刑務所のどこに収容されるのかはわからなかったが、入っていったらどんなことが待ち受けているかは知っている。初めてのときは囃し立てる声と脅し文句が飛んできた。あのときは誰もジェイソンのことを知らなかった。

今度は沈黙で迎えられるだろう。

彼の出所を見送ったときと同じように。

ジェイソンは収容センターの上階ののぞき窓を見やった。薄暗いなか、ガラスの向こうに立っているのは、刑務所長だ。以前と変わらぬ狭い肩幅に、以前と変わらぬがっくりとうなだれた姿勢。所長がいるのを見て、ジェイソンの一部分が怒りに燃えた――所長の承認と関与なしに彼がレーンズワースに入れられることなどないからだ――が、その感情を維持しつづけるのはむずかしかった。人は誰しも、なにかの囚人なのだ。

「もういいか？」リプリー看守長が肩に手を置いてきたが、ジェイソンは動かなかった。

「どこに連れていくんだ？」

「Xのところじゃない。いまはまだ」

ジェイソンは相手の顔の造作に見入った。四角い顔に離れた目、げんこつのような鼻がついている。「あんたはいまもあの男の下働きをやってるのか？」

「そうだ」

「あいかわらず六人で？」

「あの男の処刑が早まったのをべつにすれば、変わった点はほとんどない」

「どのくらい早まったんだ？」ジェイソンは訊いた。

「一両日中というわけじゃない」

リプリーがべつの看守にうなずくと、鉄扉が金属のレールに沿って横にスライドし、その先に廊下がのびていた。ジェイソンは最初の一歩を踏みだし、リプリーがその隣を歩いた。ふたりは無言で廊下を進み、べつの廊下に入った。「くつろげるようにしてやれと、所長から指示が出てる。隔離棟の独房を用意した」彼は隔離棟の正面入り口の前で足をとめた。さっきとはべつの看守がふたりをなかに入れた。最初の監房は無人だった。「ここを使え」ジェイソンはなかに入ったが、リプリーは立ち去りがたそうにしていた。「本当は殺してないんだろう？」

「あんたはどう思ってるんだ？」

「Xにはつてがあり、おまえを塀のなかに戻したい理由があったんだと思ってる。その理由に心あたりは?」

「ない」

「まあどのみち……」悲しげな目で肩をすくめたリプリーを見て、ジェイソンは一瞬、不憫に思った。Xを担当している看守は全員、妻も子どももいない。危険すぎるからだ。所長からの直々の指示だ。だが、裂傷を負わせたり、骨を折ったりする以外にも痛い目にあわせる方法はある。

リプリーは相手が収容者であるのを思い出したのか、はっとわれに返った。「とにかく、彼は五時におまえと会いたいと言っている。そこにあるのはおまえのものだ」ベッドに重ねて置かれた衣類のことだ。ジーンズ、リネンのシャツ、ローファー。リプリーはジェイソンに煙草をひと箱差し出した。「やるよ、おまえのほうがおれよりもこれが必要になりそうだ」

リプリーは監房を出てドアに錠をおろし、ジェイソンは自分の両手についた傷をしみじみとながめた。戦争とそれ以外の喧嘩でできたものもあるが、大半はXとの殴り合いでついたものだ。頭痛、悪夢、なかなか治癒しない肋骨もしかり。ジェイソンは煙草に火をつけ、冷たく殺風景な壁をじっと見つめた。ヴェトナムでともに戦った仲間は死んだか、ちりぢりになった。父はろくに目を合わせてこないし、母の顔はもう何年も見ていない。彼が刑務所にいるかいないかを本気で気にかけてくれるのはギビーだけらしい。

ギビーとXだけだ。

ぼくは宗教的な畏怖の念に近い感覚に圧倒され、新兵募集事務所をあとにした。あんなにも強い敬意と信念を目にしたのは初めてで、どのような行為または行動が赤の他人を起立させ、目に涙を浮かべながら敬礼させるのか、想像をめぐらせた。あれに少しでも近づけるようなことを、ぼくは生まれてからしたことがあっただろうか？

そんなことを考えていたこともあり、また、行かなくてはいけないところもなかったため、ベッキー・コリンズに会いにいこうと決めた。彼女が住む通りまで来ると、無残な姿をさらした木とぼくの車を目で追ってくるうつろな目をした女の前を通りすぎた。目的の家に着くと、ベッキーはぼくが来るのをわかっていたみたいに庭に出ていた。なにも言わずに訪ねていったら怒るんじゃないかとびくびくしていたけれど、そういうことにはならなかった。車をとめるぼくに向かって、ベッキーは大きく手を振ってほほえんだ。

「びっくりしたけどうれしい」

「招かれてもいないのに訪ねたら、きみを怒らせてしまうってチャンスは思ってたみたいだけど」

「チャンスはおばかさんだもの。しばらくいられるの？」ぼくがいられると答えると、彼女はぼくの手を取って車から遠ざけた。「だったら一緒に来て」

彼女はぼくを裏庭へと引っ張っていき、そこから雑木林に入り、大雨で筋だらけになった赤色粘土の土手を下った。下りきると、そろそろとした足取りで深い森に入り、石のあいだをごうごうと音をたてて流れる小川まで小道をたどった。

「六歳のときにここを見つけたの」

ベッキーは首だけうしろに向けてそう言うと、からみ合う蔓植物をかき分け、もっと奥へとぼくを導いた。やがて周囲がひらけ、さっきの小川が木漏れ日あふれる溜め池に注ぎこんでいる空き地に出た。その予想もしなかった完璧な美しさに、ぼくは思わず息をのんだ。

「きれいなところでしょう？　ほら、ここにすわって」ベッキーは水辺近くの苔むした場所を示した。

「ちょっと待ってて」

見ていると彼女は小川で洗われたごみを集め、通路わきにきちんと積みあげた。

「雨が降ったあとはとくに、こういうものをちゃんと片づけないとね」彼女は最後にもうひとつプラスチック片をのせてから、ぼくの隣に腰をおろして両膝を引き寄せ、腕を組んで顎をのせた。「で」と彼女は言った。「ギビー・フレンチ」

「ベッキー・コリンズ」

「その話をする気はある？」

「え？」

「あなたのきれいな緑色の目の底に見えるもののこと」

ジェイソンのこともタイラのことも話したくなかったから、ぼくは話題を変えた。「ここは本当にいいところだね。どうやって見つけたの？」

「子どもならたいてい見つけられるわよ」

「ほかの子たちも？」ぼくは訊いた。「見つけたのかってことだけど」

「しばらくのあいだは見つからなかったと思う。ここで誰かに会ったことはないわ。この先に家が何軒かあるけど——通りが全然ちがうんだけどね——キイチゴや葛が密生してるし、斜面が急だし」

「ここで泳ぐことはある？」

彼女は片方の眉をあげ、完璧なアーチ形にした。

「泳ぎたい？」

泳ぎたいと思った。ひんやりしていて深そうだし、目隠しになる蔓植物もあるし、濃い緑色に囲まれたここはとても静かだった。

「裸にはならないわよ」彼女は言った。

「ぼくだって」

「じゃあ、下着で泳ぐ？」冗談を言っているんだろうと思ったけれど、彼女の目にそれをうかがわせるものはなにもなかった。「あなたが先よ」彼女はぼくが靴を脱ぎ、ぎこちなく立ちあがってベルトに手をかけるのを見ていた。「うしろを向いてようか？」ぼくは間が抜けたようにうなずき、彼女が目を閉じて、上から両手で押さえたときには驚いた。「うしろを向くんじゃなくて、これでもいい?」

シャツとズボンを脱いだところで、彼女が指をひろげ、にやにや笑いながら見ているのに気がついた。「だましたな」ぼくはそう言い捨てて池に足を入れたものの、思っていたよりも深かった。真ん中あたりまで移動し、顎まで水に浸かった。

ベッキーは色気のかけらもないふうをよそおいながら、着ているものを脱いでいった。靴をひょいと投げた。すばやく寝転がってジーンズを脱いだ。彼女が立ちあがってシャツを脱ごうとしたので、ぼくは思わず目をそむけた。本人の意図とは裏腹に、色気にあふれていた。水に入ってくると、彼女は「気持ちいい」と言って一回もぐって顔を出した。溜め池のなかでは目の青さがいっそう強調され、濡れたブラジャーが透けていた。「さっきのこと、いまなら話せる?」

からかわれているのかよくわからなかったけれど、言葉は苦もなく口を突いて出た。父がジェイソンを犯人だと疑っていること、母がキッチンでハイテンションになっていたことを話した。そこからチャンス、刑務所、大学か戦争かの選択へと話がおよんだ。話のいちばんつらい部分に達したときには顔をそむけ、ふたりの兄、死、そして不自由のない生活を送っている自分をうしろめたく思う気持ちを打ち明けた。言うことがなくなってふと気づくと、ベッキーがすぐそばまで来ていた。まだ体は触れていないけれど、いまにも触れそうなほどの距離だった。

「どう思う?」ぼくは訊いた。

あいかわらず光り輝く目をした美しい彼女は、数秒ほどぼくを見つめていた。「あなたはいろんな悩みを抱えているけど、どれもあなたにとっては小さいものばかりだわ」

「どうすればいいのかな?」

「あなたの人生を? その質問に答えるのは無理」

「いま、このときのことならどう? きょうのことなら」

「お兄さんの味方でいてあげて。ひとりじゃないと伝えてあげて」

「それだけ?」

「それで充分よ」彼女は言ったけれど、その言葉はぼくの耳には奇妙に響いた。

大人の男になれ、という声が聞こえた。

苦労を知らない一生のなかで一度くらいは。

リプリーは五時十分前にふたたび現われ、ジェイソンは刑務所の廊下をローファーとジーンズ姿で歩きながら、なんとも妙な気分を味わっていた。塀のなかで過ごしたのは二十七カ月間で、十二カ月が経過したところで初めてXに会った。

しかし最後の数カ月は……。

戦っては血を流し、また戦いの場に引きずりだされるの繰り返しだった。十五カ月間。痛み、血、包帯と縁が切れなかった。あれほど頻繁にXと戦った者も、あと一歩で倒すところまでいった者もいない。一時期、どっちが勝つか看守連中が賭けをしていたが、Xは遊びで——少なくとも賭けのために——戦っているわけではなく、その話を彼が知った二日後、看守のひとりがいわれのない喧嘩に巻きこまれて片耳を失い、べつの看守の自宅が火災に見舞われた。

以来、賭けはまったくおこなわれていない。

「こっちへ」

リプリーの案内でいくつもの廊下を進み、いったん外に出て庭を抜けた。ジェイソンは囚人たちをにらみ、囚人たちもジェイソンをにらんだ。黒人。ヒスパニック。いちばんじろじろ見てきたのは白人の囚人だった。ナチス信奉者。バイク乗り。それらしいタトゥーを入れた一匹狼。連中は庭を独占しており、全員の目が歩いていくジェイソンに注がれているようだった。

「ペイガンズの一件のせいだ」リプリーが説明した。

「おまえがダリウス・シムズにしたことで、噂がひろまっている」

「それでおれは独房に入れられたのか？」

「つまりこういうことだ。Xの息がかかってない看守がおまえを呼びにきたら、慎重に行動しろ。充分な金を持ち、看守を金で動かせるのはXひとりじゃない」

ふたりは進みつづけた。すべての白い顔のすべての目もそれにつれて動く。そこを過ぎると、あとは死刑囚監房だった。レーンズワースでもっとも古い建物で、かつては武器庫だったが、北軍兵士を捕虜として収容するため、一八七一年に改修された建物。内部の警備は荒っぽいが、ジェイソンは看守のことも手順も知っていた。

「一番をあけろ」

ブザーが鳴り響き、古い蝶番がぎしぎし音をたてた。ふたりめの看守が現われたが、Xの手の者ではなかった。四十代なかばで赤ら顔、頭はほかの看守と同じく丸刈りだ。

リプリーが言った。「やつはいるか」

「います」

リプリーはまばたき半分ほどの時間だけジェイソンと目を合わせ、すぐにきびすを返し、ひとことも言わずに立ち去った。赤らんだ手がジェイソンの腕に置かれ、そこだけ肌がじっとりと濡れた。「ここの決まりは覚えてることと思う。廊下の中央を歩き、監房の扉には近づかないこと。誰にも話しかけてはいけない。目を合わせてもいけない。面倒な手間をかけさせないでくれれば、こっちも痛い目にあわせずにすむ」

ふたりはずらりと並んだ監房のほうを向いた。出所以来、ジェイソンがずっと苦しめられてきたあらゆる悪夢がここにあった。狭く、暑苦しい監房。金属に押しつけられた土気色の顔。長い廊下を端まで歩き、そこからXがいる階下におりる。

「行け」

ジェイソンは心を決め、最初の一歩を踏みだした。Xがこっちを殺すつもりならば、こっちもやつを殺すまでだ。べつの用件ならば……。

目を伏せて監房の前を進んでいくと、収容者のひとりがかみつくような声をかけてくる。よう、すかし野郎……よう、なにすかしてんだ……。最後の監房を通りすぎると、階段のてっぺんにべつの看守が立っていた。こっちのやつにはXの息がかかっていて、もう何年にもなる。名前は思い出せないが、顔は見覚えがあった。看守は赤ら顔の看守を手振りでさがらせ、ジェイソンの腕に手を置いた。「また戻ってくることになるとは残念だったな。大丈夫か？　問題ないか？」

「申し分ない」

「やり方はいままでと変わらない」看守は鍵をまわした。「きょうのあの男は機嫌がいい。おまえの身も安全だろうよ」

ジェイソンはドアをくぐり、不安な思いで階段と向き合った。Xは歴史と哲学について、文学と芸術について、人類が生み出した偉大な作品について語ることができる。一時間あれば、この世界を新鮮な目で見せてくれると同時に、はるか昔の殺人事件について微に入り細を穿った説明をすることができ、繊細な胃の持ち主ならば食べたものを吐いてしまうだろう。Xは天才であり、狂人でもある。

しかもそれだけではなく……。

ジェイソンは何度となく骨折した両手を曲げのばし、完治していない肋骨をほぐそうと体を一度だけひねった。最下段に達したところで顔をあげると、看守がうなずいて鉄扉を施錠し、死刑囚監房の下の暗がりにジェイソンをひとり残した。階段をおりきったところには石造りのアーチがある。それをくぐった先に廊下とXの監房があり、Xがいる。

「よく来た、ジェイソン」

声は変わっていなかった。それ以外もすべて変わっていない。ジェイソンはこの瞬間のことをずっと考えていた。体がどう反応するか。最初にどんな言葉が飛び出すか。吐き気がこみあげる。四五口径がこの手にあればいいのにと思う。「たしか、おれはこの場所からもあんたからも解放されたはずじゃなかったのか。もうお役御免だと言ったじゃないか」

「あのときはそのつもりだった」中央通路に立つXは平均的な身長に引き締まった体つきで、くだけた恰好をしていた。「事情が変わってね」

ジェイソンはアーチをくぐり、通路に歩を進めた。

「事情というと？」

Xは肩をすくめたが、顔がほころんでいた。「処刑日が決まると神経が研ぎすまされるせいか、感性が痛いほど鋭敏になる」

「というと？」

「古い後悔。最後の夢」

「おれを連れ戻すためにタイラを殺したわけか」質問ではなかった。ジェイソンはずっとそう確信していた。

「あの若い女にはかわいそうなことをしたが、きみが銃の所持と暴行罪で逮捕されるとは思わなかったのでね。少し待てばすむということも」

「彼女にはなんの罪もないのに」

「それはどうかな？」Xは目を爛々(らんらん)と輝かせ、数歩進みでた。「あの女は護送車に乗っていた連中を侮辱した。なきにひとしい尊厳とわずかばかりの生きる理由しかない忘れられた男たちを。彼女はそんなやつらをからかい、傷つけた。いったいなんのために？　一時の気晴らしか？　性的な高揚感を得るためか？」

「憤慨してるふりはやめてほしいね。あのバスに乗ってた連中のことなど、一ミリも気にかけちゃいないくせに。あんたがやったことにくらべれば、タイラの罪などかわいいもんだ」

Xは肩をあげ、両手を背中にまわした。「わたしはただ、きみが心のなかで作りあげた物語を解体しているだけだ。バスの男たちのことなどどうでもいいのはたしかだが、きみの若い友だちがどのような長所を有していようが、根っこの部分では自分勝手で価値のない人間でしかない」

「生きる価値がないと言いたいのか？」

「きみにとって価値がないという意味だ、ジェイソン。やれやれ、ここで過ごした日々からなにも学ばなかったのか？」

ジェイソンは大きく息をつき、気持ちを落ち着けようとした。Xを相手にするといつもこうだ。「なぜおれを呼んだ？」

「友だち同士が会うこともできないのか？」

「おれたちはどう考えても友だちじゃない」

「ならば気の合う同士でもいい」

ジェイソンは首を横に振った。もうさんざん聞いたやりとりだ。「あんたのその妄想は理解できたためしがない」

「妄想！」Xは初めて声を荒らげた。「きみはこれまで何人殺した？　そのうちの何人について、本当に後悔している？」

「戦争のさなかのことだ。話がちがう」

「だが、そこに違いはあるのか？」Xはジェイソンの心臓がある場所を指さした。「毎回、歌が流れるのだろう？　きみは生きていて、べつの者が死んでいく……」

「あんたのお遊びにつき合うつもりはない。もう二度と」ジェイソンはあとずさりした。その気になればXはジェイソンを殺すこともできる。手の届くところにナイフがあり、ガラスの破片があり、ねじった針金があり……。

Xがのっそりとついてきた。「きみを連れ戻すには、かなりの痛みをともなったのだがね」

「タイラの痛みじゃないか。おれの痛みじゃないか」

「そうとうかっかきているようだ。その気持ちはわか

「イヌは人を愛しているのか？」
究極の問いに、アリゾナ州立大学教授が挑む！

イヌは愛である
――「最良の友」の科学

クライブ・ウィン／梅田智世訳

eb5月

「イヌは感情をもち、人を愛するか？」。研究者たちが恐れ、避けてきた究極の疑問に先駆者が挑む。研究所を飛び出し、狼との比較を行なう日本の大学や、「イヌのようなキツネ」を育てる旧ソ連の研究施設にも答えを求めた、その先にある結論とは。解説／菊水健史

四六判上製　定価２３１０円［18日発売］

『罪の声』でも描かれた凶悪事件の深層に迫る！

裏切り者

アストリッド・ホーレーダー／小松佳代子訳

オランダで50万部

eb5月

一九八三年に起きた、ハイネケンCEO誘拐事件から数十年。事件の実行犯の一人であったウィレム・ホーレーダーは、釈放後も裏社会のボスとして数々の凶悪犯罪に手を染めていた。彼の妹で弁護士でもあるアストリッドは、危険を冒しつつも、兄の悪事を暴こうと奮闘する。

四六判上製　定価３３００円［18日発売］

『食べて、祈って、恋をして』の著者、最新作

部

一九四〇年、アメリカ。小さな町のお嬢様ヴィヴィアンは、大学を辞め、NYのショーの世界に飛び込んだ。華やかで刺激的な毎日

る。なんなら明日にでもやり直そう」

「明日になっても変わらないよ」

「だが、時間はわれわれの友だちではないのでね」

「電気椅子が迫っているからか。ああ、それは聞いた」ジェイソンはまだじりじりとさがりつづけていた。二段め、三段め。

「わたしの胸のうちがわかれば、ちがう考えになるだろう」

階段をのぼっていくジェイソンを、Xは笑みを浮かべながら目で追った。「心、わが若き友、そして演奏されるすべての歌」

21

ふたりで小川からあがった一時間後、ぼくは車に戻り、ベッキーはこのときもウインドウごしに身を乗りだしてきた。太陽は木立の向こうに沈んでいる。やわらかな光が彼女の顔にあたっていた。「楽しかった」ぼくは言った。

「いつでもまた来てね、ギブソン・フレンチ」

ぼくは見るともなく彼女のうしろにある家に視線を移した。ポーチが傾いている。網戸はさびてぼろぼろだ。

「ちょっと、ハンサムくん。前を見て」ベッキーはぼくの頬に触れて、顔の向きを変えさせた。「あれはただの家。あたしじゃない」

「チャンスにはここに来ちゃいけないと言われた」

「だから言ったでしょ、チャンスはばかだって。もう少しいられる？」

「もう帰らないと」

「大事な用があるの？」

「うん、まあ」

彼女の目にかすかな疑いの色が浮かんだ。彼女はぼくがばつが悪そうなのを察したけれど、理由を誤解していた。「あたしはクールな女の子だから。ほかの話をするのでもいいよ。そんな深刻な話題じゃなくたっていい」

「きみのことは最高にクールだと思ってる」

「じゃあ、どこか行こうよ。夕陽を見にいく。ディナー。場所なんかどこでもいい」

彼女が言うことももっともだけど、もっともな言葉はほかにもある。

大人の男になれ……。

苦労を知らない一生のなかで一度くらい。

「さっきからあたし、強引だね」ベッキーは言った。

「ふだんはこんなんじゃないのに。あたしを追っ払おうとしてるんじゃないって言って」

「そんなつもりはないよ」

「それ本当？」

「本当だ」

彼女は腰をかがめ、車のウィンドウフレームの上で腕を組んだ。「あたしのこと、きれいって言って」

「きみはとびきりの美人だ」

「その言葉を信じなきゃいけない理由ってある？」

「本当にとびきりの美人できれいだからさ。下着姿のきみはとくに」

ベッキーは顔を赤らめてそっぽを向いたけれど、まんざらでもなさそうだった。彼女が向きなおり、ぼくたちはキスをした。薄くあけた彼女の口から、温かくて甘い息がただよってくる。ようやく体を離すと、女は目をほころばせ、指を二本立てた。

あたしの二度めのキス……。

そう言っている。

ぼくも同じように指を二本立ててから車を発進させ、埃っぽい光を浴びた彼女がしだいに小さくなっていくのを見つめた。彼女のほうも目の上に手をかざしてぼくを見ていた。ぼくは世の中が急速に変わっていくのを実感した。一週間前のぼくの日常は石切場、ダイブ、チャンスと飲む冷えたビールだけだった。いまはそこに、ベッキーとジェイソン、父と母、うそにまみれた家がくわわった。

この感覚がそうなのかもしれない。

大人になるということは。

ぼくはひとつのことに集中するほうがわかりやすくて好きだから、兄を助けるにはどうするのがいちばんいいかを検討した。以前ならば答えは単純だったと思う。父は警察官であり、警察官特有の明快さを持っている。でも、父に助けを求めるわけにはいかない――ジェイソンのことよりもぼくを心配するだろうし、それに応じた行動を取るだろうから。刑務所にいるジェイソンに面会してみようか？　ぼくはああでもない、こうでもないと考えながら運転し、公衆電話のところで車をとめ、母にうそをついた。

「どのくらい遅くなるの？」母は訊いた。

「わからない。二、三時間くらいかな」

「なにをするの？」

「チャンスとちょっと。たいしたことじゃないんだ。ぶらぶらするだけ」

「でもお父さんが――」

「かわりに言っておいて、いいよね？」

このあとどういうやりとりになるかわかっていたので、電話を切った。チャンスの家がある通りまで来ると、半ブロック先に車をとめ、背後に用心しながら彼の家に向かった。そうしないといけない感じの通りだからだ。ノックするとチャンスのお母さんがドアをあけてくれた。白いものが交じった髪をうしろでまとめ、ネッカチーフで包んでいる。すでにふたつの仕事をこなしたあとなのに、疲れた様子など微塵も見せずにぼくと目を合わせた。「いらっしゃい、ギビー。どうぞなかに入って。ちょうど夕ごはんの時間なの」お母さんはぼくをハグしてから、大声でチャンスを呼んだ。

「チャンス、ギビーに挨拶なさい」

奥の廊下から顔を出したチャンスが、ぼくを見てびっくりした。

「ちょっと話せるかな?」ぼくは訊いた。

「うん、いいけど。母ちゃん?」

「十分で夕ごはんよ。ギビー、チップドビーフのクリーム煮のトーストのせは好き?」

「はい。好きです」

チャンスが先に立って、窓がひとつあるだけの小さな彼の部屋に向かった。「チップドビーフのクリーム煮のトーストのせって食べたことあるか?」彼はドアを閉めた。「干し牛肉、ミルクソース、ワンダーブレッド。どこの家にもある材料ばかりだ」

「すごくおいしいんだろうね」

「ふらっと遊びにきたわけじゃないよな」

ぼくはそのとおりと答え、やろうとしていることを説明した。

「頭がどうかしちまったのか?」チャンスはきつい口調で尋ねた。「ヤクでもやってるわけじゃないんだろうな?」

「さあ。自分でもよくわからない」

「タイラ・ノリスを殺した犯人を突きとめるだと? おまえが? おまわりじゃなく?」

ぼくはうなずいた。

「だったら、頭がどうかしてるとしか思えないね。すっかり正気を失った正真正銘の愚か者だよ。そんなことは警察にまかせておけ」

「警察はジェイソンの仕業だと思ってる」

「けど、おまえの親父さんはそうは思ってないんだろ」

「どうかな。思ってるような気もする。その話をしようとしないけど、なんだかもう覚悟を決めたみたいに怖い顔をしてるんだ。そんな父さんをほかの警官が遠巻きにうかがってるって感じ。本当に。変なものでも見るような目で見てる」

「そうは言っても、おまえはまだ子どもなんだし……」

「そうかな？　もう投票権はあるし、酒は飲めるし、戦争にも行けるじゃないか」

「そういうことを言ってるんじゃない。いいか、女が殺されて――」

「タイラだ」

「ああ、そうだ。タイラだったな。おれだって名前は知ってる。タイラはひどく残忍な殺され方をした。で、おまえは兄貴の犯行じゃないと証明しようってのか」

チャンスは次の言葉を繰りだそうと身を乗りだし、矢を投げようとするみたいに片手をあげた恰好でひと呼吸おいた。「どうやって？」

「だから力を貸してほしい。訪ねてきたのはそのためだ」

「このおれをなんだと思ってる？　刑事コジャックか？　それともコロンボか？」

「テレビドラマのやつらなんかどうだっていい。きみはぼくが知るなかでいちばん頭がいい」

「そうか。それに関してはそのとおりだ。で、どうする？　ふたりであれこれ考えを出し合おうってのか？」

「うん、そう」

「でもさ、考えを出し合う必要なんかないと思うぜ。考える材料がなにもないんだから。できるわけがない」

「どうして？」

「じっくり考えてないからさ。兄貴を助けたいってのはわかる。当然だ。けど、そのコインの裏側はどうなってる？　兄貴が無実だと証明しなきゃならない。それもまっとうな形で。そうだろ？　となると彼女を殺した犯人を突きとめなきゃいけない。夜の夜中にだだっぴろい悪しき世界に出ていって、サディスティックで非情な人殺し野郎を見つけだそうっていうんだぞ。それも、相手は女をさんざんいたぶって死なせるようなまねが、いい暇つぶしだと思う輩だ。そいつを見つけるために、質問をしてまわり、そいつの職業、住んでるところ、どこでめしを食って狩りをして眠るのか、を突きとめなきゃならないんだぞ。それって――」チャンスは指でぼくの胸を突いた。「――そうとうおそろしくて、半端じゃなく危険なことだ」

「そんなことは気にしてないよ」

「気にしなきゃだめだろうが」

「夕ごはんを食べたら」ぼくは言った。「ごはんを食べてから、そのへんを話し合おう」


　死刑囚監房の下にある地下二階でXは食事をし、酒を飲んだが、落胆の味と甘美な自尊心以外、ほとんど味がしなかった。ジェイソンと自分は似たもの同士だ。ジェイソンの猛々（たけだけ）しさのなかには思いやりと同情の気持ちがのぞいている。ファイターのなかにそんな矛盾したものが同居するのはめったになく、ジェイソンは凶暴で戦術の天才であると同時に、深い思いやりの心を残しているのだと、Xはどうにか理解した。Xは皿を押しやり、渋るジェイソンと初めて戦ったときの模様を振り返った。たいして期待していなかった。ジェイソンはほかの連中とあまり変わらないように見えた。いまよりも体が引き締まっていて、どこか悲しそうだったが、後者は書き換えられた記憶にちがいない。

　どうしてだ？　あいつはそう訊いた。

なんでこんなことをしなきゃならない？

なぜおれなんだ？

Xに説明する気があれば、支配欲、気晴らし、ストレス解消というような言葉を使っただろう。しかし、あまりに多くの人間を相手にあまりに多くのファイトを繰り返し、あまりに多くのぶつかり合いを経験してきたせいで、Xは虚無感にとらわれていた。

最初の数秒でジェイソンの技量を見せつけられ、Xはわずかに興味を引かれた。才能の片鱗がうかがえた。怯えた様子はまったくない。血にまみれ、畏怖の念に打たれ、半殺しの目にあいながら、じわじわとわかりはじめた。こうしているいまも、あのときの宗教的な目覚めにも似た感覚がよみがえってくる。ジェイソンと戦うたび、Xは貪欲になる。もう長いこと貪欲になったことなどなかった。

「看守！」彼はいらだち、大声で呼んだ。「こいつをさげろ」夕食の残りのことだ。いつもなら無言のうちに迅速にさげられる。このとき看守はすぐ立ち去らなかった。「どうした？」Xはいらだちを隠せずに言った。

「お邪魔して申し訳ないのですが……」

「さっさと言え」

「弁護士の方が来てます。さきほどからお待ちで」

Xは顔をしかめた。リースを呼びつけてはいないし、リースもなんの理由もなく訪ねてくることはしない。

「そうか。通せ」看守は急ぎ足で出ていくと、リースをともなって戻り、すぐにいなくなった。「すわれ」リースはそわそわした様子だった。めったにないことだ。「さっさと話せ」

リースは勇気をふるい起こし、そうしないと言葉が喉に引っかかってしまうかのように、小声で話しはじめた。「例の女をずっと見張っております。いけないことはわかっております。ええ、まず許可をいただかなくてはいけないことは承知しております。ただ、ちょっと見かけましたら、なにしろあの顔立ちなものですから、頭から離れなくなってしまいまして……」

「ちょっと待て」Xは片手をあげて話をさえぎった。「女というのは？」

「ええと、ですから、車に乗っていた、ブロンドの、もうひとりのほうです」

「殺さなかったほうか？　手を出すなとわざわざ釘を刺した女のことか？」

「ええ、ブロンドのほうです。名前はサラで……」

Xはまた話をさえぎった。リースは彼の右腕で、外の世界との架け橋のひとつだ。その働きに対し、Xは金と弁護士と静かな場所をあたえ、口に出すのもおぞましいことをさせている。それだけの見返りをあたえるからには、期待に応えてもらわねばならず、失敗すれば制裁がくわえられる。「この話の流れは気に入らないな」

「そう思われるのは承知しておりました。申し訳ありません」

「それで、訪ねてきたのはどういう……？」

「許可をいただきに」

つまり女を拉致し、じっくりいたぶる許可がほしいということだ。リースの目に欲望が宿っているが、うそ偽りのない恐怖も浮かんでいる。架け橋が自分ひとりでないのをよくわかっている目だ。Xは電話一本かけるだけでリースを殺すことができ、しかも穏やかには死なせてくれないだろう。「おまえには大事なことらしいな」

「口では説明できないほどに」

説明してもらう必要はない。スイッチが入るのがどんな感じか、Xにも記憶がある。通りに向けた視線。女の歩き方、におい、髪を指にからめる仕種。Xは一度、子ども時代に祖父と乗ったフェリーを思い出す曲を口笛で吹いたというだけの理由で、男のあとをつけて殺したことがある。なぜスイッチが入ったのかはわからない。とにかくそうなってしまうのだ。「いつごろ決行するつもりだ？」

「いますぐにでも」リースは答えた。「きのうでもよかったくらいで」

どんな展開になるのか、Xには手に取るようにわかる。さまざまな道具、純然たる戦術を超越した戦略的行動。「そのまえにわたしの頼みを聞いてもらおう。それと条件がある」

「なんでもします。おっしゃってください」

「ジェイソンには弟がいる。おまえのブロンド娘と車に乗っていた」

リースは肉食獣のような目をしてうなずいた。「ギブソン・フレンチ。年齢は十八。マスタングはそいつの車です。サラのコンドミニアムでも見かけました。ふたりは一緒にいる可能性があります」

「写真を持ってこい」Xは言った。

「弟のですか？　なにをするつもりで？」

「おまえには関係ない」Xは強調するように肩をすくめた。「本を読んでるところ。犬を散歩させているところ。きれいに撮れた最近の写真を持ってこい」

「それだけですか？」

「持ってくれば、ブロンドはおまえの好きにしていい」

リースは乾いた唇をなめ、はやる気持ちを隠しきれずにうなずいた。「条件があるとおっしゃいましたが」

「ある。重要な条件が」Xは聞き間違いがないよう、顔をぐっと近づけた。「わたしが死んだあとで女を拉致するのはかまわないが、それより前はだめだ」

リースの目のなかで感情が爆発した。まずは動揺、つづいて落胆と怒り。女に対するリースの欲望は、ジャンキーが麻薬を欲するのに匹敵するほど強かった。

「よく考えればそうするしかないのはわかるはずだ。少し時間をおけ」リースが頭のなかであれこれ考えているのをうかがった。動物のような欲望が、報復への恐怖とせめぎ合っている。Xを怒らせた連中の身になにが起こったかはよく知っており――いくつかはリース自身が手をくだした――どの死も緩慢ではなく安らかでもなかったはずだ。Xが条件を繰り返した。「わたしが死んでからでなくてはいけない」

「承知しました。当然です」

「理解した証拠に説明しろ」

「つまりですね、あなたはジェイソン・フレンチをこのレーンズワースにとどめておきたい。だとすると、濃い色の髪の女の殺害に疑念が生じるようなことがあってはなりません」

「ブロンドが死体で発見されたらどうなる？」

「ジェイソンが本当に殺しの犯人なのか、疑いが生じることになります」

「警察」Xはその言葉を強調した。「検察」

「はい、そうです」

「そのようなことになれば、わたしがどれほど不機嫌になるか、わかっているだろうな？」

「わかっています」

「では、われわれの合意内容を述べろ」

「弟の写真を持ってくる。女の件はあなたが死亡するまで待つ」

「単純明快だな」

リースは最後にもう一度うなずいて立ちあがった。

「ほかになにかご用は？」

「写真だけでいい」

リースは対処すると言い、彼が迅速にやってくれることはXにもわかっていた。Xは看守を呼び、リースが外の世界に連れていかれるまで待った。看守が戻ってきたときには落ち着きなく歩きまわっていた。ジェイソンが塀のなかに戻ったことで気分がよくなっていた。

「戦う相手がほしい」彼は言った。「いますぐ。今夜のうちに」

看守は誰がいいかと尋ね、Xはしばらく考えこんだ。

ジェイソン・フレンチのことはなにからなにまで知っており、刑務所内の動きについてもよく知っていた。

「ペイガンズの誰かを」彼はようやくそう告げた。

「見つけられる範囲でいちばんでかいやつを頼む」

22

チャンスの家の夕食は質素ながら楽しいものだった。お母さんはジョークを言い、チャンスにきょうはどんな一日だったかを尋ねた。食事が終わると、母子（おやこ）はどっちが皿を洗うかで言い合った。「ばかなことを言うんじゃありません」お母さんは立ちあがって、皿を集めた。「お友だちと遊んでなさい」

自室に引きあげるとチャンスは親指でキッチンを示した。「悪かったな」

なんのことを言っているのかはっきりしなかったけれど、食事の量が少なかったことと、お母さんが残業の話をしていたのが気恥ずかしかったんだろう。「楽しかったよ。きみのおふくろさんはものすごくかっこいいな」

「さて、おまえの兄貴の件だ」チャンスは椅子をうしろ向きにしてすわった。「あくまで雑談だぞ、いいな？　おれが完璧な計画を口にしたからって、飛びだしていって、ばかなまねをしたりするんじゃないぞ」

「思いつきを言い合うだけだって」

「あくまで仮定の話だからな」

　ぼくは胸に手を置いたけれど、これもまたうそだった。だますのは気が引けたけれど、チャンスはぼくが知っているなかでいちばん頭が切れるから、ぼくが見落としたものもちゃんと気づいてくれるような気がする。とは言うものの、チャンスはお母さんのすべてだし、今回の件がどこまでひろがりを見せるのか、ぼくにもまだわかっていなかった。わかっているのはジェイソンが助けを必要としているということで、そこに妥協の余地はない。兄はタイラを殺していない、以上。ぼくはそれを証明したいだけだ。


　ぼくたちは、なにもやることのない土曜の朝みたいに考えを出し合った。と言っても、論じ合う内容は、どの映画を観にいくかとか、同じ通りに住むミラーさんのところの子どもたちと野球をするより、ドライブウェイでフラフープで遊ぶほうがましかどうかということではなく、もっと生死に直結している問題だ。ぼくはタイラとジェイソンについて、知っているかぎりのことをチャンスに話した。湖畔で過ごした一日から始まって、がらんとした道路を走っていた囚人護送車の件と、ダウンタウンの裕福な地域にある自宅に着いたとき、タイラが千鳥足で車を降りたことまで話した。チャンスは話の腰を折ることなく耳を傾けたのち、もう一度最初から話してくれと言った。

「はっきりさせておきたいから訊くけど」と彼は言った。「彼女はマスタングで裸になったんだな？」

「トップレスだよ」ぼくは答えた。「湖畔では裸だったけど。話を脱線させるな」

「でも大人の女なんだろ。すげえな……」

こんな状況でなかったら、ぼくも否定はしなかっただろう。いまはそんな時じゃない。

「彼女はなにか仕事をしてたのか？」チャンスは訊いた。

「さあ」

「家族も同じ街に住んでるのか？　ほかに友だちは？」

「それも知らない」

「サラに訊かないとわからないようだな」

「うん」

「本当におまえの目の前で兄貴とヤッたのか？」

「花畑のなかだよ、ばか。花に埋もれた場所だ」

「彼女に敵はいたのか？」チャンスはまた真顔になって尋ねた。

「ちょっとはいたと思う。くせのある人だったから」

「どういう意味だよ？　どういうことなんだ？」

「だから、くせが強いんだって。予測不能なほど奔放でさ。ついさっきまでふざけてたと思ったら、突然、喧嘩腰になったりするんだ。彼女が原因でジェイソンがバーで喧嘩したのはぼくたちも知ってるし、囚人護送車のことも話したろ。彼女には無節操なところがあった。まずい場所でまずい男を誘ったのかもしれないし、まずいタイミングでまずいことを言ったのかもしれない。なにをするかわからないんだ。車をぶつけたかと思えば、銃を抜いて……」

「つまり、頭がおかしいってことか」

「それに自分勝手だし、人を怒らせるのがうまいし、どうしようもない飲んだくれだ」

チャンスは浮かない顔で首を横に振った。「いまの話がいくらかなりとも役にたつとは思えないな。とっかかりすら見つからない」

「きっとどこかでよくない相手と出会ったんだ」ぼくはいくらか熱をこめて言ってみた。「ヘキャリッジ・

ルーム〉か仕事先で。もしかしたらサラもその場にいたのかも……」

「顔に銃を突きつけられてジェイソンが腹をたてたのかもな」

「そういう冗談はよせよ」

「冗談を言ってるわけじゃないのかも」

「いいかげんにしろよ、チャンス。むかつくやつだな」

「なら本当のことを、それもいちばんきついやつを言ってやる。おれはおまえの兄貴が怖いんだよ。死んだ目をしてるし、強面だし、ぞっとするほどおっかない。それも考えに入れておいたほうがいい。ヴェトナムに三年、刑務所に二年半。おまえの知らない一面があったっておかしくないだろ」

「兄さんのことならなんでもわかってる」

「ふうん、そうか？」

「きっとこういうことだったんだよ」ぼくは声を張りあげたけれど、それをべつにすれば、挑発には乗らなかった。「あるとき、どこかで、タイラ・ノリスはよからぬ人間と出会ったか、まずいことをしでかした。誰かを怒らせるとか、ものを盗むとか、だましちゃいけない相手をだますとか。ぼくらはそれが誰でなにでいつのことかを突きとめる。簡単なことだろ？」

「簡単？　本気で言ってるのかよ」チャンスはうんざりすると同時に怯えたように顔をしかめた。「世間はひろいんだぜ」

「たしかに世間はひろい」ぼくは同意した。

でも、ここはそれほど都会じゃない……。

話すネタがつきると、チャンスはぼくを車のところまで送ってくれ、そのときに出し合ったアイデアをまとめ、最初に調べるべき相手を決めた。「バイク乗りの連中。〈キャリッジ・ルーム〉。サラ」

「ジェイソンの同居人」ぼくは運転席側のドアをあけ

た。「タイラが仕事をしてたのなら、職場関係も。昔の恋人。ジェイソンが彼女を連れて出かけたその他の場所」

「まだ足りないな」チャンスは言った。

「あくまで出発点だよ」

ぼくたちはそれについてしばらく議論した。やみくもに突っ走るのは危険だ。

「いまの話だけどさ」チャンスは言った。「仮定の話じゃないんだよな？」

彼が車に寄りかかってきたので、ぼくはエンジンをかけて思いっきりふかし、聞こえないふりをした。

「こっちを見ろよ」チャンスはぼくがアクセルから足を離すのを待った。「おれだってばかじゃない。おまえがうそをついてることくらいわかる。おれが一緒に行くのを怖がるとでも思ってるのか？」

「なんでそんなことを訊く？」

「おれとおまえでは事情がちがってきたからだ」チャンスは言った。「このあいだからずっと。ベッキーの家がある通りから戻る途中、徴兵だのなんだのが書かれた看板を見かけただろ。もう登録したのかって訊かれて、おれはしてないと答えた。あのとき、おまえの目つきが変わったのに気づいた」チャンスはぼくから目をそらさず、唾をのみこんだ。「おまえの兄貴はふたりとも戦争に行ったし、親父さんも戦争に行ってる。おまえが志願するつもりなのもわかってる」

「だからってきみが怖がってるとは思ってないよ」

「手紙のことだけどさ」チャンスは言った。「選抜徴兵制に登録を求める手紙だよ。おれは自分に来たやつを裏庭で燃やした。そのあと、二度同じものが届いたけど、どっちも燃やした。いまその手紙を読んだら、吐いちまいそうだ」チャンスは顔をそむけ、首を振った。「怖じ気づくのはいやだけど、死にたくもない」

チャンスの言葉がふいにすとんと腑に落ちた。チャンスもぼくもともに戦況を追っていた。戦闘と政治の動きを見守っていた。空母群が展開している場所も知っていた。最近、そこに変化が見られ、さらに時間がたつと、その変化がいっそうきわだってきたのだ。ぼくが戦争の話題を振っても、チャンスは黙ってしまう。志願の話をするたび、彼はしだいにいらだつようになっていた。

「ヴェトナムだもの」ぼくは言った。「誰だってそう感じるさ」

チャンスは一度うなずいたけれど、ぼくと彼の仲ではつらいことだった。「家に帰るのか？」

「もう遅いから」

答えになっていないことはチャンスにもわかっていた。「あとで電話くれるよな？」

「うん、もちろん」

友人が帰っていくと、チャンスは夕暮れのなかに長いことたたずみ、いましがた吐露（とろ）した魂の断片について考えた。ギビーがどう言おうが、どれだけ冷静な表情を保っていようが関係ない。友人の心のなかにはあらたな疑念が芽生えている。そうにちがいない。戦争は現実だ。自分たちのような人間が日々死んでいる。

家に戻ると、チャンスはベッドのわきに膝をつき、これまで集めたヴェトナム戦争にまつわる雑誌の箱を引っ張りだした。どの写真も生々しい。十三もの死体が泥に埋まり、ひとりの兵士は顎を吹き飛ばされ、溝に横たわっている。べつのページをめくると、チャンスと歳の変わらぬ海兵隊員が目隠しされた姿や、燃えさかる戦車に閉じこめられた北ヴェトナム軍兵士が皮膚をただれさせ、叫んでいる姿が目に入る。以前のチャンスなら、このようなむごたらしい何千もの写真をひと晩じゅうでも見ていられた。

きょうは一時間見たところで、すべてをベッドの下にしまいこんだ。ポルノ写真を隠すように雑誌を隠した。

車を南に向けながらぼくはチャンスのことを考えていた。彼がなにを求めているのか、あるいはどんな言葉をかければいいのかわからないけれど、彼を引っ張りこみたくないことだけはたしかだ。〈キャリッジ・ルーム〉が近くなると、友人のことはしだいに頭から消え、このあとどうなるのかが気になりはじめた。シャーロットで殺人事件が発生した場合、〈キャリッジ・ルーム〉から半径二マイル以内である確率がとても高い。ドラッグがらみ。ギャングがらみ。ふたつにひとつだ。

店は赤煉瓦造りの平屋建てで、周囲の道路はアスファルトがひび割れていた。駐車場はバイクとピックアップトラックで埋めつくされていた。出入りする女たちはみな肌の露出が多い恰好で、男はほとんど革を着ていた。駐車場に立っていると、あやうく気が変わりそうになる。太陽が沈みかけ、闇が満ちてきていた。

ひとつ深呼吸して歩きだすと、ぼくに気づいた男三人がけわしい表情でにらんできた。ベストに縫いつけたワッペンには〝ペイガンズ〟ではなく〝ヘルズエンジェルス〟とあったけれど、誰も制止してこなかったので、ぼくは人混みをかきわけてカウンターに歩み寄り、バーテンダーが気づいてくれるのを待った。肩にタオルをかけた長身の男だった。「ここは坊やの来るところじゃないよ」

ぼくは五十ドル札を一枚ちらつかせた。「協力してくれるならこれをあげます」

「いいだろう」金が消えた。「用件は？」

ぼくは兄の命を救う気満々で口をひらいた。なにを言えばいいのか、わからなかった。

最初、バーテンダーはにやにやしていた。それも長くはつづかなかった。「五十ドルは大金だが、ものすごい大金というわけじゃない。あと十秒だけ待ってやろう」

「ぼくの兄はジェイソン・フレンチです」

「ほう、それで？」

「あの、兄のことを知ってますか？」

「かもな」

「しばらく前、この店に来たはずなんです。そのときに何人かのバイク乗りたちと喧嘩になった」

「まわりを見てみろ。喧嘩は日常茶飯事だし、バイク乗りも大勢いる」

「そのとき兄はタイラ・ノリスと一緒でした」

「ああ、あの女ね」

バーテンダーは目をぐるりとまわして首を振った。どういう意味にも取れるので、もうひと押しした。

「彼女が喧嘩の原因だったかもしれない。そう言えば、思い出してもらえますか？」

「タイラ・ノリスに、何人かのバイク乗りとの喧嘩ねえ」バーテンダーの顔から表情が消え、のっぺらぼうと化した。「話はここまでだ」

「金が足りないのなら……」ぼくは財布の中身を全部出し、カウンターに札を並べた。「六十三ドルあります。いまあるお金はこれで全部です」

バーテンダーは金に目をやったが、手を出さなかった。「ここから先には行かないほうがいいぞ、坊主。真面目な話だ」

「そのお金を受け取ってください。お願いします」

バーテンダーはいま一度、店内を見まわしたのち、世の中にうんざりしたというように肩をすくめた。

「兄さんなら知ってるし、タイラも知ってる。ふしだらな淫乱女だろ。それにたしかに、喧嘩が始まったとき、おれもここにいたよ。相手は五人に対し、きみの兄さんはたったひとりで立ち向かってた。おかげでこっちはテーブルがふたつ壊れ、グラスが三十個割れたがね。店内で始まったが、きみの兄さんがそこの窓から投げだされたあとは外に出ていった」

「喧嘩の原因はなんだったんですか？」

「知ってることは全部話した」

「それじゃまだ足りません」

「ったく、いいかげんに……」

「タイラが死んで、兄さんは刑務所に入れられた。おじさんならどうしますか」

「おいおい、おれはきみを助けようとしてるんだぜ」

「だったらお金を返してください」

ぼくは手を突きだしたけれど、相手は札に手をのばす仕種すら見せなかった。あらためて、こんなのはどうでもいいというように肩をすくめた。「しょうがないな、意地っ張りめ。どうなっても知らないからな。ここで待ってろ」

バーテンダーはぼくの手に瓶ビールを握らせると、のろのろとした足取りでカウンターの端まで移動した。年配の男が茶色い酒の入ったグラスを前に背中を丸めていた。バーテンダーは男にふたことみこと小声で伝え、すぐに戻ってきた。「きみが話をしたがってることと、用件をあの人に伝えた」

「ここで待っていればいいんですか？」

「自分の身が大事なら、家に帰ってさっさと寝ることだ。そうでないなら、ああ、ここで待っていろ」

でも、待つつもりはなかった。人混みをかきわけて近づいていくと、年配の男は思ったよりも若かった。六十歳か、もしかしたらぎりぎり五十歳でも通るかもしれない。それに思っていたよりも体が大きく、修理工みたいな手をしていた。あと五フィートのところまで近づくと、男は言った。「こんなところにいちゃいけない」

「いくつか質問したいだけです」

「最後のチャンスだぞ」

その直後、三つのことが同時に起こった。ぼくが口をひらきかける。一歩前に進み出る。強烈ですばやいパンチが飛んできて、ぼくが思わず体を半分に折る。年配の男の「外へ」のひとことで、ぼくは金属のドアから連れだされ、店の裏手の暗がりに移動させせられた。そこでどさりと落とされる。ぼくは必死で息をしようとした。

「こいつ、おれたちの知ってる顔か？」聞き覚えのない声が言った。

べつの声が言った。「兄貴に似てるな」

「兄貴って？」

「ジェイソン・フレンチ」

「本当か？」年配の男はぼくの髪をつかみ、よく見えるよう顔を上向かせた。「名前は？」

「ギビー……」声がかすれて言い直した。「ギビー・フレンチ」

男はさらに上向かせ、ぼくの顔に光を当てた。「いいか、よく聞け、ギビー・フレンチ。エンジェルスの問題はわたしの問題でもある。なぜわたしの問題に首を突っこんでくるのだ？」

「ぼくはただ、兄さんを助けたくて」

べつの声が言った。「タイラ・ノリス。切り刻まれて死んだ娘の件です」

「ああ、なるほど。タイラか。あの女のことなどなんとも思っていない」男がぼくから手を離し、頭がアスファルトに激突した。「おまえの兄貴が刑務所に入れられたこともどうでもいい。クラブのためになるならば、わたしのためにもなるんでね」

ぼくは仰向けになった。砂利と砂が肌に食いこんでくる。「兄さんは彼女を殺してない」

「ここの連中にとってはどうでもいいことだ」

「喧嘩のことで話を聞きたい」

「話を聞きたいだと？　それだけか？」

「それだけだし、それで充分だ」

「そうか、ならばいいことを教えよう、坊主」男はばか力でぼくを引っ張って立たせた。「ここはおしゃべりをするための場所ではない」

男に力いっぱい殴りつけられ、ぼくはまたも体を半分に折った。相手はさらに腕を上から下へと振りおろし、ぼくの顔に叩きつけた。ぼくは地面に倒れこみ、血がどくどく流れだした。

「立て」男は言った。

立ちあがろうとしたけれど、あまりにのろのろしていたせいで、あばらに蹴りをくらった。ドアがあく音が聞こえ、やせこけて顔色の悪いバーテンダーがぼくたちを見おろした。「おい、悪いが、できれば、ええと、ここではやめてくれないか？　おれにはこの仕事しかないんだよ。すでにくびにされかけてるんだ。それで思うんだが……そのガキが死んだら、警察だのなんだの……」

「なんだ、そんなことを心配してたのか」年配のバイク乗りの顔に嫌悪の表情がよぎった。「しょうがない。トラックを持ってこい。通りの先に移動する」

年配のバイク乗りが背を向けたのを見て、ぼくの脚が勝手に動いた。ぼくはベルトのところに肩からぶつかって、男の体を壁に叩きつけた。目に血が入ってよく見えなかったけれど、年配の男がどこにいるかは感覚でわかった。あばらに見事なパンチを二発、顔に何発か決めたところで引き離された。全身で抵抗したものの、唇が切れたのがわかった。気がつくとぼくは地面に倒され、十ものブーツに激しく蹴られ、よけようにもよけられなくなっていた。ブーツに繰り返し蹴られるうち、世界がひとつに収束していった。

最初は痛み。

次はトラック。

最後は側溝。

23

　街の反対側ではギビーの両親が夫婦ふたりだけの遅い夕食をとっていた。フレンチは帰ってこない息子に腹をたてていたが、その怒りに妻が反応しないことに安堵していた。妻は声をあげて笑い、夫の手に触れ、この五年というもの、すっかり姿を消していたほほえみで唇が輝いていた。ワインを注ぎながらフレンチは訊いた。「今夜はずいぶんと機嫌がいいが、どうしたんだ？」

　妻は妙におずおずとした様子で首を横に振った。

「その話をするのはちょっとうしろめたいわ」

「機嫌がいいのはけっこうじゃないか」

「でもジェイソンはいまも……あの子はいまも……」

「スイートハート、ジェイソンのことはおれたちにはどうにもできない。おれたちがなにを信じようが、あるいは信じたいと思おうが、あとは司法が決めることだ」

「あなたはなにを信じているの？」

　その訊き方がひどくひかえめだったので、フレンチには妻が幼く見えた。彼は妻の手に自分の手を重ねた。

「今夜はおまえの話をしたい」妻は顔をそむけたが、そのひとことに心をくすぐられたのはあきらかだった。

「新鮮な感じがするよ――いま、この瞬間が。失いたくないんだ。おれの顔を見て。考えていることを教えてくれ」

「話したら、きっと嫌われるわ」

「そんなことはない」

「でも、絶対に嫌われる。そうに決まってる」彼女は目を伏せ、まつげに涙がひと粒光るのが見えた。「ずっとつらかった……」

「だが、いまは幸せなんだろう？　その理由を教えてくれないか？」

「怒らない？」

「絶対に」

　顔をあげると、彼女の濡れた目に信頼の念が満ちあふれていた。顔と顔がくっつきそうなほど身を乗りだすと、にこやかにささやいた。「彼を感じなくなったの」

「どういう意味だ？」

「心にあの子を感じないのよ。ジェイソンを」彼女は言い、また子どもっぽい笑みを浮かべた。

　妻を寝室に連れていったずっとあとまで、このときの光景がフレンチの心にまとわりついた。暗いなかで妻の隣に横たわりながら、自分の悔恨の念と向き合った。

　おれは息子のなにを信じているのか？


　ジェイソンの逮捕以来、フレンチはできるかぎり自分の周囲に壁を築き、感情と距離をおいてきたが、いまになって思えば批判的思考とも距離をおいていたのだ。距離をおくことで身の安全を守ってきたわけだが、周囲に築いた壁の基礎部分に亀裂があるのも感じていた。そんな彼の砦(とりで)を揺るがしたのが妻だった。

　心にあの子を感じないのよ……。

　フレンチもわが身を守る必要性は理解するが、よりやっかいな真実からこれ以上逃げているわけにはいかない。息子の記憶がいまも大量に頭のなかに残っている。生まれたときの思い出、小さかった手。そっと起きあがり、罪悪感を抱えて書斎に移動し、明かりはつけずに手探りでパートナーの電話番号をまわした。

「まだ起きてたか？」

「もちろん」

「いまからそっちへ行く」

車で街を突っ切りながら、フレンチは父親であると同時に警官として考えていた。

本当にあいつの犯行なのか？

ありえない。

しかし、もしかしたら……。

そしてひとつの結論にたどり着いた。

「やあ、ケン。遅くに悪い」

「気にするな」バークロウはうしろにさがり、フレンチをなかに入れ、なにも訊かずに飲み物を用意した。「飲め。ずいぶんと疲れた顔をしているぞ。大丈夫か？」

「やっとわかったんだよ」

「ジェイソンのことか？」

「なにもかもだ」

フレンチは妻の件には触れなかった。乳幼児レベルにまで退化した喜び方をしたことは、個人的すぎて話せなかった。

「それで」バークロウはくたびれた革の椅子に巨体を沈め、低いテーブルをはさんで向かい合った。「おれにどうしろと？」

「頼みがある」

「言ってみろ」

本能による率直な反応だった。フレンチが人を殺したら、バークロウはわめきちらし、あしざまにののしるだろうが、けっきょくは死体を埋めるのを手伝うはずだ。ふたりはそういう友情で結ばれていた。「以前、国防総省にいる友だちの話をしてくれたよな。その男が戦争にはありきたりのものとありきたりでないものがあり、ジェイソンが戦ったのは後者だと言ったとか」

「クリス・エリス。かなりのお偉いさんだ」

「親しいのか？」

「おまえと同じくらいいな。頼みとは、そいつのことか？」

「ジェイソンのことをきちんと知らなくてはと思ってね」

バークロウは即座に立ちあがり、にこりともせずに言った。「ちょっと待ってろ」彼は奥の寝室に行き、マニラ封筒を脇に抱えて戻ってきた。それをふたりがはさんでいるテーブルにぽんと置いた。

国防総省
部外秘

その下にジェイソンの名前と階級、シリアルナンバーが記されていた。「ジェイソンの軍歴の資料だ」バークロウはまた腰をおろし、ウイスキーの入ったグラスを手に取った。「いつか必要になると思ってな」

「しかし……いったいいつ？」

「きのう電話をかけた。夜のうちに車で受け取ってきた」フレンチは存命している上の息子の人生をのぞきこむのを恐れるように、資料から顔を遠ざけた。「大半は機密情報だ。これを持ってるのがばれたら、ふたりともやばいことになる。それも連邦犯罪だ」バークロウはまたウイスキーに口をつけた。「中身を目にする覚悟は本当にできているんだな？」

覚悟はできているつもりだったが、いまは自信がない。二十九人を殺害したと話に聞いているが、もしかしたら五十人、あるいは百人かもしれない。フレンチもバークロウも戦争というものをよく知っており、もっと悲惨な状況があってもおかしくないとわかっている。友軍による誤爆。民間人の殺害。秘密作戦。

すべての殺害がフェアなわけではない。

「彼女が発見されたあと」フレンチは言った。「タイラのことだ。善良な人間をむごい犯罪に駆り立てる要因としてどんなものが考えられるかと、監察医に質問した。どうすればひとりの人間があんなにもおぞましく、もとに戻れないほど壊れてしまうのかと。監察医は、とても大きなきっかけだろうと答えた」

「で、おまえは、戦争のせいではないかと考えたわけか」

「それより大きなものに心あたりはあるか？」

　ふたりは黙りこみ、それぞれの戦争の記憶にひたっていたが、その静けさのなか、電話が鳴り、あまりのけたたましさにフレンチもバークロウもびくりとした。バークロウは受話器を取り、相手の話に耳をすました。

「ああ、うちにいる。ちょっと待ってくれ」

　彼は受話器を差し出した。

「フレンチ刑事だが」

「フレンチ刑事、こんばんは。通信指令係のローレンです。遅い時間にお電話してすみません。ご自宅にかけたのですが、どなたも出なくて」

「いいんだ、ローレン。どうかしたのか？」

「残念ですが、またよくないお知らせがあります」

「だったら、さっさと言ってくれ」

「はい。四分前、南地区の工業地帯を担当しているパトロール班から無線連絡がありました。息子さんが殴られて気を失っている状態で見つかったそうです。〈キャリッジ・ルーム〉から二百ヤード離れたところの側溝に、顔から突っこんだ状態だったそうです。現在はしゃきっとしているとのことで、病院での治療を拒んでいます。パトロール警官はいまも現場にいますが、彼らによれば、怪我の状態はかなりひどいとのことです。救急隊を派遣してもいいですが、ここ数日の報道などを考えると、あまり事を荒立てないほうがいいのではと思いまして」

　フレンチは声が、部屋が遠ざかっていくのを感じた。寝不足、あるいはウイスキーを飲んだせいかもしれないが、いま聞いた話はまったく筋が通らない。「身元がまちがっていると思うのだが。ジェイソンならレーンズワース刑務所に勾留されている」

「すみません、フレンチ刑事。息子さんというのはジェイソンじゃないんです」

フレンチはバークロウを助手席に乗せ、車を飛ばした。ボンネットの下でエンジンが悲鳴をあげている。屋根で赤い回転灯が光っている。「途中で事故にあったらギビーを助けようにも助けられなくなるぞ」丘をのぼりきったところで、車が上下に大きく揺れた。「あせるなって。おれたちの仲間がついてるじゃないか」

それでもアクセルを踏む足がゆるむことはなかった。なにを言ってもだめだった。

「ビル、スピードを落とせ。落とせと言ってるだろう」車は交差点に近づいており、信号は点滅でない赤だ。「なにをしやがる」

バークロウが不安に思う気持ちはよくわかるが、フレンチの心のなかでは荒々しい感情が渦巻いていた。

「あいつはいままでのあいつじゃないんだ、ケン。ちがう人間になりつつある」

「おまえの息子はちがう人間になりつつある。それはわかった。スピードを落としてその話をしよう」

フレンチはタイヤを横滑りさせながら右に急ハンドルを切った。路面にタイヤの跡が黒々と残る。「ジェイソンのせいだ」彼は言った。「あいつが反抗的で邪悪なものの蓋をあけてしまったんだ。ギビーの目を見てみろ。おれたち夫婦を、自分のこれまでの人生を見る目がまったく別人のものになっている。あいつはいま、むきになっているんだよ」

「とりあえず無事に現場に着くことを優先して、なにがどうなってるのかはそのあと考えることにしたらどうだ？」

受け入れがたい提案だったが、フレンチは速度をゆるめ、事故を起こすことなく街の反対側にたどり着いた。わびしい界隈だった。ほかに選択肢がない、あるいはドラッグが入手しやすく、金で性欲を満たせ、自分をなくすことができる場所だからという理由で住むような地域だった。

ギビーがこんなところにいるはずがない……。

しかし、たしかにいた。四ブロック先の明かりが見えた。光は闇を切り裂き、地面に色をつけていた。息子は縁石に腰をおろしていたが、彼も色がついているように見えた。濡れたような赤、ところどころに黒。

「頭部を怪我したようだな。その場合、おまえも知ってのとおり、出血がひどくなる」

フレンチはなんとも答えなかった。四車線道路を突っ切り、タイヤから煙があがるほど急激にとまった。がらんとした駐車場のへりに警官がひとり立っていた。その先に〈キャリッジ・ルーム〉が見える。フレンチが車を降りると、警官は言った。「親父さんの到着だ」

「なにがあった？」

「袋だたきにされたあげく、側溝に置き去りにされたようです。われわれが見つけたときは、すでに自力で這い出てました。そのときは白人か黒人か、男か女かもわからない状態で。血と泥と側溝の水にまみれてたもので」

「ギビー、大丈夫か？」フレンチは膝をついたが、息子は目をそらした。「怪我はどんな具合なんだ？」フレンチは制服警官を振り返った。

「切り傷と打ち身、もしかしたらあばら骨もいくらか損傷しているかもしれません。血の大半は頭皮に負った切り傷からのものです。おそらく、地面に倒され、こっぴどく蹴られたんでしょう。ですが、すべてが息子さんの血とは思えません。息子さんもいくらか反撃したようです」

「息子はなんと言っている？」

「親父さんには連絡してほしくないと」

「だが、意識ははっきりしているんだね？」

「そうでなかったら、わたしみずから搬送してますよ」

「そうか、すまんな。ふたりとも」

制服警官はギビーのわきにしゃがみ、片手を彼の肩に置いた。「親父さんはきみにとってどうするのがいちばんいいか、よくわかっている。病院。医者の診察。親父さんの言うことを聞けよ。そしてちゃんと話をするんだ」

「はい、わかりました」

言葉ははっきりしているし、頭が混乱している様子もない。それだけでもよかった。いや、そうじゃない、それで充分だ。パトロールカーがいなくなると、フレンチは息子の隣に、肩が触れそうなほど近くに腰をおろした。「なにがあったか覚えているか？」

「その話はしたくない」

「もう少しまともな答えを返したらどうなんだ？」

ギビーが肩をすくめ、フレンチはパートナーと目を合わせた。

反抗。

危険。

「〈キャリッジ・ルーム〉に行ったのか？　おまえをこんな目にあわせた連中はそこの客なのか？　見れば連中だとわかるか？」それでも、なにも返ってこない。

「ジェイソンが関係してるのか？」

「もう家に帰っていい？」

「だめだ、坊主。病院だ。行くぞ」

フレンチは息子を車の後部座席にすわらせ、〈キャリッジ・ハウス〉の様子をうかがいながらUターンした。三ブロック以内で唯一営業している店だった。知りたいことが山ほどあるが、答えが得られるとしたらここだ。ドアを蹴りあけ、店内をめちゃくちゃにしてやりたいところだ。

「落ち着け、ビル」バークロウが小声で言った。「あとでまた来ればいい」

救急救命室に着くと、ギビーは自分の足で歩いたが、動きがぎくしゃくしていた。フレンチは医師と話し、手早くサインをした。「なにがあったか息子が話したら、教えてほしい」

「医者には患者の秘密を保持する義務があるんですよ、刑事さん」

「おれの息子だぞ」

「息子さんは十八歳です」

「とにかくできるだけのことをしてくれ、先生。応急手当をする。見てくれのひどいところを隠す。いまのままでは母親が卒倒しかねない。包帯を巻いたところで、いまより悪くなることはあるまい」

雑用係がギビーを車椅子に乗せ、両開きドアに向かって押していった。「ここで待ってるからな、坊主」

ギビーは返事をせず、振り返りもしなかった。彼が見えなくなると、バークロウが言った。「まだショックが抜けきらないんだよ。少し時間をやれ」

「こっちは時間がないんだ」

「不安だからそう思うだけだ」

「なぜあいつは〈キャリッジ・ルーム〉なんかに行ったんだ？　というか、そもそも、どうして街のあっち側なんかに？　ジェイソンに関係あるに決まっている」フレンチはじっと立っていられず、もぞもぞと動いた。「あまり時間がたたないうちに調べないとな。目撃者を見つけ、ギビーの車がどこにあるかもつかむ必要がある。こんなことをしたくそったれを見つけだしてやる」

「だったら、行こうぜ。さっさとやろう」

「ここで待ってるとギビーに言ってしまったんだ。置いてけぼりにするわけにはいかない」

「おれが残る。おれが家まで連れ帰ってやる」

「ほう？」

「おまえはいま殻を脱ぎ捨てようとしてる。やるべきと思ったことをやれ。だが、〈キャリッジ・ルーム〉に行くなら応援を要請しろよ。ひとりで乗りこむようなまねはするな」

バークロウの提案が麻薬のように全身に行きわたった。とにかく行動し、あのバーから犯人をしょっぴいてやる。

「最後にもうひとつ言っておく」バークロウはパートナーの肩に手を置いた。「若者は反抗するものだ。世間を、父親をためそうとする。それも成長の一環なんだ」

「そんなことはわかってるよ、ケン。ほかにもふたり育てたんだ」

「おれが言いたいのは、普通の子どもなら何年も前に反抗してたはずだってことだ。いいとか悪いとかじゃなく、おまえとガブリエルはあの子を箱入り状態にしてきた。隔離することでおとなしくさせてきた」

「おまえの言うとおりかもしれない。今度のことはおれのせいなのかもな」

「いいか、よく聞け、相棒。血の通った子どもにとって、反抗は自然のことだ。ジェイソンがそそのかしたかどうかは関係ない。同じことはおまえの育て方にも言える。原因は女の子、あるいは卒業といった他愛のないものかもしれない。あるいは、単にいまがちょうど殻を破るタイミングだったのかもしれない。おまえは頭にきているようだが、口を閉ざしているのだって……反抗心の表われなんだ。悪く取らないでやってくれ」

フレンチもその理屈は理解できたが、理解できたところでなんの役にも立たなかった。どうしても理由と犯人を突きとめたかった。

息子があの界隈にいた理由はなんなのか。息子を血まみれになるまで踏みつけ、側溝に置き去りにしたのは誰なのか。

車に乗りこむと、フレンチは通信指令係に連絡を入れ、〈キャリッジ・ルーム〉に応援を要請すると同時に、ギビーのマスタングの捜索を依頼した。車はどこかよそにとめたか、処分されたかしたはずだ。どこにあるかを突きとめれば、いろんなことがわかってくる。連絡を終えると、またも猛スピードで街の危険な地域に向かった。到着したときには午前零時をまわっていて、いかにもその時間帯らしい雰囲気になっていた。〈キャリッジ・ルーム〉ですら閑散とし、駐車場にとまっている車はほんの数台、外には人っ子ひとりいなかった。フレンチは五十ヤード離れたところから様子をうかがったのち、そろそろと車を動かした。暗がりにパトロールカーらしき影が見え、パッシングして合図した。隣に車をとめると、側溝に浸かっていたギビーを発見したのと同じ警官ふたりだった。運転席のほうの警官が声をかけてきた。「息子さんはどうですか?」

「まだ病院で診てもらってるところだ」

「なにがあったか話してくれました?」

「まだだ。きみたちはいつからここに?」

「八分前ですかね。十分前かもしれません」

「なにか動きはあったか？」

「なかにいるのはバーテンダー、それとやせっぽちの若い娘が掃除をしてます。酔っ払った年寄りふたりが、カウンターに突っ伏して寝ているようです。動きといったらそれくらいですかね」

フレンチは店と、周囲の闇に目をこらした。静かなのは危険な場合もあるが、いまはそういう印象を受けなかった。「さっきとはずいぶん様子がちがうな」

「息子さんを発見してから二時間たってますからね。青のライト。赤い回転灯。びびって帰った者もいたでしょう」

「ああ。そうかもしれん」

「あの、すみません」制服警官はあけたウインドウに片腕をかけた。「そちらのやりたいようにやってもらってかまいませんが、本当にわれわれも必要なんですかね。バーテンダーと酔っ払いの年寄りふたりですよ」

無理もない。シフトが終わる時間。長い夜。「かまわんよ。ふたりとも家に帰っていい」フレンチはふたりが去るのを見送ってから、自分の車をロックし、バーに向かった。なかの明かりはついていて、ジュークボックスでレコードがかかっていた。

オールマン・ブラザーズ。

「時はもう無駄にできない」

バーの状況に関する制服警官たちの見立ては正しかった。客のひとりは寝入っている。もうひとりは力なくすわりこみ、バドワイザーの瓶のラベルをはがそうとしていた。ほうきを持ったやせっぽちの娘が右奥で床を掃除中で、くるりとまわり終えたところで、さっきまで誰もいなかったはずのところに見知らぬ男が立っているのを見て驚きの表情を浮かべた。

「ここのバーテンダーを捜している」フレンチが警察バッジを見せると、若い女はあけっぱなしのドアを指さした。そこへ奥から男が現われた。長身で肩幅がせまく、フレンチはどこかで見たような気がした。丸顔の男は十二缶パックを小脇に抱え、もう片方の手でウォッカのボトル二本を首のところでつかんでいた。

「もう閉店です」男は言った。

「外の看板には営業中とあったぞ」

「警官はお断りなんでね」バーテンダーはウォッカのボトルをカウンターに置き、ほうきを持った娘に怒鳴った。「目を床に向けろ、ジャネル。ほうきは自動で掃いてはくれないぞ」

ジャネルはダンスなしで、ぎくしゃくと動きはじめた。フレンチはカウンターの奥に銃があるとにらみ、上着の裾をうしろに払い、腰に差したリボルバーをのぞかせた。

こちらの意図をはっきり伝えるために。

確実を期すために。

店の奥へと進みながら、彼は全員に目を配ったが、とくにバーテンダーからは目を離さなかった。十年か十二年前にどこかで見た記憶がある。彼は指をぱちんと鳴らした。「やあ。芝刈り機男」

バーテンダーはひとにらみして首を横に振った。

しかしフレンチの記憶はまちがっていなかった。名前は思い出せないが、一九六一年の春、この男はばかな仲間数人とともに深夜のスーパーマーケットに強盗に入り、乗用型の芝刈り機に乗って逃げようとした。フレンチが一マイルほど先で捕まえたとき、彼らの手には現金と盗んだビールがあったが、笑えることに芝刈り機はガス欠していた。

勾留手続きをした警官たちは、その話題でおおいに盛りあがった。

地元新聞も同様だった。

フレンチは言った。「あのときは楽しかったな」しかし、表情はちがうことを言っていた。相手を不安にさせたかった。だから、無辜の人間を殴って自白に追いこんだあと、こぶしについた血が乾く間もなく、子どもをアイスクリーム屋に連れていくような警官なんだぞという気迫を目にこめた。「この少年なんだが」

フレンチは写真をカウンターに置いた。「今夜、来なかったか?」

「見たことのない顔ですね」

「何者かがこの少年を半殺しになるまで叩きのめし、おたくの入り口から二百ヤード離れた側溝に置き去りにしたんだが」

「そこのドアから外でなにがあっても、おれには関係ありませんよ」

「それがな、芝刈り機男、その少年はおれの息子なんだ。この純然たる事実をわざわざ告げたのは、この件でおれにうそをつくやつにはどんな災いが降り注ぐか想像がつくよう考えてのことだ。ことを面倒にしないほうが身のためだ。今夜はな。おれの目の前ではな。さて、もう一度、写真を見てもらおうか」

「そんな必要はないですよ」

「見たほうがいい」

「さっきも言ったでしょう。当店は警官おことわりなんです」

バーテンダーはうしろを向きかけたが、フレンチは男の手首をつかみ、カウンターのなかほどまでぐいと引き寄せた。相手は抵抗したが、フレンチは恐怖を感じることで強くなるタイプで、いまの彼は息子の身を案じていた。「三つ、質問がある」彼は言った。「だから、この写真をよく見てほしい」彼は片手で写真をかかげ、バーテンダーの手首の骨がぎしぎしいうほど強く、もう片方の手に力をこめた。「おれの息子はここに来たのか。なんの用で来たのか。誰と一緒だったのか」矢継ぎ早に質問を繰り出したが、それは恐怖の裏返しだった。「最初の質問からいこう。この若い男は今夜、ここに来たのか？」

「来てない。来てないって。くそ、やめろ」骨のきしむ音がはっきりと聞こえた。「ガキなんか来てない。今夜は来てない。本当だって。よせ、骨が折れちまう！」

「その答えを額面どおりには受け取れないな」

「なんでおれがうそなんかつく？」さらに強くひねっていくと、骨がはずれたのがわかった。「うそだろ！畜生！」

圧力をかけつづけるうち、バーテンダーの目に涙がにじみはじめた。「あんたらはどうだ？」フレンチは攻撃の矛先をカウンターの酔っ払いふたりに向けた。ひとりが縮みあがって首を振った。もうひとりはスツールの背中側から落ちて、出口に向かって駆けだし、二度つまずいたのちにフレンチにうしろから転ばされ、膝で背中を押さえつけられた。「どうして逃げる？なにをそんなに恐れてる？」

年配の酔っ払いは貧相な体格で弱々しかったが、フレンチの内なる野獣はすでに解き放たれていた。「写真を見ろ」彼は老人の顔に突きつけた。顎をつかみ、無理に前を向かせる。「これを見ろと言ってるんだ！　この少年はここに来たんだろう？」指が頬ひげともろい骨を圧迫する。老人の腹の底から苦悶の音が漏れるが、答えは絶対にここにある。フレンチは必要とあれば、腹を裂いてでもこの手におさめてみせるつもりだった。バーテンダー。老人ふたり。心の暗い部分では、あの娘に手を出すのもしかたがないと考えていた。

「この少年はここにいたのか？　誰と一緒だった？」

老人が泣きじゃくりはじめた。「もう一度訊く……」

「やめてよ、お願い！　痛がってるでしょ！」

声の主はさっきの娘で、顔は青ざめ、怯えていた。ひょろりとした体形で、両手を胸のところに置いている。

「その人はしゃべれないの。見てわかんない？　生まれつきなのよ」

娘が自分の口に手をやったのを見て、フレンチは老人を見おろした。やせこけた年寄りの酔っ払いは怯えた目を見ひらき、よだれを垂らしながら舌のない口を動かしている。

フレンチは自分の恐怖と怒りの激しさに、背後にしたがえた野獣の存在に愕然とし、思わずうしろによろけた。謝りたかったが、なにを言ったところで充分でないのはわかっていた。しかたなくてのひらを見せながらあとずさりし、やがて夜の空気と静けさと自分の車のなかに逆戻りした。店内の連中が逃げだしていくのを運転席からながめていた。まずは老人ふたりが転げるように出ていき、つづいてバーテンダーが走り去り、最後に若い娘が店舗のドアに施錠したのち、煙草を振りだしてくわえた。彼女は煙草を半分ほど吸ったところでようやく警察の車に気づき、フレンチのほうに歩きだした。フレンチも近づいてくる彼女をじっと見ていた。華奢な腰。翳りのある目。怯えていたとしても、おもてにはいっさい出ていない。彼女は車の屋根に片手を置き、なかをのぞきこんだ。フレンチはなにを言っていいかわからず、いかにも警官らしいことを言った。「こんな場所でひとりで戸締まりするのは感心しないな。あぶないぞ」

「いつもならしない。けど、刑事さんがうちのバーテンダーをびびらせちゃったから」

間近で見ると、娘は美人で、第一印象よりも若く、まだ十八歳くらいのようだ。「さっきの件だが……」

「かっとなってわれを忘れちゃったんでしょ。うん、ちゃんと見てた」

「あの男は大丈夫か？」

「トムじいさんのこと？　見た目よりもずっとタフだよ」

「常連なのか？」

「雨みたいにね」

娘はさらに煙草を吸い、フレンチを値踏みするようにながめた。なにか起こりそうな気がするが、頭がまともに働かない。さっきの彼の行動、われを忘れるほどの怒り。娘はまだ、灰色とも紺色ともつかない目で彼を見つめている。「きみはいくつなんだ？」フレンチは訊いた。

「十八」

「ご両親はきみがこういう店で働いているのを知っているのか？」

「知ってたらなんなの？」娘は煙草をくわえたまま顔をしかめた。「いまさらいい警官を演じるつもり？」

「この店から遺体を回収したことがある。きみが勤めはじめるより前のことだが、一度や二度じゃない」

娘は内心おもしろがっているように肩をすくめた。

「あたしがあぶない目にあう心配なんかないよ」

「それはわからんぞ」

「あたしの父さんはこの店のために十年くらってるんだ。中央刑務所にいる」

「それでここに？」

「簡単に金になるし、さっきも言ったと思うけど、この州にいるすべてのヘルズエンジェルスに追われる覚悟がないかぎり、誰もあたしに手出しなんかしないよ」

「ここはメンバー専用のバーなのか？」

「イエスでもありノーでもある。週に二晩だけそうなる」

「バーテンダーは？」

「ただのファン」

フレンチは気分がだいぶよくなってきていた。「ジャネルといったね？」

「そうだよ」

「なにかしてやれることはないかな、ジャネル？」

彼女は顔をそむけ、唇をかんだのだろう、小さな歯がのぞいた。「写真の子は本当にあんたの息子？」

「ということは、やはりあいつは来たんだな。なにがあったか見てたかい？」

「たれこむようなまねはしないよ。ただ、見かけたってだけ」

「で……？」

「歳はあたしと同じくらいで、キュートで、わりとハンサムだった」

「あいつはあやうく死ぬところだったんだ。すぐそこの側溝で、頭を蹴られ、ごみみたいに捨てられていた」ジャネルはかぶりを振り、さっきと同じ暮色の目を見せた。「ここにはおれたちしかいないじゃないか、ジャネル。おれたちふたりだけだ。まわりには誰もいない」彼女はまだためらっていたが、あと少しで落とせるところまできていた。「きみが側溝で死にかけたら、お父さんはどうすると思う？　どうしてほしい？　おれの息子はまだ十八だ。きみと同い年で……」

「んもう、わかったよ。そのくらいにして」彼女はあたらしい煙草に火をつけた。「言っておくけど、さっきも言ったように、仕事中にあの子を見かけて、ちょっと気になったわけ。かっこよかったし。なんか思いつめた顔をしてたな。最初から最後まで聞こえたわけじゃないけど、タイラ・ノリスのことを質問して……」

「タイラ・ノリス。たしかにその名前を言ったんだね？」

「ちょっと、あたしはたれこみ屋じゃないけど、ばかでもないからね。あの子が尋ねてたのはタイラ・ノリスのことだったし――ちゃんとこの耳で聞いたんだから――殺される前のあのくそ女は、最低最悪の尻軽の淫売だった。バイク乗り。トラックの運転手。おまわりも相手にしてた」彼女は片目を半分つぶり、煙草でフレンチを示した。「だからあんたの息子は叩きのめされたんだと思うよ」

一時間後、フレンチは自宅のドライブウェイからギビーの部屋の明かりを見あげていた。息子の顔を見て、無事を確認したくてたまらなかったが、それと同時にタイラ・ノリスと〈キャリッジ・ルーム〉のことを問いつめたくてたまらなかった。しかし、時間をおくのも大切だと自分に言い聞かせた。わだかまる気持ちを解きほぐし、怒りをおさめよう。そこで書斎に行き、酒を注ぎ、ジェイソンの軍務記録をデスクに置いて、酒を飲み終えるまで封筒をじっと見つめた。

午前三時。

黒々とした気持ちの大半が消えてなくなった。

決意を鈍らせまいとひとつ深呼吸し、封を切って読みはじめた。写真と読みやすい活字にすべてがおさめられていた。失われた歳月と戦争、真ん中の息子の人生。一時間かけてファイルにざっと目を通し、さらに二時間かけて、ゆっくり再読した。明かりを消し、息子と彼が戦った戦争の闇を理解しようとつとめた。たやすいことではなかった。はっきりとした道筋などなかった。フレンチはぐったりとしてみじめな気分を味わったが、太陽がのぼってもまだ驚きのあまり呆然としてデスクの前にすわっていた。

24

ジェイソンは固い作りつけ寝台で目を覚ましたが、窓がなくてもまだ夜明け前だとわかる。戦争と刑務所のリズムが体に染みついているのだ。あまりに多くの流血の夜明けと死んだ友人たち。暗いなかで腕立て伏せとストレッチをおこない、四十分間、トレーニングをした。武装偵察部隊(フォース・リーコン)所属の全海兵隊員に教えられる近接格闘のテクニック——一九五六年にビル・ミラーによって完成された、沖縄空手、柔道、テコンドー、柔術を組み合わせたもの——だけでなく、南ヴェトナム軍の大佐から二年にわたって教わったヴァン・アン・ファイとボビナムというふたつのヴェトナム武術を組み合わせた効果抜群の動きも取り入れた。流れるようにすばやく、正確に動く。汗がしたたるまでつづけていると、死刑囚監房のある建物に連れ戻すべく看守がやってきた。ひとりは知っている。クドラヴェッツだ。もうひとりはX担当になってまだ日が浅かった。ふたりの看守は黙々とジェイソンに手枷と足枷を装着し、長い移動のあいだもまったくしゃべらなかった。しゃべる必要などなかった。死刑囚監房に到着すると、ジェイソンは拘束具をはずされ、Xのもとに向かわされた。

「おはよう、ジェイソン」

ジェイソンが最後の階段をおりると、Xが石造りのアーチの下に立っていた。「少し早いんじゃないのか」

「だが、きみが最初の訪問者ではない」

ジェイソンが顔をしかめたのは、Xがやることにはすべて理由があり、言うことにもすべて理由があるからだ。Xとしては最初の訪問者が誰だったのか訊いてほしかったのだろうが、ジェイソンは尋ねなかった。

やがてXは肩をすくめた。「リースのことは覚えているだろうね。愚鈍であることはいなめないし、行動が予想しやすい男だ。まあ、そんなことが重要になる局面があるとは思えないが」

ジェイソンはまだ、状況を見極めようとしていた。笑顔。渋面。この地下二階の部屋では、それらがあたりまえのことを意味するのはまれだ。「なぜおれがここにいるのか、さっさと話したらどうだ」

「きみがここにいるのは、きのうが物足りなかったからだ。不満を抱えたまま寝床に入り、もう一度やるべきだと思いながら目覚めたからだ」Xは監房のほうを向き、ジェイソンは警戒心を解かずについていった。二番めの監房の前まで来ると、Xは朝食が用意されたテーブルを示した。「ベーコンエッグ、グレープフルーツにペストリー。蜂蜜(はちみつ)は所長の奥さんからの差し入れだ。養蜂を始めたらしい」

椅子を勧められ、ジェイソンはぎこちなくすわると、向かい側の椅子にすわるXを観察した。ひげをきれいに剃り、めかしこんでいるが、顔は傷だらけで絆創膏が目立ち、指の関節の皮がむけていた。Xは視線を注がれているのに気づき、もう一度肩をすくめた。「ゆうべ遅く、ペイガンズのひとりと対戦したものでね。たしか、名前はパターソンだったと思う」

「パターソンだった？」

「パターソンだった。いや、パターソンだ、だな」

「なぜペイガンズのメンバーを選んだ？」

「残された日々をひっそり過ごしてもよかったのだが、いろいろ聞こえてくるものでね。ペイガンズの何人かが不満を漏らす声が。彼らはきみがクラブのものを盗み、リーダー格のひとりに何発か撃ちこんだと思っているようだった。それで、きみがわたしの保護下にあることを教えてやったというわけだ」

「だからおれを呼びつけたのか？　礼を言わせるために？」

「とりあえず、朝食をごちそうするためだ。そのあとは……」Xは両手をひろげた。「対話。議論。残された日々に何度か手合わせをする」

「対話と議論ね」

「率直な対話。活気あふれる議論」

「たかが会話をするために、タイラを殺させたのか？」

「それもある」Xはここで初めて顔をしかめ、かぶりを振った。「しかし、あの女が残酷で自分勝手で見栄っ張りで、生きているのが無駄な存在だったからでもある」

「おれの人生はどうなんだ？」

「きみが失うのはそのうちの数日だ。たいしたことはない」

「それはちがうな、X。数日のわけがない。おれはあんたが殺されたあともずっとここから出られない。電気が点滅するのもここで見ることになる。十年後もやはりここにいるだろう。そうなるよう手をまわしたじゃないか。写真。凶器」

「ああ、まあな……」Xはふたりぶんのコーヒーを注いだ。「これだけつき合ってきたのだから、わたしがいい人間でないのはわかっているだろうに」

Xはカップを持ちあげたが、こともなげなその仕種を見たとたん、ジェイソンは怒りを抑えておくことができなくなった。

タイラの死。

彼の自由。

Xはジェイソンの表情から心の葛藤を見てとったものの、素知らぬふりで話をつづけた。「もう一度訊くが、ジェイソン。ここを出てどのくらいになる？」

「二カ月と九日」

「その間、わたしのことを思い出したことはあったのか？　わたしがあえて教えたことはべつにして、ここに来るまえのわたしの人生に興味を持ったことは？　新聞記事や記録資料を検索したかね？　公的記録はそれこそ膨大（ぼうだい）な量になるが」

「答えはノーだ」ジェイソンは口をきつく結んだ。「ここを出たときには、あんたの人生とあんたが殺した人間について、知るべきことはすべて知っていた。あんたから聞いた話の半分を忘れたとしても、充分すぎるくらい知ってることに変わりはない」

「わたしがどのようにして捕まったかは知っているか？」

実際のところ、刑務所以前のXの人生について、ジェイソンは多くのことを知っていた。さっきはああ答えたが、ドキュメンタリー番組も観たし、報道された記事や警察の事情聴取、つやつやした表紙の雑誌に掲載された詳細な人物像も読んでいた。もちろん、事実をすべてつかんでいるジャーナリストなどいないし、Xが実際には何人殺したのか正確に知っている警官もいない。しかしジェイソンは全員の名前をあげることができる。どんな外見だったか、どんな死に方をしたか、Xがどのような揺らめく命の炎に蛾のように吸い寄せられたか。ジェイソンは被害者の最期の言葉も、どんなふうに命乞いをしたかも、彼らがなにを感じ、どんなにおいを嗅いだかも、一度などXがまだ脈打っている心臓をなめた――塩味がして、生暖かいビニールのような感触だった――ことも知っていた。

警察はついにXの尻尾をつかんだわけだが、そうとう自信過剰な者でさえ、あれはまぐれあたりか、神の思し召しだと打ち明けたものだ。

これがなければ……。

もしあれがなければ……。

ここでジェイソンとしては首をひねらざるをえない。Xのほうからこの話題を持ちだしてきた。つまり、彼は心のどこかでその話をしたいと思っている。あるいは、もっと大きな計画の一部なのかもしれない。

間違った誘導。

気晴らし。

Xの大きな強みは、目指すものが自分だけのものであり、それを知られることがない点だ。彼は六カ月かけてたった一度の邂逅を計画し、そうかと思えば、最終的には相手を死に追いやるような何週間にもわたる拷問が、一瞬にしてひらめくこともある。それは、この地下二階でも変わらない。当然と見なせるものはひとつもない。額面通りなどというものは存在しない。

「警察はどうやってあんたをとらえたんだ?」

「わたしの昔話など聞きたくないかと思っていたが」

「そのとおりだ。しかし、持ちだしたのはそっちだ」

「聞いても退屈なだけだ。もう昔のことだしな」彼はそれを強調するように煙草を持つ手を振った。「ビジネスの話に移ろう。リースがわけあって訪ねてきた。きみも同じだ」

「対話と議論?」

Xはその言い方が気に入らなかったが、目くじらを立てることはなかった。「正直な対話」彼は言った。「活発な議論。わたしときみが戦うときには、それと同様の気迫と熱意で頼む。きのうは首をかしげざるをえなかった」Xは片手をポケットに入れた。「これを見ればきみも真剣にならざるを得ないのではないかな」彼は写真の表を下にしてテーブルに置いた。「リースがきみのために届けてくれた。まあ、みやげのようなものだ」

ジェイソンは写真に手をのばし、Xは彼がすべてをのみこめるよう、たっぷり時間をあたえた。若者の顔、頬にあたる光、立った姿。「ご両親の家のドライブウェイで撮ったものだろう。彼はきみを慕っているらしい。そうは思わんか？　知性を感じる目。大きな口」ジェイソンが弟の写真から無理に視線をそらすと、Xのほころんだ顔が待ちかまえていた。「これでわかったな」彼は言った。「お互い理解し合えたはずだ」

25

病院から帰宅後、ぼくは浴室の鏡に映った見知らぬ顔を長いこと見つめていた。片方の目はまともで、もう片方は腫れてつぶれている。頭頂部に包帯が巻かれ、顔は紫、緑、ヨード色の迷彩柄と化していた。両腕と脇腹も同じ色がまだら模様を描いていて、頭の包帯を取ると、頭皮があらわにされ縫合されたところに醜い黒い線が見えた。顔をしかめると、鏡のなかの見知らぬ顔も同じようにした。

父のせいだ。

本来ならあのバーには二十人の警官が来ていなくてはいけなかった。まばゆい光と銃と厳しい質問を浴びせる厳しい男たち。なのに、ぼくひとりしかいなかった。

　まばたきすると、見知らぬ顔は消えた。暴行の一部始終は覚えていないけれど、側溝のことだけは忘れようにも忘れられない。水の味、男のブーツの味、最後にようやく息をさせてもらえたときに嗅いだ、男の肌のにおい。よく聞け、小僧。おまえが死のうが助かろうが、おれにはどうでもいい。だが、おまわりにしろ誰にしろしゃべったり、おれたちが遠くまでずらかる前にこの側溝から出てきてみろ。てめえのその顔をぐしゃぐしゃになるまで踏みつけ、一生お日様を拝めないようにしてやるからな……。

　男は足もとで伏せをする犬のように、その場にじっとしていろと命じた。ぼくは言われたとおりにした。足音が聞こえなくなり、エンジンがかかり、静けさだけが残るまで待った。それでもまだ水のなかから出ず、雑草と泥にまみれていた。泣きやむまで待ってから、ようやく体を起こして這いだし、ヘッドライトと怒りと恥が待つ場所に出た。

　あらたな一日が訪れたところで、父も訪れた。ぼくはひとつの感情に押しつぶされ、ベッドに横になっていたけれど、怒りにはたくさんの表情がある。敵意、やりきれなさ、ぼくがもっともよく知るようになった、内に秘めた冷徹な怒り。

「入っていいよ」

　淡々とした声を保ちつつ、見おろされるのはおもしろくないので立ちあがった。父が入ってきてドアを閉め、ぼくたちは見つめ合った。

「例の件で少し話せるか？」父は訊いた。

「話すのはそっちだよ」

　父はぼくの顔と頭皮をじっくりながめた。ぼくの頭をそれとなく示した。「包帯を巻いておかなくてはだめじゃないか」

「そもそも包帯なんかいらなかったんだよ」

「怒ってるんだな」

「警察が行くべきだったからだ」

父は疑念が裏づけられたというようにうなずいた。

「ジェイソンのことを訊きにいったんだな。タイラのことを質問してたそうじゃないか」

「証拠のあるなしに関係なく、ひとりくらい兄さんを信じてあげなきゃいけないと思ったんだ」

「たしかにおまえの言うとおり……」

「刑務所帰りだって関係ない。ヴェトナム帰りだって関係ない。ドラッグをやってたって――」

「よせ、もういい」父が肩をつかもうとしてきたので、ぼくは一歩さがったけれど、父は馬をなだめるみたいに両手をあげてついてきた。「おまえの言うとおりだ、坊主。それを言おうと思ったんだよ。そのために来たんだ。だから、おれの話を聞いてほしい」

でも、この怒りは純粋なものだ。それはわかってる。

「兄さんはひとりぼっちなんだよ」

「わかってる」

「ぼくだったかもしれないんだよ」

そのひとことで父ははっとなったが、実際にそうだったかもしれないのだ。

「ぼくだってタイラを知ってた。ぼくの車に乗ったんだから。彼女の家にも行った。彼女が怒るところも酔っ払ったところも血を流してるところも見た。証拠がぼくを犯人と名指ししてたらどうしてた？　ジェイソンと同じ扱いをした？　ぼくが刑務所に入るのを黙って見てた？」父が一歩近づいた。「さわらないで」

父は決まり悪さからか、礼儀からか、顔をそむけた。

「たしかにあいつのそばにいてやるべきだった。いまやっとわかったよ。最初の最初から、そばにいてやるべきだった。しかしおれはショックで呆然としていた。なあ、坊主、おれを見ろ」父はぼくが顔を向けるまで待った。「タイラの殺害は、おれがいままで見たなかで最悪のものだ。あまりにおぞましく、この先一生、ほんの少しも忘れることはないだろう。しかも、ジェイソンには、誰が見ても不利な証拠があった」

父はうつろな表情をしていたけれど、確信という糸をたぐり寄せはじめた。「ロバートが死んだとき、おれは死ぬほどつらかった。わかってる、みんな死ぬほどつらい思いをしたよな。だが今度はジェイソンまで失った。同じ失い方じゃないが、おれが育てた息子がまたひとりいなくなった……」父はなにも持っていない手をひらいた。「だが、おれにはまだおまえがいる。おれにはおまえと母さんがいる。おれの胸は恐怖にふくれあがっている。ここでなにか間違いをおかしたら、おまえまで失ってしまうんじゃないかという恐怖が山をなしているんだよ。事故。戦争。

数時間前、おまえの兄さんの過去についていくつかわかったことがある。おかげでいまのあいつが理解できた気がするんだよ。怒りと、癪（しゃく）にさわるほど頑固な面だけじゃなく。いまのあいつはおれの記憶にある息子ではない――まったくちがう人間だ――が、部分部分はまだちゃんと残っているし、埋もれているだけで完全になくなったわけではなかったんだ」父はがっちりした肩をまわしたが、なんだか懇願しているように見えた。「おれはどうしても答えがほしくなり、調べようと決めた。もっと早くにやるべきだったのかもしれない。そうしていれば、ちがう結果になったかもしれない」

「どんな答えだったの？」

「話すわけにはいかない内容なんだよ。あいつの訓練と戦争、向こうであいつがやったこと」父は片手をあげ、質問しようとするぼくの機先を制した。「機密扱いでね。不正に手に入れた情報だ。この情報を知っているだけでも、刑務所送りになりかねない」

「ぼくにだって知る権利はある。父さんと同じように」

「おまえにこのリスクを負わせるわけにはいかないん

だ」

「ぼくはもう十八歳だよ。決めるのは父さんじゃない」

「おれの家で暮らしているじゃないか。だから決めるのはおれだ」

ぼくは両手を固く握った。父の手もこぶしに握られていた。「それが結論？」

「そうだ」

「だったらひとりにしてほしい」

父はぼくの目をうかがおうとしたけれど、ぼくは冷たくて容赦のない目を保った。それでもなお、ふたりのあいだにできた亀裂は時間さえたてば癒えるとでもいうように、父はなかなか出ていこうとしなかった。

一日はたっぷり時間があるわけじゃない。

それも確実にわからせてやった。

チャンスが外にいると、母がポーチに出てきた。片手にコーヒーを持ち、疲れたような顔をしていた。太陽はようやく顔を出したばかりだ。「どう、直せた？」

チャンスは地面に転がした自転車をながめた。縁石を乗り越えるときにいきおいをつけすぎ、タイヤがパンクして、スポークが何本か折れてしまったのだ。

「タイヤチューブは補修したけど、スポークが二本、完全に折れてる」

「そう、とりあえずそのくらいにしておきなさい。電話がかかってきてる。ギビーのお父さんから」母は世の中はわけがわからないことだらけで、理解する努力なんかとっくの昔にやめてしまったわというように肩をすくめた。「電話のあと、朝ごはんを食べるのよ」

この家に電話は一台しかなく、チャンスは古ぼけた茶色いカーペットを突っ切って、これまた古ぼけた茶色いソファに腰をおろした。「もしもし」

「チャンス、おはよう。ビル・フレンチだ。早朝に電話して申し訳ないが、ギビーのことでどうしても話したくてね」

　短い電話だったが、困ったことになったと思った。キッチンに行くと、コンロの前に立つ母が声をかけた。

「なんの用事だったの？」

「それが、変な話でさ」

「はい、できたわよ。食べながら聞かせて」母はテーブルに皿を置いた。「ほら、早く。冷めちゃうわ」

　チャンスはコーンマフィンを頬張り、卵料理をつついた。「あっちの家まで来てほしいって言われた。ギビーがぼくを必要としてるからって」

「きょうは学校でしょ」

「休むらしい。なんかまずいことになってる気がする」チャンスが見ていると、母は煙草に火をつけ、腕を組んだ。「乗せてってもらえる？」

　息子を送り届けるには遠まわりしなくてはならず、仕事には遅刻することになりそうだったが、チャンスの母は不平ひとつ言わなかった。しかも車をとめて息子に目をやると、いつものようにさらりと笑顔を浮かべた。「ギビーに愛してると伝えてね」

「うん、わかった」

「それから、これはおまえに」チャンスは顔を近づけ、頬にキスを受けた。「おまえはいい子だね」

　チャンスは車を降りると、母が去るのを見送り、それから幅のひろい階段をのぼった。ドアにメモが貼りつけてあった。


やあ、チャンス。入ってくれ。おじさんは仕事に行かなきゃいけないが、ギビーは自分の部屋にいる。

来てくれてありがとうな。


　チャンスはドアをあけ、よく知っているはずなのに、気味が悪いほどひっそりしている空間に足を踏み入れた。ギビーとのつき合いはかなり長く、クリスマスパーティのこともにぎやかなキッチンのこともよく覚えている。ジェイソンとロバートが階段で追いかけっこしていたことも。うらやむ気持ちはいまより単純だった。兄弟。父親。いまだってうらやむ対象は金や家ではない。そもそもねたむ気持ちなど持ち合わせていない。ひょっとしたら、うらやんでいるわけではないのかもしれない。けれども、友人には安定した生活というものがある。

それにくわえて戦争のことも……。

チャンスは戦争に怯えながら日々暮らしている。だから、臆面もなく女の子に色目を使うし、喧嘩をふっかけ、絶対に負けを認めない。そんなことで死ぬわけじゃなく、目が見えなくなるわけでもなく、顔がなくなるわけでもないからだ。以前、空港でそういう人を見かけた。その兵士は生え際から下の皮膚が溶けていた。以来、チャンスは十八歳の誕生日が来るのに怯え、ヴェトナムでのありとあらゆる死に方を想像しながら暮らしてきた。ロバートのように一発で仕留められるような死に方ではなく、腹を裂かれたり、串刺しにされたり、ホアロー収容所で拷問を受けたりする死に方を。まだ兵役に志願していないし、志願したとしても召集に応じるつもりはない。チャンスは恐怖を感じているが、ギビーはちがう。その純然たる事実を直視するのはつらすぎる。

となると、感じているのは羨望の念なのか？

むしろ憤懣(ふんまん)に近い気がする。

だが、そんなことはありえないし、あまりに闇が深すぎる。チャンスはまわれ右して帰りたいという、柄にもない気持ちに目をつぶり、ギビーの部屋に向かった。ドアをあけて声をかける。「よう、元気か？」

「チャンス、やあ。きみでよかった」ギビーはチャンスに背中を向けて窓のところに立っていた。「てっきり父さんかと思った」

「うん、信じられないと思うけど、親父さんに頼まれて来たんだ」

「理由は言ってた？」

チャンスは答えようと口をひらきかけたが、ギビーが顔の向きを変え、そこに光があたった。「おい、うそだろ、本当にやったんだな」チャンスは口を覆い、首を振った。「どこに行った？〈キャリッジ・ルーム〉か？」

「うん」

「相手はバイク乗りの連中か？」

「それも何人かいたと思う」

チャンスはギビーに近づいた。友だちの顔は無残なありさまだった。「だから、やるなと言ったじゃないか」

「うん、わかってる」

「おれも連れていけばよかったのに」

「きみがいたところで大差なかったよ」

ギビーが足を引きずりながら近づいてきたので、チャンスは顔をもっとよく見ることができた。「悪かったよ。もっと強く引きとめればよかった。おまえがどれだけ真剣かわかった時点で、ついていくべきだった。それにしたって、おまえはどうしようもない大ばか野郎だ」

ギビーはてのひらを左右に振った。それはそれ、これはこれ……。

「まさか、また訪ねていくつもりじゃないよな？」

「そんなことをしたら、今度は殺されちゃうよ」

真剣そのものの声に、チャンスは本当に殺される寸前までいったのを感じ取った。

「なにかわかったのか？」

「連中はジェイソンとタイラを知っていた。先週、ジェイソンが喧嘩した相手は、まずまちがいなくあいつらだ」ギビーは色あせたトレーナーを頭からかぶり、頭に野球帽をのせた。「見た目はどう?」

「どこに行くかによる」

「女の子に会いにいく」

「車がないだろ」

「母さんのがある」

「使わせてくれっこないだろ」

「関係ないよ」ギビーは色の濃いサングラスをかけた。

「許可を取るわけじゃないんだから」


フレンチにとって、朝は区切りをつけるときだった。

個人的なことは切り離せ。

仕事をしろ。

この日、彼が最初にやったのは、署におもむき、息子の車に関する通話記録を確認することだった。制服警官たちが午前四時四十七分に廃墟となった倉庫の外で見つけていた。フレンチは記された住所の界隈を思い浮かべ、頭のなかで計算した。〈キャリッジ・ルーム〉から九マイルか十マイル。ギビーがそこに置いて歩いたにしては、距離が離れすぎている。

つまり、乗り捨てられたわけか。

そこから市の押収品保管所までは車ですぐだ。警察バッジを見せてゲートをくぐった。目的の車を見つけるのはそう簡単ではなかった。

「六六年型マスタングですか?」グリースまみれの整備工は面倒くさそうに言った。

「そうだ」

「色は?」

「栗色。早朝に運びこまれたはずだ」

「なるほど」整備工は缶入りのドクターペッパーをひとくち飲んだ。「おれは七時過ぎじゃないと出勤してこないし、その特徴の車はクリップボードには見当たりませんね」

「もう一度確認を頼む」

整備工は時間をかけ、一回めと同じように、指をなめながらゆっくりページをめくっていった。「ああ、これか。ありましたよ」彼は十二枚めの紙に湿った指を押しつけた。「なんでわからなかったかって言うと、刑事さんはマスタングと言ったけど、書類にはフォードと書いてあったんですよ。それと車の色は栗色ってことだけど、こっちには濃い赤とあります」

「おれをからかってるのか？」

「刑事さんをからかうわけがないじゃないですか」

整備工の目には笑みが浮かんでいたが、辛辣な性格の市職員はそうめずらしいものでもなく、フレンチは引きさがった。工場内を進んでドアをあけると、一エーカー半ほどの敷地に車がずらりと並んでおり、指示された場所で目的の車が見つかった。

グローブボックスのなかに登録証。

ガソリンは充分入っている。

フレンチはゴム手袋をはめ、前からうしろまで調べた。小さなオフィスに戻ると、さっきと同じ整備工がさっきと同じ缶入り炭酸飲料を飲んでいた。「あの車を奥の保管場所に移動してもらいたい」

「はあ？　あれはレッカー移動されてきただけの車ですよ」

「三十分以内に鑑識を呼び寄せる」フレンチはデスクごしに手をのばすと電話機をつかみ、ダイヤルしながら指示した。「それまでに車を移動させろ。いますぐやれ。それからきみの指紋を採取する」

「はあ？」

「きみと、レッカー移動にかかわった者もだ」

署に戻るとフレンチは警部に会いにいった。デイヴィッド・マーティンは公正な男だが、規則には細かい。フレンチは気にしなかった。彼は上司のオフィスにずかずかと入っていった。

「おれをタイラ・ノリス事件の捜査にくわえてください」

「新しい作法があるのを知らないのかね？」マーティン警部はデスクから体を離した。「ノックというのだが」

「ええ、聞いたことはあります」

警部はペンを指でまわしながら、フレンチを慎重にうかがった。「なるほど息子のことか」

「もっと早くにやるべきでした」

「なぜそうしなかった？」

「ショック。まさかという気持ち。よくわかりません。警官であろうとしすぎて、父親の部分をおざなりにしていたんです。あなたがた全員と同じように考えていたんです」

発見された写真と凶器、ジェイソンを生きながら埋めてしまうほどの威力を持つ証拠を指してのことだ。

「キャシー」警部が大声で呼ぶと、アシスタントがドアから顔を出した。「コーヒーをふたつ頼む。刑事にはクリーム入りを」アシスタントが出ていき、警部は椅子を示した。「まずはギビーの話をしよう」

「もう聞いているんですか？」

「警官の息子が側溝で死にかけているのを発見された話か？　ああ、聞いている」

「ギビーの話はいいんです。おれはジェイソンが犯人とは思いません」

「それでも、きみを捜査にかかわらせるわけにはいかん」

「非公式でいいんです。裏捜査という形で……」

「それでもだめだ」

「ならばこっそりとでもいい。われわれふたりだけの秘密ということで」

一瞬、警部の決意が揺らいだように見えたが、ドアがあき、キャシーがコーヒーを持って入ってきた。

「フレンチ刑事のはクリーム入りで、警部のはブラックです」

「ありがとう、キャシー。ドアを閉めていってくれ」

彼女は言われたとおりにした。警部はコーヒーに手をつけなかった。「ひとつ質問がある、ビル。正直に答えてもらいたい。被害者がタイラ・ノリスなのは、現場ですぐにわかったのか？　その時点で彼女が何者で、ジェイソンと寝ていたことを知っていたのか？」

フレンチは口をひらいたが、ひとことも出てこなかった。

意外にも、警部の目つきがやわらいだ。彼は穏やかにうなずいた。声もまた、穏やかだった。「息子に会ってこい、ビル。父親になりにいけ」

オフィスにいる刑務所長のもとに、正面ゲートから電話がかかってきた。「その身分証はたしかなんだろうね？」

「ウィリアム・フレンチ刑事。いまそいつを手にしています」

「少し待て」

ブルース・ウィルソンは数秒たてば問題が消えてなくなるかのように、受話器を下におろした。彼は悪い所長ではなく、悪い男でもない。困難な状況下で最善をつくしてきた。もちろん、こういう瞬間が、たった一枚のドミノがすべてを台なしにしてしまう瞬間が訪れるリスクは常にあった。

「あの、所長……？」看守の声がした。

「しばらく待てと伝えろ」

受話器を架台に戻すと、所長は急ぎ足でオフィスを出た。秘書が訊きたいことがあると言って呼びとめたが、彼は「あとにしろ」と言い、あとには傷ついた表情の秘書がひとり残された。死刑囚監房に出向き、セキュリティチェックを受け、階段をおりた。Xは監房のドアに背を向けて絵を描いていた。描かれているのはジェイソン・フレンチのようだ。「われわれに問題が発生しました」

Xは振り返らなかった。「われわれにではなく、きみに問題が発生したのだと思うが」

「ジェイソンの父親が正面ゲートに来ています」

「たいした問題ではない」

「市警の刑事が息子との面会を求めているんですよ。拒否したら、理由を知りたがるに決まってます。そうなったら、わたしには答えようのない質問をされることになるんですよ。わたしが関与しなければ、ジェイソンがここにいることはなかった。それを父親に知られたのでしょう」

「だったら、そいつを息子に会わせてやればいい」

「ジェイソンがしゃべったらどうするんです?」

「しゃべるものか」

「そんなことわかるか!」

Xは振り返り、片方の眉をあげた。

「すみません」所長は両方のてのひらを見せ、声を落とした。「この警官がまちがったひもを引いたらどうなるんです? なにが起こるかわかりませんよ」

「ジェイソンは自分がどうすべきかよく心得ている。まちがったひもなど存在しない。わたしが保証する」

「わかりました、わかりましたよ」落ち着きなくうなずく。「ほかになにかご用命は?」

「思い出すんだな、ウィルソン所長」Xは絵筆を血のように赤い絵の具にひたし、キャンバスにのせた。

「苦労して学んだ教訓を思い出し、それにもとづいた行動をするように」


息子になにを期待していたのか、フレンチは自分でもよくわかっていなかったが、この冷ややかでよそよそしい、人間らしさのかけらもない状態でないのはたしかだ。看守に手錠をテーブルに固定されるあいだ、息子の目はうつろで、声には抑揚がなかった。「来てほしいなんて言ってない。来られて迷惑だ」

フレンチは懸命に理解しようとした。少なくとも怒りくらいはのぞかせると思っていた。「話をするためだ。謝罪をするためだ」

「謝罪？　本気で言ってるのか？」

「おれの話を最後まで聞いてくれれば――」

「いまになってどうして？　なんでもっと前にできなかった？」

フレンチはどう言っていいかわからなくなった。ついさっきまで、考えは明快だった――とてつもなく明快だった。

「出てけ」ジェイソンは言った。「帰れ」

「きょうは帰らない。言いたいことが山ほどあるし、長い歳月を埋めなきゃならん」

「そうか、積もる話をしにきたのか」

「おれがおかした過ち。べつのやり方をすればよかったと後悔しているあれこれ」

「家族の歴史か」ジェイソンは言った。

「それもある」

「わかった」ジェイソンは一度、ゆっくりとまばたきをした。「なら、おれが戦争に行った理由について話そう」

「おまえが従軍したのはロバートのことがあったからだ。あいつが悲惨な死をとげ、若いおまえは怒りに駆られ――」

「本気でそう思ってるのか？」

「ちがうのか？」

「本当に過ちについて話したいんだな？」

「そのためにここに来た」

「あの晩、おふくろの言葉を聞いちまったんだよ」ジェイソンはさっきと変わらぬ生気のない目で父親を見つめた。

フレンチは心のなかでつぶやいた。ああ、ガブリエルのあのひとことか……。

「なあ、ジェイソン、あのときの母さんは正気じゃなかったんだ」

「正気だろうがなかろうが、おふくろは心臓に弾をくらったのがロバートじゃなくおれだったらよかったと本気で思っていた。そんな家にいられるわけがないだろう。おふくろの顔なんか見られるわけがないだろう。自分の顔を見るのだってつらいくらいだ。ヴェトナムはおれに唯一残された選択肢だったんだ」

フレンチはかけるべき言葉を探したが、適切な言葉などなかった。あるはずがない。ガブリエルは昔からロバートを溺愛していた。最初に生まれた子どもで、もっとも心やさしく、三人のなかでいちばん大切な存在だった。一方、ジェイソンは昔からとげとげしくて皮肉屋で気が短く、腫れ物にさわるように扱わなくてはならなかった。認めるのはつらいが、それは事実だ。ガブリエルはひいきするたちだ。昔からずっとひいきをしていた。「ではおれたちを憎んでいるんだな？」

ジェイソンは首を横に振った。「あんたらにはなんの感情も持ってない」

「そんな答えは信じたくない」

「信じようが信じまいが、本当にどうでもいい。もうここには寄りつかないでくれ。そしてギビーもここに来させないでくれ」

「ジェイソン、頼む。もっと話し合おう」

「あんたは覚えてないかもしれないが、おれだって一度は話し合おうとしたんだ」ジェイソンは立ちあがった。あまりに静かな動きで、鎖すら音をたてなかった。「看守」彼は声を張りあげた。「もう用は済んだ」

26

チャンスは大きなキャデラックの助手席で、長いつき合いである大親友の表情をうかがった。きょうはいつになく口数が少なく、ぴりぴりしていて、顔がけわしい。運転中、目を細めるたび、目尻にしわが寄った。

〝借りた〟車で行くのはまずいんじゃないかと思ったが、ギビーはまったく気にしていないらしい。母の車ではないかのように、やすやすとハンドルを操作している。彼がうなずいたとき、顔のしわが深くなったように見えた。「このまえ会ったとき、サラはひとことも話そうとしなかったんだ。今度はそうならないようにしたい。まあ見てろ」

チャンスはギビーがなにをしようとしているのか、ほとんどわからなかったが、タイラというのが死んだ女の人で、サラがルームメイトなのは知っていた。

「彼女はどんな話をしてくれるんだ？　つまり、最善のシナリオとして、おまえはどうしたいんだ？」

「タイラに関する情報がほしい。勤め先。ほかの友だち。ほかの男友だち。不審な点があればどんなことでも。最初に調べる場所がほしいんだ。それを教えてくれる人がいるとすれば、サラしかいない」ギビーは大きな車の速度をゆるめた。「ここが彼女の家がある通りだ」

「見るからに高級そうだな」

「あれが彼女の家。三軒先」

車がするすると縁石に寄せてとまるまで、チャンスはコンドミニアムをじっと見つめていた。カーテンが閉まっている。破損したメルセデスがドライブウェイにとまっていた。

「あれはタイラの車。ジェイソンの家でぶつけたんだ」

「サラは車を持ってるのか？」

「見当たらないな」ギビーは通りに降り立ち、チャンスもそれにならって歩道に出ると、ふたりは五段の玄関ステップをあがってポーチに立った。「おかしいな」玄関のドアが薄くあいていた。

「おい、よせ。呼び鈴を鳴らすだけにしとけ」

けれどもギビーはすでに家のなかに入ってしまい、チャンスもあとを追って空のワインボトルと汚れたグラスが散乱する居間に入った。「やっぱり変だ」ギビーはあけっぱなしの窓を指さした。カーテンが風を受けて揺れている。「エアコンがついてる。音がする。サラ！」

ギビーは一段飛ばしで階段をあがり、チャンスもすぐあとを追った。いちばん手前の部屋は惨憺たるありさまで、服が散乱し、ベッドが乱れていた。「こっちはタイラの部屋みたいだ」

もうひとつの寝室はもっときちんとしていて、淡いピンクの壁で、通りの反対側の公園が見晴らせた。ベッドは寝た跡があったが空で、わきに布地の少ない服が山をなしていた。タオル地のショートパンツ。タンクトップ。チャンスは額入り写真を手に取った。幌をたたんだメルセデスに女性がふたり乗っている。ひとりがカメラをかまえている相手に向けて、ピースサインをしている。「これが彼女？」

「ピースサインをしてるブロンドのほう。もうひとりがタイラだ」

ベッドの毛布がめくりあげられ、ボックスシーツは三カ所がはずれていた。ベッドわきのテーブルでは、グラスが倒れて水がこぼれていた。電気スタンドも倒れて壊れていた。ベッドの遠い側はと見ると、セカンドピローのそばに丸めた布が落ちていた。手に取ってみる。「濡れてる。それににおいがする」

「どんな？」

ギビーは床に落として、指をジーンズでぬぐった。

「危険な感じのにおいだ。化学薬品みたいな。警察に知らせよう」

「親父さんにか？」

「父さんじゃない。今回は」

バークロウが到着するまで二十分かかり、彼は用心深い目を向けながら、なかに入ってきた。「電話ではあまりはっきり言ってくれなかったな」

「じかに話したほうがいいと思って」

「まず最初に、なぜおまえらがここにいるのかを教えてくれ」

彼の目がチャンスの顔からぼくの顔へと向けられ、ぼくは肩をすくめてから答えた。「サラと話がしたかったんだ」

「おれが訊いたのは、なぜ彼女のコンドミニアムのなかにいるのかということだ」

「ドアがあいてたから」

「つまり、勝手に入ったのか」

「うん、まあ」

「そうか。案内してくれ」

たいして見せるものはなかったけれど、ぼくは知っていることをすべて話した。乱れたベッドに壊れた電気スタンド、ねばねばした甘いにおいのする布。

バークロウは片方の眉をあげた。「甘いにおいだが、灼けるような感じがしただと？」

「うん、喉の奥が」

「ほかには？」

「奥の窓もあいていて、エアコンが最強になってた」

「どこをさわった？」

「ドア。手すり。ベッドの上にあった布」

「それだけか？」

「ナイトテーブルの上のグラスも。倒れてたのを立てたから」

バークロウはチャンスを指さした。「そっちは？」

「おれはなにもさわってない」

「サラの部屋はどれだ？」

「上の階の左」

彼は階段を見あげたのち、かなりの時間をかけて居間を調べ、ワインボトルや汚れた皿を見てとった。

「なぜ親父さんに連絡しなかった？」

「あんまり口をきいてないから」

バークロウは喉の奥から声を漏らし、ぼく以外のすべてに目をやった。「ここで待ってろ。絶対になにもさわるなよ」

彼はドアと窓の錠前を確認してから二階にあがった。二分後、戻ってきたときには、どこから見ても警官モードになっていた。「こっちに来てくれ」ぼくたちは彼のあとに従い、玄関まで移動した。バークロウは外の通りをうかがった。「なかに入るとき、誰かに見られたかい？」

「それはないと思う」

「でも、人はいただろう？」

「うん、もちろん。車。バイク。このあたりの人たち」

「とくに近くにいたか、おまえたちを必要以上に警戒してるような人はいたか？」

「ケン、なにがあったの？」

「ふたりとも、ここから立ち去れ」

「どうして？」

「いいか、坊主。そっちが助けを求めてきたから、おれはこうして来たんだ。そのおれが逃げろと言ってるんだから、とにかく逃げろ」

ぼくは動かなかった。立ち去らないぞとはっきり意思表示した。

「わかったよ、しょうがないな」ケンはさらに警官らしくなり、顔をぐっと近づけてきた。「窓はこじあけられていたが、玄関のドアにその形跡はなかった。つまり、犯人は裏から入って、正面から出ていったということだ。単なる強盗の可能性もある。押し入ってものを盗んだだけかもしれん。よくあることだ。しかし、おまえが見つけた布きれのあの甘いにおいはクロロホルムだ。麻酔の一種だ」

「つまり、どういうこと?」

「不法侵入。クロロホルム。争った形跡。考えうるなかで最悪なのは、彼女が何者かに拉致された可能性だ」

ぼくは言った。「なんてことだ。サラが……」

「最悪と言ったのは、彼女にとってだ。おまえのことはこれから話す」ぼくが自分の胸に触れると、バークロウは表情を硬くした。「いいか、よく聞け、坊主。タイラが死に、サラが行方不明になっている。マルティネスとスミスはすでにおまえを疑っている。とくにマルティネスのほうが」

チャンスが口をはさんだ。「ちょっと待てよ。疑ってるってどういうことだよ?」

バークロウは渋い顔をしたが、質問には答えた。

「タイラが死体で発見されたあと、あのふたりはギビーがここでサラと一緒にいるのに出くわしたんだ。状況とタイミングを考えれば、どんな警官でも疑問に思うだろう——被害者のルームメイトと容疑者の弟が一緒にいるんだからな——が、あのふたりは底意地が悪く、ビルを慕ってるわけでもない。いちおう口は閉じてるものの、心の奥底ではジェイソンは単独犯か否か、単独犯でないならほかに誰がかかわっているかと自問していることだろう。ギビーはタイラを知っていた。彼女の自宅もどんな車に乗っているのかも、ひょっとしたら彼女の行動パターンまでつかんでいたかもしれない。そこへ持ってきて、サラの件だ……タイミングが悪すぎる」

ぼくはすぐに言わんとするところを理解した。「ジェイソンが刑務所にいるからだね」

「サラの身になにかあった場合、ジェイソンが手をくだした可能性は皆無だ。マルティネスとスミスはこう考えるだろう。共犯者がいる……と」

「つまり、ぼくたちの姿を見かけた人がいたら……」

「落ち着け。おろおろするな」バークロウは片手をぼくの肩にのせ、もう片方の手をチャンスの肩にのせた。「おまえたちふたりはここへ来なかった。おれの言ってることはわかるな？　おまえたちはクロロホルムのことも、こじあけられた窓のことも、壊れた電気スタンドのこともいっさい知らないことにしろ。警官に連絡などしていない。わかったか？」ぼくたちがうなずくと、バークロウは肩に置いた手にそれぞれ力をこめた。「さあ行け。さっさとここからいなくなれ」


そのあとの時間はぼんやりと過ぎていった。ぼくは左に曲がった。赤信号でとまった。バークロウはサラが拉致されたと考えている。チャンスもそうにちがいないと思っている。

「へたをしたら、犯人と鉢合わせしてたかもしれないんだよな。聞いてるか？　着くのが何分か早かったら、おれたちは殺されてたかもしれない。あぶないところだったんだよ。ほんのちょっとの差だったんだ」

すでに似たようなことを二度言われたけれど、ぼくはチャンスが心配していることとはべつの心配をしていた。

「おい、おれの話を聞いてるのか？　ほんのちょっとの差だったたって言ってるんだぜ！」チャンスは親指と人差し指を半インチ離してみせた。「こんなこともわかんないのかよ？」

ぼくはかぶりを振り、まったくべつのことを考えていた。「なんとかしなくちゃ」

「なにをするんだよ？」

ぼくは心のなかでつぶやいた。サラを見つけ、ジェイソンを救う。

チャンスは想像がついたらしく、こう言った。「わきに寄せろ、ギビー。車をとめろ」

「なんで？」

「いいからとめろって」

ぼくはドラッグストアの〈レクソール〉の駐車場に車を入れ、プルタブと煙草の吸い殻が散乱する未舗装の一画の隣にとめた。

「エンジンを切れ」

その指示にも従った。日陰でも暑かった。四車線道路を車が次々に通りすぎていく。

「なにを考えてるのか言え」

「ぼくたちで犯人を見つけるしかないと思ってる」

「それはもう話し合ったよな」

「きみが意見を言って、ぼくはそれを聞いただけだ」

「犯人を見つけるだと。ばか野郎。簡単に言うな。自分のツラを見ろ！　なにが、犯人を見つけるだ！」チャンスは車を降りた。車が次々に通りすぎていく。

「ちょっと煙草を買ってくる」彼は店内に入ったまま、しばらく出てこなかった。戻ってきたときには、ずいぶんと冷静になっていた。彼は煙草に火をつけ、ウィンドウの外に腕を垂らした。「どうやるつもりだ？」

「まだ決めてない」

「実際に、犯人を突きとめたらどうする？」

「それも決めてない」

「なんだよ、ギビー……ったく……しょうがないやつだな」彼はろくに吸わずに煙草を投げ捨てた。「おまえってやつはどうしようもない友だちだぜ。自分でもわかってるんだろ？　いらいらさせられる、どうしようもない友だちだよ」ぼくは口をはさまなかった。

「にやにや笑うのはよせ」

「にやにや笑ってなんかいないよ」

でも、似たようなものだったし、チャンスにもそれはわかっていた。

チャンスは言った。「わかったよ、天才くん。で、このあとどうする?」

「車を調達しないと」ぼくは言った。「黙って借りてるのが母さんにばれないうちに」

「どうやって調達するんだ?」

「一緒に来てくれ」

ぼくは駐車場の向こうにある公衆電話まで歩き、十セント硬貨を二枚投入した。「ベッキー、やあ。ぼくだ」

「ギブソン・フレンチ、あなたから電話がありますようにと祈ってたのよ」

「電話してこないと思ってたの?」

「うん、だって、あたしの下着姿を見たから」

「だったら、なおさら電話するに決まってるじゃないか」

彼女はおかしそうに笑った。

ぼくは用件を切りだした。

「あのさ、ベッキー。頼みがある」


電話ボックスを出ると、チャンスが待っていた。

「助けてくれるって」とぼくは言った。

「彼女は車を持ってないぜ」

「うん、でも、ディナ・ホワイトが持ってる」

ぼくが歩きはじめると、チャンスも小走りでついてきた。「けどさ、ディナ・ホワイトはおれたちの友だちじゃないぜ」

「うん」ぼくはキャデラックの運転席に乗りこんだ。

「でもベッキーが言うには、ディナはつっけんどんな意地悪女に見せてるだけなんだってさ」

「ベッキーが本当にそう言ったのか?」

「うん」ぼくはくすりと笑った。「そう言った」

家まであと半ブロックのところで、ベッキーがディナ・ホワイトの車のそばの縁石に立っているのが見えた。Tシャツにデニムのショートパンツ姿がいつもと変わらずきれいで、以前、ファスナーを安全ピンでとめていたのと同じ、白い合成皮革のブーツを履いていた。ぼくは少し手前で車をとめてチャンスに降りるよう言い、ベッキーに顔をまじまじと見られないうちに、車を進めた。

ここからがむずかしいところだ。

動かしたことがばれないように母の車をそろそろとガレージに入れ、中腰でこそこそとドライブウェイをあとにした。通りに出ると、足を引きずらないようにして歩いたけれど、ベッキーはすでに片方の手で口を覆っていた。チャンスがこれまでのいきさつを話したか、あるいは、思っていたより視力がいいのだろう。ぼくが近づいていくと、彼女の目がぱっと輝いたけれど、すぐに表情が硬くなった。

「ちょっと見せて」彼女は言った。「あたしは平気だから」

ぼくは最初に野球帽を脱いだ。

「サングラスも」

サングラスをはずすと、ベッキーは切り傷と、醜く黒い縫合跡を観察した。「バイク乗りたちにやられたって、チャンスから聞いたけど」

「そうなんだ」

「お兄さんのことを質問したせい？」

「兄さんは誰も殺してない」

ベッキーは黙っていた。

「信じてくれないの？」

「あなたが心のやさしい人なのは信じる」ベッキーはやわらかな両手でぼくの顔をはさみ、痛む場所にキスをしてくれた。「いままでよりもさらにあなたが好きになったのもたしか」

彼女はそのままぼくの顔をはさんでいたけれど、やがてチャンスが咳払いすると、気まずい雰囲気が流れはじめた。「車に乗って」ぼくは言った。「家まで送るよ」

「帰りたくないって言ったらどうする?」

「きみを連れていくわけにはいかないよ」

「危険だから?」

「ぼくの顔を見ただろ、ベッキー。こういうことがまた起こるかもしれないし、もっとひどいことになるかもしれない。まだ計画すら決まってないし」

「そんなの気にしないわ」

「気にしなきゃだめだ」ぼくは言った。

それでも彼女は腕を組み、一歩も引かないかまえを見せた。「車が必要なんでしょ?」

27

リースは秘密の廊下を進みながら、高まる気持ちを抑えきれずにいた。女。リスク。これまではずっと慎重な行動を心がけてきた。プラス面。マイナス面。見込み。リースは神など存在しないと思っているが、信条とする主義があるとすればこれしかない——絶対に捕まるな。その信条から生まれた規律によって自分の日々を評価している。標的の選択。標的の確保。彼は何カ月もかけて選択し、計画を練るが、それでも築きあげた秘密の生活にとってほんのわずかでも危険があると感じれば、標的も計画の実行もあきらめてきた。

だが、この女の場合はちがった。

Xからは待てと言われたが、リースは待たなかった

――待てなかったのだ――し、たとえXがかかわっていなくても、このリスクをはかれるだけの大きな秤(はかり)はこの世に存在しない。

自分の大胆さにめまいを覚えながらも、リースは監視状況をチェックし、自分が入ったあと正面ゲートが施錠され、人感センサーが作動したのもたしかめた。この最先端のシステムはシークレットサービスの元捜査官が設計し、取りつけてくれた。料金は十万ドルを現金で、交渉の余地はなかった。敷地内に十八の監視カメラが設置され、屋内にはそれとはべつに十二台が設置されている。

モニターの前を離れ、グラスにI・W・ハーパーのバーボンを注ぐ。大酒飲みではないが、アドレナリンが出たせいで神経過敏になっており、このバーボンならそれを静めてくれるような気がしたのだ。

「百十カ国で飲まれている唯一のバーボン」

よく知られたコピーで、リースの父親は何度となく口にしたものだった。いまでも父がすばやくウインクして、すばやく一杯やる姿が目に浮かぶ。

母さんが帰ってくるまえに急いで飲まないとな……。

鉄道技師だった父は、リースが七歳のとき、不運なことに転落し、二台の車両にはさまれて死んだ。リースの母は気丈にも一家を支えようとしたが、その母もリースがまだ十二歳のときに食道がんでこの世を去り、彼はひとりぼっちとなった。

バーボンを飲み終えたリースは監視カメラのモニターの前を離れ、この家の北側に通じている秘密の廊下を通った。もちろん、ほかにも家はある――自分だけの隠れ家と、Xが使わせてくれる家――が、この北棟は特別な客のために用意したものだ。

サラが最初の客だ。

次の廊下に出ると、わきにそれ、間柱と合板のあいだに体を滑りこませた。ひとつだけある電球が充分な明かりを放っているが、リースには必要なかった。石(せっ)

膏ボードの裏の空間から安全に観察できる場所まで、この家のことは隅々まで知りつくしている。だからこそ、真っ先に北棟を建てたのだ。

秘密の場所。

のぞくための場所。

部屋を思い浮かべながら先を進む。

浴室、寝室……。

そろそろ女が意識を取り戻すころで、彼はその場にいて一部始終を観察し、音を聞いていたかった。もちろん、手を触れたりはしない——何日間、あるいは何週間かは——が、彼女がひとりで過ごす時間をのぞき見するのはそれと同じくらい意味がある。身支度に体のケアなど、世界じゅうの女たちが昼に夜におこなってきたささやかな儀式。

次の廊下が見えてきたところで左に曲がり、べつの通路に身をもぐりこませた。

キッチン、居間、クロゼット……。

主寝室の壁の裏で足をとめた。ここはマジックミラーあるいは、見えないように完璧に隠してある小さな穴のどれかでなかをのぞけるようになっている。しかし、まずは手始めとして、リースははしごをのぼって天井の梁伝いにそろそろと進んでベッドの真上の位置まで移動し、照明器具ごしに下をのぞいた。彼が慎重に寝かせたときからサラはまったく動いていなかった。肩にかかるブロンドの髪、慎重にかけてやったシーツ。もちろん、べつの服を着せることもできた。しかし、最初は見るだけにして、先を急ぎたくなかった。だから彼は目を閉じ、闇のなかでほくそえんだ。

彼女の名前はサラ。

彼女はおれのものだ。

サラは黒い雲のなかをのぼっていくように感じながら目を覚ました。やわらかくて安定感があり、ゆっくりとした上昇気流に乗っている感じがした。つかの間、彼女は心の平安を感じた。けれども、夢のかけらがそれを邪魔する。街灯の灰色の明かりと、部屋のなかから聞こえる音、ベッドに押しつけられ、手で顔を覆われたときの男の顔。叫ぼうとしたけれど、気持ち悪いくらい甘ったるくて濡れたもので口を覆われた。男は背筋がぞっとするほどのやさしい声をかけながら、サラにぐいぐい顔を近づけた。

息を吸って……。

口のなかにも肺のなかにも、嘔吐物(おうとぶつ)のような味がひろがった。

そうそう、いい子だ……。

そのあたりが最悪だった。上向いた顎に熱を帯びた目、期待に満ちた口のなかの小さな歯。抵抗しようとしたものの、力がまったく入らない。部屋がかすんでいく。意識が遠のいていく。最後は命乞いをしようとしたが、唇の感覚がなく、視力もなくなっていた。どうせ夢だわ、と彼女は思った。

けれどもあの味がいまも残っている。

サラは見たことのない部屋で起きあがった。現実なんだ。

男の汗が顔にしたたったことも。

喉に苦いものがこみあげ、周囲の壁と同じ淡いピンク色のベッドカバーに嘔吐した。金属のヘッドボードは白に塗られ、カーテンは腐ったクリームのような色だった。目を閉じたけれど、部屋を見なかったことにはできなかった。

ここは寝室だ。

彼女は服を着ていなかった。

見慣れぬ枕に顔を埋めた。叫んでしまうのが、あの男が来てしまうのが怖かった。

あの男。

あいつ。

覚えているのはがっしりした手と、月のように丸い顔、あいた口からのぞいた歯は子どもの歯のようだった。

いい子だ、と男は言った。

本当にいい子だと。

サラは枕に口を押しつけて叫んだ。そうせざるをえなかった。もう一度、吐き気をもよおして、体のなかを空っぽにしたかったが、実際には吐くものなど残っていない。あれこれ思い出す時間が終わると、今度は気持ちを奮い立たせようとした。そのために、目をつぶりつづけ、まずは心臓の鼓動に、つづいて息づかいに神経を集中させた。二十七年間の人生で耐え抜いてきたあらゆることを思い返す。たちの悪い恋人、闇医者で受けた堕胎手術、両親とのいさかい、サンフランシスコのヘイト・アシュベリー地区での荒れた生活。

やれると思ったところで目をあけた。木の床。白く塗られた幅木。さらに思い切って目を向けると、ベッドの足側に木の収納箱、整理簞笥の上にはレース編みの敷物、模造のヒナギクをいけた花瓶。床には小さなラグマット。化粧台、鏡、見たことがない人たちが写っている額入り写真が見える。

毛布を体に巻きつけ、写真のひとつを手に取った。若い家族を撮った白黒写真で、うしろにはジェットコースターがあり、ビールやポップコーン、海水浴を宣伝する看板をかかげた羽目板張りの建物が写っている。小さな男の子がピーナッツの袋を手にしている。父親だけがほほえんでいた。

サラは写真をもとに戻した。

部屋にはなんの音もしていない。

カーテンがついているのに、窓はひとつもない。

ドアのところに行って聞き耳をたててみたが、なにも聞こえなかった。

あの男はこの反対側にいる。

きっとそうだ。

サラは手早くベッドの下と化粧台の下を確認した。

整理簞笥の抽斗は古くさい下着でいっぱいで、クロゼットのなかの服も同じように古びていた。ぼんやりした頭で服を身につけ、鏡に映った自分を見る。タイトスカートと体にぴったりしたブラウス姿で、落ちくぼんだ目と固形石鹸（せっけん）みたいに生白い顔の見慣れぬ女がそこにいた。

「こんなのわたしじゃない」彼女はつぶやいた。「タイラともちがう」

ドアをあけて廊下に出ると、片側はピンク色の浴室、反対側は第二寝室で、突き当たりはキッチンになっていた。

やはりここにも窓はない。

大声でわめきながらよろける足で次の部屋に入り、ロールトップデスクにぶつかった。部屋は狭かったが、ドアがあり、傘立てが置いてある。つまり、出口、外、脱出を意味する。サラはドアに駆け寄り、錠前に襲いかかった。ドアノブを強く引くと金属部分がしなり、チェーンがぴんと張った。

「うそでしょ、もう！」

チェーンをスライドさせようとしてあせり、手をすりむいた。チェーンがはずれ、彼女はドアを引っ張った。目の前にスチールでできた第二のドアが現われた。取っ手も錠前もついていない。蝶番すらなかった。

「うそよ！　うそ！」

サラは手が痛くなるまでスチールのドアを叩きつづけた。

「いや、やめて……」

彼女はずるずると床に倒れこんだ。

「タイラみたいになりたくない」

28

昼前、看守がやってきた。このときはジョーダンとクドラヴェッツだった。ジェイソンは地下二階へと連れていかれたが、Xの目的は一目瞭然だった。ボクシングパンツ一枚で、掃いたコンクリート床に素足で立っていた。

看守がいなくなると、Xはその目をジェイソンに向けた。「われわれはいまも理解し合っているということでいいのだな?」

「それはそっちがそう主張しているだけだ。なにも変わってはいない」

「準備の時間は必要か?」

しかしジェイソンはすでに冷徹な殺しモードに入っていた。両手をあげ、Xがフェイントを、フェイントのフェイントをかけるタイミングを見極めようと、ジェイソンの周囲をまわるのをじっと見つめた。両手。両足。ちらりと向けるまなざし。ときにフェイントは、注意をそらす、あるいは警戒心を解かせる言葉になる。Xお得意の作戦だ。

動揺させれば、バランスが崩れる。

バランスが崩れれば、相手は敗北する。

しかし、ジェイソンはその動きを読んでいた。相手がすり足で近づき両手をあげたところで、ジェイソンは初めて動きを見せ、パンチとキックを矢継ぎ早に叩きこみ、そうやってまどわせてから、目にもとまらぬ鋭いジャブを一発で機先を見舞った。相手の皮膚がメロンの皮のようにぱっくりと裂けた。

Xは痛そうな表情も驚いた様子もまったく見せず、片方の目に血が入ったときに一度まばたきしたのが唯一の変化だった。「親父さんが訪ねてきたそうだね。

前のときは一度も顔を見にこなかったのに、なんとも不思議なこともあるものだ」

ジェイソンは無言だった。

ふたりはにらみ合いながら、まわる動きをつづけた。

「親父さんが変わったのか？　それとも、親父さんはきみが変わったのを感じ取ったのか？　前回、きみがここに入れられたときにはまったく存在しなかった希望とやらを見いだしたとか？」

「おれたちは戦ってるのか、それとも世間話をしてるのか？」

「以前はその両方を同時にやったではないか」

Xのその言葉は肩をすくめる程度のものだったが、直後、ジェイソンが見たこともないほど制御された暴力を見事に披露してみせた。爆発的な動きと接触でジェイソンはわけがわからず、呆然とするほかなかった。Xは二度、流血させたのち、不満顔で退却した。

「もう一度」彼は言い、容赦のないスピードでジェイソンに襲いかかった。今度はジェイソンもうまく立ちまわり、連打をブロックし、見事なジャブを四発と、普通の男なら卒倒するほど重いパンチを一発、脇腹に見舞った。Xはひと声うなっただけで今度は顔を強打し、蹴りを入れてジェイソンの腰から下の感覚を奪った。ジェイソンは一歩前に進んだところで、脚から崩れた。

「もういい！」Xは憤然として背を向けた。「二ヵ月前のきみを期待していたのだがね。わたしの記憶違いか？」血の混じった唾を吐いたジェイソンをXは冷ややかに見おろした。「みじめなものだ。さあ、立て」

ジェイソンはのろのろと身を起こしたが、Xが飛びかかり、さらに二回、殴り倒した。そこで唾を吐き、嫌悪感を強調するように背中を向けた。それ以降のXの攻撃は冷静で戦略的で、どれも完璧に決まった。しかしパンチが命中すればするほど、彼はいらだちを強め、より激しく、よりすばやい攻撃を繰り返しながら、ジェイソンを隅へと追いこんだ。パンチを繰りだすたび、喉の奥から耳障りな声が漏れる。

まさか……ここまで……失望……させられるとは……。

しかしジェイソンが隅に退却したのには理由があった。ひたすらパンチを受けつづけ、怒りで顔を真っ赤にしたXが最後の一発を繰りだすのを待っていた。

「さっさと立て」

Xが警戒をゆるめたが、ジェイソンはこの四分の一秒という一瞬を待っていた。バックハンドで殴りつけ、指のつけ根とてのひらでXの眉間(みけん)にある急所と左頬骨の下の顔面神経を同時に攻撃した。完璧に決まれば耐えられない痛みを引き起こし、ほぼ瞬時に気を失ったはずだ。しかしXは最後の最後でわずかにかわし、倒れるにはいたらなかった。それでも完全な放心状態で、ジェイソンからすれば充分だった。ひろげた手を突きだしてXの喉をつかみ、連続ジャブと強烈な右クロスを叩きこむと、Xは膝からくずおれた。倒れこもうとするところをジェイソンは、並みの男なら死んでしまうほど強烈なアッパーカットを見舞った。さすがのXも半分死んだようになってコンクリートの床に倒れこみ、目をとろんとさせながら血と歯のかけらを吐き出した。

ジェイソンは荒い息で背筋をのばした。間一髪だった。あと一分遅ければ、自分のほうが戦えなくなっていたところだ。

バランスを崩せ。

そうすれば相手は敗北する。

それが深夜の決断だった。Xを怒らせ、怒りを逆上へと駆り立て、逆上をさげすみへと変化させる。ジェイソンに残された道はそれしかなく、だからあえてパンチを受け、痛みをこらえ、逆襲した。それもわずか……。

四分の一秒で。

まばたき一回分で。

ジェイソンは椅子を引きずってくると、ワインのボトルを見つけ、Xが自分の吐いたもので喉を詰まらせるかしばらく様子をうかがったが、やがてXの目に色が戻ってきた。助け起こしてやろうかと考えた——あと十秒も同じ状態だったら、あやうくそうするところだった。

目の焦点が合うようになったXは、ジェイソンが椅子にすわり、ワインが半分まで減っているのを見てとった。「思ったとおりだ」彼は言った。「わたしは正しかった……」

「なにが正しかったって？」

しかしXは答えなかった。血が流れるのもかまわず、ひたすらうなずき、うれし涙のような涙を流していた。

ウィルソン所長にとって、世界はとっくの昔に意味あるものではなくなっていた。いまのこの役職？　それがなんだ。負っている責任？　未来？　妻が彼の手に触れなくなって、あるいはほほえまなくなって、どのくらいになるだろう？　息子たちが彼を父さんと呼ばなくなってどのくらいになるだろう？

Xは本当に死ぬのか？

もちろん、肉体の死は迎えるだろうが、いったいどのような準備をしていることやら。あの男は正気でなく、凶暴であり、とてつもない金持ちだ。弁護士を何人も雇い、金のためならどんなことでもやるような連中を抱えている。Xが早すぎる死を迎えた場合、なにが起こるかは神のみぞ知るだ。

「すみません、所長」秘書があけたドアから顔を出した。「面会の手続きにお答えください。それと、ドクターからまた電話がありました。出向いたほうがよろしいかと」

「わかった」

所長は腰をあげたが、それでも千ポンドも体重があるような気がした。秘書もXの存在は知っている――知っている者は大勢いる――が、地下にいるモンスターを理解しているのはほんのひと握りの連中――これまでに代償を払い、怯えながら暮らしている者だけだ。

ウィルソン所長は上着のボタンをとめ、死刑囚監房の下の地下二階に向かった。階段をおりきったところに看守がふたり立っていた。「容態は？」

「ドクターがつき添っています。意識は戻っています」

「精神状態は？」

いま答えた看守がもうひとりに目をやったのち、肩をすくめた。「わたしの見たところ、満足そうです」

わけがわからない。Xは過去にファイトで負けたことがないのだ。「ここにいろ」彼は言った。「わたしの指示があるまで、一切の出入りを禁ずる」

あの男が死ぬまであと三日……。

あと少しのことだが、ブルース・ウィルソンは度胸のある男であったためしがなかった。妻が初めて暴行を受けたとき、彼は家族を連れて逃走し、二度とXと顔を合わせずにすむよう神に祈るつもりでいた。チケットをこっそり現金で購入するなど慎重にことを進め、愛する者以外、すべて捨て去るつもりでいた。

しかしどうしたことか、Xに知られた。

わたしの記憶では、きみはこの州とはべつの南部の出だったね。

ミシシッピ州だ。デルタ地帯。

家族はそこでしばらく暮らしていたのだろう？

わたしの記憶にあるかぎりでは。

ならば、脱走して捕まった奴隷の脚を使えなくするという、かの地でかつて一般的におこなわれていた残虐な習慣についてはよく知っていることと思うが？

それはつまり……？

足首を折る、膝を砕く、腱を切断する、脚を切断する。どれもたいへん野蛮で時代錯誤もはなはだしいが……。

よくわからないのだが。

わかっているはずだ。

そこでXは所長の旅程の写しをテーブルに置いた。

シャーロットからアトランタ。

アトランタからシドニー。

そのあとのことはほとんど記憶になく、覚えているのは家まで必死に走ったことと、下の息子の悲鳴だけだ。家族全員がキッチンにいた。あらためて振り返ると、妙なことばかり覚えている。隅がめくれたリノリウムの床、栓を抜いたワイン、料理が焦げるにおい。どれだけ記憶を呼び覚まそうとしても、そのときの妻の顔も、上の息子の顔もまったく思い出せない。ふたりともその場にいたはずなのに。当時、もっとも心を打ち砕かれ、あの日以来ずっと、極限まで苦しめられているのは、下の息子の姿、具体的に言えば、あの子の脚だ。かさぶただらけの膝小僧をした細い脚がありえない角度に曲がっていた。


記憶に胸をつまらせながら、ウィルソン所長は目指す監房に向かって廊下を進んだ。刑務所の医師がベッドを前にし、身をかがめてXの目の上の切り傷を縫っていた。所長は冷静をよそおいながら声をかけた。

「どんな具合だ？」

医師は治療の手を休めず、ひと声小さくうなった。

「軽い脳震盪を起こしている。それと、四十針ほど縫うことになりそうだ。ほら、所長に歯を見せてやれ」

「糸を結んで出ていけ」痛みを感じているとしても、Xはそれをおもてに出さなかった。ベッドの上で向きを変えると、体を起こして枕に寄りかかり、胸のところで指を組んだ。「家族はどうしている？」

所長は激しいパニックに襲われたが、なんとかそれを押し隠そうと、荷物をまとめて出ていく医師を見ているふりをした。「元気でやっています」

「下の子はどうだ？」Xはつづけた。「たしか、トレヴァーという名前だったと思うが。幼いトレヴァーは元気でやっているのか？」

所長は心のなかであと三日、それだけだ、と自分に言い聞かせたが、怒りを隠すのは無理だった。「足を引きずらないといけないので、歩くのが大変です。痛みと縁が切れることはないでしょう」

「わたしを、意味もなく残酷なことをする男と思っているのだろうな」

所長は背筋をのばした。いつになく声に力がこもる。「そのとおりです」

「では、わたしが感謝の気持ち、あるいは自責の念を表わしたいと言ったらどうだ？　そのような言葉を口にしたら、それを信じるか？」

「質問の意味がわかりませんが」

「気まずい形で始まったにもかかわらず、きみは公平で、よく応えてくれた。その態度に報いたい」Xの目はあいかわらず無表情だ。「きみ、きみの妻、それと上の息子にそれぞれ三百万ドルでどうだろう。それにくわえ、トレヴァーには足の障害への補償として五百万ドル」

所長は口をあんぐりさせた。そうならざるをえなかった。「千四百万ドル？」

「きりのいいところで二千万としよう」

それだけの富を手にすると考えただけで、所長は気を失いそうになった。彼にとっても妻にとってもあらたな出発となり、トレヴァーにもっとよい治療を……。

「最後にもうひとつ頼みがある」

所長はなけなしの恥と外聞をかなぐり捨てた。「要求を聞きましょう」

Xは説明した。ひじょうに事細かく。「いま話した内容をやってもらえるね？」

所長はやれると答えた。当然だ。いままでさんざん、あらゆることをぶち壊してきたのだ。人間も命も法律も……。

「そうだ、うっかり忘れるところでした」所長は言った。「ジェイソン・フレンチに面会人が来ています。弟です。追い返したほうがいいでしょうか？」

「なぜ追い返す？」ここでようやく、Xは無残な状態になった歯を見せた。「なんと言っても、家族ほど大事なものは存在しない」

かつてはXについても同じことが言えた。子ども時代、彼は両親をこよなく愛していた。妹ですら、ふっくらした丸顔といい、くすくす忍び笑いを漏らす癖といい、なつかしい思い出になっている。あのころは夢のような日々だった。屋敷に旅行、大型ヨットに一流のシェフたち。彼の家族が特別だったのは最初から歴然としており、まわりの男たちが父を尊敬していることは、父の言うことに従いつつも、美しくて若い妻をちらちら盗み見る様子からもあきらかだった。母はいつも遠くの国の王子の物語をXに読み聞かせ、Xもそういう話が大好きということになっていた——母の目にはっきりそう書いてあった——が、物語に出てくるどの王子よりもXのほうがいい暮らしをしていた。世界は王国で、Xの父はその王だった。

八歳のとき、Xはバースデーケーキを飾るキャンドルで指を火傷し、以来、炎に魅せられるようになった。最初のうちはたわいもないもので、マッチと厚紙と溶けたプラスチック程度のことだった。しかし次の誕生日が来ると、彼の夢に出てきたのはキャンドルではなく、大火災だった。父のゴールドのライターで初めて本物の火をおこした。炎はチャールストンの地所のうち、十エーカーの雑木林を燃やしつくした。次に燃やしたのは隣人の車だった。五十万ドルもする、コレクターアイテムの車という話だった。それをマッチ一本で燃やしてやった。

大火災。

制御。

三度めの放火では、家一軒となかにいて出られなかった犬二匹が犠牲になった。しかし、目撃者がいたために警察の訪問を受けたが、現金が渡され、Xは――少年院に行くかわりに――六カ月の集中セラピーに行かされた。その半年間はメモを取り、励ましの言葉をかける医師を後悔と懺悔（ざんげ）のふりでだまし、はちきれんばかりの股間のふくらみと、燃えあがる犬たちのあげる叫び声がまるで人間のようだったことを隠しつづけた。

このセラピーでひとつ学んだことがあるとすれば、放火は見た目が悪く、隠すのがむずかしいということだ。それに、もう炎の夢は見なくなり、見るのは悲鳴をあげる犬とそれ以外の動物の夢に変わっていた。最初はネズミ、つづいてウサギとリス。やがて夢に出てくるのは血のしたたる肉と、期待に胸をふくらませる日々ばかりとなった。そのころのXは罠と秘密の場所に日々をついやしていた。両親はおっかなびっくり距離をおいていたが、庭の散水ホースで妹の猫を冬の木にくくりつけたのをきっかけに、状況が決定的に変わった。それ以降、両親は以前にも増して旅行に出かけるようになり、そのときには妹だけを連れていった。まれに帰ってくると、Xの母はそのたびに美しさを失っているようで、夜、ひとり息子の上掛けをきちんとかけてやるのさえ使用人に命じるなど、ほぼ赤の他人と化していた。父親も〝ハグするよりも握手のほうがいい〟などと言い、それを冗談の種にしていた。

Xが十三歳のとき、動物虐待の動かぬ証拠が父親のもとに寄せられた。最初は山林保護区の猟場番人からだった。小柄ですばしっこいこの男は、翼を釘で木に打ちつけられた瀕死（ひんし）状態のマガモを見つけ、そのあと――何日かのち――目玉をふたつともくり抜かれ、腹部をかっさばかれた若いボブキャットが地面に打ちつけられているのを発見した。

両親はいっそう心痛の色を濃くしたが、その件でX

に問いただす者はいなかった。

誰もが口を閉ざしていた。

一カ月後、ウェリントンの乗馬クラブの馬房から子馬が一頭いなくなった。ただの子馬ではなく、妹の子馬だった。Xはそれを手早く凄惨（せいさん）に殺害し、すぐに見つかりそうな場所に放置した。なぜか？ ひそひそささやかれたり疑惑の目を向けられるよりも、あるいは彼が入っていくたび室内にひろがる、ひそひそ声と耳に綿を詰めこまれたような静けさよりもましだからだ。ちゃんと対峙してくれれば、やめたかもしれない。心のどこかではそう思っていた。〝坊主、それはいけないことだ〟あるいは〝坊主、おまえの心ががらんとしているのはどうしてなんだ〟と言ってくれさえしたら。

誰もなにも言ってこなかったため、Xはもう一頭馬を拉致し、脚を動かせないようにして生きたまま放置し、かつて犬があげたのと同じ悲鳴をあげさせた。その一件ののち、家族はXを追い払った。最初はべつの医師のもとへ、そのあとはスイスでもっとも金がかかる寄宿学校へ。Xはそのことでいっそう両親を憎んだ。孤独と拒否、返事の来ない手紙と取りやめになった面会、帰属への痛いほどの思いとそれがかなわぬ現実に苦しんだ五年間で、憎しみはいっそう大きくなった。あいつらは弱すぎる！ 弱すぎて、受け入れることも、愛することも、クリスマスイブの電話に出ることもできないのだ。あんまりだと思ったXはタクシーでジュネーヴの空港に乗りつけ、偽造パスポートで入国審査をパスすると、冬の別荘まで行き、クリスマスの静けさのなか、家族全員を殺害したのだった。

Xは家族の死を淡々と思い出せるが、彼らの弱さにはいまも虫唾（むしず）が走る。哀れな声で命乞いをする姿ともがく姿、Xを愛していると訴える姿は、一生忘れないだろう。とことん軟弱な連中だった。

大違いだ、とXは思う。ジェイソンとは有能で理解がはやい一方、考えが深く、腕っぷしも強く、みずからの暴力的な面をまったく恐れていない。リストを作って、ジェイソン・フレンチのすごいところをあげていったら、何ページも必要になるだろう。勇気と信念、自己認識。すさまじくむこうみずだが、それはあくまでみずから進んで自暴自棄になったときにかぎられる。もちろん、ジェイソンには自己否定的な面があり、Xはそこにいくらかいらいらさせられる。それをべつにすれば、ジェイソンはXがずっと追い求めていた理想の姿だった。彼はライバルであり、相手にとって不足はない。

けっきょくのところ、リストはあまり長くならないのかもしれない。

29

レーンズワース刑務所の待合室は時間のたった汗とよどんだ空気のにおいがした。看守がぼくを呼びにくると、友人たちを固いベンチに残し、看守のあとをついてテーブルがひとつと椅子が二脚あるだけのなにもない部屋に入った。一分後、ジェイソンがフル拘束でよちよち歩きをしながら入ってきた。兄はむっつりした顔でぼくを見つめた。縫合跡。あざ。「なにしにきた？　おまえをここに来させるなと親父には言ったのに」

「最近、父さんとはろくに話してないんだ」

ジェイソンは鎖をがちゃがちゃいわせながら腰をおろした。「ここに来るのも、ここにいるのを見られるのも危険だ。言ってる意味はわかるか？　連中はおれに仕返しをする手段としておまえを痛い目にあわせるかもしれないんだぞ」

「もうしっかり仕返しされてるみたいに見えるよ」

「この顔のことを言ってるのか？　これは刑務所だからだ。そっちはどんな言い訳をするつもりだ？」

「ヘルズエンジェルスの連中にやられちゃったんだ。〈キャリッジ・ルーム〉で」ぼくはなんでもないというように肩をすくめた。「ぼくが質問してまわってるのが気に入らなかったみたい」

「おれのことを聞いてまわったのか？」

「兄さんのこと。それにタイラのことも」

「くそ……」

「やっぱりあそこで喧嘩したんだね。タイラとも関係あることなんだね」

「喧嘩の原因は銃だ」

「でも、彼女もかかわってた」

「あいつは殺されるほどのことなんかなにもしてないよ。おれはペイガンズの連中と取引してた。保護と現金と引き換えに、軍レベルの武器を手に入れてやるという条件だった。一部は連中が手もとに置いた。一部は一緒に売った。タイラはヘルズエンジェルスにも売ればいいと考えた。彼女は分け前を要求し、取引をまとめようとした。あくまでビジネスだ。エンジェルスはタイラのことなどなんとも思っちゃいなかった」

「ビジネスね」ぼくは冷ややかに言ったけれど、ジェイソンは眉ひとつ動かさなかった。

「おれは一度だっていいやつのふりをしたことはない。とにかく金が必要だった。理由も説明したろ」

「彼女を殺した犯人について、心あたりがあるんでしょ」

「よく聞け、ギビー。タイラはおもしろい女だったが、クロゼットにおさまりきらないほどの悪魔を飼ってた。おまえだってどんな女か見たろう？　聖人さえも殺人に駆り立てるような女なんだよ」

「ぼくはただ、とっかかりになるものがほしいだけなんだ」

「おまえは調べなくていい！　言いたいのはそれなんだ！　おれのそばにも、この刑務所の近くにも来てほしくないし、ペイガンズの連中に接触するのもだめだ。エンジェルスなんて論外だ」

「有罪とされたら、兄さんは処刑されちゃうんだよ」

「ああ、わかってる。検察官にな」

ぼくは体のなかに冷たいものを感じ、うしろにもたれた。「なんでそんな運命を受け入れたみたいな言い方をするの？」

「家に帰れ、ギビー。学校に行け。女の子にキスしてやれ」

「簡単にあきらめて兄さんが死ぬのを見るなんていやだ」

「ロバートが言いそうな科白だな」


「サラがいなくなった」ぼくは最後の銃弾を至近距離から放った。「バークロウはタイラを殺したのと同じ犯人に拉致されたと考えてる。つまり、兄さんだけの問題じゃなくなったんだ」

「いいか、ギビー。おまえはどつぼにはまっている。ここでなにが起こってるのか、わかってもいないくせに」

「だったら説明してよ」

「説明したところで、信じてくれないだろうよ。信じてくれたとしても絶対に受け入れるはずがない。だからおれからはこう言うにとどめる」ジェイソンが顔をぐっと近づけ、拘束具ががちゃがちゃいった。「警戒を怠るんじゃないぞ。大げさに言ってるわけじゃないからな。道を歩いているときも、車に乗っているときもだ。まわりの人間に、周囲の全員に目を配れ。見知らぬやつとは話をするな。見知らぬやつが訪ねてきたらドアをあけるな。家のなかにいろ。友だちと一緒にいるようにしろ。外にひとりでいるときは、中年なのにもっと年上に見えて、無害そのものという感じの男にはとくに注意しろ。そういうやつを見かけたら、とにかく逃げろ。一目散に」

「なんで逃げなきゃいけないの？　その男は何者？」

「ここみたいな刑務所は絶対になにも忘れないし、おれを支配したがるやつらがいて、そのためにはおまえを痛い目にあわせることもいとわない悪い連中がいるんだよ」

「刑務所のなかの人？　それとも外の人？」

するとジェイソンはほほえんだが、そこにはぬくもりのかけらもなかった。「おまえのことはちゃんとわかってるよ。本当だ。力になろうとしてくれるのは、おれたちが家族だからだし、それが崇高な目的だからだよな。でも、おれたちはとっくの昔に家族じゃなくなってる。おまえはおれになんの義理もないんだよ」

「ぼくはそんなふうに思ってない」

「おまえの記憶にある兄貴はもういないんだ、ギビー。ロバートと同じで、ヴェトナムで死んじまったんだ」

ジェイソンはすさみきった目をして立ちあがった。「その事実を少しでもはやく受け入れたほうがおまえのためだ」

ジェイソンを監房に戻した看守はXの息のかかった者ではなかったため、ジェイソンは待たねばならず、それは容易ではなかった。彼は監房内をうろうろ歩きまわり、ドアを強く叩いた。「Xと話がしたい！　いますぐだ！　いますぐ会いたい！」

ギビーは絶対に引きさがらないだろう。

それが問題だ。

「看守！　看守、早く来い！」

ようやく地下二階にたどり着くと、Xは片手に絵筆を持っていた。「今度はいったいどんないかれたゲームをやってる？」

「ゲーム？」Xは振り返らなかった。

「あの女のことだ。行方不明になってる女だ」

Xは絵の具を少しキャンバスにのせた。「この絵の感想を聞かせてもらおうか」

「質問に答えろ」

「絵が先だ」

ジェイソンはいらだちを抑えつけ、絵に見入った。描きはじめたばかりだが、テーマはあきらかだ。ひとりのファイターが倒れ、もうひとりがそれを見おろしている。「床に倒れているのがあんただな」

「床で意識を失っている、だ」Xはさらに絵の具で色をつけた。「学生のとき以来のことだ」

なんでもないことのように言ったが、武術を学ぶ門弟としてのXにとって、なんでもないことなどひとつもない。スイスでの少年時代に詠春拳（えいしゅんけん）とハプキドーを習得し、その後、家族殺害の罪を逃れて両親の財産を相続すると、松濤館（しょうとうかん）流空手の稽古（けいこ）に没頭した。一九二二年に空手を日本に紹介した沖縄の船越義珍（ぎちん）という師匠に指導を受けた。当時の稽古についてXはかつて、神があたえた試練に近いと語っている。いまはそんなことはどうでもいい。「ねらいはおれの弟か？」

絵筆がキャンバスから一インチのところでとまった。

「たしかにあいつはタフなガキだが、あくまでガキだ。ここに入れられたら絶対にもたない。もしこれがあんたの最後の一手なら――」

「きみの弟に対し最後の一手など仕掛けない」Xはようやく振り返った。「わたしの関心はきみひとりにしかない。それはすでにはっきり言ったはずだ」

「なら、どうしてルームメイトを拉致した？」

「ルームメイト？」

「タイラのルームメイトが拉致された。おれはここに入れられているから、警察は弟に疑いの目を向ける。あいつはあの女たちと顔見知りだった。両方とも知ってたんだからな」

Xは絵筆を置いた。「ルームメイト？　ブロンドの女か？」

「知ってるのか？」

「そういう女がいることは知っている」

「ならばリースの仕業か」

「あるいはリースはまったく関係ないかもしれない」

しかし、それはあまりに非現実的な考えだ。「弟はいま、そのルームメイトの行方を捜してる。あいつが彼女を見つけたら、リースはどう出る？」

「リースはわたしの許可なしにきみの弟を傷つけるまねはしない」

「そんな言葉では不充分だ。あんたが言ってやめさせろ。あの狂犬野郎に手を引かせろ」

「リースのことはなんとかしよう」

「どうやって？」ジェイソンはつめ寄った。

「犬を処分するのと同じだ」Xは口をゆがめた。「松濤館流は日本の武術だが、発祥は中国だ」

「どういう意味だ？」

Xが合図をすると、看守ふたりがジェイソンの腕をつかんだ。

「待て、X……」ジェイソンは監房から出されまいと抵抗したが、けっきょく引きずりだされた。「どういう意味かわからないぞ」

Xは抵抗するジェイソンを見ながら、その先は語らなかった。

中国人は飼い犬を食べるのもいとわないと言われている……。

刑務所での面会を終えたあと、街への道をなかほどまで来るまで、ぼくは友だちにほとんどなにも言わなかった。うやむやにされた疑問をいくつも抱えていたせいで、車内の雰囲気は重苦しかった。ようやくぼくは口をひらいた。「兄さんからかかわるなと言われた。なんの力にもなってくれないみたいだ」

「〈キャリッジ・ルーム〉での一件も話したのか？」チャンスもぼくと同じくらい憤然とした様子で、身を乗りだした。「すでにかかわってるってことも？」

「話した」

「なのに、力になろうとしてくれなかったのか？　うそだろ、信じられない」

「これからどうするの？」ベッキーが訊いた。

「なにも思いつかないよ。ジェイソンはなんにも話してくれないし、ぼくはタイラのことをまったく知らないにひとしいし。友だちのこととか、勤め先のこととか。どこの出身かすら知らないんだよ。本来なら、サラに訊くところだけど……」

言葉を濁したのは、その言葉自体がすべてを語っていたからだ。チャンスが日焼けした腕を座席のうしろで組みながら、身を乗りだした。「そのサラはいない。まったくひどすぎるぜ。おれは知り合いでもなんでもないけど、腹がたってしょうがない。けど、おまわりは事件についていまはべつの見方をしてるのかもな。ほら、時間とか。視点とか。被害者がふたりってことは、バークロウが言ってたとおり、べつの力学で動いてるんだよ。おまえの親父さんがあと押ししてくれたら……」

ぼくはミラーのなかの彼を見つめ、それからベッキーにちらりと目をやった。いまからつらいことを言わなくてはならない。「ジェイソンはタイラを殺した犯人を知ってるんじゃないかと思うんだ」

ものすごく非常識なことを言ったみたいな反応だった。チャンスはあっけに取られていた。ベッキーの口は、完璧なOの形になった。けれども、兄のことをここまで話していいものか。ぼくが見てとった兄の荒涼とした思いと決意はけっきょくのところ、もっとも深い形の絶望に見えてしょうがなかった。

おまえの記憶にある兄貴はもういないんだ、ギビー。ロバートと同じで、ヴェトナムで死んじまったんだ…

…。

そこは明かせない。

でも、それ以外なら……。

ぼくは一言一句たがえず、ふたりに伝えた。警告、リスク、ジェイソンから聞いた話のすべてを。話し終えると、チャンスはショックで呆然とした様子で、ぼくの言葉を繰り返した。「〝おれを支配したがるやつらがいて、そのためにはおまえを痛い目にあわせることもいとわない悪い連中がいるんだよ〟」

「怖がらせて手を引かせようとしてるんだと思う」ぼくは言った。

「あるいは、あなたを守ろうとしているのかも」ベッキーが口をはさんだ。「もっとも、どっちも同じことだよね、たぶん」

「いまの話が全部本当だと仮定しよう」チャンスが言った。「そう仮定するしかないよな。本当だとしたら、誰のことを言ったんだろうな。危険な連中ってのは誰のことなんだ？」

「いま話した以上のことは知らないよ」

「それじゃ全然足りないな」

「ベッキー？」

彼女は時間をかけて、チャンスよりも慎重に考えていた。「〝中年なのにもっと年上に見える男〟っていうけど、どういう意味なのかな。やけに具体的だけど、全然、具体的じゃないよね」

その質問にぼくは細心の注意を払って答えた。というのも、この部分を話すのもつらいからだ。「まずまちがいなく、ぼくはその男を見てる」チャンスが口をぽかんとあけ——言葉を失ったらしい——ベッキーも顔面蒼白（そうはく）になった。「二度」ぼくはつづけた。「一度めは裁判所のなかで、二度めはタイラが……わかるよね」

「彼女がみじん切りにされた直後か」チャンスはシートを乗り越えんばかりのいきおいで言った。「そうなのか？　タイラが殺された直後で、サラが拉致される直前ってことか？」

「落ち着けよ、チャンス」

「おまえは落ち着きすぎだっての！」彼は座席のてっぺんにてのひらを叩きつけると、シートにへたりこんで腕を組み、口をぎゅっと結んで黙りこんだ。

「その男なのはたしか？」ベッキーが自分とチャンスはまったくべつの種類の人間だと強調するように、穏やかな声で訊いた。

「特徴は一致してる。四十歳なんだろうけど六十歳に見えた。小柄でやせていた。いかにも無害そうな感じだった。ジェイソンから聞いたとおりだ」

「裁判所以外ではどこで見かけたの？」

「タイラの家がある通り。とめた車に乗ってて……」

「そりゃ完璧だ」チャンスが言った。「彼女の家がある通りだなんて」

「別人だったのかもしれない」

「でも、別人じゃないと思ってるのよね？」ベッキーが訊いた。

「偶然で片づけるには不自然すぎると思うんだ。タイラが死んだ直後にああいう男が彼女の家がある通りに車をとめてたなんてさ。それに、外見に特徴がありすぎるし。すごく目立つのに、あんまり目立たない。きみが言ったようにね。と同時に、見過ごされやすくもある。記憶に残りにくいタイプなんだ。裁判所で見かけてなかったら、そのあと見かけても気にもとめなかったと思う」

「でも、裁判所で見かけたんだろ」チャンスが割って入った。「だから、二度めに見かけたときに気がついた」

「あっちもぼくをじっと見てた。ぼくが車まで歩いていく三十秒ほどだけど」

いちばん先に大局的な見地からものを見たのはベッキーだった。「タイラを殺した犯人をジェイソンが知ってるなら、どうして警察に言わないのかしら？」

その点についてはぼくも気にかかっていた。「確信があるわけじゃないんだと思う。証拠がないのかもしれない」

「そうじゃない。お兄さんはあきらかに、あなたを守ろうとしてるのよ」

「どうしてそう言い切れる？」

「あなたが同じことをしようとしてるから」ベッキーはふたりだけのときみたいに、世界にぼくたちしかいないみたいに顔を近づけた。「考えてもみて。お兄さんはあなたの質問に答えようとしないし、捜査に近寄らせまいとしてる。そのおそろしい男について警告した。質問してまわるのはやめてほしいと、せがみもした。タイラを殺した犯人を知ってるなら、警察に教えたいと思うものよね。善良な人間なら誰だってそうする。でも、そうしないのはなにか大きな理由があるんだわ」

「ぼくたちはもう家族じゃないというようなことを言ってたけど」

「それがお兄さんの本心だと思ってるわけ？」

「どうかな」

「これだけ言ってもわからない？」

ぼくは無言で車を運転しつづけた。

なんの答えも持ち合わせていなかった。

遠くにシャーロットのダウンタウンの高層ビル群が見えてくるまで、さらに二十分かかった。市境の手前の信号でチャンスが言った。「そこで曲がってくれ。家の前まで頼む」いらだつと同時に困惑していた彼だったけれど、家の前まで来ると妙に申し訳なさそうな顔になった。「おれだってできればついていってやりたいよ——行き先がどこだろうとな。でも、おふくろのことがあるからさ。次の仕事まで二時間しかないんだ。昼めしには帰るって言っちゃったんだよ」

ぼくは言った。「いいって、兄弟。気にするな」でも、チャンスとは長いつき合いだから、どう考えているかは手に取るようにわかった。**こいつは半端じゃないことになってきたぞ……。**

「このあとはどうするんだ?」彼が訊いた。

「まだ決めてない」

「なにもしないほうがいいかもしれないぜ? ちょっと目先を変えたらどうだ? 授業に出るとか。卒業するとか」

「うん、そうだね」

チャンスはまだ葛藤しながら自宅のほうを見た。

「タイラの家の近くで見かけた男だけど……どのくらい近くで見たんだ?」

「十フィート、かな」

「車のなかにいただけなんだな?」

「コンドミニアムを見張ってたんだと思う」

チャンスはそこになんらかの答えが書いてあるかのように、ぼくの顔をまじまじと見つめた。「あとで電話くれよな」

「うん、もちろん」

「ならいい。じゃあな、ベッキー」

チャンスが家に入っていくのをぼくたちは見送った。

「さて、どうする?」ベッキーが訊いた。

「まだ決めてない」

「思うんだけど、あなたはまちがった見方をしてるんじゃないかな。なにもかも」

「どういうこと?」

「いままでずっと、タイラのことばかり調べてるよね。そこに集中してるでしょ。彼女は誰を怒らせたのか? 彼女は殺されるようなどんなことをしたのか?」

「うん、だって、殺されたのは実際、彼女なわけだし」

「お兄さんのことはどのくらい知ってるの?」ベッキーは訊いた。

「話が見えないんだけど」

彼女はぼくの手を取って、悲しそうに肩をすくめた。

「タイラが殺されたのは、タイラ自身に原因があるわけじゃないのかもしれないってこと」

ベッキーの指摘は目がくらむほど冴えていたし、これまでとまったく異なる考え方へのドアをひらいてくれるほど単純だった。ぼくは最初から、タイラの日常と問題以外、ほとんど検討してこなかった。だからこそ、〈キャリッジ・ルーム〉やサラのコンドミニアムまで足を運んだのだ。ベッキーのちょっとした質問でそれがすべてひっくり返った。実際、ぼくはジェイソンのことをまったくわかっていなかった。本人からもそう言われた。それでも、ぼくたちの距離は状況の産物にすぎず、戦争と物理的な距離と離れていた歳月に起因していると思っていた。石切場でのあの日、兄弟なんだから、仲良くしないとなと兄は言った。でも、そうするためにどんな努力をしただろう？　ぼくたちはたった一日、一緒に出かけただけだ。女の子たちを連れて。

おれは善人じゃない……。

兄はそうも言っていた。

「どこに向かってるの？」混雑する通りに出てはじめて、ベッキーが口をひらいた。それまで彼女はひたすらがまんしていて、ぼくはその時間でジェイソンをお皿のようにまわしつづけていた。兄、兵士、犯罪者。一緒に過ごした子ども時代の記憶をべつにすれば、兄のことは冷酷で荒っぽく、人を見くだすところがあることくらいしか知らなかった。

とっととうせろ……。

「レストランがあるんだ」ぼくは言った。「南部の伝統料理と韓国料理を出す店が」

レストランは記憶にあるとおりのにおいがした。煙草の煙とコラードグリーン、嗅ぎなれたバーベキュービーフとキムチのかすかなにおい。ぼくたちがカウンターのスツールに腰をおろすと、年配の黒人男性がグリルから大声を出した。

「シャーリーン！　お客だぞ！」

丸顔でお尻の大きな女性がスイングドアを押して出てくると、口もとに笑みを浮かべ、カウンターの反対側を悠然と歩いてきた。「おや、まあ、かわいらしい白人のお客さまだこと」紫っぽい色の口紅にひびが入り、耳からペンが現われた。「きょうはなにを召しあがるのかしら？」

「コーヒーを」ぼくは言った。「それと、ミスタ・ワシントンと話したいんです」

ぼくが年配男性のほうにうなずくと、女性の顔から笑みが消え、目が急に怪訝そうにくもった。「うちのナサニエルを知ってるの？」

「先週、会いました。ぼくはジェイソン・フレンチの弟です」

「んまあ、あのときの子なのね。顔を見ただけですぐわかってもよさそうなものなのに」怪訝そうな表情が消えた。笑みが戻った。

「兄をよく知っているんですね？」ぼくは訊いた。

「いい面も悪い面もね。でも、あの子の場合、悪い面といったって、そんな悪いわけじゃないし、いい面はとてつもなくいいのよ。ナサニエル！」彼女はぼくの顔をなめまわすように見ながら、料理人の名前を呼んだ。「ちょっと来てごらんよ、意外なお客さんだから」年配男性がマッシュポテトが焦げちまうとかなんとかぶつぶつ言い、シャーリーンは大げさにむっとした顔でため息をついた。「まったくもう……」彼女はふたつのマグにコーヒーを注ぎ、ポットをコンロに戻した。「あんたの兄さんはいろいろ言われてるけど、あたしは信じてないからね。新聞。テレビ」彼女は顔をしかめた。

「どうしてですか？」

「うん、まあ、誤解しないでほしいんだけどね。あたしはあんたの兄さんを知り抜いてるってほどいろいろ知ってるわけじゃない。刑務所暮らしをしたのは事実だし、ドラッグにかかわったのも事実。でも、あの娘さんを殺すなんてありえないよ」彼女は首を横に振った。「しょっちゅうあそこのカウンターにすわってて、うちで夕食を食べたことも十回以上ある。しかも、うちの息子はあの人に恩があるしね」

「ダーゼルさんですね」ぼくは言った。

「ダーゼルのことも知ってるんだね」彼女の目がぱっと輝いた。「コーヒーにクリームは入れるかい、お嬢さん？」彼女はベッキーのマグを指さし、答えを待たずにブリキのクリーム入れを滑らせた。「そうなのよ、あんたの兄さんはうちの子の命を救ってくれたの」ぼくはコーヒーをおろした。「ええとね、ふたりは海兵隊の新兵訓練所があるパリス島に向かうバスのなかで出会って、すぐ意気投合したそうよ。出身が同じで、どっちも荒っぽくて肝が据わってる性格だった。パリス島は十二週間の地獄だったけれど、ふたりは同じ宿舎に泊まって、一緒に訓練を受け……」

「そこで兄はダーゼルさんの命を救ったんですか？」

「新兵訓練の四日めのことよ」シャーリーンは丸い尻を突き出し、肉づきのいい手をカウンターについた。「六マイルのランニングで三マイルほど走ったときだった。二十人だか三十人がフル装備で走らされ、そのうちの半分が朝、食べたものを吐いてたそうよ。それが起こったのは、ダーゼルとジェイソンが先頭を走ってるときで、ふたりはいつだって先頭だったんだけどね。ライバル意識とでもいうのかね……」彼女にしか見えないなにかを思い出しているのだろう、目が少しかすんでいた。「砂の地面を蹴るブーツの音で、ヘビががらがらいってる音が誰にも聞こえなかったんだろうね。それにガラガラヘビってのは松葉や砂にもぐりこむんだよ。本当だって。あんたの兄さんがかまれてたっておかしくなかった——ふたりは並んで走ってたんだから——けど、ガラガラヘビを踏んだのはダーゼルのほうで、残り三マイルを必死で走って基地まで息子を運んだのはあんたの兄さんだった」シャーリーンはここでまたほほえんだ。太陽のような笑顔だった。

「あたしのダーゼルに会ったことはないだろうけど、あの子は身長が六フィート二インチ、体重は二百二十ポンドもあって、タイヤレバーでも使わなきゃ殺せないほど頑丈なんだよ。そこにいるちっこいのとはちがって……」

彼女は親指で夫を示したけれど、その目は愛情にあふれていた。

「あんたたち、ソウルフードは好き？　ジェイソンは日曜の朝みたいに大好物だったんだよ」

「あの、実は、ミセス・ワシントン……」ベッキーと目を合わせると、彼女はうなずいた。「それよりも、息子さんと話をしたいんですが」

ダーゼルの住所は遠くなかったものの、そこに行くには不安があった。ベッキーが口をひらいたときにも不安が感じ取れた。「さっきのおじさんが言ったことだけど……」

四車線道路を走っているときで、ぼくは危険かもしれないと思いつつ、彼女の顔をうかがった。不安になっているわけではないようだ、と結論づける。警戒しているのだ。

それこそふさわしい言葉で、ふさわしい感情だった。ぼくたちが人好きのする丸顔の妻のほうと話しているあいだ、ナサニエル・ワシントンはぼくたちのほうをろくに見もしなかった。マッシュポテトとスペアリブに気を配り、一、二本、煙草を吸った。けれども、シャーリーンが息子の居場所を告げると、彼はグリルからものすごいいきおいで振り返ったものだから、持っていたスパチュラの先端から黒い脂が飛ぶほどだった。

〝若い白人をアール・ヴィレッジに行かせるつもりか？　それとも、おまえには四十二年の結婚生活のなかでおれが見つけられなかった愚かな一面があるのか？〟彼はぼくらを説得して行かせまいとしたけれど、ぼくが理由を話すと、何度かうなずきながら注意深く話を聞いてくれた。やがて、彼は妻にキスをして、自分の車のキーを手に取った。〝そういうことなら、おれがあとをついていって、妙なまねをされないよう見張ったほうがよさそうだ……〟

シャーロットはボルティモアやデトロイトとはちがうし、ジェイムズ・アール・レイがメンフィスのロレイン・モーテルでキング牧師を射殺したあとに人々の怒りが爆発したその他の都市ともちがうけれど、海沿いで発生した暴動をきっかけに州のあちこちで流血事件が起こって以来、緊張状態がつづいている。人種差別撤廃運動と強制バス通学。ブラックパンサーとKKK。人種問題だけではない。市民はヴェトナム戦争、インフレ、共産主義、汚辱にまみれた指導者、ガソリン価格に怒っていた。しかしながら、怒りの炎がもっとも激しく燃えていたのは、もっとも貧しい市民が住んでいる場所で、それがアール・ヴィレッジだった。

「いい人たちだけどな」と父はしょっちゅう言っている。「だが、頭にえらく血がのぼってるんだよ」

ナサニエル・ワシントンの見方も同じだったらしい。運転している本人と同じくらい年季の入ったトラックに乗りこんで、ぼくらを先導して狭い通りを走った。公営住宅の前まで来ると、彼は車をとめ、ぼくたちは縁石のところに集まった。ナサニエル・ワシントンの顔には深く濃いしわが刻まれ、彼は不安を隠そうともしなかった。「本当にやるつもりなんだね？」

「とても大事なことなんです」

彼は黄ばんだ目でぼくを見つめた。「おれの息子が力になれなかったら？」

ぼくは答えを持ち合わせていなかったので、答えなかった。彼は顔をしかめたものの、うなずいた。「このあたりは、警官以外、白人を見かけることはめったにない。だから、冷静に行動するんだぞ。ヴィレッジにはいい連中もいるが、ものすごくいい連中ってわけでもない。喧嘩を売ってくるやつがいたら、おれに話をさせてくれ。それから、親父さんが警官だってことは言わないほうがいい」

父に関してはまったくもってそのとおりだ。ブラックパンサーもアフリカ系アメリカ人統一機構もアール・ヴィレッジを拠点に活動している。それはつまり、監視、いやがらせ、憎悪を意味する。どうなるかはぼくだってわかる。

「では、いいかな」革のような顔がけわしくなった。

「うちのダーゼルを捜しにいくとしよう」

彼を先頭に、ぼくらは歩道を一ブロック歩き、公営住宅のひとつに入った。彼は二階にあがり、なんの表札も出ていないドアの前で足をとめてノックした。

「ダーゼル。父さんだ」ドアがチェーンの長さだけあき、不信感もあらわな黒い顔がのぞいた。「落ち着け、ラッセル。このふたりはおれの連れだ」

目の表情に変化はまったくなかった。むき出しの敵意。「ダーゼルなら〈キュー〉にいる」

〈フレンドリー・キュー〉は二ブロック先にあるビリヤード場だった。そこまで歩く途中、ぼくたちは大勢から不快感まるだしの目でじろじろ見られたが、なにか言ってくる者はいなかった。ビリヤード場のなかは煙くて薄暗く、ダーゼルはひとりぽつんとビリヤード台を前にして、緑色のフェルトの上に巨体を乗りだしていた。ぼくたちは彼が三つの球を連続して入れるのを見ていた。ナインボールをはずすと、彼は背筋をのばし、父親と目を合わせた。「まだ真っ昼間だぜ、親父。店は誰が見てるんだ？」

「おまえの母さんが留守を守っている」

「主よ、われらを助けたまえ」

ダーゼルは揺るがない目の持ち主で、髪は五インチの長さに刈り揃え、父親が紹介してもぼくたちにはにこりともしなかった。「ふたりともいい子で、助けを求めている。ジェイソンのことで訪ねてきたそうだ」

「ジェイソン・フレンチ？　本当か？」

「ぼくの兄なんです」

「そうだろうと思った。顔がそっくりだものな。とりあえずすわろう。あんたもだ、そこのかわい子ちゃん」彼はベッキーにウインクし、ぼくたちは彼についてカウンターの前を通りすぎ、ボックス席に入った。ベッキーはぼくの隣に、ダーゼルと父親はその向かいに腰をおろした。「ジェイソンの話が聞きたいって？　どんなことが知りたいんだ？」

ダーゼルの目にはジェイソンがときおり見せるのと同じ、冷ややかで醒めた雰囲気があった。兵士、あるいは戦争を経験するとそうなるものなのかもしれない。

「お母さんからあなたとジェイソンが一緒に新兵訓練を受けたと聞きました」

「そのとおりだ」

「その後も連絡を取り合ってたんですか？」

「きみの兄さんは〝連絡を取り合う〟ようなタイプじゃないよ」ダーゼルはカウンターに向かって指を四本立てて見せ、バーテンダーがうなずき返した。

「最後に兄と会ったのはいつですか？」

「ヴェトナムから帰還して、あいつが刑務所に入る前だったな。たしか三年くらい前だ」

「それ以降はまったく？」

「ニュースに出てたことくらいしか知らないな。でも、あいつがあの女性を殺したとは思ってない。いや、勘違いしないでくれ。ジェイソンは正当な理由があれば、いまこの店にいる全員を殺すこともいとわない。あの男も、あの男も、あの男もな」ダーゼルはボックス席のうしろにいる客に向かってでたらめに腕をのばした。

「だが、その場合、一発できれいに仕留めるし、あくまで正当な理由があってのことだ。新聞に書いてあるようなことは絶対にしない。くそ……」大男は首を振り、複雑な表情を浮かべた。「ジェイソン・フレンチのばか野郎……」

「怒ってるみたいですね」

「怒ってる？　そうじゃない。たしかに人生は短すぎる。だがあのばか野郎もたまには電話に出るべきだったんだよ」バーテンダーがビールのピッチャーとグラス四個を持って現われた。ダーゼルはピッチャーを受け取って注ぎはじめた。「誤解しないでくれよ。おれはいまでもあいつのことが大好きだ。いや、尊敬してると言っていい」ダーゼルは片方の眉をあげ、ビールを注いだグラスをベッキーのほうに滑らせた。「ガラガラヘビの一件は知ってるんだろ？」

「お母さんが話してくれました」

「まあ、あれはあくまでエピソードにすぎないし、エピソードはあくまで言葉の羅列だ」彼はさらにふたつのグラスに注いで渡した。「大人の男を三マイル離れたところまで運ぶのがどれだけ大変かわかるか？　坂をのぼってはくだり、しかも半分は砂が深いときてる。おまけに運ぶのは小柄なやつじゃなく、おれみたいな大男だ。三マイルを全力疾走するんだぞ。それをよく考えてくれ」彼は自分の言葉がぼくたちの胸にしみるよう、少し間を置いた。「おふくろはあいつがどうしてそんなことをしたか言ってたか？　おれの友だちだからだよ。ほかの連中はそうじゃなかった。きみの兄さんへのおれの気持ちを理解したいなら、そこをしっかり感じ取ってもらわないといけない」

ダーゼルは自分のグラスを飲み干し、おかわりを注いだ。「そもそも、なんでジェイソンのことを訊きにきたんだ？　おれよりよっぽどよく知ってるだろうに」

ぼくは首を振った。「ヴェトナムに行ってからはそうでもなくて」

「なあ、ヴェトナムが大きな溝になってるんなら、軍に志願すればいい。たしかまだ戦争はつづいてるはずだぞ」

「さっき、新聞に出てた女の人のことに触れましたよね」

「ああ、そうだが。あれは冷酷非道で残虐な事件だった」

「ジェイソンは彼女を殺した犯人を知ってるんじゃないかと思うんです。でも、警察に言おうとしません。ぼくはその理由を知りたいんです」

「あいつを助けたいってことなんだね？」ダーゼルは煙草に火をつけ、ライターの蓋をぱちんと閉めた。

「騎士のように、あるいはちびっこGメンよろしく駆けつけるというわけか」

「そんなようなものです。あなたも同じことをするんじゃないですか？」

「先に言っておくが、ジェイソン・フレンチが騎士を必要としたことは一度もない。だが、今回は必要としているというなら、きみと、そこのかわいらしいお嬢さん――」彼は煙草でベッキーを示した。「――馬にまたがって彼を救出するのはきみたちだ。このおれからなにを知りたいんだ？」

なにを知りたいのか、ぼくもよくわかっていなかった。「兄を理解したいんです。警察に頼ろうとしないことが、どうしても理解できなくて。兄がどう変わったのか、どうしてそうなったのかを知りたいんだと思います。それがわかれば、兄と話ができるような気がして」

「そうか、あいつの物語を聞きたいのか。わかった。戦争について、戦争が人間にあたえる影響について知りたいんだな。わかった、説明してやろう」ダーゼルはまたも煙草をぼくらに向けた。「戦争は人それぞれちがう。まわりにはほかの兵士がいるが、基本的には孤独だ。戦闘経験のある兵士なら、誰だって同じことを言う。引き金をしぼれば、敵は死ぬ。相手の脳みそで木を染めるか、そいつのはらわたを地面にぶちまけるかだ。どうやったかが問題になるのは悪夢のなかだけ、あるいは、ようやく勇気を出して鏡をのぞくときくらいなものだ。事実はこうだからさ。いい兵士だろうがそうじゃなかろうが、臆病者だろうが、品行方正だろうが、弾とガッツがあっただけのこと。とにかくそういうことだ。誰が殺して、誰が殺してないとか、誰それが臆病風に吹かれて逃亡したとか、まちがった場所に歩を進めて、脚を吹き飛ばしたとか。物語なんだよ、ちくしょうめ。誰もが物語をほしがる——記者に徴兵忌避者、金持ちで白人の大学生どもがな。ああ、きみの兄さんのことじゃなきゃ、おれもそういう話を聞かせたかもしれない。でも、その程度の話はもう知ってるんだよな？　そこから掘り下げたいんだよな？　このくそな状況を理解するにはくそのなかに入らなきゃならない。なぜなら、脚を失ったのはおれの友だちだし、そいつの血のにおいにむせ、出血をふせごうとしながら運び出したのはおれだからさ。負傷した大腿部から体じゅうの血が奪われるまで、どのくらいかかるか知ってるかい？　それだって物語なんだよ！　問題はそこだ。物語ってのはおれのもので、どれもその人だけのものだ。人に話すかもしれないし話せないかもしれないが、それを決めるのもおれだ。となると、ジェイソンはちがう考えなのか、やつの物語をおれが語ってかまわないと思っているのか自分の胸に訊いてみなきゃいけない」

ダーゼルは煙草をもみ消し、顔をぐっと近づけてきた。「ヴェトナムで兄さんが変わったと考えてるんだよな。ああ、たしかにそうだ。戦争でおれたち全員が変わったよ。どう変えるのかを知りたいなら、自分であのくそな戦争を戦ってみるんだな。ジェイソンの物語を聞きたいんなら、本人と話すべきだ」

「ダーゼル、頼むから……」

「落ち着け、親父。おれたちは理解するために話してるんだ」ダーゼルは背中をボックス席の壁にぴったりとつけ、いっそうけわしい目でにらんだ。

「ねえ、聞いて、ダーゼル」ベッキーが彼の手を取ろうとし、ぼくはその顔に真の理解と心からの思いやりを見てとった。彼女にとって戦争はそこまで個人的なものだったことなどないかのようだ。「あたしたちは力になろうとしてるの。それだけよ」

「女を殺した犯人をあいつが知ってると思うんだね？」

「ええ、そう思ってる」

「だとするとやっかいだな」ダーゼルは手を引っこめたけれど、あくまでやんわりとだった。「あの男は自分のことを話したがらない。それはおれのせいじゃない」

「ぼくのせいなんです。黙ってるのはぼくのせいです」

「どういうことだ？」

「ぼくを守ろうとしてるんだと思います、悪い連中と、兄が言ってる連中から。刑務所のなかにいるのか外にいるのかはわかりません。兄によれば、その連中は兄を支配するためにぼくを傷つけるつもりなんだそうです」

「なにもわかってないようだな」ダーゼルは言った。

「あなたの命を救った人間を、検事が処刑しようとしてることはわかってます」

ベッキーが言った。「お願い、ダーゼル」

けれども、ダーゼルの目はぼくに向けられたままだった。

「ぼくの兄のひとりは戦死しました」ぼくは訴えた。「もうジェイソンしかいない。つまり、ぼくはもうこのくそにはまってるということです」

ダーゼルはにこりともせずにドラムを叩くように指

を動かした。やがて、自分の父親に目を向けると、父親はうなずいた。「それが正しいことだぞ、ダーゼル」

「わかった」ダーゼルは言った。「知ってることを話してやろう。時間がかかるが、おれのやり方でやらせてほしい。だから、話の邪魔をしないでくれ。質問を差しはさむのはやめてくれ。あとで話を戻せばいいが、それもできればやりたくない」ダーゼルは覚悟を決めていた。あいかわらず気が進まないようだが、リラックスして二本めの煙草に火をつけるくらいには気持ちの整理がついていた。「そうとも、ジェイソンは英雄だよ。あいつの物語を知ってる海兵隊員なら誰だって同じことを言うだろう。二度の在任期間を満了し、三度めの大半もこなした。だが、悪い結末になっちまった。軍事刑務所、不名誉除隊。大半のやつが知ってるのはそれだけだから、話をそこから始め、残りはあとにまわす。いいか？」

「もちろん」

ダーゼルは満足そうにうなずいた。「ソンミ村は知ってるか？」

「大虐殺のこと？」

「ああ、その大量殺戮（さつりく）のことだ」

ダーゼルはベッキーに目を向けたが、彼女もソンミ村のことは知っていた。たいていの人は知っている。一九六八年、アメリカ陸軍の一団が、いまもヴェトナム戦争で最悪の虐殺と見なされている行動のなかで、村民五百人を殺害した。殺害の根拠はなにもなかった——村からヴェトコンはひとりも見つからず、村民の抵抗もなかった——が、アメリカ陸軍の兵士たちは、一日で無辜の男女、子どもを組織立って殺害した。手（しゅ）榴弾（りゅうだん）やロケットランチャーで吹き飛ばし、溝に並ばせて射殺した。乳幼児。身重の女。動く者、呼吸をしている者、あるいは這っている者すべてを。大々的な隠（いん）蔽（ぺい）がおこなわれたのち、連邦議会の公聴会がひらかれ、裁判がおこなわれ、国民から激しい怒りがわき起こり……。

ダーゼルに質問はするなと言い渡されていたけど、どうしても訊かずにはいられなかった。「ソンミ村の虐殺事件を起こしたのは陸軍ですよね。ジェイソンは海兵隊所属でした」

「そのとおりだが、ヴェトナムは巨大でコントロールを失った、醜悪な戦争なんだよ」ダーゼルは煙を吐き、冷徹な茶色の兵士らしい目でぼくをじっと見つめた。

「ああいうひどいことがおこなわれたのは、ソンミ村だけだと思うか？」

30

ダーゼルの言うことはひとつ正しかった。話し終えるまでには長い時間がかかり、終わったあとの暖かな陽射しを浴びながら、ぼくは考えがまとまらず、寒気を感じ、すっかり気をのまれていた。兄の考え、兄が取った行動……。

「帰りはあたしが運転しようか？」

ぼくはベッキーにキーを渡し、ビリヤード場を振り返って、まぶしい光に目を細くした。ダーゼルはまだなかにいたけれど、父親はあけたドアのところに立って、ぼくを長いこと見つめてから、重々しい表情で手を振り、薄暗い店内に戻っていった。

「帰ろうよ、ハンサムくん」

ベッキーはぼくを車まで連れ戻して乗せた。彼女はハンドルを握ってからも、ぼくをそっとしておいてくれた。たくさんのパズルのピースと、それの複雑なはまり方を理解する手順をわかっているみたいだった。

「こんなのってないよ」ぼくはようやく口をひらいた。

「ええ、本当に」

「ぼくは兄さんのことをなにもわかってなかったんだな。誰もわかってなかったんだ」

「その話をしたい？」

ぼくはダーゼルによって頭にインプットされた映像を再生させた。音声はなく、血染めの川に浮かぶ死体、死んだ全員、まだ生きている全員が映しだされる。

「どうしてジェイソンは話してくれなかったんだろう？　信じられないよ、ベッキー。なんで家族の誰かに話さなかったんだろう？」

「わからない。わかればどんなにいいか」

「でも、腑に落ちたよ。ドラッグのことも、あんなふうに人が変わってしまったことも」

「本人に言うの？」

「本当のことを知ってるって？　それはどうかな。もう、頭が爆発しそうだ」

「深呼吸してみたら？　吸って、吐いて。大きく、ゆっくりと」

ぼくは目を閉じて、彼女に言われたとおりにした。次に目をあけると、どこを走っているのかさっぱりわからなかった。「待って。どこに行くの？」

「あたしのこと、信用してるんでしょ？」

「してる」

「じゃあ、なにも言わずに一緒に来て」

彼女は涼やかな目でうっすらほほえみ、ぼくは窓外の景色が流れていくのを見ながら、警官のこと、記者たちのこと、検察官のことを考えていた。あの人たちも兄さんのことをわかってないんだ。誰ひとり、わかってない……。

十分後、どこにいるのかわかった。廃墟となった金物屋。いまにも倒れそうな見覚えのある家。「きみの家に行くの？」

ベッキーはこのときもまた、うっすらほほえんだけれど、自宅のある通りを過ぎ、次の通りで曲がり、古ぼけた小さな家にはさまれた空き地の前の縁石に車を寄せた。「ついてきて」

ぼくは彼女に言われるまま空き地に足を踏み入れ、崩れてひさしい住宅の基礎をまたぎこして反対側に出た。急な斜面をくだり、腰まである葛の茂みをかきわけていくと、やがて雑木林が見えてきた。彼女に引っ張られるようにして林の奥に入っていくと、小川が見えた。そこで向きを変え、蔓植物を払いながら土手沿いに進んでいくうち、前にも来た深くて透明な池が現われた。

「一緒に泳いだのを覚えてる？」彼女は大まじめな顔で靴を脱いだ。「今度は練習じゃないからね」

彼女のシャツが落ち、ブラがそれにつづいた。彼女は少しだけ顔を赤らめ、ぼくの脳裏に石切場で彼女を、日焼けしてアシカのようにつやつやの肌をした彼女を見かけたときの記憶がすべてよみがえった。彼女はぼくのシャツを脱がせ、キスをしてきた。乳房が胸にぴったり押しつけられ、その小ささとぬくもりがはっきりと伝わってきた。やがて彼女は体を離し、残りの衣類をすべて取り去った。顔の赤みを残したまま、池のほうを向き、人差し指をくいっくいっと曲げて、意味深にほほえんだ。「来るの、来ないの？」

ぼくも着ているものを脱いで、彼女を追って池に入り、わずか数インチの距離まで近づいた。「どうしていまなの？」ぼくは知りたかった。

「ダーゼルじゃなく、あなたの顔をずっと見てたから」彼女は体が触れ合う位置まで近づいた。「自分が泣いていたのに気がついた？」

「最後のほうだけだよ」

「あのとき、美しいって思ったの」

「どうして？」

「ダーゼルの話であなたが自分のやっていることに確信を持ったから」

「その前から確信してたよ」

「でも、義務と愛には違いがある。あなたはジェイソンが血のつながったお兄さんだから助けようと考えた――それは義務。ダーゼルの話を聞いてあなたはお兄さんを愛するようになった」

たしかにそうだ。彼女の言うとおりだ。

「キスして」彼女に言われ、ぼくはそのとおりにした。

そっと。

いとおしむように。

「じゃあ、次は愛して」彼女に言われ、ぼくはその言葉にも従った。

ことが終わり、隣でベッキーがシダと苔のベッドに横たわるのを見ながら、ぼくはもう何度めになるかわからないけれど、きょうという日が現実ではないように感じていた。触れ合うふたりの肌、協力して打ち破った子ども時代という殻。いまでも、彼女の体がぼくの肌から生えているみたいに見える。片脚がぼくの脚にのせられ、彼女の指がぼくの指とからみ合っている。

「後悔してる？」彼女が訊いた。ぼくは答えるかわりに、彼女を強く抱き寄せた。「だったらもう一回できる？」

「本気？」ぼくは訊いた。

その問いはぼくのお気に入りになりつつあった。

さらに時間がたち、ぼくたちははにかみながら服を着た。ベッキーがぼくと目を合わせて、にやにや笑ったときだけ、ぎこちない雰囲気が消えた。「脱ぐときのほうがずっと簡単だったね」

そのあとは、すっかり打ち解けた様子で、ぼくらは手に手を取って、ツタと葛がからまる古い木々のあいだを抜けながら斜面をのぼった。車のところまで来ると、ベッキーは両手をポケットに突っこんで肩を怒らせ、意味ありげでありながらも、おもしろがっている目でぼくをながめた。「さっきのが初めて?」真っ赤になったぼくを見て彼女は不憫に思ったらしい。「すごくよかった」

「二度めのほうがよかったよ」ぼくは言った。

「そう? だったら三度めは……」

彼女はそこでまたにんまりとし、ぼくはうっすらほほえむ唇にキスをした。ぬくもったデニムに片手をのせ、もう片方の手を熱を帯びた車のボディにのせる。風だけがひんやりしていて、それで暗くなってきたのを知った。

「で……?」

彼女は通りが暗くなったことでこの日は終わりだというように、キスをやめた。ぼくも同じ現実を痛感していた。時間はしばらくとまっていたかもしれないけれど、それはさっきまでいた場所だけのことだ。「よかったよ」ぼくは言った。

「よかったけど、夢じゃない」

「べつの次元だった」

「で……?」

彼女はさっきと同じ言葉を使ったけれど、今度は自分たちのことではなくジェイソンの件をどうするのかと訊いたのだった。「家に帰るよ。父さんと話してみる」

「きょうわかったことをお父さんに話すの?」

「ジェイソンのこと?」

「少しは役に立つんじゃないかなと思って」

ぼくはうなずいたけれど、確信はなかった。それに、まだかなり怒っていた。

たとえ父さんが信じてくれたとしても……。

あるいは、すでに知っていたとしても……。

デイナの車でベッキーに家まで送ってもらったけれど、ふたりのあいだに流れる沈黙は心地いいものだった。両親の家のドライブウェイに入る手前でぼくたちはさよならを言い合い、そのときの彼女の目に浮かんだ表情はポケットに入れて、長い夜に取り出してながめたくなる宝石のようだった。彼女が帰ったあとも、ぼくは家に入らず、紫色の光がベールのように消え、星がきらきら輝きはじめるのをながめていた。あたりは蔓バラとツバキ、バーベナにヘリオトロープ、ハイビスカスにハコヤナギ、アジサイにハナミズキにスイセンなど、母が丹精こめて育てている花園の香りでむせかえっていた。

ようやく家のほうを向き、長いドライブウェイを歩いていくと、自分の車がガレージのそばにとまっているのが見えた。父が押収車両の保管場所から取ってきてくれたんだろう。家に入ると、すべての明かりが煌々とついているらしく、どの部屋も明るすぎて、目をこらしても影が見えないほどだった。キッチンのほうから押し殺した声が聞こえてくるのに気づき、ぼくはそっとドアを閉めた。ロバートが死んで以来、そうやって警戒するのが呼吸と同じくらいごく自然に身についていた。口論。涙。ヒステリー。これまで、想像しうるあらゆる場面に出くわしてきた。

このときは、静かだけれど張りつめた空気が流れ、母は青ざめた顔で、父は母のそばに膝をつき、母をつなぎとめる糸である穏やかな励ましの言葉をかけていた。

「あいつなら心配いらないよ、スイートハート。本当だ」

「でも、わからないじゃない……なんにも言ってよこさないし……」

「もうすぐ帰ってくるさ」

「でも、チャンスが……」

「チャンスもギビーは大丈夫だと言っていたよ、ハニー。心配しなくていいと」

「でも、何時間も前のことだわ……」

まずい。電話すればよかった。しなきゃいけなかった。「あの……ただいま」

ふたりは同時に顔を向け、母はいきおいよく立ちあがってキッチンを突っ切り、ぼくの首に両腕をきつく巻きつけて抱き寄せた。ぼくは抱擁(ほうよう)を逃れようとしたけれど、よけいに強く抱きしめられた。母は熱くほてった顔をぼくのシャツにぴったりくっつけてから、ぼくを押しのけ、怒りを爆発させた。

「いったいどこをほっつき歩いてたの？　わたしがどれだけ心配したと思ってるの？　そのくらいわからないの？」

「ごめん、母さん。べつになんでもないんだ」

母はあらためてぼくを抱き寄せ、そのなりふりかまわぬ母性愛にぼくは立っているのがつらくなった。

「なんでもないって言ったじゃないか。だろ？」

父が割って入ってくれて助かった。

「スイートハート、もういいだろう。こうして無事に帰ってきたんだ」父は母を引き寄せ、部屋の反対側へと連れていった。「ちょっとおれにも話をさせてくれ。おまえはもう休みなさい。熱い風呂に入ってお茶でも飲んだらどうだ？」

「子ども扱いしないでちょうだい、ウィリアム」

「こいつはどこにも行かないよ。ギブソン、お母さんにそう言いなさい」

「どこにも行かないよ」

ぼくはうそ偽りのない気持ちで訴えたけれど、母は父の腕を振りほどいた。大きく見ひらかれた目は心配でくもっていた。「あの娘さんとなにかあったの？　あなたが彼女とそういう関係だってあの人たちに聞いたわよ」

母がナイフを抜いて突き刺してきたとしても、こんなには驚かなかっただろう。

「マルティネスとスミスがな」父が説明した。「おまえを捜しに二度、訪ねてきたんだよ。変な言いがかりをつけて、不愉快な質問をいろいろしていった。あとで話してやるよ。それからおまえは――」父は母を腕に抱き寄せた。「あんなやつらの言うことをいちいち真に受けるな。おまえは警察官の女房なんだぞ。事件の捜査がどういうものかはよく知っているだろう」

「とにかくいやでいやでしょうがないの！　あの人たちの言ったことも、におわせたことも……」

母はぼくのほうに目を向けようとしたけれど、父がその顎を指でつかんだ。「無事に帰ってきたんだ。もう出かけないよう、おれがちゃんと見張ってる」父は母の額にキスをすると、母はその胸にもたれかかった。

「さあ、風呂に入ったらどうだ？」

ふたりがキッチンを出ていき、ぼくはひとり考えた。ひとことで言えば、〝なんだよ、もう〟ということだ。父は戻ってくるとやかんを火にかけ、口を引き結んだまま、申し訳なさそうにほほえんだ。

「怒ってないの？」ぼくは訊いた。

「怒っているが、ほとんどはマルティネスに対してだ。あいつは早とちりするし、すぐ頭に血がのぼる。本人もそれをわかっている。思いやりのかけらもないやつだ」父は冷蔵庫からビールを二本出し、一本をぼくによこした。そんなことをされたのは初めてだった。

「母さんの不安に関してだが、学校をさぼって、夕食を抜き、まっすぐ家に帰るとチャンスに言ったところでなんの役にも立たない。母さんはありとあらゆるおぞましいシナリオを思い描いていたんだぞ」

「マルティネスはなにを言って、お母さんをあんなに怒らせたの？」

「ああ、たいしたことじゃない」父はテーブルをはさんで向かい側にすわった。「おまえがいかがわしい年上の女性とつき合っているとか、一度、その女性の自宅でおまえが半裸でいるのを見たとか。その女性がいま行方不明で、おそらくは拉致されたと考えられていることもだ。さらには、おまえが自分で言ってるよりもタイラについて知ってるんじゃないかとも言ってたな。それにジェイソンのこともだ。なにしろ兄弟なわけで、血は争えないという理屈だ。マルティネスはおれがあまり好きじゃないらしいしな」

ぼくはなんと言えばいいかわからなかった。なにか言おうともしなかった。

「サラの話をしよう」父はぼくが苦手としている鋭い目を向けてきた。

「バークロウからなにがあったかは聞いたんでしょ？」

「おまえがサラの家に不法侵入したことか？　彼女の行方がわからないのを突きとめたのがおまえだったことか？　おれに知らせるべきだったな、坊主。そこまでおれに腹をたててたのか？」

ぼくはこのときも黙っていた。答えたくなかった。

「いいか、この件に関してマルティネスとスミスは先走っているかもしれんが、まちがった道を進んでるわけじゃない。警察官なら誰だって、現段階ではおまえを横目でちらちら見るだろうよ。だから、おれに話さなきゃいけないんだ。おまえの知ってることを全部把握しておく必要がある。そうすることで、優位に立てる。ギビー、おれを見ろ。自分がどんな危ない状況に陥っているか、わかってるのか？」

「ぼくは誰も傷つけてない」

「子どもじみた考え方だな。マルティネスはおまえを刑務所送りにしなくても、あるいは罪に問わなくても、おまえの人生を破滅させることができる。おまえを勾留して事情聴取し、マスコミの餌食にすることだっていとわないやつなんだぞ」父はがっしりした手のなかでビールのボトルをまわした。「チャンスの話では、二時に彼を降ろしたそうだな。もう七時間も前だ。そのあとどこに行ったのか、誰と一緒だったのか、そしてなにをしていたのかを話してもらおう」

その質問にベッキーと過ごしたと答えるわけにはい

かない。「べつの質問にして」

「なら、サラとのことから訊こうか。セックスしたのか？」

「そんなの、父さんに関係あるの？」

「マルティネスは訊くだろうから、おれも知っておく必要がある」

「ないよ」ぼくは冷ややかに答えた。「サラとはセックスしてない」

「だが、彼女のコンドミニアムに行ったことはある」

「うん」

「彼女の寝室にも？」

ぼくは顔をそむけた。

「ギビー、おまえがなににさわったか、いつそこに行ったのか、そこで誰を見かけたかを教えてもらわないといけないんだよ。さあ、もう一度訊くぞ。サラの寝室に入ったのか？」

「入った」

「その理由は？」

「心配だったんだ。様子を見ようと思って二階にあがった」

「そこでなにに触れた？　なにを見た？」

ぼくは父のパートナーにしたのと同じ説明をした。

「タイラ・ノリスはどうだ？」父は訊いた。「彼女の寝室には入ったのか？」

そんなやりとりが十分つづいた。尋問。堂々めぐり。蒸し返し。矛盾点の確認。「サラと会ったときはどこに行ったんだ？」

「彼女の家。車。そんなに長く一緒だったわけじゃない」

「タイラとふたりきりになったことは？」

「ない」

「彼女の部屋では？」

「もう答えたじゃないか」

「彼女の車では？」

「ない」

「チャンスからベッキー・コリンズという女の子の話を聞いた。きょう会っていたのはその子なのか？」

「だったらなんなの？」

「その子はおまえがサラとかかわりがあるのを知っているのか？」

「ううん」

「察してはいるようか？」

ぼくは肩をすくめた。

「なぜサラのコンドミニアムに行った？」

「タイラのことで情報がほしかったんだ。サラなら力になってもらえると思った」

「さっきは、心配だったから行ったという話だったが」

「両方が入り交じってたんだと思う」

「つまり、ジェイソンのためということか」

ぼくはまた肩をすくめた。父はそれにかちんときたらしい。

「もうこんなばかげた行動は終わりにするんだろうな？　なぜ訊くかと言えば、終わりにしてもらわないといけないからだ。おれの顔を見るんだ。よく見て、探偵ごっこは終わりにするとはっきり言いなさい。おまえの口から言うのを聞きたい。兄さんのためにばかなまねはしないと。もう終わったんだと」

ぼくはいつになく意固地になって、歯を食いしばった。「レーンズワース刑務所まで兄さんに会いにいった」

父は怒りをコントロールするより先に目を細くした。

「いつ？」

「きょうの午前中」

「ギビー、それはとんでもなく愚かな行動だぞ。マルティネスがその面会を絶好の機会とばかりに利用するのは目に見えているじゃないか。あいつはすでに共謀の線を考えてる。おまえのことを、おまえの将来を案じないといけなくなりそうだ」

「ジェイソンのことはどうなの？」ぼくは訊いた。

「母さんのことはどうなんだ？」

父は長年の癖なのだろう、声を荒らげた。母のことになると、必ずこうしてスイッチが入る。「ぼくはもう子どもじゃない」

「おれが見るかぎり、まだ充分子どもだ」

「父さんがそう感じるのは理解できる。ぼくの見た感じからこの問題を説明させてほしい」ぼくは洞窟の底のように冷え冷えとした目で父をにらんだ。「しゃべれるようになったころから、父さんの口からは家族が第一という言葉ばかり聞いてきた。家族が第一、それにつづいて信念、信頼、愛情、その他もろもろ。あのころはそれでよかったし、いい教訓だったと思う」

立ちあがり、言いたいことを山ほど抱えて見おろした。父がどっちつかずの態度を貫いてきたこと、母はすべてにおいてまちがった側についてきたこと、信頼はこの家にはまったく組みこまれていないこと。言いたいことはほかにもあった。たとえば、危険な連中のことでジェイソンに警告されたこと、ヴェトナムでの兄の行動について知った事実、それによって兄の人となりと、どうしてこうなったのかが説明できること。そして、ジェイソンがタイラを殺した犯人を知っていること、ぼくを守ろうとしていること、自分たちは頭がいいと思いこんでる警察よりもずっとたくさんのことを知っていることも話したかった。それらすべてを父に話すべきなのはわかっていたけれど、ぼくはそうしなかった。

父はジェイソンを信じてあげるべきだった。

最初から信じるべきだった。

自室に入り、ドアに鍵をかけた。たいして大きな部屋じゃないが、うろうろ歩きまわりながらヴェトナムのこと、ジェイソンのこと、父のことを考えた。犬が自分の尻尾を追いかけるみたいな、堂々めぐりに陥った。ベッドに寝転がり、デヴィルズ・レッジからダイブするロバートを思い浮かべた。高くて淡い空にはりつけにされたみたいなロバートの姿を。彼はやさしすぎて戦争には向かなかったのだ。

でも、ジェイソンは……。

ヴェトナムでの一年めは初日から生々しい戦闘の連続だった。潜入偵察、索敵殲滅(せんめつ)、越境侵入。その最初の年、ジェイソンは戦地昇任し、名誉戦傷章ふたつと銀星章ひとつを授与された。それに対するダーゼルの感想は単純明快だった。

当時からあいつは話題の的だった……。

ぼくたち家族はそんな話は聞いたことがなかった。けれども、ジェイソンの働きはお偉いさんの一部を感服させたらしく、二度めに従軍したときには海軍(ネイビー)特殊部隊(シールズ)の特務曹長に任ぜられたほか、南ヴェトナム陸軍(ARVN)の大佐として南ヴェトナム・レンジャー部隊を三隊まかされ、そのうちの六名は偽装した砲艦で非武装地帯までおもむき、撃墜されたパイロットらを救出する任務をになった。最初の六カ月で十一人のアメリカ人を救出し、そのなかには胸に銃弾を受け、両脚を骨折した海兵隊中将も含まれた。激しい戦火のなか、ジェイソンはぐしゃりとつぶれたジェット機から中将を引きずり出し、深い密林のなかを四マイル運び、その途中、二度、撃たれた。その行動によって、またも名誉戦傷章を受け、さらには海軍殊勲章も授与された。その事実も、ぼくたち家族はまったく知らなかったけれど、ダーゼルはそれについての不満をあれこれ述べていた。

名誉勲章をもらってもおかしくなかったんだ。最高の章をな。

海兵隊の経験者に訊いてみるといい。

誰も、兄の行動力あるいは勇気に疑問を呈することはできなかった。ほかにもいろいろな章を受けている。

ダーゼルの見方はちがっていた。

でも、そのあとは……。

最後はけっきょく……。

ぼくは興奮のあまり枕に頭をつけていられず、ベッドから起きあがった。部屋はあいかわらず狭苦しいけれど、とにかくうろうろ歩きまわった。

ぼくにはほかになにができるだろう？

まじめな話。

31

Xはジェイソンを地下二階に呼び寄せ、若者が監房に入ってくるのを鋭い目で見つめた。ここはいちばん奥の監房で、完成した絵を保管するのに使っている。何十枚という絵が目の高さにかかっており、さらに何百という絵が壁際に重ねてあった。

「やあ、ジェイソン、よく来てくれた。きみに見せたいものがあってね」Xは束にしたなかから一枚のキャンバスを取り出した。ジェイソンの肖像画で、黒髪の奥に真剣そのものの目がのぞき、顔は傷とあざに覆われているが、表情は毅然としている。「〝不屈の魂〟というタイトルをつけた。戦ったとき、きみのなかにそれが見えたのでね」

ジェイソンは突然わきあがった予期せぬ感情を必死で抑えつけた。この絵は……妙に親密な感じがする。

「この目のなかにね」Xが言った。

描かれた目をのぞきこむのは、さんざん見慣れていながら、おぞましくて、異様で、できれば人の目に触れないよう隠しておきたい自分の一部をのぞきこむのにひとしかった。Xのような男がその部分をこんなにも完璧にとらえることができるとは……。

「それを片づけてくれ、頼む」

「気に入らないのか？」

「どうか、頼む」Xは驚き、傷ついたような顔をしたが、ジェイソンは気にかけなかった。「刑期を終えたらおれは自由の身で、あんたはおれの人生とかかわらない。そう言ったよな」

「たしかにそう言った」Xは絵を壁に立てかけた。「だが、わたしに残された時間があまりに少なくてね」

「それがおれとどう関係するのか、さっぱり理解できない」

「人生の終わりの数日の数時間だ、ジェイソン。その時間をわが崇拝する人物と過ごしたいと思うのが、それほど想像しがたいことかな？　もちろん、無理に応じる必要はない。きみをそうとう怒らせてしまったようだ——たしかにわたしの身勝手な望みではあるが、光栄に思ってもらいたいものだな。光栄と言ったのは、わたしがきみのなかに見ているものは、わたし自身のなかにもあるものだからだ。もちろん、わたしは反社会的な性格で、きみはそうではない。しかし、世界が忘れても、きみは覚えていてくれるだろう」

「それがあんたの願いか？」

「墓碑銘としては、たいていのものよりましだ」

「墓碑銘ね」ジェイソンは怒りを隠しきれなかった。「墓碑銘。墓標」彼は面倒くさそうに肩をすくめた。「時がきたら、きみにはその場にいてもらいたい。執行に立ち会う敬愛すべき男として。ウィルソン所長にはすでに手配を頼んである」

「おれを立ち会わせるために、これだけの手間をかけたのか？」

「愚か者だけに囲まれてこの世を去るつもりはない。最後に見たいのはきみの顔だ。さっきも言ったように、きみは光栄に思うべきだ」

Xはもう決着がついたとばかりにほほえんだが、ジェイソンはそう感じていなかった。怒り。喪失。彼にはなにも見えていなかった。「やれるときにあんたを殺しておくべきだった」

「そうだったかもしれんな」

「いまここで殺してやってもいい」

「いつものように、この場所でなら……」Xは笑みをいっさい消すことなく、てのひらを見せた。「手合わせ願おうか……」


二十分後、看守たちがまぶしい光に照らされた処置台にジェイソンを転がして立ち去ると、うんざりした様子の医師がラテックスの手袋をはめ、ジェイソンの衣類を切り裂きはじめた。

「体の向きを変えてもらえるか？」ジェイソンは着ているものを脱がせて処分できるよう向きを変えた。

「もとに戻ってよし」

意識してそうしたわけではなかったが、医師の肩の向こうを見ているうち、終盤のXの姿を思い出した。最後まで倒れなかったが、ほぼ血まみれで、息も絶え絶えだった。

わかってもらいたいのだよ、ジェイソン。わたしが引っかかっているのは死ぬことではなく、あの連中の前でやらなくてはいけないことのほうだ。きみがわたしをおぞましく思っているのはわかっているが、どうか理解できたと言ってほしい……。

椅子に倒れこんだXは、ほとんど懇願せんばかりだった。

理解できたと言ってほしい……。

やっかいなことに、ジェイソンは理解できていた。従軍していた三年間で、彼は撃たれ、刺され、火をつけられながらも、何度も戦線に復帰し、タフな海兵隊員ですら、ジェイソンは幸運に恵まれたと考えていた。たしかにそうかもしれない。確実に言えるのは、大事なのは強さであり、自分がそれを尊重していることだ。

もちろん、Xはまともじゃない……。

医師の細い指であちこち触診されるのを、ジェイソンは歯ぎしりして耐えた。

「ふむ、見た目ほど悪くはないようだ」年寄りの医師の声は葦（あし）の葉のようにか細かったが、目は澄んでいた。「あばら骨にひびが入り——まただ——そのうちの少なくとも一本が折れている。左肩の脱臼（だっきゅう）。打撲の数をすべて数えるのは無理だが、今回は顔は見逃してくれたようだ。腎臓が最悪のダメージを受けている。数日は尿に血が混じるだろう。それより長くつづくようならわたしに知らせなさい」医師は鋭い右目の上の眉をあげ、ジェイソンがうなずくまでじっと見つめていたが、あいかわらず葦の葉のような声で先をつづけた。「指の骨が二本折れ、片手の親指の関節がはずれ……」

ジェイソンは目を閉じて医師の単調な説明を聞いた。

ここには前にも来ている。

手順はわかっている。

その後、自分の監房に戻り、Xがジェイソンを表現するのに使った言葉を思い出した。

敬愛すべき男……。

しかし、ジェイソンはその奥にある真実を知っていた。そこまで敬愛すべき男ならば、あの場でXを殺していたはずだ。少なくともタイラのために。

あと昼が一回と夜が一回……。

ジェイソンは痛みに気をつけながら、寝台の上で寝返りを打った。
それが過ぎれば、あのくそ野郎は死ぬ……。

32

警官になって三十年、ビル・フレンチは若くして絶たれた命と、九死に一生を得た者の信じられないというまなざしと向き合ってきた。それで学んだのは、目をじっと見つめることだ。嘆き悲しむ子ども、妻、すべてを失った恋人の目を。人生が無情にももたらした変化を受け入れられる者もいる——彼らは子どもが貝殻を集めるように、希望のかけらを拾い集める。一方、絶対に立ち直ることのない者もいて、そういう場合は目に表われる。

フレンチはギビーの目に浮かんでいたものが気に入らなかった。何度も見てきた温かな目ではなく、思慮深く印象的な目でもなく、温厚な目でも、落ち着いた目でもなかった。五分前なら、息子の顔にそういうまなざしが浮かんでもおかしくなかったが、もはやそうではない。いまの息子の目は冷酷で揺らぎがなかった。

ジェイソンの目と同じだ、とフレンチは心のなかでつぶやいた。と同時に、ロバートの目とはまったく似ていない。

フレンチがテーブルから動かずにいると、ほんの一瞬、ヘッドライトが窓から射しこんだ。誰の車かはすぐにわかり、腕時計に目をやった。外に出ると、デイヴィッド・マーティンがドライブウェイのなかほどまで来ていた。影になっているせいでげっそりして見える。「警部」

「わたしがなぜ訪ねてきたかわかるか？」

「察しはつきます」

「訪ねてきたのが制服警官でなくて、運がよかったな」

ふたりは玄関ステップの最下段のところで向き合い、フレンチは片手を差しだした。「会えてとてもうれしいとは言えませんが」

マーティン警部はそうだろうな、というように小さくうなった。「きみのほうもわたしのリストの上位にいるわけではない」

「あいつは告訴するつもりなんですか？」

「なかで話さないか？」

「ええ、いいですよ」フレンチは先に立ってキッチンに案内した。「ビールでもどうですか？」

「もっと強い酒はないのか？」

「いまでもマッカランがお好きですか？」

「十二年物かな？」

「善良な警官に十八年物が買えるわけがないでしょう」

「わたしが知るなかで、そんなものを持っていそうなのはきみだけなのでね」

「一本三百ドルもするのに？　勘弁してください。マルティネスがおれを嫌っているのはそれが理由だとでも？」

「金持ちの妻？　しゃれた家？　いや、そんなものは誰もほしいとは思っていないだろう」

「笑えますね」

「だが、あいつはきみの職階を希望している。わたしに頼みこんできたくらいだ」

「最近のことですか？」

「一時間前だ」

フレンチはごくりと喉を鳴らし、カットガラスのタンブラー二個に、スコッチをそれぞれスリーフィンガー注ぎ、ひとつを警部に差しだした。マーティンはひとくち含み、それらしい表情を浮かべた。堪能。瞑想。それが三秒ほどつづいた。「あんなに強く殴る必要があったのか？」

フレンチは腰をおろしてグラスに口をつけ、それから肩をすくめた。「あいつが妻を泣かせたからです」

「マルティネスが訪ねてきたのは正しかったたし、あの質問をしたのも正しかった。ギビーの所在と行動履歴を説明してもらわなくてはならなかったのだからな。彼を容疑者からはずすためだとしても。警官にとって基本中の基本だ」

「まあ、そうですね。あいつが嫌な野郎だったからです」

「ほう、嫌な野郎か」警部は驚いたふりをした。「そんなことは誰からも聞いていないぞ。いまのわたしがどれほどショックを感じているか想像がつくか？」

「今度は警部が嫌な野郎になってますよ」

「言うべきことを言っているだけだ。きみがこれまで何度となく無茶をしてきたのを知っているし、マルティネスがやったこともそれと大差ないと思っているからだ。ことの善し悪しはともかく、きみの息子はどつぼにはまっているんだぞ」

「あくまで状況証拠があるにすぎませんよ」

「彼はタイラともサラとも知り合いだった。きみの上の息子もふたりを知っていたが、問題はそこではない。いや、ある意味、そこかもしれないがね。現時点でわたしの目にあきらかなのは、マルティネスはあくまで自分の仕事をしているということだ。それをきみは外野から邪魔をした。彼をこの家のキッチンの床で叩きのめしたことは言うにおよばず」

「そうかもしれません」またひとくち飲む。「だが、あの野郎が嬉々としてやっていたのを警部は見てませんからね」

「きみは彼の鼻の骨を折ったんだぞ」

「当然の報いです」

「それにくわえ、歯のかぶせ物も二個、だめにした」

「それで思い出しました」フレンチはシャツのポケットを探って差し歯のかけらを出し、テーブルに落とした。警部の顔色が少し悪くなった。フレンチは隣にあったテーブルに片脚を載せた。ブルージーンズ。上等なローファー。「あいつは告訴すると言ってるんですか？」

「いまのところ、不問に付すつもりはないようだ」

「ギブソンがこの件になんらかの形でかかわっているとは、警部も思っていないんでしょう？」

「二日前だったら、ありえないと思っただろう。だが、いまはちがう」警部が両手をひろげたのを見て、フレンチは嫌な予感がした。「地元に戻った兄は銃の取引にかかわっていた。ギビーは夜遅くまで帰らず、べつのやくざ者のバイク集団とかかわり――」

「エンジェルスだけです。しかもたったの一度だ」

「純朴な少年が兄を助けようとした。きみはそう説明したな。だが、ことはそう単純ではなくなった」警部は自分のスコッチをわきにどけ、真剣そのものの顔になった。「われわれがジェイソンを銃刀法違反で逮捕した夜、交渉相手のペイガンズのひとりをしょっぴいた。リーダー格のダリウス・シムズだ。名前を聞いたことは？」

「ジェイソンに足の甲とすねを撃たれた男でしょう？　報告書で読みました」

「それだけではない」

警部の口調からまずい話だと察した。「おれに隠してたんですか？」

「悪いな、ビル。そうせざるをえなくてね。ジェイソンがダリウス・シムズを撃ったとき、ギビーも現場にいたんだよ。現場となった部屋に、従犯だ」

「なんの従犯なんです？」

「複数人への暴行？　殺人未遂？　検事がまだ審査中で、どこまでつかんでいるのかは不明だ。確実にわかっているのは、ギビーはジェイソンを手伝って銃と現金を運び出し、バンに乗せたということだ。言っておくが反論するのはやめろ、ビル。ギビーの指紋が銃についていたのだから」

「そんなはずがありません」

「まだある。彼はサラのコンドミニアムに入るところを見られている。きょうの午前中だ。マルティネスが目撃者を見つけだした」

「誰なんです、そいつは？」

「きみは知らないほうがいい、ビル」

「その目撃者の証言はどのくらいたしかなんです？」

「鉄壁だよ。残念ながら……」

「目撃者とは誰なんです？」

「いいかげんにしろ、ビル。こうして訪ねてきただけでも、わたしはすでに一線を越えているんだ」警部がスコッチに手をのばしながら見ていると、フレンチは首を振り、宙をじっとにらんだ。その目はいったいなにを見ているのだろう。

この話を告げたときの妻か？

ここから引き起こされる崩壊か。

「ほかに、まだなにか？」

「きみの息子がサラのコンドミニアムに入ったとき、

もうひとり若い男がいたということくらいだな。おそらく友人のチャンスだろう。しかもケン・バークロウまで登場した可能性がある。わたし自身はその件を深く追及する気はないが、マルティネスはそうとう憤慨している。それでも、ケンについてはおとがめなしになるだろう。目撃者は十二歳になるかならないかの年齢で、五十すぎの白人はだいたい同じに見えるだろうからな。それをべつにすれば……運命の輪をまわすほかない」

「ええ、不運の輪ですね。わかります」

「いまギビーはどこにいるかわかるかね？　答えなくていい。わたしがいまここにいるのは、あくまで友人としてだ。なにしろ、彼が洗礼を授けられた日に立ち会ったのだからね」

「息子なら二階にいます。寝ていると思います」

「きみから話しておいたほうがいい。この先の展開について覚悟させておけ」

「今夜のうちに話します。それがどちらにとっても最善でしょうから」

「マルティネスに訊かれたら……」

「あなたはここには来なかった」

「では」マーティン警部の顔には、めずらしく無力感がただよっていた。

「ええ」フレンチは警部の肩を軽く叩き、玄関に案内した。「では、そういうことで」

33

サラは目を覚ましていたが、怖くて目をあけられなかった。あけたら、現実になってしまう。この場所も、無力感も。しかし、すでに何時間も過ぎている。こぶしは血まみれで、指の爪がはがれていた。

このおぞましくて、幅の狭い、メタルフレームのベッドで目覚めてから、どのくらいの時間がたったんだろう？

空腹と喉の渇き以外、推測する手がかりはない。

あの男はいったいどこ？

それが最悪な点だ。

ここはいったいなんなの？　あいつの目的はなに？

あいつ。

あの男。

最低最悪の卑劣野郎。

怒りと恐怖が何度も入れ替わった。こぼした涙はすでに乾いている。もうそれも終わりだ。彼女は腹を決めていた。さらに勇気をかき集めていると、唇から小さな声が漏れた。

絶対に弱音を吐くものか。

絶対にタイラみたいな死に方はしない。

女があの最初の音を発したとき、リースは壁の裏側にいた。おまけに角度は完璧ときた。彼女の顔に当たる光。脚と脚が合わさった部分の小さな暗い茂み。もうすぐだ、と彼は心のなかでつぶやいた。

女は寝ているふりをやめる。

目をあける。

その瞬間が訪れると、リースは心臓が激しく鼓動するのを感じた。女の動きを壁の反対側から追った。女はさっきにくらべると落ち着いていて、涙を流すことも、大騒ぎすることもなく、部屋から部屋へと移動しながら、壁を手探りし、抽斗をあけていった。キッチンではグラスに水をいっぱいにくんで飲み干した。浴室では顔に水をかけたが、そのときもリースは鏡の裏側、わずか数インチのところから、自分の姿を見つめる女にじっと見入っていた。いずれ女は屈服するだろう――誰もがそうだった――が、みずからその道を選ぶだろうか？　リースの望みは単純だ。ほかの男と同じように知り合い、惹かれ合い、誘われること。目を閉じて悲しみを揉み消すこと。サラとの関係がどう進むか、目に見えるようだ。喉から漏れる〝イエス〟のひとこと、必要欠くべからざる性器の高ぶり、彼女の閉じた脚のやわらかな合わせ目。

あの女は完璧だ。

あの女はきっとこれまでとはちがう。

リースはもっと想像をめぐらせようと目を閉じた。

リースの家の塀の外にひろがる暗闇では、ウインドウのないバンの後部座席に男が三人すわっていた。リーダーはザッカリー・バード。彼には傷痕と依頼人と金があった。あとのふたりは雇われ者で、ナイフあるいは銃の扱いにたけ、それなりの金がもらえるなら、なにを殺すのもいとわない。ウィルキンソンとピューはそれぞれ五千ドルを請求したが、バードは喜んで払った。Xから請け負った金額は五十万ドルで、しかも、リースに命乞いをさせ、その様子をビデオにおさめれば、さらに五万ドルのボーナスが上乗せされるのだ。もちろん、リースのほうもあなどれない人殺し野郎だ。Xのもとで仕事をしてるのだから、そうにちがいない。

いずれにせよ……。

「なんで銃で仕留めるのはだめなんだ？」

ウィルキンソンは目が小さく、口を怪我していた。

バードは彼の質問に顔をしかめてから答えた。「その理由はわかってるだろう」

「できるだけ時間をかけ、血の海にしろというのが依頼人の命令だからだろ。それはわかってる。けど、なんでそんなことにこだわる?」

バードは親指の腹でナイフの刃に触れてから、ケースにしまった。「このリースって野郎が依頼人を怒らせるまねをしたんだろう。それがどうした?」

「怒らせるまねか。笑わせるぜ」

そう言ったのはピューで、殺された猫程度の脳みそしかないが、錠前と警報装置の扱いについてはピカイチだ。バードは二本めのナイフもケースにおさめ、顔をしかめた。「よく聞いてくれ。はっきり言っておく。さっき言った手順でやってもらう。逆らうならジャガイモみたいに顔の皮をはいでやるからそう思え」

ウィルキンソンはうなずくだけの頭があったが、ピューはまだ自分のいちもつはびっくり箱みたいなものでで、ミス・アメリカに喜ばせてもらってるというようににやにやしていた。

バードは両者をひとにらみしたが、心のなかではほくそえんでいた。

ひと晩仕事するだけで……。

五十万ドル以上手に入る……。

リースは昔から想像力が豊かだった。女の姿を見るだけで、つき合うようになるまでの過程を思い描けるのだ。女のほうにその気があるかないかはべつとして。標的が男ならば、どうやれば悲鳴をあげるか正確に知っており、痛みをとめるためならどんな賄賂を差しだしてくるか、どれだけの辱めに耐えられるかも知っている。サラの場合は、受け入れ、順応するまでに時間が必要だろう。何週間かかってもかまわない。何カ月でもいい。そう思うのは外見のせいばかりではない。彼女の身のこなしや笑い方、いわば心のありようとでもいうのだろうか。リースはこれまで心など気にしたことがなかった。それを射止めるには忍耐が必要であり、リースにとってそれは難度が高い。

しかし、サラのためならば……。

彼は想像をつづけた。飴と鞭。天にものぼる心地で目をあけた。

静けさのなか、黄色信号が点滅していた。

敷地内に誰かいる！

リースはすっかりあわて、マジックミラーに背を向けると、カニの横歩きで保安室に急いだ。あわてるあまり、次の角を曲がるときに釘で裂傷を負ったが、気にしなかった。モニターの前まで来ると、制御盤に身を乗りだした。

あれほど用心していたのに！

しかし、カメラはうそをつかなかった。三人の男が塀を乗り越え、敏捷な動きでこの家に近づいてくる。

だが、警察ではなさそうだ……。

警察がリースを突きとめたのなら、特殊部隊を送りこんでくるはずだ。

ただの盗人集団か？

思い浮かんだ直後、それはないと切り捨てた。家はクリスマスのように明かりが煌々と灯っているし、ドライブウェイには車が三台置いてある。

ならば民間の請負業者か。

三人のチーム。

リースの頭にまず浮かんだのはXだが、女を拉致したことをXは知らない。知っているはずがない。

ほかの敵か？

荒っぽい仕事を引き受ける連中の存在は知っているが、リースと同じで、彼らはこっそりと忍びこみ、静かな場所で殺害する。となると、Xの手の者だろう。

いずれにしろ、そんなことはどうでもいい。ここはリースの家であり、彼の家は殺害のための場でもある。

そこで彼は三人がいかにもプロらしい動きで、ひとりがほかのふたりに指示しながら近づいてくるのをじっと見ていた。身を隠せる場所を選んでやってくるが、この家には身を隠せる場所などひとつもない。防犯カメラはすべて夜間にも対応しており、くまなくカバーしている。リースはもうしばらく観察したのち、親指でスイッチを操作し、わきのドアのかんぬきをはずした。

バードは上機嫌だった。塀をよじのぼって乗り越えるのは楽勝だった。犬はおらず、センサーライトもなかった。ウィルキンソンとピューが隣の暗がりにおさまると、バードはひらいた手で合図した。「西側の角」

バードが先に動き、ほかのふたりもあとにつづいた。身を隠すものがない最後の直線を突っ切り、一対のフランス窓の下の暗がりに身を隠す。真っ暗ななかでピューがにやりと笑った。「公園を散歩してるようなもんだな」

しかし、すでに窓を調べたバードはそれとはちがう意見だった。「ポリカーボネート樹脂の窓。スチールの窓枠に強化蝶番」

「防弾仕様かよ。おいおい、冗談だろ」

「手順になんの変更もない」バードは不満の声をさえぎったが、ほかのふたりが交わした表情に気がついた。強化ガラスは金が、それもかなりの金がかかる。そのため、ふたりはほかにも対策しているはずだと考え、リスクがより大きくなったと不安に思っている。「この仕事を引き受けた時点で、やつが金持ちなのはわかっていた。家具も上等なのをそろえているにちがいない。だから冷静にしていろ。あたえられた仕事をやれ」彼は壁沿いに北を示した。「通用口。四十フィート先」目標地点に到達すると、バードは言った。「ピュー」

ピューは錠前を調べた。「強化デッドボルト錠だな。シリンダーは強化スチール。おそらくドリルプレート。

ボールベアリング……」

「警報装置は？」

「おれの手に負えないレベルじゃない」

「やってくれ」

ピューはピッキングの道具とバイパス回路の入った包みをひらき、いちおう、取っ手を押してみた。取っ手がまわり、バードは信じられないという顔でかぶりを振った。

こんな簡単に五十万ドルが手に入るとはな……。

リースは三人組がドアを通過するまで五秒待ち、封鎖する回路を作動させた。

内側に取っ手はない。

蝶番にもさわれない。

リースは三人がその意味を悟るのを待ってから、二番めのドアを封鎖する回路を作動させた。


「バード、いまのはいったいなんだ？」

バードは手を振ってピューを黙らせつつ、拳銃を抜いた。モルタルで塗り固めた板石の床、コンクリートの壁、三十フィート前方で、もう一枚のドアが大きな音をたてて閉まり、一枚めと同様、ちょっとやそっとではびくともしそうになかった。

「上等な家具なんかひとつもないぜ」

「黙れ、ウィルキンソン」バードは二枚めのドアを指さした。「ピュー、ちょっと見てこい」

二枚めのドアは最初のドアとまったく同じ、頑丈なスチールでできており、高さ九フィートで表面にはなにもなかった。「ここを突破するのは無理だ」ピューは言った。

「どういうことだ？」

「壁にはめこまれた枠に強化スチールのドアがおさまってる。酸素アセチレントーチが必要だし、それがあっても少なくとも三十分はかかる」

「まいったな。サンドイッチもいりそうだ」

「監視カメラが見えるか?」

バードも気づいていた。廊下の両端の高いところにひとつずつ設置されている。

ウィルキンソンが言った。「どう打開するんだ、ボス?」

バードはみずから作動させてしまった罠を観察した。コンクリート、石、スチールでできた三十フィート四方の部屋。「なんとか考える」

「その言葉を信じたいもんだな」

「もっとひどい状況に陥ったこともある」バードは言った。

しかし、その点についても彼はまちがっていた。

リースは飽きるとすぐに、三人がいる場所にガスを注入しはじめた。けっして楽しい作業ではない。四方を囲まれた空間に注入すれば、身体機能を奪うガスのほとんどは、嘔吐、発作、あるいは死を引き起こし、場合によってはその三つが起こる。リースが使ったのはメチルプロピルエーテルと牛の麻酔薬を混ぜたもので、これを考案したメノー派教徒の連続強姦犯は暗いなかをあちこち歩き、あいた窓からこの混合薬をスプレーしたという。リースはこれは使えると思ったわけだが、不審死が問題にならない場合にかぎられる。たとえば、サラに使うことはけっしてない。

しかし、この三人の男の場合は……。

三人全員が倒れたところで、リースはなかのガスを排出し、それからパレット用の台車を運びこんで男たちをコンクリートのスロープまで出し、そこから手術用照明、排水用の溝、油圧式テーブルをそなえた地下室に運びこんだ。金属製の棚にはお気に入りの道具が並んでおり、メスやはさみやのこぎりにとどまらず、鉗子、布鉗子、臓器把持具、骨マレットと骨ノミ、搔爬器に皮膚開創鉤、開胸器などもそろっている。穿頭器やストライカーのこぎり、ありとあらゆる種類の開創器と止血鉗子も持っていた。皮肉なことに、この部屋を使ったことはまだ一度もない。上の部屋と同じで、特別な場合と特別な相手のためのものだからだ。

しかし、この男たちは自分に危害をくわえるためにやってきた。

それだけでもこの三人を特別扱いするに充分だ。

悲鳴が聞こえはじめたとき、サラはベッドのそばの隅で丸くなっていた。悪い夢を見ているのだと思ったけれど、悲鳴はえんえんとつづき、魂が引き裂かれるような声に思えた。耳をふさいでみても、なんの役にも立たなかった。そして、最初の悲鳴がやむと、次の悲鳴が始まった。

べつの人の悲鳴なのはわかる。

べつ悲鳴とべつの人間。

リースにしてみれば、最初のふたりの始末はほとんど事務的だった。いくらか時間をかけたものの、いつもほどではなかった。

ひとりめは生きたまま皮をはいだ。

ふたりめは止血帯四つと骨のこぎりを要した。

「おれの質問に答えてくれると期待していいんだろうな？」

リースは最後に残った男を見おろした。生まれたばかりの赤ん坊のように素っ裸、全身汗ぐっしょりながら拘束具から逃れようとし、口にかまされたボール型のさるぐつわごしに、必死に言葉を発していた。

「なんて言った？」リースはおもしろがって顔を近づけた。

しかし、時間はどんどん過ぎていく。

さるぐつわをはずしてやると、言葉がほとばしり出た。「なんでも話す！　聞きたいことはすべて話す！　でも、頼むから、頼むからあのふたりにしたようなことはやめてくれ。このとおりだ。どうか、あのふたりのようには……」

リースは相手が涙を流し、黙りこむのを待った。そう時間はかからなかった。「質問がある」と告げる。「それにちゃんと答えたら、おまえが死ぬことはない。あんなふうに……」リースはそこでべつのテーブルの上で死んでいる男たちを頭で示した。

「なんでも答える！　頼む！」

しかしリースは子どもを相手にするように、シーッと言って男を黙らせた。答えはもうわかっている。質問するのはあくまで確認のためだ。「おまえらはおれを殺すためにきたのか？」男はあいかわらずしゃくりあげながらも、顎を引いた。「Xに雇われたのか？」またもうなずく。「とくに指示されたことは？」

「五万ドル。五万よけいに出すと。もしもおれたちが……おれたちが……」

「いいから話せ」リースは言った。「おれが質問したんだ。間違った答えなどない」

「ああ、くそっ……」男の顔が汗でびっしょりになり、目に入ったようだ。「あんたに懇願させたら五万ドルだと」

「命乞いさせるという意味か？」

「痛みを終わらせてくれと懇願させたら」

「なるほど」リースはほかのテーブルで死んでいる男たちを顎で示した。「あんなふうにしろと？」

「録画するように言われた」

「それでこんなものを持ってきたわけか」リースは死んだ男のかばんで見つけたビデオカメラを手に取った。「いくらの契約なんだ？」

「五十万」

「プラス五だな？」リースは顔を盛大にしかめた。失礼にもほどがある。彼はカメラをいじっていたが、やがて棚に押しこみ、並びを微調整した。

手足を縛られた男がテーブルから声をかけた。「あんたに恨みがあってのことじゃないんだよ、な？　Xって男を知ってるだろ？　どういう男かよくわかってるはずだ。これはあくまでビジネスなんだ」

「たしかにおれはXをよく知っている」リースはうわの空で言った。この手のビデオカメラは市場に出回ったばかりだ。使った経験がないにひとしい。

「これでわかり合えたよな。あくまでビジネスだってことを」

「いや、わかり合えたとまで言っていいか……」あいかわらず心ここにあらずの様子だった。リースは照明の具合を確認し、カメラのアングルを調整した。満足したところで手術道具をのせた新しいトレイを出した。

「よせ！　おい！　うそだろ、おい！　取引したろうが！　解放するという約束じゃないか！」

「そうじゃなくて――」リースは手にした皮膚開創鉤で示した。「――あいつらみたいな殺し方はしないと言ったんだ」

34

死体をばらして袋詰めにし、作業台、床、器具を漂白剤で消毒するのに何時間もかかった。おぞましい作業ではあるが、Xのことを考えるのにそれだけの時間が必要だった。心の声が、時間だけがこの問題を解決できる、なにしろXはまもなく処刑されるのだからと告げる。Xはリースが知るなかで誰よりも執念深く、その証拠がいま、部位別にきちんと袋詰めされ、隅のチェスト型冷凍庫ふたつにおさまっている。もちろん、死んだ三人は始まりにすぎない。リースには安全な隠れ家が七カ所あり、ここに女を連れこんだことをXが知るはずがない。となると、Xは七つのチームを送りこんだと考えざるをえない。詳細はどうでもいい。大事なのはそれが意味するところだ。Xはリースを見つけ出して、拷問した末に殺害するよう命じた。経費を度外視して。Xが処刑されたからといって、そのリスクがあっさり消えてなくなるとも思えない。あの男には金があり、弁護士や危険な連中とのつながりもある。Xはそれをわからせるためだけに、殺しを依頼したのだ。

リースの口から笑い声が漏れたが、甲高くてうそくさい笑い方だった。Xの世界には、暗黙のルールと赦されざる罪がある。リースは死刑囚も同然で、自分でもそんな感じがしはじめている。Xはいったいどれだけの金を持っているのか。数億？　数十億？　それほどの力のある者から逃れるのは無理だ。この先一生、怯えながら逃げて暮らすことになる。

まいったな、と彼は心のなかでつぶやいた。やっとその気持ちがわかったよ。

ただ逃げても無駄だ。Xの息がかかった連中に見つかるのはわかりきっている。それに、そんなことをするにはリースはプライドが高すぎる。と同時に極度の小心者でもあり、悲しいかな、それが度を増しつつある。先手先手で、Xの先を行かなくてはだめだ。リースは系統立てて考えようとした。

Xはなぜリースを殺そうとするのか？

Xにはっきり禁じられながら女を拉致したからだ。リースが女を拉致したからといって、なぜXはそんなことにこだわるのか？

サラが死ねば、まともな頭の持ち主なら、ジェイソン・フレンチはタイラ・ノリスを殺した犯人ではないと考えるからだ。警察の目がよそに向いてしまうからだ。

しかし、なぜそれが問題なのか？

Xがジェイソンをレーンズワース刑務所から出したくないからだ。

なぜか？

不明だ。知りようがない。

Xのような男にとって、ジェイソンのいったいなにがそれほど重要なのか？

むずかしい質問だ。

ジェイソンはどのくらい重要な存在なのか？

そこが肝心な点だ。

一時間後、リースは真っ黒なBMWのハンドルを握り、日が落ちた庭の向こうに目をこらし、ギブソン・フレンチが両親と住む家を見つめていた。建物は道路からかなり引っこんでいるが、高性能の防犯システムがついているはずだ。しかも父親は警官で、リースは警官が大嫌いだ。

くそ、時間がどんどん過ぎていく……。

リースは自分に厳しいが、事態が急速に動いているいま、迅速に行動しなくてはならない。

あとどのくらいで、Xはリースがいまもぴんぴんしていると知るだろう？

もうまもなくだ。

リースはいましばらく大きな家を見あげていたが、やがて道路をUターンし、貧しい地域を目指した。ギブソンの友人が住む地域を。

その友人こそが弱点だ。

そこから攻めればいい。

チャンスはひと晩ひとりで過ごしたが、まったく眠れず、ほとんどの時間、古い毛布の上にあぐらを組んで起きていた。ナイトテーブルの電気スタンドの黄色い光が、いびつな円を描いている。毛布の上には雑誌が何冊も散らばっている——これもまた戦争ポルノのたぐいだ——が、チャンスは両手で持った一枚の写真から目を離せずにいた。

「マルティネスのくそったれめが」

まばたきをして涙を払うが、写真は依然として手のなかにある。タイラ・ノリス、というか彼女の残骸。

少しずつしか見ることができなかった。かつて彼女の肉体だったものはあまりに……身近な感じがした。遠くの戦場や見知らぬよその街で起こったことではない。タイラにこんなことをした犯人がすぐ近くにいるのだ。

「ちくしょう」

チャンスは盛大に洟をすすり、袖で顔をこすった。

マルティネスは二度、家にやってきたが、最初のとき、チャンスは自分はまだ未成年だから質問に答えるには母親の同席が必要だと言って突っぱねた。二度めはそうはいかなかった。夜遅く、薄っぺらい笑みを顔に張りつけたあいつはこう言った。

きみは十八じゃないか。確認したぞ。

そしてまずはギビーに関する質問を始めた。最初は場所や時期、あるいは親友と最後に会ったのはいつかという簡単なものだった。やがて、戦死したギビーの兄について尋ねた。

ギビーは遺体を見たのかい？　彼はどう感じたって？

政府批判するようなことを言ってたかな？

あるいは世の中を？

葬儀のときのことを話してくれないか……。

しかしジェイソンについては容赦がなく、すぐに要点に入った。

ギビーがジェイソンのことを話すことはあるのか？

ギビーはジェイソンに憧れているようか？

ギビーはジェイソンと同じように戦争に行きたいと思っているのか？

兄弟が会話をする頻度は？　顔を合わせる頻度は？

あいつがレーンズワース刑務所を訪ねたのはつかんでるんだ……。

こういった質問を矢継ぎ早に浴びせられた。少なくとも十分はつづいたろう。それから質問内容は陰湿なものに変わった。

友だちはいやらしい映画が好きかい？

いかにも警官らしい、表情の読めない目。

じゃあ、雑誌だな。それもうんと卑猥なやつだ。

女の子は彼のことを怖がってる？

動物はどうだ？　彼は生き物を殺すのが好きか？

マルティネスが何度も何度も薄暗くて気味の悪い穴に入っていくものだから、チャンスはこいつはきっと、そんな質問ばかり考えていて頭がおかしくなってしまったんだと思うことにした。

友だちにはロープで縛る趣味はあるかい？

鎖はどうだ？

更衣室ではどうだ？　シャワーに入ってるときに、じろじろ見てきたりする？

彼はドラッグをやっているのかな？

強い酒は？

ポルノの質問に戻るけど……。

これでもまだ手加減しているほうだとわかった。とうとう怒りを爆発させたマルティネスは遺体となったタイラの写真を出し、チャンスに無理やり見せた。チャンスの首のうしろを押さえつけ、もっとよく見ろと命じた。ほら、もっとよく見るんだ。わかったか？

身にしみてわかったか？

パートナーに引き離されるまで、それはつづいた。

ようやく空が白みはじめると、チャンスは重い体を引きずるようにしてシャワーに入り、湯に打たれながら、山道のことや新品のバイクのうしろに女の子を乗せるところ、それもベッキーと同じくらいきれいな女の子を乗せるところを想像した。

なんでおれにはそういうことが起こらないんだろう？

不細工というわけじゃない。

頭だって悪くない。

シャワーを出て腰にタオルを巻きつけながら、新しいバイクなんか買えないよな、とひとりつぶやいた。母は二・五人分の仕事をかけ持ちし、ひと晩と昼のほとんどを仕事につぃやしている。母の車はそろそろ買い換える必要がある。しかも家賃を二カ月分滞納している。それでも母は、学校に通っているあいだは、チャンスが働くのに反対で……。

ジーンズを穿いて髪をとかすと、廊下のほうから音楽がかすかに聞こえてきた。空耳じゃない。母が早く帰ってきたのだろう。忘れ物を取りにきたとか。急に勤務時間が変更になったとか。理由はなんであれ、いいことだ。朝ごはんをこしらえて、母をゆっくり寝かせてあげよう。

しかし、そういうことにはならなかった。

居間にいた男は、ジェイソンが言っていたとおりの風貌だった。やせぎすでしわが多く、穏やかそうな顔のわりに目が老成している。チャンスはまずそれに気がついた。次に目に入ったのは銃だった。

「大声を出さないでもらえると」と男は言った。「面倒がなくていいいんだがね」

チャンスは口を閉じた。指の感覚がなくなっていた。

「けっこう。すわれ」男は銃で指図し、チャンスは椅子に沈みこんだ。「名前を教えてもらおうか」

チャンスは自分の名を告げた。

「ドライブウェイに車が一台もないが、ほかに誰か家にいるのか？　母親か父親が」

「母さんがいる。仕事に行ってる」

「お母さんは昼間、帰ってくるのか？」

チャンスは答えられなかった。頭が働かなくなっていた。

「イエスかノーか」男は言った。「簡単な質問だぞ」

「一時。母さんは一時に帰ってくる」

「家政婦はどうだ？　友だちは？」

「ぼくしかいない」

男はひと声うなると、手錠を出して高くかかげた。

「これをかけさせてもらうよ。腕をうしろにまわせ」

チャンスは動かなかった。指の感覚が完全になくなっている。腕も脚も感覚がなかった。

「しょうがないな、おれが手伝ってやる」

男は立ちあがった。うるんだ目には表情がなく、色は灰色だった。男はチャンスの首に銃を押しつけつつ、片手で手錠をかけた。片方の手首。つづいてもう片方の手首にも。男がふたたびすわり、部屋が傾いた。

こんなのありえない……。

けれども男はたしかにここにいる。青白くてかさかさの肌をした、水たまりのような目をした男が。「おまえにやってもらいたいことがある」男は言った。

「電話を一本かけてほしい。ギブソン・フレンチという友だちがいるね」チャンスはうなずいた。口の端からよだれが垂れるのがわかった。「ギビー、それともギブソン？」

チャンスはゆっくりとまばたきした。「ギビー」

「彼に会いたいんだ。いますぐ。午前中のうちに。彼にここまで来てもらいたいんだ。それをおまえにまかせたい」

ドアをノックするずっと前から父の足音は聞こえていた。ろくに眠れなかった。そんな夜だった。

「ギブソン？」

じきにまたドアがノックされる——それはとめようがない。そのタイミングを予想するくらいしか、ぼくにできることはない。
五、四、三……。
「入っていいよ、父さん」

父はぼくと同じで、ろくに眠れなかったような顔をしていた。昨夜と同じ服。昨夜と同じ、真っ赤な目と無精ひげ。「おはよう。眠れたか？」

「赤ん坊のように」ぼくは答えた。

「おれもだ」

そうやって互いに同じうそをついて、この日一日が始まった。ベッドに腰をおろした父は、ぼくの目を見ようとしなかった。大きな手も無用の長物に見える。父がなんの用で部屋に来たかはわからなかったけれど、最初から計画していたみたいに、整然とした言葉がぼくの口を突いて出た。「海兵隊がジェイソンを追い出した理由を知ってるよ」

父にとっては想定外の言葉だったようだ。父は疑わしそうに目を細くした。「おれの書斎に入ったのか?」

「そんなことはしてない」

「ならば、どこでそんな情報を手に入れた?」

「それって、そんなに大事なこと?」父はなにも言わず、その沈黙がぼくの知りたいことをすべて語っていた。「父さんも知ってるんだよね。兄さんが不名誉除隊となって帰還させられた理由を」父は知っていた。見ればわかった。「勲章のことは知ってる?」

父は窓のそばまで移動した。〝毒ヘビ〟と書かれた箱を蹴飛ばしてしまい、最初にどんな生き物が這い出てくるかとびくついているような顔をしていた。「知っている」父は言った。

「虐殺事件のことも?」

「うそだろ、ギビー」父はいつになく顔色を悪くし、目を手で覆った。「そいつは機密情報だぞ」

「ジェイソンがいなければ、第二のソンミ事件になってたかもしれないって聞いた」

「やっぱりおれのデスクを探ったんだな。あのファイルを、兄貴に関する国防総省のファイルを読んだんだな」

「そんなこと、するわけないじゃないか」でも、実際にはやろうと思ったことはある。「でも、ぼくの言うとおりってことだね。そうなんでしょう?」

「それは公平な比較とは言えないんじゃないか。ソンミ村ではアメリカ人兵士が民間人である村民を五百人も殺害した。女も子どもも、乳幼児もひとり残らず。おまえが言ってるのとは話がちがう」

「でもそうなったかもしれないんだよ。ジェイソンが村全体を守ったたって話だもの」

「戦争での出来事には、白か黒か、簡単に決められないものもあるんだ」

「でも、これはちがうよね。兄さんの行動はちがう」

父の目にはいつ消えるとも知れぬ、心の奥の痛みが浮かんでいて、父がそう感じる理由がぼくには理解できた。父は、兄のようになってはいけないと諭す教会の指導者だった。けれども、ダーゼルから聞いた話が、ぼくのジェイソンに対する考えを完全に変えてしまった。ソンミ村の虐殺から三年後、アメリカ海兵隊の小隊が南ヴェトナムのソンティン県にある小さな村で、ソンミ村を襲撃したC中隊と同じような狂乱状態におちいった。村はソンミ村よりも小さく、ベン・ハイ川の支流に沿って小屋が点々とある程度のものだった。

ダーゼルはなにが虐殺の引き金になったのかはわからないと言ったけれど、ジェイソンが率いる一行が非武装地帯を出て五マイルほど進んだところで、川に仰向けに浮いている最初の死体に遭遇した。まだ若い娘で、ダーゼルの話によれば、かなり小柄で、胸を四発撃ち抜かれていたそうだ。ジェイソンらが乗った小砲艦が到着するころには、問題の海兵隊の小隊の蛮行によって、三十三もの死体が、ぬかるんだ土手沿いに散乱し、あるいは水際に生える葦の合間にコルクのようにぷかぷか浮いていた。見つかった生存者を南ヴェトナム軍が小砲艦で運び出したが、ジェイソンと下士官にとって、それで終わりとはならなかった。銃撃はまだつづいており、人々の悲鳴もそこかしこから聞こえていた。そこでジェイソンたちは単独で割って入り、いきりたって目を血走らせた海兵隊の小隊全体を撤退させた。狂乱状態に終止符が打たれるまでにジェイソンは三発くらったが、それでも指揮をとっていた中尉を半殺しの目にあわせた。

「ぼくたちは兄さんの話に耳を傾けなかった」ぼくは

言った。

「なんの話だ、坊主」

「兄さんはその日、三百人の命を救ったんだよ……」

「たしかに、すごいことだ」

「最後まで言わせて。そのすごいことをした兄さんがすかんぴんで帰ってきたとき、ぼくたちは話を聞こうとしなかった」

「ジェイソンが戦争の話をしようとしなかったんだよ、なにひとつな」

「でも、話しやすい環境を作らなかったのも事実だよ。母さんは卵の殻みたいにいつ割れてもおかしくないし、父さんは父さんで善悪に厳しすぎるし」

「たしかにわれわれもやり方を誤ったかもしれん。だが、おまえの兄さんだって聖人というわけじゃない。それについてはおれの言葉を信じてもらわないと」

「ドラッグのことを言ってるんだよね」ぼくはとげとげしい笑い声をあげた。「ドラッグのことに決まってる」

「ヘロインは実際、この街をめちゃくちゃにしている。おれはそれを日々、この目で見ているんだ。おまえの兄さんがヴェトナムでどれだけのことをしたにしても、麻薬に溺れ、おそらくは売人となったのは事実だ。それを大目に見るわけにはいかないんだよ。そして、おまえをそういうものに近づけるわけにもいかないんだ」

「おまえの兄さんがヴェトナムでどれだけのことをしたにしても」ぼくは同じ言葉を投げ返した。「さっき、国防総省のファイルの話が出たけど、それにはジェイソンの除隊の条件も書いてあった？」

「ああ、書いてあったとも。ことの善悪はべつにして、おまえの兄さんはあと少しで上官を殺すところだったんだ。軍はレヴェンワース連邦刑務所で十年服役するか、秘密保持契約に署名して不名誉除隊を受け入れるかの選択を迫った。もみ消しってやつだ。それはおれもわかっている。おれだって釈然としないが、ソンミ村の虐殺のあといろいろあったことを考えれば、そうするしかないのもわかる。戦争を支持する声はすでに弱くなっていた。ここでべつの虐殺があったとわかれば、国にとってはまたも大打撃に……」

「戦争を支持する声とかは関係ないよ」

「ファイルにはそう書いてある」

「その小隊を指揮してたのが誰か、ファイルには書いてあった？」

「名前は消されて……」

「ラフトナー。ジョン・G・ラフトナー中尉」

「ラフトナー？」父は口を二度、ぱくぱくさせたのち、先をつづけた。「陸軍参謀総長のウェストモーランドの部下にラフトナー将軍というのがいなかったか？」

「地上作戦の副司令官」

「血のつながりがあるのか？」

「父子だよ。話はもっとひどくなるんだ」父は目を閉じたけれど、ぼくは容赦しなかった。「連中には時間が必要だった」ぼくは言った。「虐殺をどう言い訳しようか。ジェイソンの処遇をどうしようか。軍は兄さんをルールに反し、七週間も拘束した。そして薬漬けにした。モルヒネでね。あの下士官がいなかったら、おそらく殺していたはずだ。でも、下士官には上層部にコネがあった」ぼくは父と目を合わせ、相手がまばたきするまでにらみつけた。「軍は兄さんを殺さないかわりに薬物依存にした。麻薬がなくては生きていけない体にして帰還させたんだ」

「このことをほかに知っている者は？」

「麻薬漬けにしたこと？　さあ。その部分をべつにすれば、海兵隊内では公然の秘密みたいだよ」

父が背中を向け、ぼくはなにを考えているのだろうかといぶかった。罪悪感、あるいは羞恥心？　なぜなら、ぼくはそれを感じているからだ。後悔はしているだろうか？　ぼくたちは誰も、ジェイソンに寄り添ってあげなかった。兄は薬漬けとなり、すさみきった状態で戦地から帰ってきた。でも、父はその理由を尋ねただろうか？　それこそ父の役目ではなかったのか？母の役目ではなかったのか？　あるいはぼくの役目ではなかったのか？

「何分か、時間をくれないか？」父が訊いた。

ぼくはいいよと答え、父をひとり残して部屋を出た。

キッチンに向かう途中、電話が鳴るのが聞こえた。

35

ウィルソン所長は早くに目を覚まし、シャワーを浴び、ひげを剃り、服を着た。きょうは一大イベントをひかえる重要な一日だ。

「あと二十四時間。もしかしたら、もう少しかかるかもしれない」

所長はブラックタイをウインザーノットに結びながら、鏡に話しかけた。スーツは茶色だ。靴も。色を添えるため、暗いうちに家のわきの小さな庭で切ったバラを一本、襟（えり）の折り返しに挿した。正午をまわるころには花びらが下を向きはじめるだろう。それから、花びらが丸まってひからびていくが、花びらの状態で彼は時刻を知り、花がしおれて縮んで散っていくに従い、彼の心はしだいに軽くなっていくことだろう。彼はXのことを思い浮かべながら、小さく鼻歌を歌い、花の位置を調節した。

「完璧だ」

その言葉はまさに、これからの彼の人生を言い表わしていた。Xは死に、所長一家はふたたび家族としてまとまれる。旅に出て、心を癒やす。ゆくゆくは、どこかべつの土地でやり直してもいい。フランス、あるいはイタリア。地中海を見おろす風の強い場所。

まずは、きょう一日を大過なく終えねばならない。

「最後の日だ」

ウィルソン所長は鏡に映った自分に硬い表情でうなずくと、バスルームの電気を消し、まだ眠っている家を忍び足で移動した。寝室の前で足をとめ、妻の様子をうかがった。彼女は、Xが翌日に処刑されること以外なにも知らない。金の件も、それで手に入る新生活も。ウィルソン所長はもったいぶったように告げて、びっくりさせたいと思っている。妻は昔のような目で見つめてくれるかもしれない。妻の目がきらきら輝くかもしれない。

彼はいつになく強い気持ちになると、重苦しい心を抱えながら、完璧な夜明けのかぐわしい空気のなかに出た。するすると車を出す。運転は慎重ながら快適だった。刑務所に到着するとセキュリティチェックを受け、強化ドアを抜けるよう指示され、管理棟の地下にある駐車場に入った。小さな駐車場で――八台分しかない――ほんの数人しか使用を許可していない。そのうちのひとりが待っていた。

「所長」

所長は車をロックしながら顔をしかめた。「リプリー看守長。なにか問題でも?」

「問題というほどのものではありません。ただ、この件はお知らせしておくべきかと思いまして」

「一緒に来たまえ」

まだ早朝で、地下の廊下は無人だったが、所長はリプリーの判断に不安があるとは思っていない。それについてはふたりとも、いくつものつらい試練に耐えてきている。Xがこんなにも長いあいだ生きのびてこられたのは、偶然などではない。現所長だけが、Xが享受している自由を保障してやれるわけではない。誰が所長でもそれは変わらない。だが、看守が不用意なことをしゃべれば、高い代償を払うことになる。ほかの四人についても同様だ。噂話程度でも容赦なくつぶされ、えこひいきと不正利得の話を知った記者が嗅ぎまわりにきたこともあったが、沈む夕陽のようにひっそりと行方をくらました。六カ月後、べつの記者がやってきたが、彼も一週間としないうちに死んだ。Xが塀のなかに何人の情報屋を抱えているのか、塀の外に彼の命令で動く殺し屋が何人いるのか、正確なところはわからない。Xはいくつもの情報をつかむことができ、いくらでも手をくだせるのだ。

リプリーは廊下に出るまで待ってから口をひらいた。

「Xはきょうすでに四人と面会しています」

「四人？」所長は途中で足をとめた。

「それで困惑しておりまして」

所長も困惑した。Xをやり過ごすにはXを理解する必要がある。「一日にそんな数の面会人が来たことは一度もないはずだが」

「それも、こんな早い時間には」

「あの男の気分はどうだ？」

「朝食に焼いた赤ん坊でも食いそうですよ」

「わかりやすく言ってくれ」

「唇は青白く、興奮しています。あんな状態になるのは初めてです」

リプリーの懸念ももっともだ。Xほど自己管理ができている者を、ウィルソンもリプリーも見たことがない。思考も感情もコントロールでき、たまに感情をあらわにしても、せいぜい唇をとがらすか片方の眉をあげる程度だ。彼を理解している者からすれば、それで充分だった。

「面会者の名前はわかるか？」

リプリーから四つの名を早口に告げられたが、そのうちのふたつには聞き覚えがあった。荒事担当。つまり殺し屋だ。「その連中はいまどこに？」

「もう引きあげましたよ、ありがたいことに。ですが、Xはバードのことを尋ねていました」

「われわれのほうの手配はどうなっている？」所長はまた歩きだした。

「フレンチ囚人を処刑に立ち会わせます。異例のことですので、理由が必要でしょう」

「わたしがなにか考えておこう。そのあとは？」

「すでに話し合ったとおりです」

「そうか。けっこう」エレベーターの到着を告げるチャイムが鳴り、扉がひらいた。「彼は、ええと……Xはわたしに会いたいと言ってきたか？」

「いえ、言っていません」

内心ほっとしながらうなずき、ウィルソン所長はエレベーターに乗りこみ、オフィスにあがった。まだかなり早いので、オフィスには誰もおらず、彼はコーヒーを淹れ、東向きの窓のそばに立ち、世界がしだいに色づいていくあいだ、刑務所全体を見おろしていた。心穏やかでいたかったが、処刑をめぐる雑事がありすぎて、時間をさかねばならないことがあまりに多い。知事が立ち会うだけでも、この一週間というもの、眠れない夜を過ごしてきた。それに州選出の上院議員ふたり、司法長官、はるか昔にXが手にかけた被害者の遺族二十九名の立ち会いも予定されている。その対応もしなくてはならない。

くわえて、マスコミ対応もある。すでに処刑に立ち会いたいという四十一件の請願を却下したが、そのなかには《ニューヨーク・タイムズ》紙やNBCニュースのような影響力の大きい新聞や放送局も交じっている。これらの新聞や放送局はノース・カロライナの州当局にコネがあり、長文の論説や巨大な政治勢力を利用し、ありとあらゆる形で圧力をかけてきている。すでに《シャーロット・オブザーバー》紙は、四日つづけて処刑関連の記事を一面に掲載し、Xの家族や資産、殺害事件の詳細、被害者の人となりを紹介してきている。Xの過去を掘りさげ、若いころの写真を、モデルや映画スター、さらには政治家と写っている写真も掲載していた。請願が途切れることはなかった。しかし、マスコミに対する判断は所長の専権事項であり、それはすなわち、Xの専権事項だ。Xはその点についても明確に指示していた。

わたしのおかげで新聞は充分に売れている……。

　もちろん、なんであれ新聞は売れるだろう。ラジオやテレビも視聴率を稼げる。すでに十台以上の報道車両を正面玄関から通した。六時のニュース番組でどのように報道されるかは承知のうえだ。明日の明け方、レーンズワース刑務所に、ようやく正義の瞬間が……。

　とかなんとか、御託を並べるのだろう。

　襟のボタン穴に挿したバラを取り、時間をかけてあらゆる方向からながめた。丹精こめて育てたほかのバラ同様、これも見事な一本で、もしかするとこれまで育てたなかでもっとも美しいかもしれない。暗いなか、裸足で湿った芝生の上を歩きながら、最高の一本を、シルクのようにやわらかく、朝露のように新鮮な一本を選び出そうと努力した。

　さっさと死んでくれ。ウィルソンはそうつぶやき、香りを深々と吸いこんだ。

　頼むからとっとと死んでくれないか？

36

父がキッチンに現われたとき、ぼくはいつもと同じで、父の目が泣き腫らして真っ赤になっていないようにふるまった。父が感情をあらわにするところなど見たくなかったけれど、そこには触れないでおいた。とげを抜くみたいにそれを引き出したのは、このぼくだからだ。

「お母さんを見なかったか?」

「見てないけど」

「電話は誰からだったんだ?」

「チャンスだった。ちょっと行ってくる」

「少し時間が早すぎるんじゃないのか」

「ここ何日か、あいつも大変だったんだ。声が少し変だった。ぼくの車で一緒に学校に行くよ」

「それはやめておけ」

「いつもそうしてるじゃないか」

「勘違いするな。学校に行くのをやめておけと言っているんだ」ぼくはどういうことかといぶかった。「サラが行方不明になった日、おまえが彼女の家にいるのを見かけた者がいる。おまえがなかに入っていくのを目撃した証人を、マルティネスが見つけたんだよ」

「だったらなんなの?」

「マルティネスとスミスには近づかないようにしろ。ふだんやっていることや行っている場所を避けるんだ。やつらの仕事を簡単にしてやるんじゃない。おれが解決策を考えるから、一日くれ」

ぼくは、チャンスの頼みを聞くつもりだと父に告げた。「ぼくの車のキーは?」

父はカウンターの上のボウルを指さし、ぼくがキーを取りあげるのを見ていた。「おまえの兄さんのことだが」父は言った。

「言わないで」ぼくは尻ポケットから野球帽を出し、目深(まぶか)にかぶった。「とにかく、いまは言わないでほしい」

「ひとつだけ言っておきたいことがある。おれはおまえたちを、おまえたち三人を公平に扱おうと、常に努力してきた。おまえたち兄弟はひとりひとりまったくちがっていたが、それぞれをせいいっぱい、心の底から、全身全霊で愛してきた。と同時に、分け隔てなく、同じように接してきたつもりだし、えこひいきせず、できるときには母さんとバランスを取るようにした。まあ、それはかなりむずかしかったがな。おまえたちにふさわしい子ども時代を過ごさせてやろうと最大限努力したし、強くてやさしい大人になるよう、善人になるよう育ててきたつもりだ。どれも、ひと晩で実現するようなことじゃない。いわゆるライフワークだ。一生ものの贈りものだ。

しかし、この世に完璧な父親などいない。おれがジェイソンを誤解していたのなら、あいつに対して手厳しくて不公平だったのなら、正すためにできるだけのことをするつもりだ。あいつと話をする。努力する。それだけは約束しよう。おまえに厳しいことを言ったのなら、おまえの人生にあれこれ口出ししすぎたのなら、それはひとえにロバートを失ったからであり、ジェイソンも失ってしまったと思っていたからであり、おまえが怖かったからだ。本当なんだよ。おまえのなかには、おれが手出しも制御もできない炎が存在し、それが過剰に熱くなるんじゃないかと心配なんだ。要するにこういうことだ。おれはジェイソンよりも、かつてのロバートよりもおまえのことを案じている。それが父親失格だというなら、それについても申し訳なく思う。このことがおまえの怒りを駆り立てたのなら、これまで築いてきたものを台なしにしたのなら……」

父が顔をそむけたので、ぼくは気にしないでと、話はわかったからと告げた。

「わかってくれたのか？」父は訊いた。

「わかろうとしてる」

父はまだ話したりないようだったけれど、ぼくにはその数語を言うのがせいいっぱいだった。朝の熱い陽射しのなかに出て、マスタングのエンジンをかけ、チャンスの家を目指した。

リースにしてみれば、体がふたつに引き裂かれるような感覚だった。この場にいなくてはならないが、あの女のそばにもいたい。これまでずっと、理想の女を求めてきた。あまりに多くの落胆を味わってきた。

「おまえの友だちはずいぶん時間がかかっているな」

リースはカーテンから手を離し、通りに背中を向けた。友人の到着が遅いからといって目の前の少年にはどうすることもできないが、いまごろXは目を覚まし、状況を知りたがっているはずだ。バードの行方がわからないと知れば、場所が、リースの居場所が特定できる。そして、そこにはあの女がいる。

「電話の声は普通だったんだな？」

「うん」

「変わった様子は？　あやしんでいる様子は？」

「なかった」

リースはうそをついている気配はないかと、少年を観察した。ぐったりとし、口をわずかにあけている。

「うそをついていたら、後悔することになるぞ」

「もうとっくの昔に後悔してるよ」

少年が初めて見せた負けん気の強さに、リースは思わず同情を覚えた。「電話しなければ、おまえはもう殺されていた。その事実を認めれば、少しは気分がよくなるだろうよ」

しかし少年は理解しなかった。しようとしなかったのかもしれない。

部屋のなかを行ったり来たりするうち、車の音が聞こえ、リースは窓に駆け戻った。フレンチのガキではなかったが、同じくらい首を長くして待っていた相手だ。運転している男はスピードを落として住所を確認し、リースがあらかじめ指示したとおり、少し先まで行って車をとめ、両方の肩に大きなダッフルバッグをひとつずつかつぎ、この家まで歩いて戻った。長身でどっしりしているわりには動きが速く、吹きあがった風がぼさぼさの髪を揺らしている。リースは鍵をあけながら言った。「遅かったじゃないか」

「ああ、まあな」大男はリースを肩で押しのけた。「住所がわかりにくくて」

タイラ・ノリスを拉致した夜以来、ロニー・ウォードと顔を合わせていなかったが、あのときと同じ、期待に満ちた目をしていた。そしてあいかわらず、顔の造作がいびつだった。「頼んだものは全部持ってきたんだろうな？」

大男はひとつめのバッグを肩からおろした。「ソニーのDXC－1600 3CCDのハンディカラーカメラと、ソニーのBVU－100 Uマチック－Sプロ仕様のポータパックVCRカラービデオカセットシステム。最新鋭の機器で、重さは五十五ポンド弱で携帯可能」

「編集の道具はどうした？　テープを切ってつなぐやつは？」

「もうひとつのバッグに入ってる。照明と一緒に」

「ならけっこうだ。ご苦労」

「で？」ロニーはチャンスを見つめながら、ふたつめのバッグをおろした。「このガキを殺すのか？」

リースは言った。「それが、いろいろこみ入ってていてな」

しかし、大男はあきらかに面食らっていた。少年は縛りあげられ、黙っている。あたりもしんと静まり返っている。「なら、ここでなにをするんだ？」

「待つ」

「なにを？」

「その相手が来た」通りで音がしたので、リースは暗がりから出ないようにしてカーテンを軽く引いた。あらたな車が縁石に寄せてとまった。

大男が肩ごしにうかがうと、十代の少年が車を出て歩道におり立った。「もうひとりガキがいるのか」

「ただのガキじゃない」リースは言った。「あれは世界を動かせるくらい長い梃子だ」

チャンスは夢のなかにいるような気がしていた。男たちの会話は一言一句聞き取れたものの、まともに覚えていられなかった。男たちがふた手に分かれたのを見ても、理由がさっぱりわからなかった。小さいほうがチャンスのうしろに立ち、もうひとりは家の奥に姿を消した。

「やあ、チャンス」

ギビーはこの十年ほどで千回もそう声をかけてきた。

チャンスは〝逃げろ、さっさと逃げろ〟と叫びたかったが、小男が喉にナイフの刃を突きつけ、湿って生暖かい息が感じられるほど口を耳のそばに近づけていた。

「なかに入れと言え」

肌にあたるナイフの刃が炎のように感じられる。

「さっさと言うんだ、小僧」

「こっちだ」チャンスは目をつぶり、すべて消えてなくなればいいのにと願った。「居間にいる」

玄関のドアがかちりという金属音とともに閉まった。

「ギビー登場！」

これも数え切れないほど聞いた科白だ。足音が三歩聞こえ、つづいて六歩聞こえた。ギビーが居間の入り口まで来たときには、チャンスは絶望感に覆われていた。

袋のネズミだ……。

大事な友だちにおれはなんてことを……。

向きを変えて居間に入ったギビーは、驚きのあまりその場で棒立ちになり、ナイフの刃からそれを握っている男の顔へと目をさっと動かした。両手をこぶしに握り、口を真一文字に引き結んだ。丸一秒間。時計の針がかちりと鳴った。次の瞬間、もじゃもじゃ頭の大男が廊下からほとんど音もたてずに現われ、チャンスの親友を一撃で倒した。

リースはギビーをべつの椅子にくくりつけ、その間にロニーはほかの作業にかかった。のろくさくて雑な性格のわりには、装置の扱いは感心するほど手際がよく、カメラを三脚とビデオデッキにつなぎ、ビデオデッキを編集用のデッキにつないだが、そのすべてを最小限の動きとヘビのようにとぐろを巻いた黒いケーブルだけでやってのけた。それでも、時間とタイミングの問題が残っている。

「完璧でなくていいからな。必要最小限で充分だ」

しかし大男は首を振った。「こういうことをやらされるのは初めてだからな。完璧を目指したい」

彼はバッグから照明器具、レフ板、ディフューザーを出し、その意欲と満足そうな様子に、リースは後悔で胸が痛んだ。ロニーはよくできた残酷きわまりないスナッフフィルムが好きなのだ。「あのな、実際には誰も殺さないんだよ」

「なんだと？」

「さっきも言ったろ。いろいろこみ入ってると」

大男は立ちあがり、上からリースをにらみつけた。だまされたという思いをつのらせていく。「あいつに顔を見られてるんだぜ」大男はチャンスを指さした。「そっちでのびてるやつにも、まちがいなく見られちまう。そんな危険はおかせないね。おれに依頼したのが間違いだ」

「それについてはあとでなにか考えようじゃないか」

「そんな口約束は信用できない」

「この七年間」リースは言った。「おれがおまえを落胆させたことはあったか？　ちょっとだけ信じてくれればいいんだ」

大男は言われた言葉を検討しながら、怖い顔でチャンスをにらんだ。チャンスは幽霊のようににらみ返した。「いまのところはそういうことにしておいてやる。あんたが持ってるやつを見せて、どうしたいか説明してくれ」

リースはバードから取りあげ、その死をおさめたカメラを出した。大男は受け取ってひっくり返した。「パナソニック３０８５か。おれのほど性能はよくないが、悪くはない」彼はテープを出し、しげしげとながめた。「どうしたいのか説明してくれ」

リースはテープの内容と、つけくわえてほしい点を説明した。

「先にこいつを見せてもらっていいか？」大男は答えを待たずにテープをビデオカメラに挿入した。「このハンディカメラだと白黒でしか再生できない。ちゃんと対応してる装置ならカラーで見られる」

「音のほうはどうなんだ？」リースは訊いた。

「さあな」

再生が始まり、悲鳴が聞こえはじめると、音声も問題ないということでふたりの意見が一致した。

チャンスにとって、悪夢は終わりそうになかった。終わるわけがなかった。すべては現実だった。ギビーは本当に、隣の椅子で意識を失っている。ビデオのなかで殺害されようとしているのは現実の男で、現実の人殺したちがそれを見ながらうなずいたり感想を言ったりしている。途中、大男のほうがチャンスが同じ室内にいるのに気づいたらしい。

「おまえも見たいか？」

大男は装置の向きを変えて、腹を裂かれ、自分の腸をネクタイのように首にかけられている男の姿がチャンスにも見えるようにした。男の顔に浮かんだ恐怖の

表情は、これまで見てきたどんなものともちがってい
た。両目を下に向けてひたすら叫び、血にまみれた両
手がもっと腸を引きだそうとしている。

数秒後、引っ張りだされた。

その十秒後、チャンスは気を失った。

目を覚ましたチャンスが最初に見たのはギビーに向けられたカメラで、大男がつまみをまわして焦点を合わせていた。「どのくらい必要なんだ？」

「そんなに長くなくていい。十五秒くらいだな」

小男は奥に進み、ギビーのうしろに立った。「おれの顔は映ってないだろうな？」

「映ってるのは首から下だけだ。ガキが真ん中になってる」

そのやりとりが聞こえたのか、ギビーがもぞもぞ動いた。「チャンス？　どういうことだ、これは？」

言葉がひどく不明瞭で、チャンスは脳震盪を起こしたのだろうと思ったが、それは心配事リストのいちばん下だ。

「よし。撮影開始だ」

ギビーの首にナイフが突きつけられ、その感触がわかるほど彼の神経は研ぎ澄まされていた。チャンスは目を閉じたが、ギビーが抵抗する音が聞こえた。目をあけると、親友が椅子を揺すっているのが見え、小男は指を髪のもっと奥へともぐりこませてギビーの顔をカメラに向けさせると同時に、椅子が倒れないよう押さえていた。チャンスは大声を出したかった。戦いたかった。一生にも匹敵するような時間がたったのち、大男が言った。「よし、終わりだ。十五秒たった」

ナイフがギビーの肌から遠ざかり、髪をつかんでいた指が離れた。「見せろ」

男たちが録画を再生するあいだ、チャンスはじっと前を見つめていた。ギビーはあいかわらず頭が混乱している様子だが、じきにチャンスの名前を呼ぶはずだ。

チャンスに声をかけて、理由を知りたがる。

チャンスはすぐにでも口から出せるよう、言うべきことをひねり出した。おれは臆病で腰が引けてる。どうかおれを憎んでくれ。

チャンスは目を閉じ、しばらくそのままでいた。死にたかった。と同時に死にたくなかった。チャンスがやったことをギビーが思い出せば、世界はもう二度と同じではなくなる。どのくらい変わってしまうんだろう？

けれども、世界を変えたのはギビーではなかった。

大きな音がしてチャンスは現実に引き戻された。口論が進行中で、しかも深刻だった。大男がもうひとりを見おろすように立っているが、その顔は怒りで真っ赤に染まり、目が異様に黒く見える。肩をひどく怒らせ、両手の指を鉤爪（かぎづめ）のように曲げている。「なんとかすると約束しただろう」

小男は両手をあげた。「たしかにした。それはあとで考えよう」

「ふたりにおれの顔を見られてるんだぞ」

「それはおれだって同じだ」

「ビデオテープ程度のささいなことで刑務所に行くつもりはないからな」

「とにかく装置を片づけてくれると――」

「装置がなんだってんだ！」

「頼むからおれにやらせようとするな」

「あんたがやるか、おれがやるか。ふたつにひとつだ」

「なにがあっても、気持ちは変わらないんだな？」

大男は一歩前に進んだ――小男より一フィート背が高く、体重は二倍もありそうだ。「前もって本当のことを聞いてたら、絶対に来なかった。ちゃんとした理由があるから、ルールってものがあるんじゃないか」

小男はチャンスにちらりと目をやったが、残念そうにうなずいた。「たしかに約束した」

小男はわきにのき、どっちの少年から先に殺すか話し合おうというように、片腕をさっとひと振りした。

大男は頭をちょっとさげてひと声うなり、それから重たそうな足取りで前に進みでた。そのときに浮かんだ表情を、チャンスは千年生きたとしても絶対に忘れないだろう。大男の顔にはなんの感情も浮かんでいなかった。目には生気というものがまったくない。大男は両手をこぶしに握った。ふたりを殴り殺し、そのあとはおもしろ半分に殺す相手を見つけるつもりなのだろう。しかし、小男の計画はちがっていた。彼は大男が一歩進んだところで、ナイフを出し、その首を封筒のように切り裂いた。

37

所長の一日は急速に悪化した。秘書から電話で病欠の連絡があり、いちばん上等なシャツにコーヒーをこぼしてしまい、八時半までに知事から二度電話があり、処刑にマスコミを立ち会わせるよう考えなおしてほしいと要請された。レーンズワース刑務所の画像が東海岸一帯にある大手テレビ局の支局で流れているらしく、知事はそれに不満を抱いているのだった。

どの番組を見ても、きみのところの刑務所が取りあげられているんだよ。子ども向けの『キャプテン・カンガルー』はべつだがな！

もっとも品のいい部分でもこうだった。

知事は寛大な心の持ち主ではなさそうだ。

「アリス」所長は秘書がいる控えの間に足を踏み入れた。「きみはアリスでいいんだったね？」

「そうです。記録室の」小さなデスクにすわったまま秘書は顔をしかめた。ヘアアイロンでセットした髪型の彼女は男三人を向こうにまわすだけの根性をそなえている。「前にも代理でこの席にすわりましたけど」

「ああ、たしかに」

「一九六八年十二月三日。その翌年の聖金曜日。七〇年の三月に二日間……」

「ああ、覚えているよ。感謝している。ひとつ質問してもかまわないかな、アリス？」所長は返答を待たなかった。「きみは夜のニュース番組を観るかね？ 全国ネットの番組のことだよ。明日の処刑について、関心が多く寄せられているのか知りたいのだが」

「所長はニュース番組をごらんにならないのですか？」

「きみは観ているのだろう？」

「ウォルター・クロンカイトの番組。『シックスティー・ミニッツ』。『ローレンス・ウェルク・ショー』のことじゃありませんよね？」

秘書はまさかというように鼻を鳴らしたが、所長は無視した。「処刑に関してはどうだ？ 関心が寄せられているかね？」

「もちろんですとも」秘書は大まじめでうなずいた。

「たいへんな話題になってますよ。いろいろありましたでしょう？ 去年逮捕されたファン・コロナ（一九七一年の二月から五月のあいだに二十五人を殺害）とかマック・レイ・エドワーズ（一九五三年から一九七〇年のあいだに子どもばかりを六人殺害）とか、あとひとり、名前が思い出せませんけど。それにガフニーの絞殺魔（一九六七年から一九六八年のあいだに四人を殺害したリー・ロイ・マーティン）だの、ほうきの殺人鬼（一九六六年に仲間とともに少年少女三人を殺害したケネス・マクダフ）もいましたし。つい先月だって、シアトルで女の子が四人、行方不明になって、ほかにもまだ、わかっていない被害者がいるはずだということですし。こういう場所で働いてますと、人間の心に邪悪なものがひそんでいるのは承知してますから、べつに驚きもしませんけど、それでも、次々とあらたな深い闇が登場しますでしょ。最近では新しい用語も使われてますね。連続殺人鬼（シリアル・キラー）。そんなものがいるとしてですけど。とにかく、ええ、ニュース番組では話題になっていますし、大勢の人がそれに耳を傾けてます。それのどこがいけないのか、わたしにはとんとわかりませんが。ちゃんと処刑されることがこの国には必要なんですから」

「なるほど。ありがとう、アリス」

「どういたしまして。あなたのなされることに神のお力のあらんことを」

　秘書の言い方は、所長自身が電気椅子のスイッチを入れるのを正義として認めているようだった。所長はしばらく迷っていたが、秘書が最後にもう一度うなずき、顎を首にぐっと引き寄せたのを見て、そのような絶対的な確信は性に合わないとばかりに退散した。彼は正門とそこにいたるアプローチが見おろせる北東の塔に向かった。彼を見て看守はうなずき、邪魔にならないよう隅に引っこんだ。所長は長い階段をのぼって出た汗をぬぐい、それから砂塵の舞うアプローチを見おろして言った。「これはすごいな。数はどれくらいだ？」

　いちばん近くにいた看守が訊いた。「抗議の連中の数ですか？　それとも報道の車ですか？」

「報道の車のつもりで訊いた」

「最後に数えたときには三十七台ありました」

　もうひとりの看守が「三十九台です」と言い、遠くを指さした。さらに二台が舞いあがる砂塵を光の槍（やり）で貫いているのが見える。所長は手でまびさしをつくると、上等な服に身を包み、髪をなびかせているテレビ局の関係者を見おろした。抗議の連中は少なくとも数百人はいそうで、今後さらに増えるのは確実だ。グレース・バプテスト教会だのシオンの山教会だのといっつづく九十分間、所長はオフィスで仕事をした。処刑に立ち会う予定の遺族の席の配置を考えていたのだ。やっかいな仕事であるが、きちんとやりたかった。どの遺族がもっとも苦しんだかを見極めたうえで、より良い席順を決めるため、Xが起こした多数の殺人事件をさらわなくてはならなかった。息子ふたりを失った父親？　妻が一週間にわたって残忍な拷問を受けた夫？　それを検証するのは苦痛の連続で、中断できるならどんな邪魔でも受け入れると思っていたところに邪魔が入った。

一度めはXの現状を報告にきたリプリーだった。

「あいかわらず苛立っています。バードのことをしつこく訊いてきます」

「あらたな面会者は？」

「弁護士のうちのふたりが。本物の弁護士です」

「葬儀についてはなにか言っているか？」

「いえ、なにも」

た名前が書かれた教会のバスを数えると、七台あった。それも適当にとめてあり、数台からはいまも教区民が暑い外へと出てきている。その大半は〝神のみが命を奪うことができる〟あるいは〝贖い主を信じよ〟と書かれたプラカードを手にしている。正午をまわるころには、単なるやじ馬も到着しはじめ、死刑を支持する者、さらにはひとりの人間が生きながら全身を焼かれる瞬間に近くにいたいという、心に闇を抱えた者まで現われた。

看守のひとりが言った。「なんでしたら、州道までさがらせますが」

所長は答えるまでに少し時間をかけた。二台の報道車が近づいてくるのが見え、そのうしろからべつのバスも一台、やってきた。「ほうっておけ」所長は言うと、その先は言わずにおいた。Xのためにやらなくてはならないことが山ほどあるいまは、少しくらいの混乱などたいした問題ではない。

この先もなにも言ってこないだろう。Xは生きているときと同じように、謝罪も後悔もせずに死んでいくのだ。

二度めの中断はその四十分後で、これはまったく想定外で、想像すらしていなかった。あいたドアからアリスが声をかけた。「二番にお電話です。奥様から」

「ありがとう、アリス。ドアを閉めてくれるかね？」彼女は言われたとおりにし、所長は出るのが怖い気がして、電話機をじっと見つめた。妻が職場にかけてきたことは一度もない。「スイートハート？　どうかしたのか？」

「電話したのは、きょうという日があなたにとってとてもつらい一日になるだろうと思ったからだし、明日はもっとつらいだろうと思ったからよ」彼女は静かな声でそう言った。「ここ何年か、わたしたちはお互いにとって必要な存在ではなかったけれど、この件に関してはあなたに寄り添うつもりでいるわ」

「スイートハート、そう言ってもらえてうれしいよ」

「少なくとも明日までは」妻は言った。「あなたがあの悪魔のようなおそろしい男を殺し、その魂を永遠の地獄に落とすまでは」

電話が切れたあとも、所長はこんなものは初めて見るとばかりに受話器をじっと見つめていた。それからのろのろと架台に戻した。そのとき、リプリーがふたたびオフィスに現われ、世界が完全に崩壊した。

州道を五マイルほど行った先にある、割れた窓に板を打ちつけたかつてのガソリンスタンド。リースはその陰に車をとめていた。コーラの自動販売機も壊れている。トイレのドアも、給油ポンプも、かつては〈エッソ〉の文字が書かれていた色あせたプラスチックの看板も壊れていた。ぞっとするような場所で、土埃が舞う二車線道路で前を通る者をべつにすれば、誰も記憶にとどめることはない。けれども公衆電話はまだ使用でき、リースが立ち寄ったのはそのためだ。

彼は腕時計で時刻を確認し、心のなかでつぶやいた。まもなくだ。

認めるのはくやしいが、どうしても不安になって、指の爪をあらためた。もうこれで三度めだが、ロニーの血をすべて洗い落とせているか確認したかったのだ。ちゃんと洗い落とせていた。

当然だ。

「やけに待たせるな」しかし、問題は待つことではない。

Xだ。この賭けだ。

なにげなく車のトランクをあけ、なかをのぞきこんだ。「ふたりとも、まだ息をしてるか？」テープでくくられ、ぎゅうぎゅうに詰めこまれたふたりは、答えられなかった。しかし、どっちもまだ息をしていたので、リースはうなずいた。「静かにしていれば、生きて出られるかもな」

リースはトランクを閉め、目に手をかざして道路をうかがった。刑務所に向かうバスが数台、がたがたと通りすぎていったが、反対方向から来るのは古いセダン、材木を運ぶトラック、それに時速二十マイルでのろのろ進んでいったコンバインだけだ。しかし、一マイル先、道路が川をよけて北に湾曲しているあたりで光がまたたくのが見えた。

「よし、着いた」

かげろうにしか見えなかったものがはっきりとした形を取り、ビュイックのセダンとなって現われた。運転しているのはどこにでもいるような風貌で、髪が薄くなりかけた柔和な中年男だ。車がスピードを落とし、かつてのガソリンスタンドに入ってきた。リースは近づいて出迎えた。「なにか問題はあったか？」

運転席に窮屈そうにおさまった運転手は、まぶしい陽射しに目を細めて肩をすくめた。「道が少々混んでる。抗議するやつらなんかのせいで。看守はおれと話したがらなかったが、あんたに言われたとおりのことを言ったら、リプリーってやつが大あわてで出てきたよ」

「箱はリプリー看守長に直接手渡したんだろうね？」

「受け取りにその名前が書いてあるだろ？」運転手はウインドウごしに紙切れを押しやった。リースはサインを確認してうなずいた。「なら、たしかにそいつに渡したよ」

「人相風体を言ってみてくれ」運転手はそうした。完全に一致していた。「ならばこれを」リースは百ドル札を一枚出し、それが消えてなくなるのを待った。

男の車が道路に戻ると、リースはもう一度腕時計に目をやり、時間を足し算した。彼は看守連中のことも刑務所のやり方も心得ている。そこから、どのくらい時間がかかるか計算できる。

茶色い紙に包まれ、テープどめされた長方形の箱は、所長のデスクに置かれたまま、手をつけられていなかった。所長は椅子のへりに尻をのせ、リプリーがこの箱を渡すときに、中身はニトログリセリンだとか、切断した死体だとか、とにかくXとはなんの関係もないものだと言ってくれたらよかったのにと考えていた。

「その男がなんと言ったのかもう一度頼む」

「こう言いました。〝これはX宛てで、本人にぜひとも中身を見てもらいたい。そのように手配するのがXのためだとウィルソン所長に説明するように〟と」

「男はわたしの名前を出したのか？」

「はい、そうです」リプリーは一度うなずいたが、顔色が少し悪くなっていた。

「その男を以前にも見たことは？」

「いいえ。本人は金をもらって届けにきただけだし、雇った男の名前は知らないと言っていました。しかし、その男の説明からすると、ほぼリースと考えて間違いないかと」

所長はあっさりとその言葉を信じた。リースのような風貌をした者がほかにいるはずがない。

「退出しましょうか？」リプリーは訊いた。「おひとりになりたいのではないかとお見受けしますが」

リプリーに家族はいないが、一緒に住んでいる恋人がいるし、もともと四匹いた犬のうちの三匹もいる。最初の一匹を殺されたことで、鞭ではなく飴を受け取るべきだと早いうちに学び、以来、長年にわたってXに雇われてきた。Xとのつながりからリプリーがいくら得ているのか、尋ねたことはないが、けっこうな額のはずだ。所長は首を横に振った。「この箱がXに関係あるなら、きみも無関係ではない」

ほかにどうしようもなく、所長は箱を引き寄せ、折りたたみナイフでテープを切った。入っていたのはビデオカセットと封をした封筒だった。封筒に目を向け、おもてに書かれた文字を声に出して読んだ。「プリズン・ファーム・レーン二番地、ブルース・ウィルソン所長へ。ガートルードの夫であり、トーマスとトレヴァーの父親である人物」

「やけに具体的ですね」

「わたしがいかに弱い立場にあるかをほのめかしているのだろう」

所長は同じナイフで封筒を開封した。電話番号を記したインデックスカードと、きっちり半分にたたんだ一枚の紙が入っていた。所長は紙に書かれた文字を読むと、リプリーに渡し、看守長は唇を動かしながら声に出さずに読んだ。

親愛なる所長殿

同封したビデオテープを地下室にいるわれわれの共通の友人に大至急見てもらわなくてはならず、必要な準備を整えてくれるものと信じている。おたくがびくついた場合にそなえ、こちらの手もとには同じテープのコピーがあり、われわれの共通の友人の弁護士に送る用意がある。おたくの背信行為を知ったら、われわれの共通の友人の不興を買うことは想像がつくことと思う。もちろん、このおれも、すごくむかつくことだろう。

ご家族のみなさんにもよろしく。

R

リプリーは所長と目を合わせたが、ここで同情の言葉をかけたところで意味がない。ふたりはビデオカセットに目を向けた。おもてのラベルには黒インクで単語が書かれていた。

バードのさえずり。

リプリーが顔をしかめた。「Xはけさからずっとバードのことばかり尋ねています。関係あるんでしょうかね」

「あるに決まっているだろう」

「どうしましょうか?」

「ドアに鍵をかけて、こいつを見るとしよう」

リプリーがドアに鍵をかけ、ふたりはオフィスの隅にあるテレビの前に行った。所長がカセットをビデオデッキに挿入した。

「きっと、気持ちのいいものじゃないでしょうね」リプリーが言った。

リプリーの言葉は正しかった。


所長としてはXにそれを見せるしかなかった。問題のビデオカセットを持って、こわごわと地下二階に足を踏み入れた。Xがどう出るのか、見当がつかなかった。それもあって、階段をおりきったところで足をとめた。「あの……」

ひそひそ声の会話がやみ、Xが監房のひとつから現われた。「なんだ? 用件を話せ」

「ええと……」

「話せと言っただろう」

「バードの件です……」所長の腕がビデオカセットとともにあがった。「これが届きまして、あなたに見せるようにとの指示がありました」

Xはテープを受け取り、しげしげとながめた。「指示は誰からだ？」

「中身を見れば、すぐにわかるかと」

「きみは見たのか？」

「遺憾ながら、見ました」

話しているところへ四人の看守がテレビ、ビデオデッキ、延長コードを持って現われた。彼らが作業するのを横目で見ながら、Xは監房から弁護士を呼び寄せた。本物の弁護士なのは所長も知っており、全員がニューヨークのトップクラスの法律事務所に所属している。Xの財産と遺言について話し合っていたのだろう。

「話し合った件について、さっそくかかってほしい」Xは言った。「だが、このあとも近くにいてもらいたい。やらなくてはならないことが山ほどあるのでね」

弁護士たちは神のみぞ知るものでぱんぱんにふくらんだブリーフケースを手に階段をあがっていった。装置の配線が終わると、所長は看守たちもさがらせた。

Xは彼らが引きあげていくのを見ていたが、やがて所長に視線を戻した。そのあまりに底知れぬ真っ黒な目に、所長はいつもなら心臓が正常なリズムを刻むはずのところで、思わず小便をちびりそうになった。

「再生しろ」

所長は挿入しようと二度失敗し、カセットがデッキにぶつかってがたがたと音をたてた。「すみません。すみません」ようやくカセットがデッキにのみこまれると、所長はどこかほかの場所にいたくて出ていこうとした。

「ここにいろ」

Xが所長の腕をつかみ、子どものように向きを変えさせた。最初の映像が現われた瞬間、所長は口を覆った。バードのことは好きでもなんでもないが、誰であれ、こんな死に方をしていいわけがなく、こんなものを無理に見せられていいわけもない。ましてや二度も強要されるなど言語道断だ。バードが拷問を受ける映像を見ても、Xはもちろん顔色ひとつ変えなかったが、動揺はしているようだった。それは歴然としていた。

しかし、所長にはその理由がさっぱりわからなかった。

「リースの仕業だ」Xは言った。「もちろん、顔は映っていないが――すべてわかったうえでやっているにしても、さすがにそこまでばかではない――まちがいなくリースだ」

「わかっているというのは？」

「わたしがこのテープを警察に見せないことをだ。われわれのあいだに存在しているものはあくまで、あの男とわたしだけの問題だ」Xはテレビの前にしゃがみ、画面から数インチのところまで顔を近づけた。「これはどのくらいつづく？」

「この部分は、そうですね、七、八分でしょうか」

「この部分？」

「バードを殺害する映像のことです。そのあとにべつの映像があります」

「それを見せろ」

所長はバード殺害の場面を消そうと躍起になるあまり、あやうく転びかけた。テープを早送りし、目印を行きすぎて巻き戻さなくてはならなかった。「これです」所長はうしろにさがり、映像が切り替わって若い男性が椅子にくくりつけられ、首にナイフを突きつけられているところが映しだされた。「ジェイソン・フレンチの弟です」

Xはこの若者を知っていたんだ。所長はそう確信した。急に黙りこんでしまったのと、血がかっとのぼって顔がむくんでいるのでそれとわかる。所長がいままで見たこともない憤怒（ふんぬ）の表情だった。目も燃えそうに熱い。

「もう一度再生しろ」

しかし所長は動かなかった。「つづきがあります」

つづきとは、なにもない壁と、カメラに写っていないところから発せられる声だった。

おれの家にバードを送りこむまねはしてほしくなかったな。長いあいだ一緒にやってきて、あんなことで終わりにするのか？　女ひとりのせいで？　おれがちょっと悪さをしたくらいで、許せないとはな。

小さく息を吐く音がテープから聞こえた。

問題なのは、おれはあんたをよく知りすぎてることだ。おれをいますぐ殺したいなら、あれの前日までに殺すつもりなんだろう。それはあんたが処刑されたあとも変わらない。バードみたいな野郎がこのあともやってくる。その連鎖はとまらない。それもこれも、あんたが大事にしてる信頼ってやつをおれが軽んじたってだけのことだ。こんな終わり方はしたくなかったよ、本当に。

またもため息が聞こえたが、嘆きの吐息に近かった。

わかってると思うが、あんたがジェイソン・フレンチにそこまで入れ込む気持ちはおれにはまったく理解できないが、その気持ちが芽生えたときにそばにいたから、どれほど強いものかはわかってる。哀れだと言ってもいいが、それは言わないでおく。それに、嫉妬などしていないというふりもできない。なにしろ、ときにあんたはおれの心の父親的な存在だったからだ。だが、こういうことになった以上、今後の話をすることにしよう。今回の行き違いは過去のものであると明言してもらいたい。そのかわりにおれは、ジェイソンの弟を無傷で解放する。こっちの要求通りに事態が動かない場合、ガキは自主製作映画、題して『ビデオテープでの死に方』の主演をつとめることになり、その責任はあんたにあるとジェイソンに確実に知らせてやる。やつは絶対にあんたを許さないだろうよ。

こんなことはしたくないが、あんたがどんな男か充分わかってるんでね。取引するというならそれを信じよう。そうでないなら、すべて燃やしてやる。ガキもそいつの友だちも、ジェイソンも。もちろん、弟が死んだ本当の理由を教えてやったあとでだ。以上。ガキの命とおれの命で取引だ。よく考えて電話をくれ。番号は所長が知っている。

画面が消え、Xは目を閉じた。「電話番号を知っているというのは本当か？」

穏やかな声だったが、所長はかつてないほど怯えていた。Xという男を知らなければ、その気持ちは理解できまい。「はい、知っています」

「やつはどこにいる？」

「神にかけて誓いますが、わかりません」

「テープを届けにきた人物は？」

「帰してしまいました。申し訳ありません……」

「もういい」Xは目は閉じたまま、手の指をひろげた。「五分だけひとりになりたい。そのあと電話を持ってきてくれ」

「わかりました」

Xは口から息を吸いこみ、鼻から吐いた。「きみは子どもたちに落胆させられたことはあるか、ウィルソン所長？　奥さんには？」

「落胆するのも人生の一部です」

「その場合、きみはどう罰しているのだ？」

「うーん……そうですね……罰しません」

「彼らを愛しているからか？」

「彼らはわたしのすべてだからです」

「その大切な者たちを助けられるとしたら？」

「どんなことでもしますよ」

Xはあいかわらず目を閉じたまま、ひとつうなずいた。「では五分くれ。五分後に電話だ」

どこかの時点で時間がとまってしまったようだ。チャンスが泣くのも無理はないと思う。見知らぬ大男の首から真っ赤な血が猛烈ないきおいで噴き出したのを覚えている。

まだそのときの血のにおいが残っている

どうしてぼくたちはまだ殺されてないんだろう？

それが最初に浮かんだ疑問で、次々と疑問が浮かび、状況は最悪になっていった。ジェイソンが関係してるんだ。ぼくにわかるのはそれがせいぜいだった。

なぜ車のトランクのなかなんだ？

いったいなにを待っているんだ？

それらの疑問をえんえんと考えてみたけれど、けっきょくなにもわからなかった。ぼくは真っ暗ななかで、生きたまま料理されていた。

熱い空気を吸いこむ。

熱い空気を吐き出す。

なにも変わらなかったけれど、やがて電話の鳴る音

38

息苦しくて、暑くて、暗い。そんな世界にいた。ここがどこか、なにがどうなっているのかさっぱりわからない。チャンスの膝がぼくの背中にめりこんでいる。鋲みたいなものが頭頂部にぶつかってくる。あの人でなし野郎がなんという名前か知らないが、ぼくの二倍もある大男でさえ動けなくできるほど腕にも脚にもこれでもかとガムテープを巻きつけられた。顔にも巻かれている。ぼくは心底怯えていたし、チャンスのほうも具合が悪そうだ。少しでもたくさん空気を取りこもうというのだろう、大きく鼻から息を吸っている。

トランクに入れられて三時間？

五時間？

がした。

その朝、目覚めたベッキー・コリンズはいつも以上に外見に気を配った。裾がいい具合にひろがっているローライズのジーンズ、白い合成皮革のベルト、ヒナギクの柄がプリントされたトップス、お化粧はやりすぎない程度にちょっとだけ。紫色のレンズが入った丸いフレームのサングラスをかけ、髪をうしろでまとめてポニーテールに結った。着ているもののほとんどは古着だけれど、サイズはぴったりだし、気分が浮き立ってくる。デイナ・ホワイトですら、変化を感じ取った。「ねえちょっと。いったいどうしたっていうの？」いまは一時間めのベルが鳴る十分前で、デイナは煉瓦の壁にもたれて煙草を吸っていた。「ねえ、ベッキー。ちょっと腰を振ってみてよ」

ベッキーは顔が赤らむのを隠せなかったけれど、気にしてもいなかった。人生が一変した。大人になったのだ。「わたしにも一本ちょうだい」煙草のおかげで考えをまとめる時間ができた。一本振り出して、火をつける。初めて深々と吸いこむ。デイナと同じように黄色い煉瓦壁にもたれ、同じ煙を吐き出し、きょうをいままでとはちがう日にする唯一の思いを告げた。

「ギビーを捜してるの。見かけなかった？」

「朝の七時五十分だよ。なんでこんな時間に男の子なんかに会いたがるの？」

ベッキーはなんでもないふうを装おうとしたものの、若い女性なら誰でもどういうことかわかる形に唇がゆがんだ。そうするつもりはなかったのに、自然とそうなってしまったのだ。そのとたん、デイナが壁から背中を離し、目を大きく見ひらくと、意味ありげな、ほとんどあやしむような表情になった。

「だから、きょうはそんなすぱすぱ煙草を吸ってるの？　ギビー・フレンチが原因？」デイナはからかうような口調で言ったけれど、ベッキーの顔の赤らみが野火のように首までひろがるのを見て唖然とした。
「ちょっと待って。本当にそういうことなの？」彼女はベッキーを上から下までながめ、顔をゆがめてほほえんだ。「彼、ペッティングしてきた？」片方の眉をあげ、からかうように尋ねる。「最後までしたの？」

ベッキーは背中を向けると同時に煙草を捨て、ブーツで揉み消した。

「うっわー」デイナは興奮のあまり、ほとんど踊りだしそうだった。「最後まで行ったんだ！　顔を見ればわかるもの。ギビーと寝たのね。うちの学校で絶対に落とせそうにない、難攻不落のバージンのあんたが……」

「なんてこと言うのよ、デイナ。やめて」ベッキーはまじめくさって言ったものの、本気で怒っているわけではなかった。体のなかがほてっていた。人生が一変したことに心の底から満足していた。

「やめるもんですか。ばか言うんじゃないわよ。それにしてもびっくりさせてくれるわね。彼のこと、いつから気になってたの？」

「二年生になって最初の週」

「それで、本当に……？」

ベッキーは気位が高すぎて、事細かに話すことはひかえたが、紫色のサングラスを下にずらし、デイナに自分の目をたっぷり見せつけた。

「うわあ」デイナの顔にいたずらっぽい笑みがひろがった。「じゃあ、彼は……？　だから、彼って、その……？　やだもう、わかるでしょ？」

ベッキーはここでようやく心からほほえみ、お返しに友人をからかいはじめた。「全然わかんない」

「ちょっと、ベッキー・コリンズ。女の子をからからんじゃないの」

「うーんとね」ベッキーは考えこむように指を唇にあてた。「彼がまた誘ってくれたら、いいわって答えると思う」

「うわあ……」

「その場で、待ってましたとばかりに、きっぱりと」

デイナがバージンを卒業したのは中学三年のときだったから、興奮を鎮めて校舎に向かう人混みに引っ張っていくのに、少し時間がかかった。ギビーは高等数学のクラスにいなかった。中庭にも講堂にも姿はなかった。三時間めが始まるころには、そもそも学校に来ていないのだとベッキーは結論づけた。それにチャンスを見かけた人もいなかった。

ベッキーは公衆電話からギビーの自宅に電話した。誰も出なかったけれど、それは以前からだ。ランチの時間になると、デイナを捜しにいき、朝と同じ壁にもたれているところを見つけた。朝はあんなに興奮していたのに、暑さで溶けてしまったのか、それもすっかり失せていた。目をなかば閉じ、片足を煉瓦にかけてバランスを取っていた。「夏が近くなると、学校なんかやってられなくなるよね」

それこそ、ベッキーが必要としていたチャンスの到来だった。「サボる気はある？」

「ええ。いくらでも」

ふたりはランチタイムの終了を告げるベルが鳴って、千人もの生徒が雪崩（なだれ）を打って廊下に出るのを待ち、その混乱に乗じてこっそり外に出ると、野球のグラウンドを突っ切り、生徒用駐車場に入った。デイナは車のそばにしゃがんでキーをがちゃがちゃやり、ベッキーは首をのばして誰かに見られていないか、あとをつけられていないかうかがった。「早く」

「あせらせないでよ」デイナは目当てのキーを見つけると、運転席側のドアを解錠し、乗りこんで反対側のロックを解除した。「うっわー、なにこの暑さ」ベッキーが乗りこむと、デイナはエンジンをかけた。「誰にも見られてない？」

「異状なし」

「じゃ、行くよ」ディナはわざわざバックせず、底をこすりながら縁石を乗り越え、通りに出た。「やった！　ありがとね、ベッキー・コリンズ！」

「たいしたことじゃないわ」

「で、どこに行く？」

「ギビーの家」

「ちょっと待って。サボったのはそのため？」

「彼は理由もなくサボったりしないもの」

「それ、本当？」ディナは中途半端な笑みを浮かべ、かぶりを振った。「たしかに彼はキュートだけど、好きにならなくてよかった」

「やめて。あたしはまじめに言ってるんだから」

「そんなのわかってるって」ディナは髪を大きくなびかせながら、完璧な歯で煙草をくわえたままにやっと笑った。「カウガールだって子馬に乗りたくなることはあるよね」

そのあとの道中も同様だった。ディナはおもしろがり、ベッキーは不安でいてもたってもいられなかった。ギビーの自宅まで来たものの、ドライブウェイに彼の車はなく、ベッキーは呼び鈴を鳴らした。誰も出ないので、さらに五回鳴らした。

「出かけてるんだよ！」ディナが大声で言った。「もう行こう！」

ベッキーは車に戻り、シートベルトを締めた。「チャンスの家に行ってみよう」

「街のあっち側に行くのはいやだな」

「いいから車を出して、ディナ。お願い」

チャンスの家のドライブウェイにギビーの車がとまっていた。幌はたたまれ、太陽の光を受けて輝いていた。

呼び鈴を押しても反応はなかった。

家のなかはひっそり静まり返っている。

ディナが追い払うような仕種をしながら言った。

「なかに入ってみなよ」けれども、ベッキーはタイラとサラのことが頭に引っかかっていた。真っ暗な家。しんとした静けさ。ディナが車のウインドウから顔を出して叫んだ。「入ってみなって、カウガール。子馬ちゃんに乗っちゃいな！」

ベッキーは唇の前で指を立てた。

「子馬ちゃんに焼き印を押しちゃえ！」

ディナは悪ノリするところがあり、ベッキーも苦い経験から、彼女を黙らせるには標的となるものをなくしてしまうしかないとわかっていた。そこでドアをあけ、あまりよく見えないまま足を踏み入れた。

「こんにちは。どなたかいませんか？」

いま感じている恐怖をうまく説明できないけれど、それが一秒ごとに大きくなって、深刻で冗談ではすまない恐怖へと変わっていく。本当ならギビーは学校にいるはずだ。なのに車はここにある。

それにしても、このにおいはなんなの？

カーテンが全部おろしてあるけど、こんな天気がいいのになんだか変だ。外のこと、近所の人、ものすごいスピードで走っていく車のことが気になってしまう。それでも居間に移動すると、そこは家のなかでもっと暗かった。床になんだかよくわからないものが見えた。薄暗いなかで見ると、洗濯物の山のようだけど、ベッキーはそうじゃないとわかっていた。脚が見え、それに手の指らしきものも見えた気がした。

だめ、と心のなかでつぶやく。

それでも、壁のスイッチを探りあてた。

電気がぱっとついたとたん、ベッキーは逃げだしたくなった。けれどもあれはたしかに手の指だし、人間の脚だ。ベッキーは悲鳴をあげた。あまりに大きな声で叫びつづけたものだから、ディナが車から転がり出て、家に飛びこみ、悲鳴がするほうに向かった。彼女は全力疾走でやってくると――最高の友だちだ――いきおいで死体につまずき、顔からその上に倒れこんだ。

子馬ちゃんに乗っちゃいな。ベッキーは心のなかでつぶやいたけれど、それは行方不明のボーイフレンドを案ずる必死の叫びだった。

39

警察官たちは獲物に襲いかかるノスリのごとくやってきた。パトロールカーに濃色のセダン、地味なスーツの男たち。ベッキーはポーチに腰をおろし、死んだ男の血がついた場所をひっきりなしにこすっているデイナの肩を抱いていた。

「シャワーを浴びたい。お風呂。タオル」

ふたりの警官が近づき、片方が声をかけた。「話を聞かせてもらってもいいかな」

「もう少し待ってやってください」ベッキーが答えた。

「ふたりべつべつに聞きたいんだ。どうだろう」尋ねているのではなく、しかもこの警官は感じが悪かった。

ベッキーは言った。「マルティネスでしょ？」

「マルティネス刑事だ」

「彼女のそばを離れるつもりはないから、刑事さん。だからもう少し待ってください」

警官たちが意外にも引きさがってくれたので、ベッキーはその時間を使って頭のなかを整理した。なにもかもが異常だった。チャンスの家に残された男の死体と放置されたギビーの車。戻ってきた警官に彼女は言った。「あたしたちが無関係なのはわかってますよね？」

さっきとはべつの警官が言った。「もちろんだよ、スイートハート。ただ、いくつか訊きたいことがあるだけだ」警官はあわただしい周囲の動きを身振りで示した。「好きなだけ時間をかけてくれていい」

「あたしたちはとにかく家に帰りたいんです」

「手短にすませるよ」警官は理解を示してうなずくと、ふたりの一段下のステップに腰をおろした。「なかの男に見覚えは？」

「ありません」

「一度も見たことがないんだね？」

「ええ」

「きみはどう？」警官はディナに目を向けた。しばらくたってから彼女は首を横に振った。「きみたちふたりはギビーとチャンスと同じクラスなんだね？」

「はい」

「どうして学校に行ってないのかな？」

「ギビーが授業に出てなくて」ベッキーはひと粒落ちてきた涙をぬぐった。「それで心配になったんです」

「若いんだから授業くらいサボるだろう。きょうにかぎって心配するような特別な理由でもあるのかな？」

その質問への正しい答えなど存在しない。どこまでしゃべっていいんだろう。どのくらいならしゃべってかまわないとギビーは思うだろう？「心配だったんです」ベッキーは漠然とした答えに終始した。「彼はまじめな生徒です。ちゃんとした理由もなしに学校をサボったりしません」

「では、彼の行動としては異例ということなんだね？」

「あるいは、ちゃんとした理由があってのことだと思います」

「本当にそんなものがあるのか？」マルティネスが訊いた。「ちゃんとした理由とやらが？」

「あたしにはわかりません」

やさしいほうの警官は少し時間をおいてから、べつの角度から尋ねてきた。「友だちの生活に、なにか普通でないものはほかにないかな？ 最近、不審な行動があったとか？ なにかおかしなことがあったとか？」

「お兄さんが刑務所にいるということだけです。それはご存じですよね」

マルティネスが言った。「その子に車のことを訊け」

「相棒のことは気にしなくていい」やさしいほうの警官は言った。「やたらと口をはさんでくるやつなんだ。きみの言葉で話してもらえないかな。なにがあったのか。どんなふうに話してくれてもかまわない」

ベッキーは言われたとおり、説明を始めた。この場所に何時に着いて、なかに入ったあとなにがあったかを説明した。警官がくわしいことを訊いてきたが、それで話が横道にそれてしまった。ベッキーは話をもとに戻し、一からやり直した。「よそのお宅に許可なく入っちゃいけないことくらいわかってます。それにデイナが死体に倒れこんじゃって、犯行現場とか証拠をだめにしちゃったのもまずかったけど、あたしが悲鳴をあげたせいで、彼女は駆けつけてくれただけなんです。それであたし……あれはあまりに……」ベッキーはまたも落ちてきた涙をぬぐった。

「あせらなくていいんだよ、お嬢さん。充分よくやってる」

「ったく、まどろっこしいったら……」

「黙れ、マルティネス」

「さっさと車のことを訊けって」

やさしいほうの警官はため息をついたが、うなずいた。「マスタングは友だちの車なんだろう？　それはわれわれもつかんでいる。ごめんよ。こんな言い方をすると、罠にかけようとしてるみたいに聞こえちゃうね」警官は自分がした質問に苛立ったように首を振った。「きみたちが到着したとき、車はもうここにあったのかな？」ベッキーはうなずいた。「友だちは？　彼を見かけたかい？」

「いいえ」

「チャンスは？」

ベッキーは首を左右に振った。マルティネスに対する不信感がしだいにつのっていく。身を乗りだすようにしてこっちをにらんでいる様子が、妙に熱心すぎる。

「なぜ車のことをそんなに気にするんですか？」彼女は訊いてみた。

「型どおりの質問をしてるだけだよ」

「彼の車ってだけなんですよ」ベッキーは言った。「去年の夏に買ったんです」

「気にしないでくれ。ちゃんと話してくれて助かるよ。到着したとき、誰か見かけなかった？　通りとか、このあたりのどこかで」

「よく見てなかったから」

「何者かがこの家の裏口から出ていったとしたら、その姿がきみに見えたかな？　到着したとき、あるいは家のなかに入ったとき、なにか音は聞こえなかった？　ドアが閉まる音とか。足音とか」

「いいえ」

「家のなかでなにか動いてる気配はあったかな？」

「まだ家のなかにいたということですか？　あんなことをした犯人が」

「そうじゃないんだ、スイートハート。それはないと思ってる」

けれども、その言葉はうそじゃないかとベッキーは思った。

マルティネスが言った。「車のキーのことを訊け」

やさしいほうの警官は片手をあげたが、マルティネスに返事をしなかった。「わたしのほうを見てくれ、スイートハート。いいね？」彼は眉をあげ、マルティネスを見るのをやめて質問に集中するよう求めた。

「あと質問は少しだ。友だちの車にキーがついてたか気がついたかな？」

ベッキーは首を横に振った。

「家のなかは？　家のなかにキーはあった？」

「ギビーの車のキーと、あの男の人が殺されたことが、どう関係してるんですか？」

「ただの質問だよ、スイートハート」

「その呼び方、やめてもらえませんか？」

「ああ、わかった。すまない。おじさんにも娘がいるものだから、つい癖でね」

ベッキーはマルティネスに目を向けた。「それと、そっちの刑事さん、友だちが怖がってます」

マルティネスはてのひらを見せ、謝罪のかわりに一歩うしろにさがった。やさしいほうの警官が、先をうながすようにほほえんだ。「キーの話だが」

「キーは死体の横にあった」ディナが初めて顔をあげた。「この人たちがしつこく訊くのはそのせいよ。ギビーとチャンスがかかわってると思ってるんだわ」

「ちょっと待ってくれ、誰もそんなことは思ってないよ」やさしいほうの警官が事態を落ち着かせようとして言った。

「あっちの人は思ってる」ディナがマルティネスを指さした。

「ただの質問なんだ」やさしいほうの警官は言った。

けれどももう、それほどやさしそうには見えなかった。

ビル・フレンチはその日、無意味なお役所仕事で無駄足を踏まされていた。はやくに署に出勤すると、マーティン警部が待っていた。

きみにはローリーで開催される会議に出席してもらう。行きたくないだろうが、きょう一日、そっちに行ってほしい。

フレンチは抵抗したが、警部はあとに引かなかった。**きょう一日出張するか、一カ月の停職か。好きに選ぶといい……。**

「まったく、こんなところにすわらされて」フレンチは小声で毒づき、固いプラスチックの椅子にすわり直した。「勘弁してくれ」いま彼がいるのは、州都にあるノース・カロライナ州捜査局本部ビルの三階の会議室で、州内の百人の市警察官に交じり、管轄区域を越えた捜査協力に関するセミナーに出席していた。始まってわずか一時間のうちに、彼はすでに三度も抜けて電話を借り、シャーロット警察の友人に電話をかけていた。内勤の巡査部長。借りのある平刑事。ふたりともなにも知らないか、なにも教えてくれようとはしなかった。三本めの電話でバークロウをつかまえた。

「じっと待ってろ」彼は言った。「なにかあったら連絡を入れる。それまでは信じて待ってろ」

しかし、信じて待つというのは新人か民間人にかける言葉だ。フレンチは悪い警官、偏見、雑な仕事をいやというほど見てきている。

腕時計に目をやる。

席についてから八十三分が経過していた。

もっとたっているはずだ！

さらに二十分間、彼は州捜査局の若造が、州をまたいだ連続強姦犯の追跡に使われるかもしれない広域捜査の体系的な上下関係についてだらだら講義するのを聞かされた。「お手もとのマニュアルの十二ページに描かれた図を見ていただければ……」

「だめだ。もうがまんできん」

「いま自分は、いる必要のない街で、やらなくていいことをやっている」

フレンチは左右を見ることなく会議室をあとにすると、廊下に靴音を響かせながら監察部の受付室の前を大股で通りすぎ、エレベーターのある場所に向かった。両開きドアを過ぎる直前、若い女性が彼の思考をさえぎった。「すみません、刑事さん？」

自分のデスクの電話をこころよく使わせてくれた、人好きのするあの若い女性だった。「はい、ええと、お名前は……」

「フォイルです」女性は言った。「お電話が入っています」

彼女はデスクの電話を差し出すと、その場を離れてフレンチをひとりにしてくれた。部屋の奥の会議テーブルを囲むように職員四人が立っていた。隣のデスクには誰もいない。この番号を知っているのはバークロウだけだ。「ケン？」

「おれはさっき、最後になんと言った？」

背景音が聞こえる。捜査部屋の連中。指示。あわただしい動き。フレンチは受話器を握る手に力をこめた。しかるべき理由がなければ、電話などかかってくるはずがない。「信じて待てと言ったよな」

「ったく、ちがうだろ。最後から二番めになんと言った？」

「なにかあったら連絡を入れる」

「用件はそれだ。ってことで、州警察の連中に世話になった礼を言い、とっととこっちに戻ってこい。大至急だぞ。なぜかと言えばだな――」バークロウが受話器を片方の耳からべつの耳に移動させたのだろう、かさかさいう音が混じった。「――こっちでまたとんでもないことが起こったからだ」

ローリーからシャーロットまでは州間高速道路だけ

で行けるため、フレンチは回転灯をつけ、アクセルペダルを強く踏みこんだ。チャペル・ヒル。グリーンズボロ。ソールズベリ。通過する都市を数えつつ、道路に車が多いときは時速九十五マイルに抑え、車が少なくなると百二十マイルまで加速した。バークロウの電話から八十九分後、シャーロットの市境を越えた。二マイル進んだところで、ブレーキを強く踏み、バークロウから指示された待ち合わせ場所である駐車場に車を入れた。バークロウは待っていた。「九十分で行くと言われたが、本当にやるとは思ってなかったよ」

「実際には九十三分かかった。ギビーの行方はわかったのか?」

「まだだ。残念ながら」

「ガブリエルはどうしてる?」

「まだ知らせてないし、警部を説得して、しばらくはこのままにしておくことにした。少なくとも当面は」

「警部はおまえがおれに連絡したことを知っているのか?」

「疑ってはいるようだ。二度ほどぎゃーぎゃー言ってきたうえ、署にメッセージを残してる」

「どんなことを言ってきたんだ?」

「おまえはきょう一日ローリーから出られないし、そのままあっちに居残ってほしいと」

「死体はどうなった?」

「四十分前に搬出された。ロニー・ウォード。白人男性で年齢は三十七、家並みに体がでかくて身長六フィート八インチ、体重は約二百九十ポンド」

「前科はあるのか?」

「ケチな犯罪で何度か有罪判決を受けてる。徘徊(はいかい)、わいせつ、客引き行為。六八年までさかのぼるとのぞきでも捕まってるが、目撃者が証言をひっこめてる。いまの地区検事は当時検事補だったが、事件を覚えているそうだ。脅しのようなものがおこなわれたと見ているらしい。おれの知るかぎり、家族はいない。職業および知人、友人については、いまのところなんの情報もない。大学の近くのアパートメントを所有してる。スミスとマルティネスがいまそこに向かってる」

「女の子たちはどうなった?」

「ベッキー・コリンズとデイナ・ホワイト。ふたりとも死ぬほど怯えているが、両親のいる自宅に帰した。ふたりはなにも知らないようだ。電話のあとの状況を伝えておく。マルティネスたちはギビーの車をトレーラーに乗せ、鑑識にまわすため移動させた。なにを見つけようというのか想像もつかないが、とにかくそういうことになった。だが、いまのところ凶器も目撃者も見つかっていない。マルティネスとスミスはチャンスの母親から話を聞いたが、母親はなにも知らないようだ。死んだ男も知らない顔だと言っていた。息子たちがどこに行ったのかも、心当たりはないそうだ」

「警部はこれとどうかかわっているんだ?」

「正直なところを聞きたいか? あの男はどうしていいかわからないんだよ。あいつがどんな男かは知ってるだろ。殺人事件を捜査するにはまともすぎるし、歓楽街をまわるタイプじゃなく、いかにもお役人的なんだ。タイラ・ノリスのあのありさまを見たショックがいまも癒えてないんだろう」

「ヒラの連中はどう思ってるんだ?」

バークロウはほとんどあきらめたように、がっしりした肩をすくめた。「おまえは好かれてる。それはわかってるよな。それにくわえ、ギビーの成長を見守ってきたやつが多い。そこにはロバートが戦死したことへの敬意の気持ちも含まれている。だが、それと同時にジェイソンのことがある。やつは警官にとってもおそろしい存在なんだよ。最近、警察に入った連中のなかには、ギビーにもジェイソンと同じ資質が隠れてるんじゃないかと考える者も何人かいる。車のキーがやっかいでね。マルティネスはそのことにえらく執着してる。だが、おれの予想を聞きたいというなら答えるが、ちゃんとわかってる警官なら、ギビーたちは予期せぬ事態に巻きこまれたと見るはずだ。悪いときに悪い場所に居合わせたってやつだ。その割合は七十パーセントといったところだろう」

「残りの三十パーセントは？」

バークロウは心からすまなそうに肩をすくめた。

「そいつらはギビーたちがかかわってると考えている」

「ジェイソンと？」

「ジェイソン、そうだ。それにタイラとサラの件とも。そして今度はチャンスの家で死んでいた男の件も。どれも無関係とは思えない」

「くそ、かなりまずい状況だな」フレンチは乾燥したてのひらで顔をぬぐった。「おれはどうしたらいいんだ、ケン？　どうすれば家族を救えるんだ？」

40

所長は電話機を持ってきたが、そわそわしていた。Xの目からは強い決意が感じられ、全身はいささかの揺るぎもなかった。

「五分と言ったはずだが」

「ええ、わかっています。申し訳ありません」所長は唾をのみこもうとしたが、急に舌が乾いて、口蓋にぴったり張りついてしまいそうだ。「ここまで届く長いコードを見つけるのに手間取りまして」

Xのたたずまいも声もなにひとつ変わっていないにもかかわらず、所長は全身が凍りつくように感じていた。捕食者。獲物。空気を味わうクサリヘビ。所長が差し出した電話機をXは受け取った。

「上で待っていてくれ。さして時間はかからない」

リースの予想とは数分ずれたものの、電話はほぼ思ったとおりの時間にかかってきた。呼び出し音が六回鳴るのを待ってから受話器を取り、隠しきれない満足感を胸に口をひらいた。「やあ、わが旧友」

「われわれは友人などでは断じてない」

リースは太陽にあぶられた草原に目をこらした。Xをおそろしいと思う気持ちに変わりはないが、それと同時に高揚感と、高いところから落ちるときのようなスリルを感じていた。「この通話をもって、われわれが合意したと考えていいんだな？」

「ジェイソンの弟を無傷で解放し、わたしのほうはおまえの首を取ってこいという契約をなしにする。あらたに誰かを雇うことはしない。十セントたりとも使わない」

「それで明日以降は？」

「わたしが死ねば、おまえはなにも恐れなくていい」

リースは安堵の波が押し寄せるのを感じ、目を閉じた。「あんたのその言葉を信じていいんだな？」

「重い約束と考えてもらってけっこうだ」

「約束してもらえて感謝するよ。だが、念のため、ジェイソンの弟は処刑後まで預からせてもらう」

「取引が有効ならば」

「あんたが死んだら、ガキは解放する」

「無傷でだぞ」

「ああ」

「誓え」

「誓う」リースは言ったが、心のなかではこうつぶやいた。たぶんな。

電話を終えるとXの気分はよくなった。決定がくだされ、事態が動く。それでも、自己欺瞞（ぎまん）が顔に出ていないか不安になって、鏡をのぞいた。

大丈夫だ、問題ない。最高だ。

「ウィルソン所長。おりてきてくれ」

「なんでしょう？」

「弁護士たちを呼んでくれ。だが、きみもまだ近くにいてもらいたい」

「なにか問題でも？」

「問題はない」Xは言った。「だが、計画変更だ」

Xが所長を呼び戻したのは、何時間もたってからだった。

「ウィルソン所長、あなたも同席してください」

そう言ったのは弁護士のひとりで、背の高いやせぎすの男だった。彼は監房に姿を消し、所長はあとをついていくしかなかった。なかに入ると、Xが書類が列をなすテーブルを前にし、もうひとりの弁護士がその向かい側にすわって〝ここに署名を、けっこうです、ここはイニシャルをお願いします……〟などと言っていた。

Xが声をかけた。「ウィルソン所長。ちょうどいいところに来た」彼は下を向いたまま、信託口座、譲渡文書、基本定款に次々と署名をしていた。どのページも数字が躍っている。

ケイマン諸島銀行に一千万。

取消可能信託に四千万。

チューリッヒ州立銀行に二億。

所長の頭にはどの数字も入ってこず、しかも書類はまだまだたくさん、数え切れないほどあった。

Xは最後の書類に署名をし、ひとりの弁護士がそれを公証し、べつの弁護士に立会人として署名してもらうための山にくわえた。それが終わると、Xは片手を差し出した。「ミスタ・プレストン」

弁護士はXに書類の束を渡し、Xはそれをそのまま所長に差し出し、所長は無表情で受け取った。「見ればわかるが」Xは言った。「中身はニューヨークのメロン銀行にきみの名前でつくった口座と譲渡文書、わたしが署名し、公証され、立会人が署名した委任状だ。譲渡文書の日付が明日になっているのがわかるね？」

「つまりあなたの、その……」

「そのとおり」Xはつぶやいた。「予定されている処刑のあとだ」

ウィルソンは書類に目を落としたが、文字がぼやけてよく見えない。もう一度最初から読んでいくと、ひとつだけ焦点の合う箇所があった。「これは合意した金額の二倍です」

「取り決めを変更することにしたからだ。それを金額にも反映させた」

所長の手のなかの書類が小刻みに震えはじめた。

「変更というと？」

Xはほほえんだが、とてつもなく薄い笑みだった。

「諸君、ちょっとはずしてほしい」

弁護士たちは立ちあがって出ていった。ふたりきりになると、Xは所長の肩に思いもかけず親密な仕種で手を置いたが、かえって背筋が凍るほど怖かった。

「きみにやってもらいたいことができた」彼は言った。「まさかこんなことを、きみに頼むことになるとは思っていなかったのだが」Xは事細かに説明した。どうしてほしいのか。いつ決行するのか。Xは所長が理解できるようゆっくりと説明し、さらに二度繰り返した。

「やり方はきみにまかせる」

所長は黙ってXの顔を見つめた。「やり方、ですか」

「もう一度説明したほうがいいかね？」

「いえ、大丈夫です」所長は首を振った。吐き気。冷や汗。「わたしにできるとは思えません」

「四千万ドルやるんだぞ」Xは肩に置いた手に力をこめた。痛くなるまで。「もちろん、できるとも」

「しかし明日は……ですから……よりによって」

要するに所長はこう言いたかったのだ。わたしにはできません。無理です。そこまで頭はいかれてません。

しかしXはばかなやつらにも、そいつらの気持ちとやらにもがまんがならなかった。「つい先日、きみの下の息子、トレヴァーの話をしたな。しかし、上の子についてはまともに話をしたことがなかったように思う。たしか、名前はトーマスだったか」

「はい、トーマスです」所長は間が抜けたようにうなずいた。

「自宅に住んでいるんだったな」

「母親の手伝いをしています」

「恋人はいるのか？　仕事はしているのか？」

「いえ」

「で、そのトーマスだが……」Xは腰をおろし、指を組み合わせた。「体の調子はどうなんだ？」

41

電話が鳴るまではなんの変化もなかった。電話が鳴ったあと、ぼくらを乗せた車は長いこと走った。最初はすいていたけれど、行き交う車の音が聞こえはじめ、市街地らしく走ったりとまったりを繰り返すようになった。本当の意味で車がとまったときには、チャンスは物音ひとつたてない状態になってひさしく、ぼくのほうは暑さでいまにも死にそうだった。車が大きく揺れて運転していた人物が降り、またもぼくの背筋に冷たいものが走った。今度こそ終わりだという気がしたのだ。

でも、殺されなかった。

男はぼくたちを車のトランクに残したままいなくな

った。

外の気温は三十度ちょっと、真っ暗な車内はおそらく六十度には達しているだろう。チャンスは死んでるみたいにだらりとしている。

息はあるんだろうか？

なんとも言えなかった。判断がつかなかった。

ぼくは自分が死にかけているような気がしていた。

トランクがあくと、外は暗くなりはじめていて、ぼくはまだ生きていた。黒々とした木と紫色の空が見え、なにもかもへりのあたりがぼやけている。ぼくが動けないのは男も知っていたようだ。もしかしたら、そのためにこんなに長く、ぼくたちをほったらかしにしていたのかもしれない。あるいは、自分で手をくださず、ぼくらが勝手に死んでくれればいいと思っていたのかもしれない。もう、そんなに時間はかからなかっただろうから。男は数秒ほどその場を動かずにいたが、やがてどこかにいなくなった。ぼくはひんやりした空気を貪欲に、一心不乱に、苦しくなるまで吸いこんだ。

そこへ、豚のきーきーという鳴き声に似た音が聞こえた。男はぼくをトランクから引っ張りあげて乱暴に落とし、その横にチャンスを毛布のように折り重ねた。チャンスが生きているのか死んでいるのか、依然としてわからない。体が熱を持っているのは、トランクのなかにいたせいだろう。彼の体が反射的に動くと同時に、車輪がきーきーいう音がまた聞こえ、ぼくらは見たこともない家に向かって台車で運ばれ、傾斜路をくだって部屋に入れられると、そこにはテーブルと檻(おり)がいくつもあり、光を受けてきらめくまばゆい金属でできたおぞましい道具の数々がそろっていた。

最初の檻の前まで来ると、男は台車ごとなかに入り、ぼくたちを床に引きずりおろした。ぼくは体を強く打ったものの、痛みはまったく感じなかった。チャンスの頭がボールのようにはずんだ。男はナイフを出したけれど、ぼくたちの体ではなく、巻きつけたテープを切断した。ぼくの顔を見ることはなく、ひとことも発しないまま、檻の扉を閉め、ぼくのこぶしほどの大きさがある真鍮(しんちゅう)の塊で施錠した。そのときは、このまま放置されるものと思ったけれど、そのあと男はホースを引っ張ってきて、ぼくたちに冷たい水をかけた。水が平手打ちのようないきおいで顔と口に当たり、ぼくはあやうくむせそうになった。それでも、水であることに変わりはなく、男がいなくなると、ぼくは床にたまったそれをすすった。

　腕と脚の感覚がなかった。

　チャンスはぴくりとも動かなかった。

　フレンチにとって厳しい一日となったが、手も足も出せないというわけではなかった。彼にも友人はおり、いい友人は大きなリスクを負ってくれるものだ。その日の午後遅く、そんないい友人のひとりと署から二ブロック離れた路地で会った。麻薬課の刑事で名前はジェイムズ・モンロー。昔の政治家の名前から取ったんだ、と本人は好んでそう口にしている。警官として十年のキャリアを持つ彼は、黒い肌、引き締まった体つき、いかつい顔に金縁のサングラスをかけ、アフロヘアの高さは八インチもある。

「十分前に緊急手配がなされた。市全域で、全署に連絡がいっている」

　フレンチは厳しい表情でうなずいた。「無線で聞いたよ」

「だが、それだけじゃない。マーティン警部が対象を州全体にひろげるよう命じた。州捜査局、連邦捜査局、ハイウェイパトロールにも。残念だ、ブラザー。こんなことを伝えることになるとはな」

　フレンチは通りや建物に反射するまぶしい光に目を細めた。州全体に手配の範囲をひろげるのは、事態の深刻化を意味している。つまり、マーティン警部はギビーには逃亡のおそれがあると見なしているのだ。さらに深刻なのは、警官は州全体を対象にした手配を深刻に受けとめるものであり、しかも、血気にはやる傾向にある点だ。「バークロウはどうしてる？」

「マルティネスとスミスの尾行を続行中だ。でかいくせに、気配を消すのがうまいんだよな、あの男は」

「女性陣はいまもおれたちの味方なんだろう？」

「あたりまえじゃないか」モンローはにこやかな顔になった。「女性陣があんたのファンなのは知ってるだろうが。それに、彼女たちはあの坊主が大好きだしな」

それこそがフレンチのゆるいネットワーク、彼の息子をちゃんと知る者たちのネットワークの要だ。女性陣にはマーティン警部のアシスタント、通信指令係の責任者ふたり、その昔、ギビーを膝の上に載せてあやしてくれた内勤の巡査部長アイリーン・デヴァインらが含まれる。やることは単純だ。逮捕されたり撃たれたり、あるいはよりいっそうまずい事態になる前にギビーを見つけだす。ガブリエルの耳にはできるだけなにも入れないようにする。しかし、前者を急がなくては、後者も実現不能だ。すでにフレンチは心当たりを片っ端から捜索し、背水の陣を敷いていた。「おれに話してないことがあるんじゃないのか？　言えよ、モンロー。顔に書いてあるぞ」

「わかったよ、まったく」モンローの渋面がさらにけわしくなった。彼はサングラスをはずし、やりきれなさそうな目を見せた。「マーティン警部が五時十五分から記者会見をひらくことになった。それも生放送だそうだ。六時台のニュースでギビーの顔を出したいんだろう」

フレンチは手を固く握りしめた。どうしても力が入ってしまう。

モンローは理解を示した。「警部も助けようとしてのことなんだよ。ギビーを連れ戻して安全を確保するには、記者会見が最善の策と考えたんだ」

しかし、フレンチはその見方に与しなかった。完璧なタックルを決めるにはコントロールが必要で、記者会見はそのコントロールを愚か者ぞろいの市に委ねる行為だ。「会見の会場はどこだ？」

「いつものところだ」

つまり署内のプレスルームだ。座席数三十。照明もばっちり。警部はそこがえらくお気に入りだ。いまは四時三十七分。ドアがあいて、マスコミ関係者がなだれこむまであと三十八分。「マルティネスとスミスも同席するのか？」

「なにを考えてる？」

フレンチは指の爪をかんだ。昔の悪い癖で、二十代のときにやめたはずだった。通りを、署の建物をうかがう。マーティン警部は記者会見をひらくが、実際に説明するのはマルティネスだろう。やつはきっと見当違いの説明をする。事態はいっそう深刻化する。「よし、わかった。情報に感謝する。おまえはしばらくおとなしくしていてくれ」

「なにか考えがあるのか？」

フレンチはないと答えたが、もちろんうそで、ふたりともそれはわかっていた。「いいからここを立ち去れ、わかったな？〈ダンヒル〉で一杯やったら、メアリーに言って、おれにつけといてくれていい」

「気に入らないな」

それはフレンチも同じだ。妻は六時台のニュースをいつも見ている。「二杯おごるよ。なんなら女友だちでも連れていけ」

「本気なのか？」

「いいから、もう行けって」

「あんたがそうしろと言うなら」モンロー刑事は濃い色のサングラスをかけた。「ま、実際、女友だちがいることだしな」

モンローがいなくなると、フレンチは沈思黙考モードに入り、手順を考え、どこまでやるつもりかという、むずかしい問いを自分に投げかけた。

路地を出て、近隣のブロックを流すうち、求めているものを見つけた。改築中の三階建てのビルで、建物内は一部がすでに取り壊され、五台ほどのトラックがまだ敷地内にとまっている。刻々と時間が過ぎていくが、五時のベルが鳴ったあと、一分以上働こうとする建設作業員などフレンチはこれまでお目にかかったことがない。ここの作業員たちも同じだった。五時になると、全員が帰り支度を始めた。七分もすると、全員がいなくなった。

フレンチは五十数え、誰も弁当箱なり工具ベルトなりを忘れて戻ってこないのを確認したのち、裏にまわって車をとめた。駐車場もコンクリートをはがされており、つまり、タイヤは赤土の上に乗った状態だ。埃まみれの葉をつけた木が一列に並んでいる。まわりにもほかの建物があり、しかも建物同士の間隔が非常に狭い。たまたま誰かに見られていてもおかしくない。ありえないとは言い切れない。正直言って、それはどうでもよかった。妻はWBTV局のニュースを好んで観ており、その彼女がソファにすわってなにも知らずにテレビを観ている姿が目に浮かぶ。

あと六分。

車を降りて、奥の階段をのぼり、足をとめることなく肩でドアを押した。仮のドアはベニヤ製のちゃちなもので、ねじもすぐにはずれた。なかに入ると、鋲の跡がむき出しで、石膏(せっこう)の埃がたまっていたが、階段はもとのまま残っていた。

よかった。

車に戻ってトランクから銃をおさめたケースを出し、わが物顔で建物に戻った。なかを急ぎ足で移動し、二階、三階とあがっていく。〝おまえらしくないぞ〟という声が聞こえたが、警官を三十年もやっていれば、女房と子どものこと以外はどうでもよくなる。屋根にあがると、ねらえそうな場所を確認したのち、膝をつき、ケースのジッパーをあけた。

あと三分。

記者たちはプレスルームのドアの外に並び、技術スタッフはなかでマイクと照明の確認に追われ、警官たちも準備に余念がないことだろう。また、カンペを手にした警部、ベーコンとバターでできているみたいに唇をさかんにかんでいるマルティネスの姿が目に浮かぶ。

ライフルは旧友のように長いつき合いだが、とくに特徴のあるものではなく、ボシュロム製の四倍スコープを取りつけた三〇八口径のレミントン760だ。スナイパー用のライフルではなく、警察から支給されたものでもない。しかし、三〇八口径の弾なら用途として充分だ。

フレンチは欄干からのぞいた。警察署との距離は一ブロック、その半分の距離にいちばん近い変圧器がある。灰色の金属の機器が高い電柱のてっぺんでシルエットとなっている。あそこから署に電力が供給されているのかもしれないし、そうでないのかもしれない。ほかにも選択肢はある。次に近い変圧器は西にあり、距離は最初の二倍になるが、それでもたやすく撃てるだろう。三番めに近いのは駅の反対側だ。

つまり、ねらえるのはふたつ。

三つかもしれない。

何発撃ちこめば変圧器をショートさせられるのか、フレンチには見当がつかなかった。あの金属の筐体はどのくらいの厚みがあるのか？　急所のような場所はあるのか？

あれこれ考えている余裕はない。

弾をこめ、最初の一発を薬室に送りこむ。考え直すか？　それはありえない。彼はしだいに闇に落ちていき、同じように署が闇に包まれるのを望んでいた。

「ガブリエルのためだ」フレンチはつぶやいた。

最初の一発で四ブロックを仕留めた。

リースは膨大な富に溺れていた。まず、彼はXに勝った。いや、こてんぱんにやっつけたというほうが正解だろう。Xはどうということはないという顔をしているだろうが、自分と同等以下の相手に負けてくやしく思っているだろう。あの男が尊敬、明晰さ、目的の純粋さを説くのを何度聞かされたことか。もう、うんざりだ。リースも尊敬されたいと思っていた――切望していた――時期があったのはいなめないが、どこかで歯車がくるってしまった。

おれが悪いんじゃない……。

一瞬、富の感覚に翳りが射した。どこかでまだ、尊敬を渇望しているからだ。それにくわえ、自分でもよく理解できない恐怖がわずかながら残っている。Xはけっして、一度口にした言葉を覆すような男ではなく、本人もそれを明言してきた。

十セントたりとも使わない……。

処刑までわずか数時間というところで、あの男はその点についてそう断言した。

わたしが死ねば、おまえはなにも恐れなくていい……。

リースはいましばらく、とげのように刺さった言葉を読み解こうとしたが、あくまでほんのしばらくだった。Xもひとりの人間にすぎないのだ。だからこそ、リースもここまで落胆しているのだろう。

晴れ晴れした気持ちで、ここまでの成果すべてに考えを戻した。少年ふたりを檻に閉じこめてあるが、どっちも生かしておくわけにはいかない。その点についてロニーの判断は正しかった。もちろん、明日までは殺さない。

だが、処刑が終わったら？

リースは父のお気に入りだったバーボンをグラスに注いだ。

処刑。ささいな言葉なのに、こんなにも大きな意味を持つとは。リースにとってその言葉は、なんの不安も感じず、あるいは卑屈になることなく毎日を送れることを意味する。金は充分ある。女も手に入れた。Xがこの世から消えてしまえば、やってはいけないことなどひとつもなくなる。

ソファに腰をおろし、音を消したテレビの画面に見入った。もちろん、彼もあの場に行くつもりだ。すでに何百人も集まっている。ニュースはその話題で持ちきりだ。年配のキリスト教徒、若いヒッピー、その他の妙な連中。抗議活動だと言う者もいれば、徹夜のすわりこみだと主張する者もいて、ヘッドライトとキャンプファイアとランプが大集合していた。あの連中のなかでXをまともに知っている者はひとりもおらず、リースはそのことに心を痛めた。Xは恐竜であり、極端に自尊心が強いが、唯一無二の存在だ。リースもさすがにその点だけは認めざるをえない。テレビの画面に向かってグラスをかかげ、刑務所の壁に映ったいくつもの影がゆらゆらと踊る様子に見入った。「ひとつの時代が終わる」そうつぶやき、ウイスキーを飲み干し、女の様子を見にいった。

ウィルソン所長は、オフィスでひとりテレビのニュース番組を観ていた。WBTV局は七時から一時間の特別番組を放送していた。WRAL局は八時から似たような番組を流していたが、おもに被害者に焦点を当てた内容で、Xの子ども時代、一家の財産、かつては知り合いだった多くの著名人についてはほとんど語られなかった。ほどなく、所長はデスクの抽斗の鍵をあけ、一枚の封筒を出して、中身をデスクにあけた。パスポート。渡航文書。あたらしい身分。Xの話では、金はあとで電信で送るとのことだ。

しかし、あくまであれが終わったあとだ……。

Xに依頼された仕事はおそろしいものだった――言

語道断で、断じて許されぬ、とんでもない内容だった――が、所長に選択の余地はない。

「まったくない」と所長は言った。

それからリプリーに連絡をした。

やってきたリプリーに所長は言った。「入ってくれ。ドアに鍵をかけるように」リプリーは指示に従い、所長が「すわれ」と命じたときにもそのとおりにした。ふたりは長いつき合いだが、友情と呼べるほどのものはなく――そんなものがあるわけがない――それでも互いに理解し合っていた。「どんな状況だ？」

「弁護士連中は帰りました。Xは食事中です」

ウィルソン所長は壁にかかった時計に目をやった。処刑は午前九時に予定されている。まともな時間であり、よく一般の人が思っているような夜明けではない。

「ジェイソン・フレンチはどうなってる？」

「最前列の中央にすわらせます。Xの要望どおりに」

「で、そのあとは？　誰を使う？」

「ジョーダンとクドラヴェッツです」

いい選択だ。ふたりとも金のためならなんでもやるし、頭もいい。所長はデスクを解錠して最下段の抽斗をあけ、黄色い封筒を三つ出した。ふたつは大きな辞書くらいの大きさで、残りのひとつはそれらよりもさらに大きかった。フェルトペンでそれぞれに名前を書いていく。リプリー。ジョーダン。クドラヴェッツ。いちばん大きな封筒をデスクごしに滑らせた。「あけてみろ」

リプリーは言われたとおりにし、煉瓦のような札束をきれいに並べながらも、その顔にはなんの感情も浮かんでいなかった。「三十五万ドルありますね」彼はようやく言葉を発した。

「ほかのふたりにはそれぞれ二十五万ドルずつやる」

一瞬、沈黙が流れた。そうとういい家でも四万ドル、スポーツカーなら五千ドルで買える。リプリーは指を組み、椅子の背にもたれた。運命の輪は見えないが、まわっているのはまちがいない。「わかりました」彼はようやく言った。「誰を殺せばいいんです?」

42

リースはどんなことでも可能な気がして、これがキリスト教徒が言う生まれ変わるということかもしれないと思っていた。いま彼は偽の壁の裏にいて、女は服を脱いでいるところだ。ゆっくりと風呂につかるにしても、熱い湯で手早くシャワーを浴びるにしても早すぎる。だが、清潔な衣類にはあらがえなかったのだろう。

より裕福な世界……。

女のあとを追ってキッチンに入り、彼女がワインの栓を抜き、鼻孔をふくらませてひとくち飲むのを、わずか数フィートのところでながめた。女は部屋から部屋へと歩きまわり、そのたびにリースも鏡や壁の裏を通っていった。寝るときは服を着たまま、膝を引き寄せて眠った。こういう光景を何日も、あるいは何週間でも見ているつもりでいたが、あらたな世界の幕開けとなる出来事が起こった。

日付が変わって一時間ほどたったところでリースはなかに入った。

まだ触れるつもりはなかったが、髪の毛や肌のにおいを嗅ぎ、うなじのぬくもりを顔に感じたいと思ったのだ。ベッドわきに立って見おろした。女は横向きに寝ており、口をかすかにひらいている。顔を近づけながら、鼻の形とまつげの形、肌の染みに目をこらした。息を大きく吸いこんだが、女の髪は不潔なにおいがし、息も少しくさかった。顔をしかめるところだったが、女がふいに目を覚ました。まぶたを震わせながら大きな目をあけ、半びらきの唇からくすんだピンク色の口のなかをのぞかせた。リースは生まれて初めて、完全にわれを失った。

計画が台なしだ！

半秒ほど目を合わせたのち、リースは背中を向けて駆けだし、そのあと長々と聞こえた女の悲鳴が、思い描いていたすべてを打ち砕いた。

悲鳴が聞こえた。建物でくぐもってはいるけれど、あきらかに家のなかから聞こえる。悲鳴はとても長くつづき、チャンスですらもぞもぞと体を動かした。檻に入れられてからずいぶんたつけれど、ぼくがなにをしてもそれだけの反応を引き出すことはできなかったのに。

「やあ、チャンス、ぼくの声が聞こえる？」

チャンスは体を横に向け、激しく咳こんだ。「おれにさわるな」彼は両手と両膝、それに額を床につけた。

「いまの音はなんだ？」

「ここにいるのはぼくたちだけじゃないんだよ」

「ここ？　ここってどういうことだ？」

チャンスはまだ頭がぼうっとしているらしい。それはそうだろう。彼は一、二歩、這い進んで、壁に背中をつけた。ひび割れた唇。暑さでほてった舌。焦点を合わせようとしているけれど、室内は薄暗かった。それでも、檻、それにテーブルは見えたようだ。「落ち着いて聞いてほしい」ぼくは言った。「ぼくたちはほぼ一日、暑い車のトランクに閉じこめられていたんだ」

どうやら記憶を取り戻したらしく、顔をよぎった表情はけっして穏やかとは言いがたかった。チャンスは両目にてのひらをあてがい、強く押した。「ここはなんなんだ?」

「どこかの家だよ。たぶん。へんぴなところらしい」

「女の声がした」

「うん」

「悲鳴をあげてた」

「うん、そのとおりだ。とにかく落ち着け」

チャンスは血走った目をしばたたいた。「水はないのか?」

ぼくは首を横に振った。

「そいつはどうしたんだ?」

傷だらけで血まみれになったぼくの指先のことを言っているのだ。ぼくはへりのとがったボルトがスチールの網をスチールのフレームに固定しているあたりを指さした。「工具があればいいんだけど」

金属のほうにも乾いて黒ずんだ血がついている。

チャンスはたっぷり五秒間見つめたのち、目を閉じた。かなり長いあいだそうしていたので、ぼくは死んでしまったか、また寝入ってしまったかのどちらかだろうと思った。次に彼が口をひらいたときも、目は閉じたままだった。「おまえになんて言ったらいいのかわからないよ。なんでおれの顔をまともに見てられるんだ?」

「いいから落ち着け」

チャンスは首を振った。「おれが電話したせいだ。あいつにそうしろと言われて、おとなしく従っちまった」

「それより、この檻とか、あそこにある物騒な代物のほうの心配をしようよ。どう？」

「殺すんならおれを殺せばいい。もうどうなってもいい」

「きみは首にナイフを突きつけられてたんだ。ぼくだって電話をかけたさ」

「それはどうかな」

チャンスの声は弱々しかったけれど、少なくとも目はぼくに向けていた。ぼくは檻のなかを移動して、チャンスと同じ壁にもたれた。「話はそれでおわり？　正式に軟弱者の仲間入りをしたつもり？　メンバーカードとかいろいろもらったわけ？」

「茶化すなよ」

チャンスは口を半びらきにし、目をどんよりさせていた。温存している力があったとしても、ぼくの目では判断がつかない。「チャンス、おい。聞いてくれ……」

そこから先は言えなかった。外のドアが大きくあき、ぼくたちを拉致した男がなかに入ってきた。片手にリボルバーを持ち、表情はけわしく、目は真っ赤に腫れていて、いまにもばらばらに飛び散りそうに見えた。

「うしろにさがれ！　さがれ！」男は銃を向けた。「おまえ！　こっちに来い！　おまえじゃない。ちっこいほうだ」ぼくは立ちあがりかけた。男は撃鉄を起こした。「さがれと言ったろうが！　そっちのおまえ！　さっさとしろ！」

男が檻の鍵をあけ、チャンスはどうでもいいように外に出た。視線を下に向け、両手をわきにたらしている。小男は檻に鍵をかけた。これだけ近くで見ると、まともでない表情をしているのがわかる。なにかあったのだ。頭のねじが完全にはずれている。彼はチャンスの胸に銃口を押しあて、檻から遠ざかるよう命じた。

「おい！」ぼくは扉をゆさぶった。「おい、くそったれ野郎！」

「黙れ。もう終わりだ」

「なにをするつもりだ？」

「いらないんだよ！」男が銃を振りまわす。「怒りも、後悔も」彼は銃身をチャンスの顔に叩きこんだ。殴られたいきおいでチャンスの足がよろけた。血が流れでる。「おれはそんなものを感じるようなことはなにもしてない！　そんなものを背負いたくはない！」

男はまたチャンスを殴った。

ぼくは叫んだ。「やめろ！　やめろってば！」

チャンスは倒れて膝をつき、血をぽたぽた垂らした。あいかわらずの無表情で、ゆっくりと立ちあがる。熱射病かもしれない、とぼくは心のなかでつぶやいた。あるいは脳震盪を起こしたのかも。小男がまたチャンスを殴った。今度は素手で二度、さらに銃で一度。チャンスは棚に激突した。金属の棚が派手な音をたてる。銃身が振りおろされ――後頭部に当たった――チャンスはずるずると倒れていった。小男は彼のあばらを、顔を蹴り、そこで反対の足に変え、すべての後悔と怒りが行き場を見つけるまで、蹴っては不満そうにわめいた。「おれは！　悪く！　ない！」

「もうやめろ！」ぼくは怒鳴った。「くそ野郎！　さっさとやめろ！」

「黙らないなら、次はおまえだ！」

「チャンス！」ぼくは檻の金網を叩いたけれど、そんなことをしてもなにも変わらなかった。

小男は途方もない怒りをためこんでいた。途方もない後悔も。

その後、リースは鏡を見つめていた。顔は汗に濡れ、まだ息があがっている。目がいつになく輝き、いかにも凶悪そうにきょろきょろしている。急ぎすぎだ。そこが問題だった。

「いまいましいXの野郎め」

あの女はもう使い物にならないだろうか？

大事なのはその一点だけだ。あの女のためにすべてを危険にさらしてきた。長年にわたって探し求め、ひたすらがまんを重ね……。

「がまんがなんだ？」

壁を殴った。辛辣で怒りのこもった嘲笑が顔に浮かぶ。本来ならじっくり時間をかけて、必要ならば何カ月もかけて彼女を落ち着かせるつもりだった。そのくらい、いや、もっと長くても待つつもりでいた。

Xのせいだ。

Xのことしか頭になかった。

リースは自分の髪を引っ張ってから、どうにかこうにか深呼吸をした。

表と裏がある。

すべてのコインに。


ロニー・ウォードは死んだ。たいした損失じゃない。たしかに便利な男ではあったが。そして何時間かすればXは死ぬ。あいつがいなくなれば、リースの存在を知る者も、彼が何者でどこに住んでいるかを知る者もいなくなる。そう考えるのは、息をするのと同じくらい自然なことだ。リースには金がある。それにまだ若い。新しくスタートを切るのがいいんだろう。ガキどもを殺す。女も殺す。

白紙の状態に戻すのだ。

リースは目を閉じて、未来を思い描こうとした。ぼやけて見える。ぼやけているのはいらだたしい。そこで彼は秘密の場所へ行き、女を観察した。彼女は毛布と一緒にベッドの下にもぐりこんでいた。リースのいるところからではろくに見えない。彼は血が出るほど強く唇をかんだ。血の味がして初めて驚いた。

ベッドの下にもぐられたのは気に入らない。ほとんど姿が見えない。いつまであそこであしているつもりだろう。這い出てきたときはどんな様子になっている だろう？　ぼろぼろになっているのか、観念しているのか、それともそのどちらでもないのか。

女は殺す必要はないかもしれない。

いや、やはり殺すべきかも……。


とりあえず、いま大事なのはチャンスだ。チャンスをこれでもかというほど殴った男に見張られながら、ぼくは親友を檻のなかへと引きずった。男は胸を大きく上下させ、汗が首を伝い落ちていた。男はなにも言わず、檻に鍵をかけて立ち去った。

この人でなし。

覚えてろ。

チャンスが無事かどうかは、いまだにわからない。彼はあばらに負担がかからないよう、組んだ腕をクッションがわりにし、目を閉じて横向きになっている。言葉はなにも発しないけれど、顔色は思っていたよりもよさそうだ。出血はしているものの、切れたところはどれもそんなに深くない。ぼくは自分のシャツで血を拭い取ってやった。

「ギブズ」蚊の鳴くような声がした。

「やあ、チャンス。ぼくがついてる」

「ひどい目にあった」彼の目はまだ閉じたままだ。唇がぴくぴくと動いた。

「笑ってるのか？」

「どうかな。顔じゅうが痛すぎて、わかんないよ」

「なんで笑ってるんだ？」

「工具一式までは手に入れられなかった」

言っている意味がさっぱりわからない。そこで思った。やはり脳震盪を起こしてるんだ。そうじゃなかったらショック状態にあるのかも。

そのとき、彼は手をひらき、はさみのような形で先端が湾曲した、手術で使うクランプみたいなものをぼくに見せた。

チャンスの声はひどく弱々しかった。「止血鉗子っていう道具だ」

そのあまりに自信満々で落ち着いた様子に、ショック状態にあるのはぼくのほうなんじゃないかと思えてきた。「いったいどうしてそんなことを知ってるんだ?」

またも弱々しい笑み。「前に雑誌で見たんだよ。ヴェトナムの衛生兵たちが……」

「チャンス、きみってやつは……」

「こいつのほうがおまえの指よりよっぽど役に立つぜ」

43

ジェイソンは自分をXのもとへと連れていく者が現われるのを待っていたが、監房にやってくる者はおろか、廊下を歩いてくる者すらいなかった。あたりは動きのなさと邪悪な考えと水を打ったような静けさに包まれていた。よりによってこの夜中に目が覚めてしまった不運な囚人の大半と同じく、ジェイソンは処刑のことを考えていた。それがどのような手順でおこなわれるのか、頭に思い描ける程度の知識はある。午前八時、刑務官三人がXを監房から出し、死刑囚監房の端まで歩かせ、そこから短い廊下をへて処刑室に入れる。手首と足首を分厚い革のストラップで椅子に固定し、さらに二本のストラップが胸のところで交差するよう、肩から腰を固定する。ひとりの刑務官がXの髪をほぼ丸刈り状態になるまで剃り、べつのひとりがスポンジと塩水の入ったバケツを準備し、それらを椅子のわきに置く。いちばんえらい三人めの刑務官はヘッドピースを調節し、頭にぴったりおさまり、導電率がもっとも高くなるようにする。すべての準備作業はその目的を完遂するよう設計されている。塩水とスポンジしかり、頭皮を露出するのも、裏が銅の網になっているかぶりものもしかり。これらの作業はたいして時間はからず、おそらく二十分程度だろう。

そのあと、Xはしばらく待たされる。

九時ちょうど、ふたつの窓のブラインドがあがる。ひとつは外に面している窓で、あらたな陽射しが入ってくる。もうひとつは見学室に面しており、立会人がXの死を自分の目で見るための場所だ。そのころまでに、刑務所長は処刑室に入り、Xに最期の言葉を述べる機会をあたえる。Xがなにを言うのかジェイソンにはまったくわからない。とにかく、自分もその場にいてその最期の言葉を聞くのであろうし、Xにとってジェイソンが立ち会うことは、ジェイソンがすぐには思いつかないような強力で複雑な意味があるのだろう。ほかの立会人たち——政治家と被害者の遺族——に関しては、Xは生きていたときと同じように死ぬ、つまり、最後まで小ばかにしたような態度を崩さないだろう。

最期の言葉を言い終えると、塩水をしみこませたスポンジがXの剃りあげた頭に置かれ、頭を覆うヘッドピースで固定される。水がXの顔を流れ落ち、目に入る。着ているものの襟が濡れて黒ずむ。電源コードがヘッドピースに接続され、同時に顔が隠れるように作られた黒い頭巾がかぶせられる。死刑囚が浮かべるであろう苦痛、恐怖、絶望の表情を第三者に見せないという、最後の慈悲の表われだとジェイソンは考えている。

ジェイソンはその瞬間を数え切れないほど想像してきた。集まった立会人がしんと静まり返り、Xが最期の呼吸を吐き出すたびに黒い布が揺れる。いよいよその時がやってくると、千七百五十ボルトの電流がXの体に流れこみ、体が宙に浮き、すぐに落ちる。十五秒後、二度めの電流が流れ、そのあと五分間待機し、それから死亡時刻が宣告される。

なにもかもが順調にいったとしての話だが。

ジェイソンの迎えは暗いなかでおこなわれた。懐中電灯のまぶしさに目がくらみながらも、ジェイソンはリプリー看守長がいるのがわかった。ほかはジョーダンとクドラヴェッツだろうと当たりをつける。Xの手の者の中心的存在。古株連中。彼らはジェイソンを無理やり立たせ、しかもいちいち痛くするようなまねをした。

「服を着ろ」

ジェイソンは私服を渡され、言われたとおりに着替えた。それから廊下に連れ出された。手錠だけはかけられたが、鎖はなしだ。

「こっちだ」

リプリーが早足で歩きはじめ、一行は誰に会うこともなく人けのない廊下を進み、普段ならば看守がいるはずのチェックポイントを素通りした。その際、警報が鳴り響いたが、ジェイソンが歩をゆるめると、腕を乱暴に引っ張られた。外に出ると空は晴れ、あたりは暗かった。

まだ夜明け前だ。

空は白みはじめてもいない。

三人の看守に連れられて薄暗い通路を行くと、やがて闇のなかにD監房棟が見えてきた。

監視塔に明かりがない。

なんの動きもない。

ひとつ曲がるたび、ジェイソンは自分が連れていかれる可能性が消えた場所にチェックマークをつけていった。

診療所ではない

死刑囚監房ではない。

Xのところに連れていかれるのではないとわかると、頭のなかで警報が鳴りはじめた。

リプリーが言った。「六分だ」

空気が張りつめ、歩くテンポが変わったのがわかった。彼は管理棟へと急がされ、看守ふたりの前を通ってゲートに向かった。リプリーがゲートを通過するよう指示し、全員が通過したのち錠をおろした。

「あと四分で勤務交代の時間だ」

急ぎ足で暗い建物を抜けると、玄関のところにもまた看守がひとりおり、内側にはふたりいた。リプリーたちはジェイソンを連れてらせん階段をおりて地下廊下に入った。その先はさびたカバーに覆われた薄暗い電球が灯る、コンクリートの傾斜路になっている。大柄な看守たちにうながされ、ジェイソンが傾斜路をのぼっていくと、車が一台あるだけのどこもかしこも真っ暗な駐車場に出た。人をひとり消したいと思ったら、ここで音をたてずに一発で仕留め、トランクに入れて運び出せばいい。車のところまで来ると、リプリーがトランクをあけた。なかはスペアタイヤとジャッキ、水が入ったボトルと小汚い毛布が一枚入っていた。

「入れ」

「断る」

「トランクに入れ」

「だったら先に殺せ」ジェイソンは言った。

リプリーの顔に激しい怒りが浮かんだ。ジェイソンは怪我をしているが、誰よりも多くXと一対一で戦ってきた。看守三人だろうがなんだろうが、そんないちかばちかの勝負に出る者はジェイソン以外にいない。

「いいだろう、タフガイ。うしろの席に乗れ。だが、床に伏せていろよ」

「リプリー、それはまずい……」

「黙れ、クドラヴェッツ。いいからやつを乗せろ。上からなにかで隠せ」

ジェイソンは一歩も引かないかまえを見せた。

「車に乗れ」リプリーは言った。

「どこに連れていくつもりだ？」

「説明している時間はない」リプリーはリボルバーを抜いた。ジェイソンはそんなものがあるとは思っていなかったし、実際、目にしてもいなかった。看守は塀のなかでは銃を携行しないことになっている。絶対に。「それでおまえの気が済むなら、頼むとつけくわえてもいい」

ジェイソンの体から戦意が失われていった――しかたがない。彼は車に乗せられ、暗いところに押しこめられ、防虫剤とガソリンのにおいがする毛布をかぶせられた。リプリーとジョーダンが前に乗り、リプリーがハンドルを握った。うしろの席に乗ったクドラヴェッツは、薄闇のなかで真っ青な顔をしていた。「しくじったら、おれたち全員、殺されるぞ」

リプリーがキーをまわした。エンジンがかかる。

「顔を隠せ」

ジェイソンはその言葉に従ったが、コンクリートの天井がうっすら見える程度の隙間を残しておいた。車は発進してすぐ、急ハンドルで曲がり、ふたつめの傾斜路をのぼった。車がとまり、鉄扉が幅広のレールに沿って巻きあがっていくごろごろという音が聞こえた。そして車は外に出た。

「あと一分。もうぎりぎりだ」

正面ゲートは明かりが煌々と灯っていた。リプリーが看守になにか言うと、ゲートがきしみ音とともにあいたが、かなりの重量があるらしく、ジェイソンの体に震動が伝わってきた。車が前進し、正面ゲートを抜けた。ジェイソンの目に木の梢とろうそくの光が飛びこみ、やがて人々のざわめきが聞こえてきた。ジョーダンが言った。「やばいぜ、もう千人は集まってる」
わずか数秒で人々が車に押し寄せた。かかげられたプラカードが振りおろされ、人々が車に向かって、あるいは互いに向かって怒鳴り、おびただしい数の怒りの顔が見える。リプリーが大型エンジンで威嚇(いかく)する。少し進んでは急ブレーキをかけるのを繰り返す。うしろにさがる者もいた。車に襲いかかる者もいた。ようやくそこを脱出すると、空の底が抜けて雨が降りはじめ、リプリーが口をひらいた。

「追っ手は?」

「いない」

「警報は?」

「いまのところ、鳴っていないようだ」

車は木立のあるところまで到達し、砂利と砂埃を巻きあげながら猛スピードで通り抜けた。「クドラヴェッツ、やつを起こしてやれ」

ジェイソンは床から起きあがり、必死でつかまった。りっぱすぎる車だが、駆動力が物足りない。州道に出るとリプリーはブレーキを踏んで左折した。車の後部が振れたものの、タイヤが路面をとらえてどうにか安定した。やがてスピードは時速四十マイルにまであがり、さらに六十五マイル、九十マイルと加速していった。古い車だが、それなりの性能はそなえていた。ショックアブソーバーは安定しており、エンジンは時速百マイルを突破し、百十マイルに達してもなおパワーに余裕があった。クドラヴェッツがジェイソンをしっかりと見張り、ジョーダンも同様で、ふたりは油断なく目を光らせると同時に、どんなことにも対処できるだけの準備をしていた。ジェイソンは心のなかでつぶやいた。ペイガンズ、報復、ダリウス・シムズ。シムズは一対一で報復するのを好むタイプだ。ジェイソンの目を見て、くだらない科白をつぶやくのだ。よくもおれに二発も撃ちこみやがったな、この野郎。このダリウス・シムズ様にそんなことをするやつは……。

「そろそろ、どこに向かっているのか、教えてくれてもいいんじゃないか?」ルームミラーに映るリプリーの目が光った。「農家だ。そう遠くない」

あいたウインドウから風が吹きこみ、ジェイソンは闇に沈んだ野原と遠くの森に目をこらした。人ひとりを消せる場所はいくらでもある。頭のなかでシナリオを組み立てるが、どれひとつとして先行きは暗い。速度計は百十マイルからぴくりとも動かず、リプリーの手にはまだあの三八口径がある。

「十分ほどだ」リプリーの目がまたもルームミラーのなかで光る。「頼むから、ばかなまねはしないでくれよ」

曲がるところの目印は、百フィート手前から黄色く光る反射板のついた壊れかけた郵便受け以外、なにもなかった。リプリーは車の速度を落とし、荒れた畑のなかの土の道に折れた。百フィートほど進むと、四輪駆動車が二台、先に進むのを阻止するようにとめてあった。「あわてなくていい。罠ではない」

道をふさいだ車のそば、硬い赤土の地面に、M16サブマシンガンを低くかまえた男がふたり立っていた。元軍人だろう。訓練を受けているのがはっきりわかる。リプリーが車をとめると、ひとりは道の中央から動かず、もうひとりが運転席側のウインドウまでやってきて、車内を照らした。「名前は?」

リプリーは目の上に手をかざし、ひとりひとり指さした。「リプリー。ジョーダン。クドラヴェッツ。わたしのうしろにすわっているのがジェイソン・フレンチだ」

光は五秒間リプリーの顔にとどまり、やがてほかの顔をさっと照らした。「車内に武器があるか?」

リプリーは三八口径を渡した。

おそるおそるといった感じだな、とジェイソンは思った。

「いまから車をどかすので、しばらく待つように。そしたら、時速十五マイル以下で家があるところまで進め」男は腰をのばすと、手に持った無線のスイッチを入れた。「車が一台入る。乗っているのは男四人」

　男はブロンコに、もうひとりがジープに乗りこみ、溝を突っ切って道路からどいた。そこにできた空間をリプリーが通過すると、どいたブロンコとジープは草地から出て、また道をふさいだ。

　ペイガンズではないな、ジェイソンは心のなかでつぶやいた。

　ばか高い民間警備会社と契約したのでないかぎり。

　ベン・ハイ川での虐殺を確実に封印するため、そして、暴露を恐れるラフトナー将軍に忖度（そんたく）し、糸がほつれぬよう万全を期すため、軍幹部が民間の請負業者を雇ったのではないかという考えが一瞬頭をよぎった。ジェイソンはまさしく、ほつれた糸そのものなのだ。土の通路が闇と雑木林のなかへとのびていた。家らしきものはどこにもない。おそらく将軍は、ジェイソンをモルヒネ漬けにしたのち、世間に顔向けできないようにして国に送り返し、ヘロインをたっぷり打つだけでは安心できなかったのだろう。だが、その仮説もあまりしっくりこなかった。

　それならなぜわざわざ帰国させた？

　この三人の看守はなぜ、刑務所の人けがない暗い隅でおれを殺さなかった？

　リプリーが運転する車は時速十五マイルの速度を保ちながら低い丘のふもとに到達し、そこをのぼりはじめた。てっぺんに達すると車はいったん水平になり、すぐに反対側にいくらかくだった。少し離れたところでひとかたまりの光がきらめいている。近づいてみると、廃墟になった農家が、一時的に置かれた投光照明とおおまかに円を描くように並ぶ車五台のヘッドライトに照らされているのだとわかった。ジェイソンは隅にも、車の向こうの薄暗がりにも武装した男たちがいるのを見てとった。リプリーは車をヘッドライトの輪のなかへと進めてエンジンを切った。「忠告しておくが」彼は言った。「ゆっくり動けよ」

彼は頭を軽く傾けた。〝車の外に出ろ〟という意味だ。ジェイソンとしても異存はなかった。戦えというのなら戦うまでだ。殺されるのなら……。

ドアをあけ、外に出てゆっくりとまわった。屋根にスナイパーがいるのも、何台かの車に人影があるのも見逃していた。手前にいる武装した男たちの顔をひとりひとり見ていく。どの顔にも動揺の色は浮かんでいない。「おれを撃つか、話すかどっちかにしろ」

ちゃんとした答えが聞きたかった。なにがなんだかさっぱりわからない。次の瞬間、すべてを悟った。

一台の車のドアがあき、男が降りた。「やあ、ジェイソン」

ジェイソンは落ち着きはらった顔を保ったが、心のなかではまったくちがう感情が渦巻いていた。

なんでだよ、なんでこの男が刑務所の外にいるんだ。

円錐(えんすい)状のまぶしい光に照らされたXは、とりたてて危険そうには見えなかったが、それを言うならサンゴヘビも同じことだ。しかも、やけに得意そうな顔をしている。あざだらけで歯が欠けているが、シアサッカー地のスーツに子牛革のローファー、いちばん上のボタンをはずした真っ白なシャツという恰好で、ひかえめにほほえんでいる。

「ちょっと話せるかな?」

質問のような響きだったが、実際にはちがう。数えると武器を持った男がここに八人いる。それと入り口にふたり。

「頼む」Xは背後の車を示した。ばかでかくて、長さもある、まっさらの新車だ。「ウィルソン所長が、きみの脱走を知らせる警報が遅れるよう手配してくれたが、それでもいずれは鳴る」

ジェイソンはまたもシナリオを描いた。武装した男のうち四人が彼の一挙手一投足を見張っている。引き金に指はかかっていないが、いつでもかけられる状態にある。ほかの四人は外側を向き、ドライブウェイと道のないところからの接近を警戒している。どの方向も逃げるのは無理だ。

ジェイソンは車に乗った。やわらかな革。新車のにおい。Xが隣に乗りこみ、誰かが外からドアを閉めた。「手錠を」Xは小さな鍵を見せ、ジェイソンは手首をあげて手錠をはずしてもらった。Xが次に口をひらいたとき、声は小さく、目がほほえんでいた。「以前、レーンズワースはきみの人生ではないと言っただろう？」

ジェイソンはもう動じていないふりなどできなかった。「どうやったんだ？」

「処刑ののち、きみを逃がす計画はもともとあった。それを変更しなくてはならなかったがね。というわけで、こうしてふたたび会えたわけだ」Xはそう遠くないところにとまっている黒いバンを示した。「礼が言いたいなら教えておくが、所長はすぐそこにいる」

人のシルエットが見えた。それも複数。

「彼の家族だよ」Xが説明した。「あまりうれしそうではないが、家族一緒だ。彼らはいなくなる。きみをここまで運んできた看守たちも同様だ」

「死んで、いなくなるのか？」

「ちがう。死んでいなくなるわけではない」

エアコンのきいている車内は涼しく、静かだった。腹をたててもおかしくない状況だが、腹はたたなかった。怯えてもいなかった。逃亡生活は、湖畔で過ごしたあの日とはまったくちがうが、銃の不法所持で十二年の懲役も最悪という意味では大差ない。「計画はあるのか？」

「きみとわたしとで話をする。そのあとは、全員がここを立ち去る」

「このまま解放してくれるのか？」

「きみの車も用意してある」

Xは指さしたが、ジェイソンはまだ心の準備ができていなかった。考えることが多すぎる！　自分の過去、未来、地下二階で過ごした時間。「いつでもこうしようと思えばできたんだな？」

「脱走か？　そのとおり」

「なぜいまなんだ？　何年も前にやらなかったのはなぜだ？」

Xは急に落ち着かなくなり、コートの前をなでつけ、えへんというように軽く咳をした。「きみは退屈したことがあるか、ジェイソン？　数時間あるいは数日という単位ではなく、疲れ果てて人生になんの興味も持てず、ただ新しいことに挑戦するためだけに死のうと思ったことは？　そのような虚脱感は沈黙と同じでおそろしい感覚だよ。以前はわたしも、そこまで不毛な生き方など、老衰（ろうすい）した者の苦悩をべつにすれば、存在するはずがないと思っていた。そんなものはどう考えても……あるはずがない」そこでジェイソンと目を合わせ、Xは肩をすくめた。「人生の変化には驚かされるよ」

「つまり、あんたは退屈してたと言いたいのか？」

「疲れ。すさみ。不毛。わたしはこの三つの言葉を慎重に選んだ。人生はつまらないどころではない。消耗だよ。食べ物はなんの味もしない。金などどうでもいい。目を覚ます理由がなく、眠りたい気持ちもなくなっている。なにもかもがどうでもよかったのだ」

「あんたが殺した人たちはどうなんだ？」

「しばらくのあいだは、それで救われたんだがね」

物欲しそうなXの口ぶりに、ジェイソンは彼を殺してやりたくなった。

Xは体の向きを変え、ジェイソンとまっすぐ向き合った。「きみは以前、警察がどのようにしてわたしを捕まえたかと尋ねたね。知ってのとおり、マスコミに報道され、記者たちはよくやったと思っている。その大半は、わたしがかつてないほどのミスをいくつもおかしただの、わたしがしだいに傲慢、あるいは不注意になっていっただの、あるいは時の経過が逆転を可能にしたといった論調だった。どれも的外れだ」

「あんたが望んだからか」ジェイソンは言った。

「それを望み、手を貸した。正直なところ、わたしは死ぬ覚悟ができていた。いままで誰にも話したことがない真実だ。大いなる秘密であり、ずっとあかさずにきたわたしの恥ずべき一面だ。ようやく声に出して言えてほっとしている」

「あんたは六十九人も殺したんだぞ。ほっとする資格などない」

「こんなささやかな安堵感でも？」

「本当なら自分で引き金を引くべきだった」

「おやおや、ジェイソン、われわれは弱さについてあれほど論じ合ったではないか。みずから命を絶つなんてことはありえんよ」

「なのに、警官の手を借りての自殺ならいいと？」ジェイソンはあざけるように言った。「あるいは電気椅子による自殺なら？」

「それが唯一残された選択肢だが、きみがその役を引き受けてくれたらと、思ったこともあった」ジェイソンは啞然とした。Xはまたも肩をすくめた。「さぞかしいい死に方ができたことだろう」

「なら、どうしてこんなことを？」ジェイソンは、脱走したことを示して言った。「もう死にたくなくなったのか？」

「きのうは死にたいと思っていた。そのあと、生きる理由が見つかった」

ジェイソンは鼻梁をつまんだ。頭がずきずきする。

「なんでこんなことをおれに話す？」

「ずっと変わっていないものがあるからだ。死んでいようと生きていようと、わたしはいまも証人となってくれる者を、新聞の見出しや怒りの先にあるものを見通せるあっぱれな者を必要としている。わたしを知りつくし、わたしも心の底まで知りつくしている相手を。ときおり、心を寄せてもらい、理解し、記憶にとどめてもらうことが、そんなにも無理な頼みだろうか？」

「おれはあんたの友だちでもないし、牧師でもない」

「そしてわたしは贖罪を求めているわけではない。だが、きみは誰よりもわたしを、わたしの考え、わたしがしてきたことを理解している」

「悪いが、無理だ。冗談じゃない。おれはごめんだ。遠慮させてもらう」

ジェイソンは車から出たくて、ここを立ち去りたくてたまらなくなった。ドアをあけたが、Xが短い言葉で引きとめた。

「リースがきみの弟を預かっている」

ジェイソンは車から半分出かかった状態で凍りついた。

Xが尻をずらして近づき、上目遣いで見あげた。

「リースはわたしを怒らせるようなことをした。わたしはひじょうに頭にきており、あの男もそれを承知している。そこでわたしを牽制するため、きみの弟を拉致した。われわれが、ここにいる全員がこうして集まったのはそれが理由だ」

「車を降りろ」ジェイソンは言った。

「わたしにも協力させてほしい」

「車を降りろと言っただろう」

「けっこう」Xは両脚を外に出し、腰を曲げた。ジェイソンはXがシートから立ちあがるより先に殴りつけた。それが彼のできるすべてで、最高の気分だった。

そう感じたのも半秒間だけだった。

ライフルの台尻で頭を殴られ、べつのライフルが腎臓に食いこんだ。ジェイソンは上体を曲げたが、倒れはしなかった。Xが言った。「もういい！ 充分だ！」武装した男たちは指を引き金にかけたまま、うしろにさがった。Xはジェイソンの腕をつかみ、上半身を起こしてやった。「わたしなら力になってやれるが、時間が限られている。目の焦点は合うか？　けっこう」Xはジェイソンを連れ、彼を殴った男たちの前を通りすぎた。車はマスタングだったが、ギビーのとはちがっていた。屋根が幌ではない。「キーはなかにある」Xはジェイソンに封筒を一枚渡した。「リースの住所が入っている。やつの家の見取り図と警報器を解除する暗証番号、防犯設備の概略も。そこに行けば弟がいる」

ジェイソンは封筒をあけ、書類をめくった。数字。図面。視線。「こんなに早く、どうやって手に入れた？」

「わたしは偏執的な億万長者でね。防犯システムが設置された翌日、リースが雇った防犯コンサルタントを買収したんだよ。システムそのものは優秀だが、完璧ではない。なかに入るのは可能だ」

「どうしてこんなことまでしてくれるんだ？」

Xはその質問には答えなかった。「リースはわたしが死んだとわかるまで、きみの弟には手を出さない。あくまで保険がわりなんだよ。べつにきみに恨みがあってのことではない」Xは腕時計に目をやった。「そろそろ四時になる。リースの家までは八十分あれば行ける。あまりスピードを出して警察にとめられないようにしろ。いまのところ、きみの名前は報道されていないが、それもそう長くはつづかない。トランクのなかに武器が入っている。リースはわたしの処刑に立ち会いたがるだろう。絶対に。ずっと計画を練っていたはずだ。待つのが苦でないなら、弟を難なく救出できる。待てないなら、救出は無理だ。弟の命が大事なのだろう？」Xは少し間をおいた。「今回のことは残念だよ、ジェイソン。心からそう思う。リースがこのような行動に出るとは、わたしも予見していなかった」

武装した護衛が近づいてきた。「すみません、もうあまり時間がありません」

Xはジェイソンに鋭い目を向けた。「きみも行ったほうがいい」

ジェイソンは車に乗りこんだ。頭がフル回転している。エンジンをかけ、ヘッドライトのスイッチを入れた。

「ひとつ頼みがある」Xはウインドウの前で腰をかがめた。「必要に迫られないかぎり、リースを殺さないでほしい。自分の身を守りつつ、弟を救出しろ。リースはわたしにとって……重要な存在になっているのでね」

「どんな形で？」

「本人は気に入らないだろうが」

ジェイソンは唇を引き結び、夜の闇に目をこらした。「そんな約束はできない」

「わたしはきみを、刑務所から出さずにおくこともできたのだがね」

これこそジェイソンの知るXだ――冷酷さと過剰な期待。ジェイソンはハンドルを握る手に力をこめた。大型エンジンがせっついてくる。「なぜそれが大事なことなのか教えろ」

Xは頭を少し傾けた。黒い目はにこやかとまでは言えない。「子どものころのクリスマスを覚えているか？　その前の晩によく似ているんだよ。クリスマスの朝がすぐそこまで来ていて、ツリーの下には特別なものが置かれている」

ジェイソンは百まで生きたとしても、Xの顔に浮かんだ表情を、子どもっぽい期待に満ち、目をきらきらさせた半笑いをけっして忘れないだろう。それでも、ジェイソンとしては約束するわけにはいかなかった。なんの躊躇もなくリースを殺すつもりだ。自分と弟のあいだに立ちはだかるものはなんであれ、誰であれ殺してやる。その結果としてXが問題になるのなら、そうなってから考えればいい。いまこんなことになっているのはすべてXの責任だ。彼はジェイソンをレーンズワースに連れ戻した。彼がリースをけしかけてギビーを拉致したも同然だ。

少なくとも、いまジェイソンは塀の外にいる。

それもまた現実だ。塀はないが、未来もない。金はなく、描いていたたったひとつの夢を思うと泣けてくる。岩だらけの海岸に面した数エーカーの土地、新しいエンジンをつけた古いボート。しかし、いまはもう、それをかなえるのは絶望的だ。少しでも早く、遠くへ逃げるしかない。とにかくまずは、弟を見つけ、リースをぶち殺してやらなくては。

殺さないかもしれないが。

Xに小さくうなずき、車のギアを入れ、大急ぎで出発した。丘をのぼってはくだり、来たときと同じ未舗装の道を行く。終点まで行くと、通せんぼをしていた二台の車が道をあけ、ジェイソンは運転するために生まれてきたように舗装路に出た。街並みは見えないが、のぼる月と同じで、あるのはわかる。配線図はちらりとしか見なかったが、それだけでも不安がつのった。肋骨が折れ、指の骨も折れているうえ、視界ははっきりしないし、小便には血が混じっている。

ひとりでやるのはとても無理だ。

助けがいる。

外の世界が流れるように過ぎていくなか、ジェイソンは選択肢を検討した。過去にも経験がある。ジャングルの奥地を高速で移動したことも、星降る川の流れに乗って教会並みの静かさで移動したことも。帰還して三年がたったが、戦争がもたらす暗い高揚感はいまも旧友のような存在だ。

遠くに街明かりが見えてくると、無人のガソリンスタンドに車を入れ、外灯の下にとめた。スタンドは閉まっていた。車の往来はまったくない。Xはリースが家を出るまで待てと言った。監禁されているのが自分の弟でなければ、たしかにいい計画だと思う。リースという男は行動が読めず、いつなにをするかわからない。だから、ジェイソンはべつの計画でいく必要があった。配線図をすべて頭に入れるまでながめたのち、トランクをあけた。Xが言ったとおりのものが入っていた。M16A1アサルトライフル、コルト四五口径に装塡済みのマガジンが半ダース。ジェイソンは動作を確認した。

なめらか。

小気味よい。

トランクにはほかに、ハードタイプのスーツケースが入っており、表面に黒いマジックでジェイソンの名が書いてあった。かなり重い。ジェイソンは引きずるようにして出し、留め金をはずした。

現金だ。

それも大量の。

手紙も入っていた。ジェイソンはガソリンスタンドの明かりで読んだ。

きみがわたしを極悪人と思っているのはわかっているが、これはきれいな金だ。そのほうがよければ燃やしてくれていいし、それできみの気がすむのなら寄付でもなんでもしてくれていい。これはいわば餞別（せんべつ）だ——きみは主義として辞退するだろうがね。ほら、わたしはちゃんときみのことがわかっているだろう？　償いと考え、それに応じた使い方をしてくれれば幸いだ。

敬意をこめて　Xより

追伸

いまのわたしは人を殺すつもりはない。そういうのはもう卒業した。退屈なのでね。

追追伸

もちろんリースはべつだ。あれは退屈ではない。

ジェイソンは手紙を三回読み、それからスーツケースから札を二枚抜き、あとはすべてトランクに戻して鍵をかけた。駐車場を突っ切りながら横に目をやると、公衆電話が見えた。

数百万ドルの現金がありながら、いまどうしても必要なのは十セント硬貨二枚だった。

ガソリンスタンドの建物の前まで来ると、シンダーブロックを拾い、窓に投げつけ、なかに入った。店は古くて埃っぽく、棚にはオイルやオイル用フィルター、頭痛用の粉薬と煙草とリコリスガムが並んでいる。奥にはおんぼろの机がひとつあり、綴じていない書類、灰、水滴の跡に覆われていた。ジェイソンは二百ドルを灰皿の下に滑りこませ、受話器を取った。電話をかけるしかないが、そうするしかないことが癪にさわった。

44

女がベッドの下から這い出ると、リースはその表情から未来を予測しようとした。女は怯えている。それは見てあきらかだ。しかも警戒している。女は毛布を抱えてベッドにすわった。

大きく見ひらいた目。

美しい目。

リースは親指のやわらかいところをかんだ。

彼女がここに落ち着いてくれたなら、と思う。食事を用意したり、ワインをあけたりするようになるかもしれない。なにか口ずさむこともあるかもしれない。彼女が歌う鼻歌は、リースも知っている曲かもしれない。レコードを探してやろう。そして、プレゼントとして置いてやるのだ。それがきっかけになるかもしれない。同じ曲が好きという気持ちから、ふたりのあいだになにかが芽生える。曲をかければ、きっと彼女はほほえんでくれる。リースは思わず想像する。バラの花びらのような唇から、並びのいい白い歯がのぞく。音楽が聞こえるようだ。彼女がほっそりした体を揺すところが目に浮かぶ。体を動かすにつれ、緊張がほぐれていく。彼女は料理をこしらえるときにも体を揺らすかもしれない。ふたりで一緒にディナーを食べ、食後にふたりで踊るのだ。彼女は彼の頬にそっと触れながら、唇をほんのわずかひらく。彼の手を取り、それを自分の胸に押しあて、今度は尻を揺らしながら、熱くほてった脚を彼の脚に押しつける。漏れる吐息が熱く、唇も熱い……。

「痛っ……くそ」

皮膚をかみ切ってしまった。親指から血が出ている。

「誰かいるの？」

突然、女が立ちあがった。リースは息を殺したが、女の手から毛布が落ちた。リースは自分の目に映ったものにがっかりした。

やわらかさのかけらもない。

どこにも。

「わたしは頭がおかしくなんかなってない」女は言った。「変な想像なんかしていない」

彼女が三歩近づいたのを見て、リースは思わず身をすくめたが、あまりに急だったのでぎくしゃくした動きになり、間柱にぶつかって、女がその場に凍りつくほどの音が響いた。まるで活人画だった。二秒後、女はリースが隠れている場所に向かってまっすぐやってきた。リースは逃げたくなった。それでも、観察をやめられなかった。女が壁にてのひらを這わせ、耳を押しつける。髪の毛の一部と額の曲線が目の前にある。あと一フィート左に動かれたら、壁掛け燭台の基部にあけた穴を見つけられてしまいそうだ。

まずい！

じっと動かずにいれば……。

ひたすらがまんしていれば……。

「ねえ！」

女がてのひらで壁を叩き、リースの口から〝ひぃーっ〟という声が漏れた。女はあとずさり、〝壁のなかだわ〟とつぶやくと、椅子を手にして振りあげた。椅子は爆弾のようないきおいでぶつかり、大きな音とともに床に落ちた。リースはいつか一緒にダンスを踊れる日が来るよう、女を落ち着かせ、深呼吸させてやりたかった。

いまならまだ間に合う。

間に合わせられる。

女がまた椅子を拾いあげ、ふたりのあいだに立ちふさがる壁めがけて叩きつけるのを、リースは恐怖に震えながら見ていた。

地下の檻のなかでギビーが頭を傾けた。

「チャンス、聞こえたか？」

遠くからどすんどすんと音がする。一定のリズムを刻んでいる。

「ああ、聞こえる」

チャンスは体をまっすぐ起こそうとした。こわばった体はいまも痛いが、出血はとまっていた。

「たぶん、あっちのほうからだ」

ギビーは部屋の隅を示し、ふたりは金網ごしに床の根太を見あげた。ふたりがいるところの真上ではないものの、上であることにはまちがいなく、悲鳴が聞こえたときと同じ方向、この家のなかからだ。

ギビーは言った。「なんだかわからないけど、いやな予感がする」

チャンスはうなずいた。「やばいよ。とにかくここを出よう」

「そうだな」

ギビーは作業に戻った。簡単にはいかなかった。クランプは小さくて手が滑りやすかった。ボルトのうち半分はところどころさびている。すでに五つ抜いたが、底のほうをあと三つ抜かないといけない。さらに側面の四つをはずせば、隅を叩いて抜け穴がつくれそうだ。

「さっさとはずれてくれよ。お願いだ」

自分を鼓舞する必要はなかった。ボルトがゆるみ、それをひねってはずし、次に取りかかった。「あと六つ」

そのとき、どすんどすんという音がやみ、悲鳴が聞こえた。

フレンチにとって、心身ともにつらい夜となった。彼は疲れ果て、精神的に追いつめられ、無数のヘッドライトのまぶしい光を受けたせいで目が見えづらくなっていた。十回以上も市境を越え、六回も妻にうそをついた。おまけに、マーティン警部の家族全員の前で恥をかいた。真夜中にポーチに立って、情報がほしいとせがんだのだ。それでも彼は、うそをつくことも、盗むことも、だますこともかまわず、情報提供者がうそをついていると思えたら、半殺しの目にあわせることすら辞さないかまえだった。

自分は誰かを殺してしまうのだろうか？

疲れきっていて、とても答えられる状態ではなかったし、答えが口からぽろりと出たとしても、それを信用する気にはとてもなれない。手当たりしだいに、いくつもの通りと場所をめぐった。ギビーが子どものときに行った公園、死んだ男が住んでいた界隈、その隣人。チャンスが住んでいる界隈で育った麻薬密売人が寝泊まりしている簡易宿泊所に出向いたのは、なにか聞いているかもしれないと、万にひとつの望みをかけてのことだ。

誰もなにも知らなかった。かなりまずい。チャンスの家で死んでいた男の身元はすでにわかっており、そこから住所と逮捕記録も入手できたが、そこまでだった。警部は断言した。警察もそれ以上のことはつかめていないと。

夜明けまであとどのくらいだ？

二時間か？

「デイヴィッド218、応答願います」

無線機がけたたましい音を発し、フレンチはマイクの通話ボタンを押した。「こちら、デイヴィッド218。どうぞ」

「バークロウ刑事がこれから言う番号にかけてほしいとのことです。メモの用意はいいですか？」

「番号を頼む」フレンチは鉛筆を見つけ、番号を書き取った。

「デイヴィッド218。本件は急を要することをつけくわえておきます」

フレンチは街の西側の四車線道路を走っており、最後に見た公衆電話は一マイルほど手前だ。遅い時間のため車通りはまったくなく、フレンチは急ハンドルを切り、タイヤが煙をあげながら路面に黒い弧を描いた。スーパーマーケットが見えてくると、目ざす公衆電話は道の反対側にあり、フレンチはここでも弧の形の黒いタイヤ痕を道路に残し、駐車場に入る際には、スピードの出しすぎでショックアブソーバーをこすってしまった。

バークロウは最初の呼び出し音が鳴って半秒とたたぬうちに応答した。「こみ入った話なんで、冷静に聞いてほしい。いまのおまえは冷静か？」

フレンチは指の骨を折るんじゃないかと思えるほど、受話器を強く握りしめた。「ああ、冷静だ。いまどこだ？」

「おまえの家から八ブロック離れた公衆電話だ。訊かれるまえに言っておくが、一時間前、おまえの奥さんが連絡をしてきて、訴えてきたんだよ。おまえにうそをつかれているのはわかってる、きっとギビーのことだろう、ひとり残ったまともな息子のことでどうしてうそをつくのか、と言っていた。そこへ、ジェイソンから電話がかかってきた。刑務所を出たらしい。いまおまえを捜している」

「どうして刑務所から出られたんだ？」

「その答えはおれにはわからん。時間がないのに、話すことが多すぎて、そこまで話せなかった」

フレンチは混乱と落胆を消し去ろうと歯をくいしばった。「緊急というから、てっきりギビーのことかと思った」

「それなんだが、ジェイソンはギビーの居場所を知っているらしい」

「もう一度言ってくれ」

「ギビーの居場所も、彼を拉致した犯人も、それに、救出の方法も知っているそうだ。ギビーの身が危ない。拉致した人物は人殺しだそうだ。しかもそうとうたちの悪い人殺しだ」

「住所を教えろ」

「ビル、ジェイソンの話だと犯人はタイラ・ノリスを殺したやつだそうだ」

駐車場を出て十秒でフレンチは気がついた。予定している道を走るには、タイヤの溝が浅くなりすぎていることに。物理の法則を破れるものなら、破ってやる。空を燃やす。大地を揺らす。どちらもやろうと思ってできるものではない。

しかし、それは少しちがう。

ジェイソンの目的はギビーを無事に救出することだが、それを遂行するには、バークロウと父親の応援が必要だ。そのふたりだけ。自分を入れて三人。しかし、フレンチは応援はもっと大勢必要だと考えた。マンパワー、統率、州の膨大な力。簡単な数学だ。大勢で動き、完全に封じこめる。決定には時間がかかるものの、いい決定がなされる場合が多い。人質は無事に解放される。警察側の犠牲もない。

しかし、そうなるとジェイソンの存在がやっかいになる。

いま息子が塀の外にいるのなら、脱走したとしか考えらえず、つまり追われていることになる。それもフレンチの側の人間に。それに関する無線連絡はいまのところ入っていないが、だからと言って、応援を要請してもかまわないことにはならない。

通信指令係、息子が刑務所から脱走したか確認してもらえるか？

だめだ。そんなことはできない。

と同時に、ジェイソンの話が正しかったとしたら？あの気の毒な若い女性を殺した犯人が、ギビーを拉致したのだとしたら？

考えるだけでいても立ってもいられない。

それだけではない。

大挙して向かうのか、少人数で向かうのか、あと数分でくだす決定しだいでは、息子ひとりが深刻な危険にさらされる。応援を要請すれば、ギビーを無事に救出できる可能性は高くなる。特殊部隊。狙撃手。訓練を積んだ交渉係。フレンチは彼らに全幅の信頼をおいている。三十年におよぶ警官生活からくる直感であり、信念でもある。しかし、ジェイソンはお尋ね者であり、殺人事件の容疑者だ。そして、市警の警官のなかには、考えるより先にジェイソンを痛めつける者がいる。まさに水と油だ。ジェイソンのほうも、連中に口実をあたえるような行動を取る傾向がある。すぐにかっとなり、逮捕に抵抗するだろう。フレンチならば、ジェイソンにいますぐこの場を立ち去れ、あとはおれたちにまかせろと言える。しかし、ジェイソンは警官をまったくといっていいほど信用していない。警察が介入したら、弟が殺されてしまう……。彼はバークロウにそう訴えていた。

フレンチはウインドウをおろしてみたが、なんの役にも立たなかった。

目的とする家があり、そこには人殺しが……。

本当にこれが、おれが直面している問題なのか？

ふたりの息子のうち、どちらかを選ぶことが？

そんなのはおかしいが、ならどうすればいい？　フレンチは戦争に行って人を殺した経験があり、すでに息子をひとり失っている。被害者とも言語に絶する犯罪とも向き合い、長年、邪悪な連中を追いかけてきた。どれほどいい人生でも、よくない瞬間のひとつやふたつはあるが、これは最悪の出来事だ。車のなかで風がうなり、フレンチも張り裂ける胸の静けさのなかで同じようにうなり声をあげた。どちらか一方を選ぶしかない。

フレンチは無線のマイクに手をのばした。

連絡を入れた。

目的の家を見つけるのは造作もなかった。その界隈に住んでいるのは新富裕層だが、かなりの富豪ばかりだ。どの家も門と塀でしっかり囲われている。ガレージだけでも労働者階級の家くらいのひろさがある。先に着いたフレンチは、周囲をゆっくり流したのち、門、屋根の形、塀の向こう側に明かりが見える場所に車をとめた。五分後、バークロウが到着したが、長い五分間だった。

「大丈夫か？」

ふたりは歩道で合流し、バークロウが声をひそめて訊きながら、フレンチの顔を念入りに観察した。

「ジェイソンはどこだ？」

「わからん。ここに来ると言ってたが」

通りは閑散（かんさん）としていた。ふたりは人目につかないよう、二軒先の街灯が落とす影に身をひそめた。「あいつが言ったことをすべて教えてくれ」

バークロウは目的の家を見やった。時間を節約するため、自分たちで状況を把握することに決めていた。

「ジェイソンはこの家について、そうとうよく知っているようだ。建物はポリカーボネートで補強され、強化ガラスが使われ、しっかりした枠に鉄で補強されたドアがはまっている。防犯システムは最先端のものがついている。屋外には監視カメラが十八台。屋内に十二台。人感センサーに赤外線センサー。正面と裏の門には感圧式のマットが設置されている」

「息子はそれだけの情報をどうやって手に入れたんだ?」

「そもそもなぜここの存在を知ったんだ?」

「あいつを信用しているのか?」

「おまえはちがうのか?」

フレンチは心のなかで答えた——ああ、信用しているとも。「ここに住んでるやつの名前は言ってたか?」

「リースだそうだが、ジェイソンは偽名と考えている。この住所にリースという人物は住んでいない。あとで不動産の登記を確認しよう」気まずい時間が一瞬、ふたりのあいだに流れた。「あいつは怪我をしてるような気がする」

「ジェイソンが? どうして?」

「声の感じ、息づかい、そもそもおれたちを呼んだことも理由のひとつだ。あいつが助けを求めたことなど、おれの記憶にはない」

そのとおりだ。子どものときからそうだった。

バークロウは落ち着かなそうに身動きをし、長身から見おろした。ふたりのつき合いは長く、その間にはいろいろあった。フレンチは相棒の顔を見なくても、考えていることや、ふたりのあいだにただよう答えの出ていない質問がわかる。彼はひとつうなずいた。暗がりにいるおかげで、顔が見られずにすんでよかった。

「ああ」彼は言った。「召集をかけた」

「残念だよ、ビル」

「ああ、おれもそう思ってる」

「まもなくか？」

「あと少しだろう」そこから先は声が出そうになかった。第一陣がすでに向かってきている。勤務中で、ここに急行できるほど近い場所にいる連中だ。その後も、ほかの警官にぞくぞくと呼び出しがかかっている。防弾ベストが支給され、武器が調達される。令状はない。正当な理由がなきにひとしいからだ。しかし、市の警官のなかでタイラ・ノリスが受けたようなむごい仕打ちを見た者は皆無で、彼らは全員がこんなことをした犯人を、正式な手続きの有無にかかわらず、捕まえてやりたいと思っている。すでにフレンチは、その手続きをすっとばしており、それでやっとここまでこぎ着けたのだ。いまさらやめるわけにはいかない。

ジェイソンはどこだ？

なぜここにいない？

パートナーの顔に浮かんだ表情を誤解したのだろう、バークロウが言った。「相棒、おまえの判断は正しいよ」

フレンチもそう固く信じている。

信じたところで、一ミリも役に立たないが。

45

寝室でサラは制御しにくい波の先端のような感情に乗っていた。高くまで持ちあげられ、さらわれ、放り投げられていた。彼女はもともと怒りっぽい人間ではなく、荒っぽい性格でもない。気のおけない友人。おおらかな隣人。感情をまったくコントロールできなくなったことはこれまでの人生でたったの二度。一度めは両親に家を追い出された日、二度めは中絶した霧深い裏通りでの夜だ。その二回だけは、冷静さを完全に失った。三度めになる今回は、無力感と不安にすっかり押しつぶされていたこともあり、われを忘れるほどの激しい怒りに快感を覚えつつ、無意味な言葉をわめきちらし、憎しみの対象であるこの監獄を、男を、壁をぶち壊そうとしていた。最初の椅子がばらばらになると、べつのを手に取った。石膏ボード壁の破片が飛び散るたび、アドレナリンが分泌され、もうもうと舞いあがる埃はドラッグも同然だった。

あの野郎。

壁裏に隠れているネズミ野郎。

二脚めの椅子もばらばらになると、狂気が終わりに近づいてきたのを感じた。汗と細かくて白い埃にまみれながら、ぎざぎざした木片を手に取った。ここをめちゃくちゃにしてやる。あいつをめちゃくちゃにしてやる。わめき声はもうあげなかったが、石膏ボードをぐさりとやった。固くとがった先端が、壁の奥にあるやわらかいものに突き刺さるのを期待して。

リースはどうしていいかわからなくなった。あの女を選んだのにはいろいろと理由があるが、そのひとつが、世間一般に対してひじょうに従順だったからだ。

あれほどの美人は、リースのような見てくれと外見の男を見くだす傾向にあると、過去の苦い経験から知っている。顔立ちや立ち居振る舞いといい、感情豊かな目や気さくな笑い方といい、サラは女のすばらしさをすべてそなえている。それについては、さんざんあとをつけてたしかめたが、その間に目にしたものはどれも第一印象を裏づけていた。

サラは従順だ。

彼女ならしつけられる。

リースはこれまで判断をまちがったことは一度もなく、そのため、彼の家を破壊しようとしている逆上マシンをどうすればいいのか、まったくわからなかった。これを阻止するのは無理だ。頭はすでに移行段階に入っていた。損切りをするのはこれが初めてではない。

問題はどうやるかだ。

女は石膏ボードの壁を打ち破り、その奥のベニヤ板に襲いかかっている。時間をかけさえすれば、本当にぶち抜いてしまうかもしれない。

射殺するしかない、と心を決める。おもしろくもなんともないが、刺されるのだってごめんだ。

慣れないショックのなか、リースは本物の恐怖に近いものを感じている自分に気がついた。コントロールすることが彼のすべてなのに、それが完全に奪われてしまった。女はベニヤの壁をがんがん叩きつづけており、しかもその音はしだいに大きく、力のこもったものになってきている。

銃を取ってきて、女を殺せ。

しかし、体が金縛りにあったように動かない。

ドーン！

女がベニヤの壁を叩く。

ドーン！

壁がまた少し割れる。

リースの口から甲高い笑い声が漏れ、ありえないという気持ちのこもった忍び笑いがつづく。まだこれ以上悪くなるのか？

まさか、とリースは心のなかでつぶやく。そんなわけがない。

二秒後、警報が鳴り響いた。

配線図があろうがなかろうが、ここの防犯システムはあまりに高度で、いちかばちかの賭けに出られるような代物ではなかった。ジェイソンは戦術的思考がしっかり身についており、センサーの位置とカバー領域を把握するのは、ほぼ不可能とわかっている。しかし、よく知らない場所を半分の速度で走る場合の勝算など考えたくもない。ましてや相手がリースのような男では。

だから助けが必要だった。

バークロウに話したのはまったくのでたらめというわけではない。

ジェイソンは父よりも十分早く到着し、一本隣の道に車をとめると、銃をかつぎ、リースの土地と隣の土地とを隔てる雑木林をかきわけた。外壁沿いをすばやく調べ、まずは裏門、つづいて塀をよじのぼるのによさそうな場所を見つけ、正面側のアプローチを見張った。うつぶせになり、夜の闇にまぎれているところへ父が到着した。やがてバークロウも到着し、父とともに街灯と街灯のあいだの暗がりに身をひそめた。

ジェイソンは東の空を見あげた。ようやく白々（しらじら）としてきている。かろうじてわかる程度だが。彼は家と敷地に目を向け、カバー領域とセンサーに関する自分の考えが正しいのを確認し、ドアと窓の位置をたしかめ、問題点と行動を起こすのに最適な場所を探した。東の空がまた少し明るくなった。曙光（しょこう）。ジェイソンが知りつくしている時間。もうじきだ、と心のなかでつぶやく。そのとき始まった。朝の静けさにサイレンが鳴り響いた。応援部隊の集合だ。父の選択の音。

警報ベルの音でリースは金縛り状態を脱し、思考が急に速くなると同時に研ぎ澄まされた。女はどこにも行きはしない。少なくとも当分のあいだは。べつの場所でもっと大きな脅威が発生している。リースは大急ぎで防犯カメラのモニターのスイッチを入れ、画面に見入った。悪夢だった。門のところに設置したカメラに、警官が群がっている様子が映っていた。十台の車。いや十二台だ。見ているあいだにさらに三台が到着した。

バードの野郎だな、とリースは思った。仕事のことを誰かに話し、帰ってこなかった場合にそなえて、この住所を伝えたんだろう。いまバードはふたりの仲間とともに冷凍庫におさまっている。リースは淡々と論理的に検討した。この家はもう使えない。まずいことになったが、取り返しがつかないほどのことではない。家の所有者はダミー会社の名義を使って慎重に隠してあるから、そこからリースにたどり着くことはない。車についても、ガスや電気についても同様だ。まさにこういう事態にそなえ、財務情報はべつの場所に置いている。警察はもちろん、指紋を採取するだろうが、リースというのは本名ではなく、そもそも、彼は指紋を採られたことなどないのだ。

「くそう！」

抑制の糸が切れ、彼はこぶしで制御盤を叩いた。女は生かしておくしかない。いまは殺している時間がない。銃があるのは母屋(おもや)だ。取りにいって戻ってくるには時間がかかる。ガキどもはどうする？　考える必要があるが、急がないといけない。警官どもが優秀なら、このブロック全体を取り囲むはずだ。べつに正面から出ていくわけではないが、周辺一帯の道路をふさがれたら……。

おそろしい考えが電流を流されたみたいに頭を直撃した。通りに警官が集まったところで警報が鳴るはずがない。リースは画面に目を走らせた。

カメラ1？　異状なし。

カメラ2？

さっと動くものがあり、リースの目はカメラ9に吸い寄せられた。黒っぽいなにかが一瞬だけ現われ、次の瞬間には消えていた。

リースは自分の髪の毛を引っ張った。

なにもない！

いや、待て……。

カメラ12がべつのかすかな動きをとらえた。何者かが敷地内にいる。警官か？　それ以外の誰かか？　それはどうでもいい。

「行くぞ」

リースは身をよじらせながら秘密の通路を抜け、北棟から駆けだしたところで、またガキどものことが頭をよぎった。こいつはXの仕業なのか？　あの男は明言した。リースの首を取ってこいという契約をなしにする、と。だいいちXが警察に通報するわけがない。

どんなことがあろうとも。

「考えろ！」

こういう場合にそなえ、プランは立ててある。まだ時間はある。

だが、本当にこれがXの仕業だとしたら？

リースは母屋に飛びこむと、現金と銃をわしづかみにし、頭のなかで必死に計算をした。脱出路として、まずわきのドアから出て裏庭を突っ切り、裏の小さな門を抜ける経路を考えている。反対側にある土地も彼のもので、ガレージつきの第二の家は何年も前、こういう不測の事態にそなえて購入したものだ。一度、時間を計ったことがある。裏門を抜けるまでに六十秒。そのあと四十秒で車に乗りこみ出発できる。ガキどもはどうするか？　殺す？　連れていく？　小さいほうを殺して、もうひとりを連れていくか。それにかかる時間も計算する。家を出るのに十秒。地下室のドアまでさらに五秒。

リースは直感で決断する。Xは関与していない。それははっきりしている。きっとバードだ。あるいは、リースがタイラ、あるいはロニー・ウォードを殺害した際にミスをおかし、手がかりというパンくずをたどって警察がついにこの家にたどり着いたのだろう。ここはさっさと逃げるのが賢明だ。

しかしリースはジェイソン・フレンチが心底嫌いだった。

男前のジェイソン。

お気に入りのジェイソン。

闇のなかで、その思いだけがぐんぐん大きくなっていく。ジェイソンに手出しはできないし、できたとしても勝てるわけがない。あのくそ野郎の力はこの目で見ている。Xが手放しで絶賛しているあの高い能力。

急ぎ足で低木の垣根沿いを進むうち、暗い欲望が頭をもたげた。警官の姿も侵入者の姿も見当たらない。それには、ジェイソンを苦しめてやりたくてたまらない。

拉致されたのも自分のせいだとわからせてやることだ。ガキどもは檻のなかだ。地下室のドアはすぐそこにある。時間はどのくらい必要だろう？

パーン、パーン。

二秒で片がつく。

46

　最後のボルトが落ちると、ギビーはできるだけ音をたてないよう金網を曲げた。時間がかかった。見かけよりもむずかしかった。「先に出て」

　ギビーは金網を床からできるだけ高く持ちあげ、チャンスは油まみれのフェレットのようにするりとくぐった。

「よし、じゃあ、ここを持ってて」

　チャンスが金網を押さえ、ギビーが隙間に体をもぐりこませた。チャンスよりも大柄だが、何カ所か切ったりすりむいたりしただけでなんとかくぐり抜けられた。埃を払うと彼は言った。「これからは犬の収容所を見る目が変わりそうだ」

「ま、それはともかく、これからはおまえを脱出王フーディーニと呼ぶよ」

「まだ早い。あそこのドアは外から鍵がかかってるんだから」

　チャンスは本当かどうかたしかめた。固いスチール製で、しっかりと鍵がかかっていた。「で、どうすればいい？」

「ここには物騒な道具がいっぱいあるだろ。先のとがったものを見つけて、それであいつを殺すとか」

　チャンスは落ちを待った。

　落ちはなかった。

「あっちを調べて」ギビーはメスを一本手に取り、ナイフのように握ったが、もっと大きいのが見つかったのでそっちはもとに戻した。「なにかあった？」

　チャンスは戸棚をいくつかあけた。「漂白剤がある」

「そこのでかい箱を調べてみて」

「こいつは冷凍庫だぜ」

「いいから調べて」

冷凍庫の蓋をあけた。「おっと、ギビー」

「なんかあったか？」

「ないよ。本当に」

チャンスがもっと警告するような顔をしてくれていたらよかったのに。でも、実際はそうじゃなかった。ギビーは部屋を突っ切って、なかをのぞきこんだ。

「うそだろ、ひどい」

「これって人の脚だよな」

ギビーは目を閉じたが、焼きついたイメージは消えてくれなかった。プラスチック、霜、その下に現われたのは……。

「うへえ」チャンスが言った。「こっちは人の頭みたいだ」

「蓋を閉めろ。頼むから」

チャンスは今度も言われたとおりにした。


錠前のなかで鍵がまわる耳ざわりな音がうしろから聞こえた。

一瞬、時間がとまり、ギビーはドアに突進した。ドアがあき、小男——前にも見た銃を手にしている——が現われ、その瞬間、マンガとしか思えないことが起こった。男が、このあとの展開を悟ったような顔をした。というのも体が大きいだけでなくすばしこいギビーには、スピードをゆるめるつもりがまったくなかったからだ。彼は脇を締め、むかつき怯えながらも、死にたくない一心で百九十ポンドの十八歳の体でぶつかっていった。小男をドアの外へと押し出し、ふたりはもつれ合いながら倒れこんだ。ギビーは上になり、急所を刺そうとこころみた。運にめぐまれず、しかも時間もまったくなかった。銃が発射された。おそらく、地面に向けて。ギビーが右に転がったところで、またも目の前がはじけ、顔から十インチのところで銃が火を噴き、火薬の粒が飛び散った。

それでもまだ生きていた。

チャンスがすぐうしろにいたにちがいない。次の三発は地下室に向けて撃たれたからだ。小男はそこで駆けだした。ギビーは逃すまいとしたが、無理だった。耳が半分聞こえず、目も半分見えなくなっていた。

「チャンス?」ギビーはよろける脚で地下室に戻った。

「チャンス? 無事か?」

「ああ、信じられないことにな」チャンスはドアから十フィートほどのところで背筋をのばして立っていた。

「あいつはまともに撃つこともできないみたいだ」

ジェイソンの計画は最初から単純だった。リースの気をそらしたのち、すばやく静かに敷地内に入る。とてもすばやく、とても静かに、だ。その場合、全速力でまっすぐに走るのが普通だが、リースは正気をなくしたけだものであり、正気をなくしているために予測がつきにくい。そこでジェイソンは片方の目で家を、もう片方の目で警官たちの様子をうかがった。父はいらだっているようで落ち着きがない、警官全員がそうだった。

現時点ではうまくいっている。

数はもっと多いほうがもっといい。

警察の動きも速くなっていた。車もあっちに一台、こっちに一台ではなく、一度に三、四台が、ライトバーをまたたかせながら到着してきている。ジェイソンは必要最小限の人数が集まったところで左に向かい、塀を乗り越えた。見たところ、監視カメラの向きはほぼ完璧だったが、非の打ちどころがまったくないというわけでもなかった。カバーできていない場所があり、ジェイソンはそれを利用し、すばやく、しかもなめらかな動きで移動し、必要と思うところで足をとめた。真見つからずに家まで一直線に行くのは無理だった。真北に二十フィート進み、そこから斜めに十フィートという感じだった。位置を確認するため、何度となくとまらなくてはならなかった。その結果、時間はかかったものの、複数の棟のあるどっしりした家がすぐ目の前に迫っていた。ここからがむずかしい——侵入するだけでなく、弟を見つけ、警察が満を持して門を突破する前に救出しなくてはならないのだ。

頼りになるのは時間だ。

それと暗証番号。

暗証番号が使えない場合、即興でべつの作戦を考えなくてはならないが、そういうのは得意だ。腕力、脚力、ぽしゃった作戦の急な変更。ジェイソンは三年近くの軍隊経験でそれらの能力に磨きをかけてきた。生きることと死ぬこととの違い、抜け殻となって帰還するか、任務をしっかりこなすか。厳しい歳月のなかで、ジェイソンは世間にあまり期待しないことを学んだが、ときに世間は寛大な場所になりうる。

いくらかではあるが。

銃声があがった。しかも近い。立てつづけに二発、さらに三発がつづく。ジェイソンは全速力で走りだした。痛みは感じなかった。痛みなど頭のなかから消えていた。いまいる位置はわかるが、わかっているのはそれだけではない。ギビーは銃を持っていないはずであり、警察はほぼ確実に突入してくる。ジェイソンは分単位ではなく、秒単位で取りうる選択肢を比較した。

M16を選んだ。

まっすぐ前方に五秒。

角で左折。

左に曲がって銃をかまえると、リースが奥の塀に向かって飛ぶように逃げていくのが見えた。二十ヤード前方を完璧な形の影がまっしぐらに走っていく。ジェイソンは頭に一発撃ちこんでから、ひと呼吸おいても、まだリースが地面に倒れるより先に心臓を撃ち抜く余裕があると踏んだ。しかし、実行はせず、自分がためらったことに驚いた。殺すのにうんざりしていたからかもしれないし、門の外にたくさんの警官がいるからかもしれない。Xのお楽しみとしてとっておいてやるほうがいいと思ったからかもしれないし、リースを一発ですみやかに殺すだけでは甘すぎると思ったからかもしれない。理由はなんであれ、ジェイソンは引き金から指を離した。銃をおろすと、弟が地下室のドアの外にチャンスと一緒に立っていた。

「ジェイソン？ こんなところでなにをしてるの？」

「ギビー、話せば長くなる」

「あれはなんの音？」

「父さんと、約百人の警官だろう。正面の門を壊そうとしてるんじゃないかな。ふたりとも怪我はないか？ 撃たれてないか？」

ギビーはまばたきをした。

つづいてチャンスもまばたきをした。

こういう反応は新兵によく見られる。「動揺してるんだな。すぐによくなる。だが、おれは先を急がなきゃならない。おまえたちに決めてもらいたいことがある」

「まだ話がよくわからないんだけど」

「むずかしくもなんともないよ、ギビー。ここで親父が来るのを待つか、おれと一緒に行くか。どっちを選んでも間違いじゃないが、いますぐ決めてほしい」

「兄さんはどこに行くの？」

「ここからそう遠くないし、そんなに時間もかからない場所だ」

「兄さんと一緒に行く」迷う様子はなかった。

「チャンス？」

「こいつが行くならおれも一緒だ」

「よし、わかった」正面の門が倒れ、ジェイソンはアサルトライフルを肩にかついだ。「さっさとここを出るぞ」

る恐怖心。こんな感覚は初めてだ。無防備。生々しい怯え。北棟に閉じこめられていた女性が発見されると、恐怖はいっそう大きなものになった。その知らせを告げたのはバークロウだった。「タイラの友だちのサラだった」

「まだなんの痕跡も見つかってないのか？」

「痕跡が見つかってないのはいい兆候だ。信じて待ってろ」

言うは易し、おこなうは難しだ。女性はひどく動揺しているが、泣いてはいなかった。同じ訴えを何度も繰り返していた。「あいつが壁のなかにいたの。壁のなかからあいつの声が聞こえたの」フレンチとバークロウは女性が警察の車両へと、つづいて救急車へと連れていかれるのを見送った。

「ひとつ、明るい材料ができたな」フレンチは言った。しかし、地下の冷凍庫で見つかったバラバラ死体のほうが気になっていた。十八歳のバラバラ死体なのか、

47

破片と埃を舞いあげながら門が崩れ落ちると、警察はもう突入するしかなくなった。

発砲。

散開。

特殊部隊が攻撃を指揮するが、フレンチの関心はギビーにしかなかった。全速力で家を捜索したかったが、なにしろこの家はばかでかく、しかもバークロウはひじょうに冷静沈着な友人だった。「早まるな。ここで待ってろ。これだけ兵隊がいるんだ。しかも、停職処分を受けていようが、ここではおまえが最高位の刑事だ。情報はまずおまえのところに集まってくる」

同意した理由は恐怖心だった。息子の亡骸を見つけ

それともべつのものなのか？　現時点では誰にもわからない。フレンチは玄関のドアの前に立った。門が突破されてから二十分が経過している。「監察医からなにか連絡は？」

「あと五分で到着するそうだ。コーヒーを持ってこようか？」

コーヒーはほしくなかった。それより、発砲したのは誰なのか、誰に向けて、なぜ撃ったのかを知りたかった。通信指令係が妻からのメッセージを三つ、連絡してきた。妻は最新情報を知りたがっていた。わたしの息子はどこなの？

「ここのどこかにいるはずだ」フレンチは目をこすって眠気を払いながら言った。「それにしてもジェイソンはいったいどこなんだ？」

「おっと、いかん」

「なんだ？　ケン？　どうした？」

「ジェイソンが妙なことを言ってたんだよ。ビル、すまない。いろいろあって、すっかり忘れていた。言われたとき、意味がさっぱりわからなくてな。なんの脈絡もなかったんだよ。意味があるようには思えなかったんだが」

彼は家のほうを顎で示し、フレンチは三十年来の親友に詰め寄った。怒り。要求。それらをまったく隠そうともしなかった。「正確に、なんて言ったんだ？」

バークロウは声を落とした。「おまえに伝えてほしいと頼まれたんだがな。進展が見られないようなら、自分は石切場に向かうと。おれがど忘れしてた理由がわかるだろ。朝の四時だぜ。こんなふうになるとは思っていなかったしな。しかも石切場だぞ？　本当かよ」

フレンチは疲れすぎでまともに力が出ず、指を一本立てた。「これについては約束したよな」この家を含めたすべてを意味してのことだ。「妻には言わないでくれ」

石切場に着くと、フレンチはそこにあった唯一の車の隣に駐車した。水辺にひとりたたずむジェイソンの顔に、朝の弱い光が当たっていた。これだけいろいろあったわりには、太陽の位置はまだ低く、木々の上にようやく顔を出した程度だ。フレンチは単刀直入に切りだした。不安を隠そうともせずに。「あいつは無事か？」

「ギビーなら問題ない。しばらくショック状態だったが、いまはよくなっている。怪我はしてないよ」ジェイソンの目は水面に向いたままだが、崖のほうに顎を向けた。「チャンスと一緒にあそこにいる。理解しようとしてるんだろう。おれがここで父さんを待つと言ったんだ。本当に来るかどうかはわからなかったが」

フレンチは崖の表面を下から上にながめた。ふたりの姿が見えたとたん、フレンチは息がつまりそうになった。「あいつはあの家にいたのか？」

「そうだ」

「ジェイソン、おれにはなにがなんだかさっぱりわからない。なぜあいつはあそこにいた？　それをおまえはどうやって知った？　どうやって助け出した？」

「おれが？　おれはあそこには行ってない」

「ジェイソン、頼む」

ジェイソンがついたため息は、体の奥のほうから出たものだった。「話せば長くなるし、おれはもうくたくただ。警察向けの話なら、親父が知りたいことはギビーが全部話してくれる」

「警察向けの話か、なるほど」フレンチは納得しかねるというように言った。「なぜ、おれたちに連絡してきた？　バークロウの話では、おまえは助けを求めたそうじゃないか」

「気をそらしてくれるものがほしかっただけだ」

フレンチは腑に落ちた気がした。「おれが警察の応援を要請するとわかってたんだな」

「この前親父が、ギビーはまだ若いから保護が必要だと言うのを信じたんだよ。あれで気を悪くしたわけじゃない」

「おまえの行動であいつが死んじまったかもしれないんだぞ」

「父さんの行動であいつが死んだかもしれないだろ」

そのひとことでふたりのあいだに間が流れた。父親。息子。「言ったろ、その話はしたくないと。ギビーは生きてる。そして親父はここにいる」

「それだけか？」

「それで充分じゃないか」

「そこまでおれを憎んでるのか？」

「憎む？」ジェイソンはここで初めて父親のほうを向いた。「おれはこの先、親父を憎んだりしないよ」

「しかしそれ以外は？」

家族や将来という意味だった。ジェイソンは肩をすくめ、下におろした。「過ぎたるはおよばざるがごとしってやつだな。それに、おれはこれからアウトローとして生きることになるようだし。しかも……」ジェイソンは板にかんなをかけるみたいに手を動かした。

「道路がおれを呼んでいる」

フレンチは息子を引きとめ、過去の過ちに対する謝罪の言葉を口にしたかった。「おれが謝ればすむことなのか？」

「いまはそのときじゃない」ジェイソンは首を振った。

「いつかはそのときが来るかもしれないけどな」

フレンチは崖のへりを見あげた。息子とその友人がひどく小さく見える。「ベン・ハイ川でおまえが取った行動を知ったよ。村を救ったことを。そのあとラフトナー将軍がおまえにした仕打ち、事実を隠すために取った行動、ドラッグと不名誉除隊のこと。もっと早く知っていたらと思うよ。時計の針を巻き戻したいとね」

ジェイソンは眉をあげたが、感情をおもてに出すことはしなかった。

それもフレンチの胸にこたえた。「母さんに別れのあいさつをしてやってくれないか？」

「おふくろはおれの顔なんか見たくないだろう。親父だってわかっているくせに」

「これからどこに行くんだ？」

「いまのは法の執行官としての質問なのか？　それとも父親として訊いたのか？」

「やめてくれ、ジェイソン。頼む。父親として訊いたに決まってるだろう。いつだっておれはおまえの父親だ」

ジェイソンは体をふくらませようとするように息を大きく吸うと、腰をかがめて石をひとつ拾い、水面を切るように飛ばした。「少し歩こう」

その通路は四分の一マイルの長さしかなかったが、もっと長く感じた。フレンチはまだ言いたいことがありながらも、どう言えばいいかさっぱりわからなかった。一歩進むたびに時間が失われ、着実にゼロに近づいていく。頂上が近くなったころ、ジェイソンが沈黙を破った。「あいつはおれを助けようとしただけだ。親父を怒らせ、おふくろを心配させたかもしれないが……あいつはいい子だ。ロバートによく似てる」

フレンチは首を横に振った。「以前はそうだったかもしれん。だが、成長するにつれ、あいつのなかにおまえが見えるようになってきた」

ジェイソンは一瞬、足をとめた。鳥のさえずる声がした。太陽の光が木立から降り注いでいる。「そんなこと、本気で思ってたのか？」

「おまえたちはふたごみたいによく似ている」

「本当に？」

ジェイソンの声には驚きの響きが混じっていた。と同時に笑みがこぼれ、それを見たフレンチは胸にこみあげてくるものを感じた。

崖のへりまで行くと、フレンチはギビーの体に腕をまわしたが、気持ちとは裏腹に、きつく抱き寄せたりはしなかった。そんなことをしたら息子がつぶれて死んでしまうような気がしたからだ。腕の長さだけ距離を置き、末の息子の顔をながめた。「ジェイソンからおまえは大丈夫だと聞いた」

「うん、大丈夫」

フレンチはギビーの肩に手を置いたまま、左に目をやった。「チャンス？」

チャンスはうなずいたが、まだ目を伏せていた。

「ふたりとも無事で本当によかった」フレンチは息子の肩をつかむ手に力をこめた。最後の仕上げとして、安心させるつもりで。「話はあとでしよう、な？　わかるように説明してもらわなきゃならないことがあるが、おまえたちが無事なら、無理にいまやらなくていい。怪我はしてないんだな？　心に傷を負ったりしていないか？」

「大丈夫だよ。ぼくたちふたりとも」

張りつめていたフレンチの気持ちがようやくゆるんだ。彼は石切場に目をやり、息子たちを、三人の息子全員を思った。静謐な時間が過ぎた。「ロバートがダイブしたのはこの場所だったんだな？」

「そこだよ。ジェイソンもやった」

フレンチは身を乗りだし、信じられない思いで下をのぞきこんだ。「本当に？」

「たいしたことじゃないさ」ジェイソンはべつに取って食われるわけじゃないとばかりに肩をすくめた。

「悪いが、ちょっとギビーとふたりだけにさせてほしい」

父はチャンスを連れて通路口まで移動し、森のきわに腰をおろした。ぼくたちとのあいだに、百ヤードの距離ができた。ふたりからぼくに視線を移しジェイソンがほほえんだのを見て、ぼくは驚いた。普通の笑みとはちがって、すぐに消えてしまった。笑顔でまばた

きをひとつした程度だけれど、多くのことを語ってい
た。「ダイブの話をしよう」ジェイソンは言った。
「ダイブのなにを話すの?」
ジェイソンは指さした。「おまえが位置に着くのは
そこだよな?」
「だいたいね」
兄はその場所に足を踏みだした。石はすべすべして
いて、崖のへりは先がとがっている。ジェイソンは身
を乗りだして、下をのぞいた。「いつごろから勇気を
奮い起こそうとがんばってるんだ?」
「二年くらい前から、かな」
兄は石を落とし、それが落ちていくのをじっと見て
いた。「世界記録はこれよりわずか十五フィート高い
だけだ。知ってたか?」
「兄さんでもそんなことを気にするの?」
「聞いたのはダイブしたあとだ。でも、まあ、そうだ。
とてつもなくすごいことだからな」ジェイソンは目を
きらきらさせながら、へりから後退した。「でもな、
すごいことだからってだけじゃここからダイブする理
由としては不充分だって知ってるか? 知ってるよ
な?」
「うん、まあ」
「うん、まあだと? 本当かよ。上から下まで四秒だ。
打ちどころが悪ければ、水面はコンクリートも同然に
なる」兄は黙りこんだけれど大まじめだった。「ダイ
ブするにはそういう理由が必要なんだ。たとえばロバ
ートがそうだ。ヴェトナムに行くことになって、自分
は死ぬはずがないと信じたかったんだ。信じる必要が
あったんだよ。だからダイブしたし、あいつにとって
は、その理由だけで充分だった」
「そうは言うけどさ、兄さんは賭けのためにダイブし
たじゃないか。一日ドライブしてビールを飲むのと引
き換えに」
「そんな説明を本気で信じてるのか?」

「兄さんが自分で言ったんじゃないか」

「おれが自分で言っただと？」兄はぼくの言葉をばかにするように笑い、それからしばらく顔をそむけていた。「たしかに、弟と一日ドライブするためにやったのかもしれないな。たったひとり残った弟を知るチャンスを手に入れるために。そういうふうに考えたことは？」

ぼくは無言で首を振った。

「あるいは、おれの場合、ロバートと正反対だったのかもしれない」兄はつづけた。「あいつは自分が死ぬはずがないと信じたかった。おれは自分がまだ生きているると実感したかったのかもな。おれの心にはまだ、戦争だの刑務所だの後悔以外のものを受け入れる余地があるか、たしかめたかったのかもしれない。それで、どうしてもダイブするしかないと思ったのかもしれない」兄はこぶしに握った手で、ぼくの胸を軽く叩いた。「わかるか、ギビー？　おれの言ってること、感覚としてわかるか？」

ぼくはまじめくさってうなずいた。

「ヴェトナムだって同じことだ」兄は言った。「おれが行ったから、あるいはロバートが行ったからという理由で行くのはやめろ。あそこには栄光も名誉もない。自分以外の誰かに力をアピールする必要なんかないんだ。みずからを映す鏡はときにくもる――わかってる、おまえは十八だよな――が、戦争はなにかをアピールしにいくところじゃないってことだけは肝に銘じておけ。友だちを作れ。女の子を好きになれ」

ぼくはチャンスに目をやった。ベッキーのことが頭に浮かんだ。

ジェイソンはまたぼくの胸を軽く叩いてから言った。「これに関してはおれの言葉を信じろ」

ぼくは信じると言い、いま言われたことをすべて考えてみると告げた。兄が視線を石切場のほうに向け、ぼくはその隣に立った。森と水面と、遠くに淡い太陽が見える。

「そろそろ行かないと」

「警察が追ってくるんだね。わかってる」

「タイラの事件――これはすぐに容疑が引っこめられるはずだ。だが、銃の件はそうはいかないだろう？」

兄は肩をすくめた。「まあ、離れがたいというほどの土地でもないしな」

　正直な気持ちだった。

　それが痛いほど伝わってくる。

「これを受け取ってくれ、いいな？」兄は紙切れを一枚よこした。住所が書いてあった。「カナダのノヴァスコシア州だ」兄は言った。「黒い岩だらけの海岸沿いに小さな家が一軒建っている。当分は――少なくとも一年は――そこに行くことはないが、行ったら長くとどまるつもりでいる。いつかおまえも会いにきてくれ。いいところだぞ。非武装地帯の川を何度も往復した仲間のものなんだ。そいつのじいさんとばあさんが遺(のこ)してくれたものらしいが、本人はまるで興味がなくてな。だが、石壁があって、暖炉もある。そこから見える海は夜明けは真っ黒で、昼時ははしばみ色になる。すごい音で波が打ち寄せ、女の吐息のような風が吹くところだ」

「とても……詩的なんだね」

「まったくだ。その友だちっていうのはちょっとばかり大酒飲みなんだ」ジェイソンはほほえんだけれど、今度のはすてきな笑顔だった。「いつか会いにきてくれるか？」

「行くよ」

「約束できるか？」

「できる」

48

木立から見ていたチャンスは、百ヤード以上の距離を感じていた。兄弟、とつぶやく。それ以上に近い関係などあるだろうか？　ふたりはときおりほほえんでいて、なにもかもがまともでないのに、とてもまともに見える。ジェイソン。フレンチ刑事。それはどうでもいい。誰もかれもが大丈夫かとチャンスに尋ねてきたが、そのたびに彼は同じことをした。うなずいて、〝うん〟と答えた。でも、太陽がのぼってきているのに、自分はいま闇のなかにいる。

ギビーとジェイソンが通路口まで戻ると、チャンスはすばやく、そしてぎこちなく立ちあがった。「あの……あともう何分か、ここにいてもかまわない？」

「ここに？　どうして？」

「自分でもよくわからないんだけどさ、ギブズ。ながめとか静けさのせいかな」闇の一部が声に出てしまい、チャンスはできるだけトーンダウンさせようとした。「この二日間はしんどくて、夜も地獄のような思いを味わったしさ。だから、一分でいいから待っててもらえるか？」

ギビーの親父さんが、わかるよというようにうなずいた。「誰もがそれぞれ考えなきゃいけないことがあるしな。ゆっくりしていいぞ。おれたちは車で待ってる」

「すぐに行きます」

チャンスは三人が一列になって通路をくだり、森のなかに消えるまで見送った。ひとりになると、崖のへりに足を踏みだし、下をのぞきこんだ。崖を這いのぼってくる風で汗に濡れた顔がひんやりとする。ここに立ったのはこれで何度めだろう？　いちばん先端ではなく、こんなふうでもなく……。

チャンスは両足のつま先を縁から少し出し、身を乗りだしてのぞきこんだ。目指す……あの……場所を。

昔からこの崖がとても怖かった。立っているのがギビーでも怖いことに変わりなかった。ダイブの話題を口にするときもそうだ。決行する意志を奮い起こそうとしたときも。

もう怯えることにはうんざりだ。

昨夜は怯えていたけれど、ずっとそうだったわけじゃない。脱走する手助けをしたし、ギビーが撃たれそうになったときには数歩うしろにひかえていた。

あれにはそれ以上の意味があったのかもしれない。

それとも本能のままギビーのあとについていっただけなんだろうか？　これまでの人生で彼はいつもそうだったし、そういうところはこれからも変わらないだろう。

おれは人のあとを追うだけの存在なのか？

臆病者なのか？

チャンスは水面を見渡し、それから視線を下に戻した。世界の頂点にいる若い男となって。何百という恐怖を感じる。戦争や切り刻まれる恐怖、いまこの瞬間感じている、ここから落ちていく恐怖、あるいはダイブしたものの打ちどころが悪く、大怪我を負う恐怖。親友が赦してくれず、心の傷が膿（う）んで、ひびが四方八方にひろがる恐怖。それよりなにより、あそこの通路をおりきった先にある人生、ダイブせずに歩いて戻った場合の未来、そして将来の自分に対する恐怖。それは内なる悪魔で、チャンスと同じ、どこにでもいる顔をした悪魔だ。ここに来たのは運命かもしれない。あるいは、ここが悪魔の岩棚（デヴィルズ・レッジ）と呼ばれることのほうが運命なのかもしれない。

水面まで四秒。

四秒でわかる。

チャンスは両腕を大きくひろげて、三つ数えた。

膝を曲げる。
そしてのびあがった。

49

リースは腹をたてていたが、真実を否定することはできなかった。あちこちに切り傷を負い、血が出ている。あのくそガキはまだ生きている。自分が満足するやり方で、ジェイソンを傷つけてやりたかったのに。とにかく、あの色男を刑務所に入れてやることはできた。

とにかく、Xはもうすぐ死ぬ。

そう考えるだけで気分が上向いた。後部座席でだらだら血を流し、片手に消毒薬の瓶を持ち、床に血のついたガーゼが散乱していても、その喜びだけは感じることができた。自分には金があり、世界がある。そしていまのXにあるのは、なんだ？　たったの三十七分か？

切ったところの消毒と手当が終わった。深いものもいくつかあったが、命にかかわるほどのものではない。肩。肋骨。手当に必要なものはドラッグストアで買った。街を脱出し、警官の警戒が手薄な田舎町に入ったところで、洗濯ひもからシャツを一枚失敬した。

最後の包帯を巻き終え、テープでとめると、車を降りて朝の暑さのなかに出た。車をとめたのは未舗装路の終点で、農場のゲートの両側にオークの木が高くのび、木が落とす影はまるで地面に流したインクのようだ。

レーンズワース刑務所までここから二十分。

翼があれば五、六分の距離だ。

リースは曲げのばししてテープどめの具合をたしかめた。どれも問題ないとわかると、血に染まったガーゼと汚れたシャツをまとめ、ゲートの向こうの草がぼうぼうに生えたところに投げこんだ。盗んだシャツはサイズが小さかったが、とりあえず問題はない。血の染みはついておらず、怪我をしていることもわからない。警備員に二度見されるようなことにはならないだろう。

エンジンをかけ、運転しながらこれからのことを考える。新しい名前。新しい街。

ロサンゼルスがよさそうだ。

でなければマイアミでも。

時刻を確認し、車のスピードをあげる。

Xが死ぬときにどうしても近くにいたかった。

刑務所が近くなると帽子をかぶり、濃い色のサングラスをかけ、楽に出られる場所に車をとめた。バスや報道用車両に邪魔されて身動きが取れなくなるような、ばかなまねはしない。あたりは人でごったがえしているが、人が問題になったことはこれまでにもない。目を伏せていろ。必要なら相手が誰でも殺せ。単純な男にとっての単純なルール。前のほうに行く必要もない。

人混み、熱狂、騒音は熱心な伝道者たちにまかせておけばいい。リースはとにかくこの地で、あの男がいなくなる瞬間を感じたいだけだ。あの男の思い出を胸に抱き、メダルのように首からかけるつもりだった。

五分。

そわそわしてきた。

リースはカウントダウンしたが、九時が過ぎても、なにも変わらなかった。執行されれば声明のようなものがあると、あるいはXがこの世を去った変化を感じ取れるとばかり思っていた。まわりの連中も同じような不満を感じているらしい。人々のあいだに不思議そうな奇妙な表情がひろがり、見える範囲にいるニュースキャスターたちも顔に困惑の色を浮かべている。そのとき、ざわめきが起こった。報道関係者が息を吹き返し、カメラがまわり、めかしこんだ人たちが背筋をのばした。しかし、リースの目がとらえたその表情はいまや、困惑から驚愕に変わっていた。

「あの、すみません」

厳格そうな女性の声がした。リースは袖を引っ張られたのを感じて振り向くと、髪をヘアアイロンでセットし、分厚い眼鏡をかけた首の太い女性が立っていた。

「どなたをお捜しか知らないが、人違いだ」

「リースさんでいらっしゃいますよね？」

全世界がとまったような気がした。音がやんだ。肺のなかの息がすべてでなくなった。リースは言った。

「ちがう」

女は渋面と鋭い視線で、それは信じられないと告げてきた。「あなたの特徴をとても詳細に教えていただきましたので。あなたの外見、あなたがお乗りになると予想される車の特徴などを。もちろん、そこにとめた車も含まれております。濃い色のサングラスをかけて、形はわからないけれど帽子をかぶってくるはずだとも教わりましたし、群衆のうしろのほうにいるだろうとも聞きました。あなた宛の手紙を預かっています」

　リースは首を横に振り、まだ抵抗をこころみた。

「誰だ、あんたは？」

「この刑務所の所長のもとで働いている者です。それでなにかが変わるとも思いませんが」女は封をした封筒を差しだした。「お受け取りになりますか？　それとも拒否されます？」

　リースが感覚のない手で受け取ると、女は最後にもう一度、不愉快そうな目を向けて去っていった。封筒は厚みのある紙でできた、クリーム色の高級そうなものだった。それだけでもリースは震えあがった。開封し、一枚だけの便せんを出した。読むのに集中しようと思うが、じっとしていられなくなったやじ馬がうるさくなってきていた。前のほうで押し合いが始まり、怒鳴り合う声も聞こえる。その声は波のように伝播した。盛りあがった波が砕けてほとばしり、数秒とたたぬうちに、リースがいる場所に届いた。


処刑はおこなわれない。

死刑囚がいなくなった。


　噂なのか、まともな情報なのか。リースには判断がつかなかったが、彼は差し迫った身体的脅威から逃れようとするように、うしろによろけた。二台の車のあいだに避難場所を見つけたが、混沌状態は激しくなるばかりだった。集まった群衆が押し合いへし合いしている。信じられない思いで呆然と立ちつくしている者もいる。リースは渡された手紙を読もうとしたが、両手の震えがひどく、車のあいだにしゃがみ、手紙を地面に置かなくてはならなかった。

　膝に黒い染みがひろがるのを感じながら、二度、読んだ。

エピローグ

レーンズワース刑務所
一九七二年五月十八日

わが親愛なるリース

それともテディと呼んだほうがよかったかな？　それがおまえの本名だからな。そうだろう？　四十二年前にアラバマ州フェアホープに生まれたセオドア・スモール。たしか、好んでおまえをテディと呼んでいたのはお母さんだったな。お母さんはおまえの髪をカールしてくれた、とも聞いたよ。それにレースの服を着せたがったことも。

いや、話がそれた……。

はっきりさせておきたいのは、ひじょうに単純なことだ。わたしは約束をたがえていない——そんなことは絶対にしない。おまえを襲撃したのはジェイソン・フレンチであり、しかもあれは彼が無料でやったことで……。

だが、また話がそれてしまった。考えなくてはならないことがたくさんあるというのに、まったくおかしなものだ……。

はっきり言おう、テディ。いろいろ考えているのはおまえのことであり、次にわれわれが出会ったときにどんなことが起こるかということだ。じっくりと楽しみながら考えさせてもらったよ。それから、わが底なしの心の底からおまえに礼を言わせてもらいたい。おまえにあれほど腹をたてる前のわたしは、感じることにも気遣うことにも生きることにも意味を見い出せなかった。しかし、いまのわたしは決意にあふれ……。

これを読んでおまえは混乱していることだろうが、

わたしのあらたな固い誓いの言葉に慰めを見い出してほしい。わたしが死んだら、おまえは百パーセント安全だ。

その日が来るまで、よろしく頼む。

X

解説

ミステリ評論家
吉野　仁

『帰らざる故郷』は、『川は静かに流れ』『ラスト・チャイルド』の二作がエドガー賞最優秀長篇賞に輝いたアメリカの作家ジョン・ハートによる長篇小説の第七作だ。

かつて作者は『川は静かに流れ』の冒頭に掲げた「謝辞」で、自分の小説はスリラーもしくはミステリの範疇にはいるのだろうが、同時に「家族をめぐる物語」でもあると述べていた。さらに「家庭崩壊は豊かな文学を生む土壌である」と。本作『帰らざる故郷』もまさしく崩壊した家族の物語である。そればかりか、故郷を離れた男が何年ぶりかで町に戻ってきたとき新たな事件が起こる、という冒頭からの展開は『川は静かに流れ』とまったく同じだ。もちろん単なる繰り返しではなく、この『帰らざる故郷』では家族の物語を軸に、新たなテーマが取り入れられた犯罪スリラーとなっている。ひとつは、少年が大人になる通過儀礼の物語であり、もうひとつは、ヴェトナム戦争の悲劇である。

この小説は、戦争が泥沼化していった時代のアメリカ南部、一九七二年ごろのノース・カロライナ州シャーロットにある人口五十万の小さな市を舞台にしている。

ジェイソンが戻ってきた。それを知らされたウィリアム・フレンチ刑事は、さっそく家に戻ったところ、妻ガブリエルはすでにその噂を耳にしていた。もともとフレンチ家には三人の息子がいた。ふたごのロバートとジェイソン、そして「ギビー」と呼ばれるいちばん下の弟ギブソンだ。だが、ロバートはヴェトナム戦争で戦死し、すでにこの世にいなかった。ジェイソンはいわば兄の仇をうつためにヴェトナムへ三期従軍したものの、不名誉除隊処分となったばかりか、帰還したのちもドラッグに溺れ、罪を犯して刑務所に入っていたのだ。

ちょうどそのとき、ギビーは街の南がわにある石切場の崖のうえにいた。真下はビーチになっており、崖から水面までの距離は百三十フィート（約四十メートル）。そこはデヴィルズ・レッジと呼ばれ、五年前にギビーの兄ロバートが見事に崖からのダイブを成功させた場所だった。ギビーも二年前から試みようとしていたが、飛び込む勇気がもてないまま、卒業まで残り二週間をむかえていた。またギビーはチアリーダーの一員で学園祭の女王である女子学生ベッキー・コリンズに熱をあげていたものの、恋が成就する気配はなかった。そこへ現れたのがもうひとりの兄ジェイソンだ。

物語は、残虐な殺人事件の発生をきっかけに意外で複雑な展開を見せていく。ジェイソンをめぐる一連の出来事の裏にどんな秘密が隠されているのか。そしてギビーにどんな運命が待ち受けているのか。

読み手にとり、最初から最後までもっとも分かりやすく共感をいだく登場人物はギビーだろう。末っ子というだけでなく、兄たちの事件が影響して親からは過保護に育てられており、十八歳になったばかりだが、いまだ少年のような男の子だ。本人も大人になりきれずにいる自分をもどかしく思っている。だが、卒業を間近にひかえ、徴兵が目前に迫っていた。崖からのダイブとは、一人前の成人となるための通過儀礼にほかならない。川などに入り身を沈めたり、頭に水をかけたりするイニシエーションの儀式は、多くの宗教で見られるものである。もともと生と死をくぐりぬけ再生することで人生のつぎの段階に入る行為で、洗礼などの儀式はそれを象徴化しているという。ギビーは、まさに死を賭けたクリフダイビングをやりとげることで大人になろうともがいていたのだ。そして恋人と結ばれることや親から独立すること、軍隊にはいることも同じ枠内にある問題だった。いずれ自分も兄たちと同じようにヴェトナムの戦場へ行かなくてはならない。しかしジェイソンの帰郷がギビーの運命を変えていった。

これまでヴェトナム戦争の悲惨な出来事や米軍がおこなった残虐な行為は、取材や証言をあつめたノンフィクションをはじめ、小説や映画の題材としても数多く扱われてきた。なかでもヴェトナム帰還兵を主人公にした作品としてデイヴィッド・マレル『一人だけの軍隊』(映画「ランボー」原作)や映画「タクシードライバー」などが知られており、いずれもヴェトナムの戦場ではなく、アメリカ国内を舞台としたものだった。そうした物語に多くみられるのは、帰還兵たちが負った心的外傷後ストレス障害(PTSD)の問題を扱っていることだ。帰還した兵士はいつまでも心の病を抱えつづけ、自殺するものも少なくないという。数年前に翻訳され、話題となった本にデイヴィッド・フィンケル『帰還兵はなぜ自殺するのか』があり、これはイラクやアフガニスタンに派遣された米軍帰還兵に関するノンフィクションだが、この問題が表面化していったのは、ヴェトナム戦争以降のことだろう。また、同じく数年前に翻訳されたニック・タース『動くものはすべて殺せ　アメリカ兵はベトナムで何をしたか』では、ヴェトナム戦争において非戦闘員まで無差別に殺したソンミ村虐殺事件のような出来事は決して例外的な行為ではなく、むしろ「動く者はすべて殺せ」という命令のもとになされた軍事作戦の一部にすぎないという衝撃的な実態が明かされていた。

作者のジョン・ハートは、一九六五年生まれである。ヴェトナム戦争が続いていた時代、テレビニュース、新聞や雑誌の報道。もしくは本や映画のフィクションなどを通じてその様子を見聞きしていたかもしれないが、本作に登場するギビーよりもさらに幼く、まだ十代にもならない子供の頃のことだ。長じて、戦争にまつわるさまざまな事件とその背景を知ったのだろう。本作の「謝辞」では、ヒュー・トンプソン・ジュニアの物語を読んだことが執筆のアイデアになったと記してある。ソンミ村虐殺事件を阻止しようとしたヘリコプター・パイロットに関するノンフィクションだ。それが人物造形のヒントになったという。そして、ヴェトナム戦争で起こった出来事をもとにしていながら、ヴェトナムではなく当時の南部アメリカを舞台に選んだのは、おそらく戦争の悪夢を生み出した根源をアメリカ国内から暴き出そうとしたのではないだろうか。

本作でもっとも強烈な印象を残す登場人物は、Xである。レーンズワース刑務所の死刑囚監房の下、地下二階に居場所をかまえる謎めいた男。十人殺害し、死体の一部を食べたといわれていた。あるいは浮気をした妻を殺し、その相手の性器を切り落とし、目にXの文字を刻み込んだという噂もあった。もともと富豪の家に育ち、高い知性や教養をもちながら、さまざまな格闘技で身体を鍛え、強い相手と闘うことに喜びを感じている男だ。その一方で、異常な残虐さや無慈悲な精神を抱き罪を犯すことにためらいをもたない。天才であり、狂人でもある。しかも死刑囚として過ごしながら数億とも数十億ともいわれる金を所有することから、刑務所の幹部たちまで抱き込み、監獄内部はもちろん、その支配は外部にまでおよんでいた。そして異常な殺人を好む男リースをあやつってみせる。すべて思いのままにふるまう刑務所の王さま。しかも、そのXはジェイソンのことをライバルだと考えていた。

なにかつかみどころのない男でフィクションだからこそ成立するように思える怪物ながら、考えるに、Xはヴェトナム戦争の悪夢やその悲劇を生んだ根源をあわせもつ人物なのではないか。暴力や狂気のみならず、金、倫理観の欠如など、この世の歪んだ力がXに集まり、おぞましい現実をつくりだしている。ヴェトナム戦争と同じ狂った悪夢が、ノース・カロライナの刑務所にも存在するのだ。

すなわち、戦争が泥沼化したのは、イデオロギーの対立や国の軍隊による武力の衝突だけではないと作者は暗示しているのかもしれない。たとえば本作にジェイソンたちとドライブをしていた若い女性タイラが刑務所の護送車に向けて性的な挑発を派手にしてみせる場面があった。このタイラも裕福な家の娘である。若く美しく気が強く、しかも恵まれた家の育ちでありながら世間からはみ出した女性というキャラクターだ。そんなタイラが、ある場面で、過激で破廉恥な行為を働いてみせる。この騒動が引き金となり新たな暴力と悲劇が生まれていく。また、猟奇的犯罪者リースや刑務所幹部は、

Xが与える大金の力にしたがう男たちであり、目的のためには平気でモラルなど捨て、法をやぶり非道をおこなう連中だ。これらの構図は、長引くヴェトナム戦争の異常さとどこかで通じているにちがいない。刑務所の内と外は、壁や塀で分離されている。法のもとで悪と正義ははっきりと分けられていたはずだ。しかし本作に登場する主役たちの運命を考えると、それは単純で明確なものではなくなってしまったということなのかもしれない。

作者は『ラスト・チャイルド』以降、たとえば『終わりなき道』では女性刑事を主人公にするといった新たな試みをするなど、家族や故郷の物語を軸としながらも、新境地に挑戦しているかに見える。ジョン・ハートがつぎにどのような題材にとりくむのか注目していきたい。

二〇二一年三月

HAYAKAWA POCKET MYSTERY BOOKS No. 1967

東野さやか
ひがしの

上智大学外国語学部英語学科卒
英米文学翻訳家
訳書
『川は静かに流れ』『ラスト・チャイルド』『アイアン・ハウス』
『終わりなき道』ジョン・ハート
『ストーンサークルの殺人』M・W・クレイヴン
(以上早川書房刊) 他多数

この本の型は，縦18.4センチ，横10.6センチのポケット・ブック判です．

〔帰らざる故郷〕

2021年5月10日印刷　2021年5月15日発行

著者	ジョン・ハート
訳者	東野さやか
発行者	早川浩
印刷所	星野精版印刷株式会社
表紙印刷	株式会社文化カラー印刷
製本所	株式会社川島製本所

発行所 株式会社 早川書房
東京都千代田区神田多町2-2
電話 03-3252-3111
振替 00160-3-47799
https://www.hayakawa-online.co.jp

(乱丁・落丁本は小社制作部宛お送り下さい
送料小社負担にてお取りかえいたします)

ISBN978-4-15-001967-9 C0297
Printed and bound in Japan

ハヤカワ・ミステリ〈話題作〉

1948 雪が白いとき、かつそのときに限り
陸 秋槎
稲村文吾訳
冬の朝の学生寮で、少女が死体で発見された。その五年後、生徒会長は事件の真実を探りはじめる……華文学園本格ミステリの新境地。

1949 熊の皮
ジェイムズ・A・マクラフリン
青木千鶴訳
アパラチア山脈の自然保護地区を管理する職を得たライス・ムーアは密猟犯を追う！アメリカ探偵作家クラブ賞最優秀新人賞受賞作

1950 流れは、いつか海へと
ウォルター・モズリイ
田村義進訳
元刑事の私立探偵のもとに、過去の事件についての手紙が届いた。彼は真相を追うが――アメリカ探偵作家クラブ賞最優秀長篇賞受賞

1951 ただの眠りを
ローレンス・オズボーン
田口俊樹訳
フィリップ・マーロウ、72歳。私立探偵はとっくに引退して、メキシコで隠居の身。そんなマーロウに久しぶりに仕事の依頼が……。

1952 白い悪魔
ドメニック・スタンズベリー
真崎義博訳
ローマで暮らすアメリカ人女優は、人気政治家と不倫の恋に落ちる。しかしその恋は悲劇を呼び……暗い影に満ちたハメット賞受賞作

ハヤカワ・ミステリ〈話題作〉

1953
探偵コナン・ドイル
ブラッドリー・ハーパー
府川由美恵訳
十九世紀英国。名探偵シャーロック・ホームズの生みの親ドイルがホームズのモデルのベル博士と連続殺人鬼切り裂きジャックを追う

1954
最悪の館
ローリー・レーダー＝デイ
岩瀬徳子訳
〈アンソニー賞受賞〉不眠症のイーデンは星空の景勝地を訪れることに。そしてその夜殺人が……誰一人信じられないフーダニット

1955
果てしなき輝きの果てに
リズ・ムーア
竹内要江訳
薬物蔓延と若い女性の連続殺人事件に揺れる街で、パトロール警官ミカエラは失踪した妹が次の被害者になるのではと捜査に乗り出す

1956
念入りに殺された男
エルザ・マルポ
加藤かおり訳
ゴンクール賞作家を殺してしまった女は、出版業界に潜り込み、作家の死を隠ぺいするため奔走するが……一気読み必至のノワール。

1957
特捜部Q
―アサドの祈り―
ユッシ・エーズラ・オールスン
吉田奈保子訳
難民とおぼしき老女の遺体の写真を見たアサドは慟哭し、自身の凄惨な過去をQの面々に打ち明ける――人気シリーズ激動の第八弾！

ハヤカワ・ミステリ〈話題作〉

1958 死亡通知書 暗黒者 周 浩暉 稲村文吾訳

予告殺人鬼から挑戦を受けた刑事の羅飛は、省都警察に結成された専従班とともに事件を追うが――世界で激賞された華文ミステリ！

1959 ブラック・ハンター ジャン゠クリストフ・グランジェ 平岡 敦訳

ドイツへと飛んだニエマンス警視は、富豪一族の猟奇殺人事件の捜査にあたる。映画化された『クリムゾン・リバー』待望の続篇登場

1960 パリ警視庁迷宮捜査班 魅惑の南仏殺人ツアー ソフィー・エナフ 山本知子・山田 文訳

個性的な新メンバーも加わった特別捜査班は、他部局を出し抜いて連続殺人事件の真相に辿りつけるのか？ 大好評シリーズ第二弾！

1961 ミラクル・クリーク アンジー・キム 服部京子訳

〈エドガー賞最優秀新人賞など三冠受賞〉治療施設で発生した放火事件の裁判に臨む関係者たち。その心中を克明に描く法廷ミステリ

1962 ホテル・ネヴァーシンク アダム・オファロン・プライス 青木純子訳

〈エドガー賞最優秀ペーパーバック賞受賞作〉山中のホテルを営む一家の秘密とは？ 幾世代にもわたり描かれるゴシック・ミステリ